W0005021

BASTEI
LÜBBE

Taschenbücher von MERCEDES LACKEY
im BASTEI-LÜBBE-Programm:

20210 Talia, die Erwählte
20217 Talia, die Hüterin

MERCEDES LACKEY

# Talia

# DIE MAHNERIN

## Die Chronik von Valdemar

Fantasy-Roman

Ins Deutsche übertragen
von Marion Vrbicky

BASTEI-LÜBBE-TASCHENBUCH
Band 20223

Erste Auflage:
Januar 1994


Deutsche Lizenzausgabe 1994
Bastei-Verlag
Gustav H. Lübbe GmbH & Co.,
Bergisch Gladbach
Originaltitel:
Arrow's Fall
Lektorat: Wolfgang Neuhaus/
Reinhard Rohn
Titelillustration: Jody A. Lee
Umschlaggestaltung:
Quadro Grafik, Bensberg
Satz: Fotosatz Schell, Bad Iburg
Druck und Verarbeitung:
Brodard & Taupin,
La Flèche, Frankreich
Printed in France

ISBN 3-404-20223-6

Der Preis dieses Bandes
versteht sich einschließlich der
gesetzlichen Mehrwertsteuer.

# Prolog

Vor langer, langer Zeit wurde die Welt von Velgarth in magischen Kriegen verwüstet. Was im einzelnen geschah, ist längst vergessen; nur dunkle Legenden berichten darüber. Die Bevölkerung wurde nahezu ausgerottet.

Rasch verwandelte sich das Land wieder in eine Wildnis, die der Wald und jene magisch geschaffenen Kreaturen zurückeroberten, die man eingesetzt hatte, diese Kriege auszufechten. Jene Menschen, die überlebt hatten, flohen an die östliche Küste, denn nur in diesen einst unbewohnten Landen konnten sie hoffen, ein neues Leben zu beginnen. Nach einiger Zeit war der östliche Rand des Kontinents zur Stätte der Zivilisation geworden und ihr ehemaliges Herzland zur Wildnis.

Aber Menschen sind ausdauernde Geschöpfe, und es dauerte nicht lange, bis sich ihre Zahl wieder vergrößerte und sie nach Westen zogen, um in der Wildnis neue Königreiche zu errichten.

Ein solches Königreich war Valdemar. Es war vom ehemaligen Baron Valdemar und seinen Anhängern gegründet worden, die es vorgezogen hatten, mit ihrem Herrn ins Exil zu gehen, statt den Zorn eines selbstsüchtigen und grausamen Monarchen zu erdulden. Das Königreich lag am äußersten westlichen und nördlichen Rand der zivilisierten Welt. Im Norden und Nordwesten wurde es von einer Wildnis begrenzt, in der immer noch die unheimlichsten Geschöpfe lebten, im fernen Westen vom See Evendim, einem riesigen Binnengewässer. Über Valdemar hinaus zu reisen war im besten Fall gefährlich und ungewiß. Im schlimmsten Fall brachte ein Reisender Unheil über Unschuldige, wenn die Kreaturen, auf die er getroffen war, seinen Weg bis zu seinem Ausgangspunkt zurückverfolgten.

In Erinnerung an seine Gründer waren bei den Herrschern von Valdemar Flüchtlinge und andere Verbannte willkommen, und die Bräuche und Gewohnheiten des Volkes waren über die Jahre zu einem bunten Gemisch geworden. Tatsächlich war das einzige Gesetz, nach dem Valdemars Herrscher ihre Untertanen regierten, der Satz: »Es gibt keinen einen, wahren Weg.«

Doch ein so bunt zusammengewürfeltes Gemisch von Untertanen zu regieren wäre sehr schwer gewesen – hätte es nicht die Herolde von Valdemar gegeben.

Die Herolde hatten außergewöhnliche Machtbefugnisse, aber sie mißbrauchten ihre Macht niemals. Der Grund ihrer Zurückhaltung – genaugenommen, die Grundlage für das ganze System – lag in der Existenz jener Geschöpfe, die als die ›Gefährten‹ bekannt waren.

Jemandem, der es nicht besser wußte, mochte ein Gefährte als wenig mehr denn ein außergewöhnlich schönes weißes Pferd erscheinen. Sie waren *viel* mehr als das. Die ersten Gefährten waren auf die Bitten König Valdemars von einer unbekannten Macht – oder mehreren Mächten – gesandt worden. Es waren zuerst drei, die sich mit dem König, seinem Erben und seinem vertrautesten Freund, welcher der Herold des Königreiches war, verbanden. Daher kam es, daß die Herolde in Valdemar eine größere Bedeutung und einen neuen Aufgabenbereich bekamen.

Es waren die Gefährten, welche die neuen Herolde erwählten. Zwischen ihnen und ihren Erwählten formte sich ein geistiges Band, das nur der Tod zerreißen konnte. Obwohl niemand genau wußte, *wie* intelligent die Gefährten wirklich waren, so stimmten doch alle überein, daß ihre Fähigkeiten mindestens so groß waren wie die ihrer menschlichen Partner. Die Gefährten konnten ohne Rücksicht auf Alter und Geschlecht erwählen und taten das auch, obwohl sie meistens dazu neigten, sich für Kinder zu entscheiden, die kurz vor der Pubertät standen, und mehr Jungen als Mädchen erwählten. Eines hatten die Erwählten gemeinsam (außer daß sie alle ein bestimmter Typ von Persönlichkeit waren, nämlich geduldig, selbstlos, verantwortungsbewußt und von heroischer Hingabe an ihre Pflicht): sie hatten zumindest einen Hauch psychischer Begabung. Der Kontakt mit einem Gefährten und die ständige Weiterentwicklung ihres Bandes verstärkten alle paranormalen Fähigkeiten, die der Erwählte besitzen mochte. Als man diese Gaben besser zu verstehen begann, wurden mit der Zeit Methoden entwickelt, um sie auszubilden und mit der vollen Kraft zu benutzen, der jeder einzelne fähig war. Allmählich traten die Gaben in ihrer Bedeutung an die Stelle allen Wissens über die ›wahre Magie‹, das es in Valdemar noch geben mochte, bis nicht einmal mehr Aufzeichnungen existierten, wie diese Magie einst erlernt oder eingesetzt worden war.

Valdemar selbst entwickelte ein einmaliges Regierungssystem für sein Land: Der Herrscher, unterstützt von seinem Rat, schuf die Gesetze; die Herolde brachten die Kunde davon ins Land und achteten darauf, daß sie befolgt wurden. Es war nahezu unmöglich, daß ein Herold korrupt wurde oder seine zeitlich begrenzte Macht mißbrauchte. In der gesamten Geschichte Valdemars hatte es nur einen Herold gegeben, der dieser Versuchung erlegen war. Sein Motiv war Rache gewesen – er hatte bekommen, was er gewollt hate. Doch sein Gefährte verstieß ihn und verschwand. Kurz darauf nahm der Herold sich das Leben.

Die Erwählten waren von Natur aus unglaublich aufopferungsbereit, und ihre Ausbildung verstärkte dies noch. Sie mußten so sein – es war mehr als wahrscheinlich, daß ein Herold in Erfüllung seiner Pflicht den Tod fand. Aber trotz allem waren sie Menschen, meistens noch jung und ständig am Rand der Gefahr lebend; daher war es unvermeidlich, daß sie dazu neigten, außerhalb ihres Dienstes ein fröhliches Leben zu führen und alles andere als keusch zu sein. Sehr selten gingen Herolde eine Bindung ein, die über das Gefühl der Brüderlichkeit und das Vergnügen des Augenblicks hinausreichte, wahrscheinlich, *weil* das Band der Bruderschaft *so* stark war und das Band zu ihren Gefährten so wenig Platz für andere dauerhafte Beziehungen ließ.

Meistens wurde ihnen das weder vom Adel noch vom gewöhnlichen Volk vorgeworfen, weil man wußte, daß es gleichgültig war, was ein Herold in seiner knappen Freizeit trieb. Sobald er seine schneeweiße Uniform anlegte, verwandelte er sich in ein ganz anderes Lebewesen, denn ein Herold in Weiß war ein Herold im Dienst, und für einen Herold im Dienst zählte nur seine Pflicht und nicht seine frivolen Vergnügungen. Dennoch gab es einige, die anderer Meinung waren ...

Das Gesetz, welches schon vom ersten König erlassen worden war, bestimmte, daß auch der Herrscher selbst Herold sein mußte. So wurde gesichert, daß der Monarch von Valdemar niemals zu einem Tyrannen werden konnte, wie jener, der die Gründer des Landes gezwungen hatte, aus ihrer Heimat zu fliehen.

Der nach dem König ranghöchste war jener Herold, den man den ›Herold des Königs (oder der Königin)‹ nannte. Er wurde von einem ganz besonderen Gefährten erwählt, der immer ein Hengst war und niemals zu altern schien (obwohl es möglich war, ihn zu töten). Der Herold des Königs hatte die besondere Aufgabe, Vertrauter, bester Freund und Ratgeber des Monarchen zu sein. So wußten die Herrscher von Valdemar, daß es zumindest einen Menschen gab, dem sie vertrauen und auf den sie in allen Dingen zählen konnten. Dies wiederum führte dazu, daß Valdemar stolze und selbstbewußte Herrscher und eine gefestigte und verläßliche Regierung besaß.

Viele Generationen lang sah es so aus, als hätte König Valdemar eine vollkommene Regierungsform entwickelt. Aber selbst die besten Pläne können stets von Unfällen oder Unglück zunichte gemacht werden.

Unter der Herrschaft König Sendars bezahlte das Königreich Karse, das im Südosten an Valdemar grenzte, eine nomadisierende Nation von Söldnern, um Valdemar anzugreifen. Im darauffolgenden Krieg wurde Sendar getötet, und seine Tochter Selenay übernahm die Regierung. Sie hatte gerade erst ihre Ausbildung als Herold beendet. Der Herold der Königin, ein ältlicher Mann namens Talamir, war verwirrt, unsicher und peinlich berührt davon, einer jungen, willensstarken und anziehenden Frau Ratschläge geben zu müssen. Das Ergebnis war, daß Selenay eine schlechtberatene Ehe einging, die sie beinahe den Thron und das Leben gekostet hätte.

Das Kind aus dieser Ehe, die voraussichtliche Erbin Valdemars, war ein Mädchen, das Selenay Elspeth genannt hatte. Elspeth geriet unter den Einfluß einer Fremden – der Kinderfrau Hulda, die Elspeths Vater vor seinem Tod aus seinem Heimatland hatte kommen lassen. Durch Huldas Machenschaften wurde Elspeth ein verwöhntes, nicht zu bändigendes Biest. Bald war offensichtlich, daß das Kind niemals erwählt werden würde, wenn es sich so weiterentwickelte, und daher auch niemals den Thron erben konnte. Das ließ Selenay drei Wahlmöglichkeiten: noch einmal zu heiraten (mit all den damit verbundenen Risiken) und zu versuchen, einen geeigneteren Erben zu gebären, oder jemanden, der bereits erwählt worden und dem Königshaus blutsverwandt war, zum Erben zu erklären. Oder, trotz allem, die voraussichtliche Erbin irgendwie zu retten. Talamir hatte einen Plan, der gute Aussichten auf Erfolg hatte.

Dann aber wurde er ermordet, und die Lage wurde noch verworrener. Sein Gefährte, Rolan, erwählte einen neuen Herold der Königin, doch statt sich für einen Erwachsenen oder zumindest einen voll ausgebildeten Herold zu entscheiden, erwählte er ein heranwachsendes Mädchen namens Talia.

Talia stammte von den Siedlerfamilien, einer Gruppe von Grenzlandbewohnern, die alles versuchten, um Wissen über die Welt außerhalb ihrer Siedlungen von sich fernzuhalten. Talia hatte keine Ahnung, was es zu bedeuten hatte, daß der Gefährte eines Herolds zu ihr gekommen war und sie zum Schein entführt hatte. Bei ihrem Volk nahmen Frauen eine sehr niedrige Stellung ein, und Aufmüpfigkeit wurde sofort und sehr streng bestraft. Talia war auf die Welt der Herolde und ihres Collegiums, in die sie gestoßen worden war, sehr schlecht vorbereitet. Aber die eine Sache, in der sie Erfahrung *hatte,* war die Behandlung und Erziehung kleiner Kinder; denn sie war die Lehrerin der jüngeren Mitglieder ihrer Siedlung gewesen, seit sie neun Jahre alt geworden war.

Es gelang ihr, Elspeth zu retten – mit solchem Erfolg, daß Elspeth erwählt wurde, kurz bevor Talia ihre Assistenzzeit draußen im Land begann.

Während dieser Rundreise entdeckten sie und Kris – jener Herold, der ausgewählt worden war, Talias Führer zu sein – etwas Entsetzliches und möglicherweise Tödliches – nicht nur für sie, sondern für jeden, der in Talias Nähe kam. Weil nach ihrem allerersten Unterricht im Gebrauch ihrer Gabe die Herold-Lehrerin Ylsa ermordet worden war, war Talia *nie* richtig ausgebildet worden. Und ihre Gabe war die Empathie – sowohl das Empfangen als auch das Ausstrahlen –, die stark genug war, um als Waffe eingesetzt zu werden. Erst als Talias Gabe völlig außer Kontrolle geriet, gelang es ihr und Kris, sie noch einmal auszubilden, so daß die Kontrolle über ihre Gabe ihrem Willen unterlag und nicht nurmehr ihrem Instinkt.

Doch es gab immer noch Augenblicke, in denen Talia über die ethischen Grenzen ihrer Gabe nachdachte.

Auch aus einem anderen Grund plagten sie Bedenken: wegen eines anderen Herolds. Dirk war Kris' bester Freund und sein Partner, und Talia, die nur wenige Male mit ihm zusammengetroffen war, fühlte sich von ihm so angezogen, daß es beinahe schon Besessenheit war. Es *gab* eine Erklärung für diese Anziehung. Sehr selten gingen Herolde eine Bindung ein, welche so stark war wie jene, die sie an ihre Gefährten band. Eine solche Beziehung wurde ›Lebensbund‹ genannt. Kris war sicher, daß Talia genau darunter litt. Talia war sich dessen gar nicht so sicher.

Aber dies war nur eine kleinere Schwierigkeit in dieser Assistenzzeit, in der es einen Kampf, eine Seuche, Intrigen, wilde, weitverbreitete Gerüchte über Talia und eine Gabe gegeben hatte, die für sie und andere gefährlich geworden war.

Endlich waren die anderthalb Jahre vorbei, und sie befand sich auf dem Weg nach Hause.

Nach Hause – wo sie eine völlig ungeklärte Beziehung, eine empfindliche, heranwachsende Erbin, all die Intrigen am Hof und vielleicht auch ein Feind erwarteten, nämlich Lord Orthallen, der ausgerechnet Kris' Onkel war.

# Eins

*Wir könnten Bruder und Schwester sein,* dachte Kris und warf seiner Begleiterin einen Blick zu. *Vielleicht sogar Zwillinge.*

Talia saß mit sorgloser Leichtigkeit auf Rolans Rücken – eine Leichtigkeit, die dadurch entstanden war, daß sie die meisten wachen Stunden während ihrer Assistenzzeit droben im Norden im Sattel verbracht hatten. Kris' Sitz war genauso vollkommen, aus dem gleichen Grund. Nach all der Zeit konnten sie im Sattel problemlos essen, schlafen – ja, sich vielleicht sogar lieben. Die ersten beiden Dinge hatten sie getan, mehr als einmal. Das dritte hatten sie niemals versucht, doch Kris hatte Gerüchte über andere Herolde gehört, die sich im Sattel geliebt hatten. Aber es hatte nicht so geklungen, als ob man es unbedingt ausprobieren müßte.

Sie wollten am frühen Abend in der Hauptstadt und im Collegium sein. Deshalb trugen sie ihre saubersten und besten Uniformen. Das weiße Gewand der Herolde, vor allem jenes für den Dienst draußen im Land, wurde aus starkem und haltbarem Leder angefertigt. Doch nach achtzehn Monaten hatten sie beide nurmehr eine einzige Uniform, die einer kritischen Betrachtung standhalten mochte, und die hatten sie für heute aufgehoben.

*Also sind wir noch vorzeigbar. Was aber nicht viel zu besagen hat,* seufzte Kris wortlos und betrachtete traurig das linke Knie seiner Hose. Die Oberfläche des Leders war so abgenutzt, daß sie rissig geworden war, und das bedeutete, daß an diesen Stellen der Schmutz haftenblieb. Und auf den weißen Uniformen fiel Schmutz ins Auge. Nach dem ganztägigen Ritt heute waren sie schon leicht grau. Einem gewöhnlichen Beobachter wäre es vielleicht nicht aufgefallen, aber *Kris* schon.

Tantris tänzelte ein wenig, und Kris erkannte plötzlich, daß er und Talias Rolan ihre Schritte einander anpaßten.

*Mit Absicht, zweibeiniger Bruder,* sandte Tantris ihm einen belustigten Gedanken. *Ihr beide seht so schrecklich schäbig aus, daß wir dachten, wir sollten die Aufmerksamkeit der Leute auf uns ziehen. Niemand wird euch beachten, wenn wir ein bißchen angeben.*

*Danke. Ich hoffe, du hast recht.*

*Außerdem kann man euch nicht für Zwillinge halten. In Talias Haar ist ein zu auffälliger roter Schimmer, und sie ist zu klein. Für Geschwister allerdings schon. Aber woher du diese blauen Augen hast …*

*Sie sind in meiner Familie erblich!* antwortete Kris, scheinbar beleidigt. *Sowohl Vater als auch Mutter haben blaue Augen.*

*Na ja, wenn ihr Geschwister wäret, dann müßte deine Mutter im Wandschrank einen Barden versteckt gehabt haben, von dem Talia ihre lockigen Haare und die haselnußbraunen Augen geerbt hat.* Tantris tat einen kleinen Sprung und hob den Kopf. Seine saphirblauen Augen schauten seinen Erwählten neckisch an.

Kris warf seinem Lehrling einen weiteren Blick zu und dachte, daß Tantris wohl recht haben mußte. Ihr Haar *war* zu rötlich und viel zu lockig, um aus derselben Blutlinie zu stammen wie er mit seinem blauschwarzen Haar. Und Talia reichte ihm nur bis zum Kinn. Aber beide hatten sie zartknochige, herzförmige Gesichter und, was noch auffallender war, sie *bewegten* sich auf die gleiche Weise.

*Alberichs Ausbildung. Und Kerens.*

*Wahrscheinlich.*

*Aber du bist hübscher als sie. Und das weißt du auch.*

Kris mußte lachen, und Talia blickte ihn fragend an.

»Darf man fragen, was …?«

»Tantris«, antwortete er, atmete die würzige Luft tief ein und grinste. »Er stichelt wegen meiner Eitelkeit.«

»Ich wünschte mir«, sagte sie mit leiser Traurigkeit, »daß ich nur ein einziges Mal so mit Rolan ›geistsprechen‹ könnte.«

»Du solltest froh sein, daß du es nicht kannst. Du ersparst dir eine Menge frecher Antworten.«

»Wie weit sind wir noch von zu Hause entfernt?«

»Noch eine gute Stunde.« Zufrieden betrachtete er die

ergrünende Landschaft und nahm hin und wieder einen tiefen Zug der nach Blumen duftenden Luft. »Ein Silberstück für deine Gedanken.«

»So viel?« Sie kicherte und wandte sich im Sattel um, damit sie ihm ins Gesicht sehen konnte. »Ein Kupferstück würde ausreichen.«

»Laß das nur mich beurteilen. Schließlich bin ich derjenige, der gefragt hat.«

»Das stimmt.«

Still ritten sie einige Meilen im Schatten der Bäume. Kris wollte ihr Zeit lassen, eine Antwort zu geben. Das leise Klingen der Glöckchen am Zaumzeug und der Hufe der Gefährten auf der harten Oberfläche der Handelsstraße verursachte eine Musik, die beruhigte, wenn man ihr lauschte.

»Die Fragen der Ethik«, sagte sie endlich.

»Uff – das sind aber ernste Gedanken!«

»Ja, ich glaube schon ...« Ihre Gedanken richteten sich wieder nach innen, und ihr Blick wurde leer. Kris hustete, um Talia erneut auf sich aufmerksam zu machen.

Sie erschrak ein wenig, und er erteilte ihr einen sanften Verweis. »Deine Gedanken sind schon wieder ganz woanders. Du hast gesagt, Fragen der Ethik. Der Ethik wovon?«

»Meiner Gabe. Vor allem ihrer Verwendung ...«

»Ich dachte, du wüßtest jetzt, was du zu tun hast.«

»In einer bedrohlichen Situation, ja. In einer Situation, in der es unter normalen Umständen *keine* passende und gerechte Bestrafung gegeben hätte.«

»Dieser ... Kinderschänder.«

»Genau.« Sie erschauerte. »Ich dachte, nachdem ich seinen Geist berührt hatte, würde ich mich nie wieder rein fühlen. Aber was hätte ich denn mit ihm tun sollen? Seine Hinrichtung anordnen? Das hätte als Strafe für das, was er getan hat, nicht ausgereicht. Ihn einsperren lassen? Was hätte das gebracht? Und so sehr ich mir auch gewünscht hätte, ihn langsam in kleine Stücke zu zerreißen, Herolde foltern niemanden.«

»Was *hast* du denn mit ihm getan? Du wolltest bis jetzt ja nicht darüber sprechen.«

»Es war eine Art Verzerrung einer ›Geistheilungs‹-Technik. Es hängt damit zusammen, daß ich ein projizierender Empath bin. Ich kann mich nicht daran erinnern, wie Devan diese Technik genannt hat. Man bindet einen ganz bestimmten Gedanken an einen anderen Gedanken oder ein Gefühl, das man projiziert. Dann, jedesmal, wenn die Person diesen Gedanken denkt, ›hört‹ er auch das, was *ich* ihn ›hören‹ lassen will. So wie bei Vostel. Jedesmal, wenn er auf den Gedanken kam, daß er die Schuld an seinem Unfall trug, ›hörte‹ er das, was *ich* ihm sagen wollte.«

»Und was war das?«

Sie grinste. »Daß er das nächste Mal nicht so dumm sein würde. Und wenn er vor Schmerz nicht mehr weiterkonnte, ›hörte‹ er: ›Heute ist es nicht mehr so schlimm wie gestern, und morgen wird es noch besser sein.‹ Eigentlich waren das keine Worte, nur Gefühle.«

»In diesem Fall waren Gefühle wohl besser als Worte«, überlegte Kris und verscheuchte geistesabwesend eine Fliege.

»Das hat Devan auch gesagt. Nun, so etwas Ähnliches habe ich auch mit diesem *Unmenschen* getan. Ich habe ein paar der schlimmsten Erinnerungen genommen, die seine Stieftochter hatte, und habe sie an alle seine Gefühle für Frauen gebunden. Ich habe es so gemacht, daß es ihm erscheinen muß, als wäre er das Opfer. Du hast gesehen, was geschehen ist.«

Kris schüttelte sich. »Er wurde wahnsinnig. Er ist mit Schaum vor dem Mund zusammengebrochen.«

»Nein, er ist nicht wahnsinnig. Er hat sich *selbst* in eine endlose Wiederholung dieses Gedankens eingeschlossen, den ich ihm eingegeben habe. Es ist eine passende Strafe. Er bekommt genau das zurück, was er seinen Stieftöchtern angetan hat. Es ist auch gerecht, glaube ich, denn wenn er seine Einstellung jemals ändert, kann er aus diesem Kreislauf ausbrechen. Natürlich, wenn er es tut ...«, sie schnitt eine Grimasse, »... könnte er sich wegen des Mordes an seiner älteren Stieftochter plötzlich mit einer Schlinge um den Hals wiederfinden. Das Gesetz verbietet die Hinrichtung Wahnsinniger. Aber es kann niemanden retten, der den Verstand wiedererlangt hat. Und schließlich, was ich getan habe, sollte seine jüngere Stieftochter zufriedenstellen. Und sie ist es ja, die aus der ganzen Sache mit einer heilen Seele herauskommen soll.«

»Wo liegt hier das ethische Problem?«

»Es war eine Situation der Anspannung, der Gefahr. Aber wäre es ethisch, die Menschen während einer Ratssitzung zu ›lesen‹ und auf Grund dieses Wissens zu handeln?«

»Äh ...« Kris wollte keine Antwort einfallen.

»Siehst du?«

»Versuchen wir es von einem anderen Blickpunkt. Du weißt, wie man die Gesichter und die Körpersprache anderer Menschen ›lesen‹ kann. Das haben wir alle gelernt. Würdest du zögern, dieses Wissen im Rat anzuwenden?«

»Nein.« Schweigend ritt sie einige Augenblicke dahin. »Ich glaube, das Entscheidende ist nicht, *daß* ich es tue, sondern *wie* ich dieses Wissen benutze.«

»Hört sich sehr vernünftig an.«

»Vielleicht zu vernünftig«, antwortete sie zweifelnd. »Es ist schrecklich leicht, vernünftige Begründungen für das zu finden, was ich tun will — was ich manchmal tun muß, weil ich keine andere Wahl habe. Es ist nicht wie ›Gedankenfühlen‹. Ich *muß* mich abschirmen, um die Leute draußen zu halten. Sie drängen mir ihre Gefühle einfach auf, vor allem, wenn sie Sorgen oder Angst haben.«

Kris schüttelte den Kopf. »Ich kann dir nur raten, immer das zu tun, was dir in diesem Augenblick als das Beste erscheint. Schließlich tun wir das alle.«

*Sehr wahr, o Weiser.*

Kris beachtete die spöttische Bemerkung seines Gefährten nicht. Er wollte Talia noch weitere Fragen stellen, aber er unterbrach sich, als er das Geräusch eines Pferdes in vollem Galopp vernahm. Es kam ihnen auf der Straße entgegen, und die Hufschläge hatten den typischen Klang eines Gefährten.

»Das …«

»Klingt wie ein Gefährte, ja. In vollem Galopp.« Talia erhob sich in ihren Steigbügeln, um besser sehen zu können.

»Lichte Herrin, was ist denn *jetzt* wieder?«

Reiter und Gefährte kamen in Sicht, als sie die Kuppe des Hügels erreicht hatten.

*Das ist Cymry!* Tantris' Ohren richteten sich nach vorne. *Sie ist schlank. Sie muß ihr Fohlen schon geworfen haben.*

»Es ist Cymry«, gab Kris die Nachricht weiter.

»Das heißt, Skif kommt. Aber wenn Cymry ihr Fohlen gerade erst bekommen hat, ist es sicher kein Vergnügungsritt, der die beiden hierher führt.«

Seit sie den ehemaligen Dieb, der zum Herold geworden war, das letzte Mal getroffen hatten, waren etwas mehr als neun Monate vergangen. Er hatte sie damals aufgesucht, um ihnen die neuesten Nachrichten zu bringen. Cymry hatte den Aufenthalt mit Rolan verbracht, und sowohl sie als auch ihr Erwählter hatten ganz vergessen, daß die Hengste aus dem Hain von einer beinahe übernatürlichen Fruchtbarkeit waren. Das Ergebnis war daher absehbar – sehr zu Talias und Skifs Kummer.

Talia kannte Skif besser als Kris. Sie waren während ihrer Studentenzeit sehr enge Freunde geworden, eng genug, daß sie sich Blutsbrüderschaft geschworen hatten. Sie kannten einander so gut, daß Talia aus der Entfernung mehr in Skif ›lesen‹ konnte als Kris.

Sie schirmte ihre Augen mit einer Hand ab und nickte. »Wenigstens ist es keine Katastrophe. Es ist zwar etwas Ernstes, aber kein Notfall.«

»Wie kannst du das bei dieser Entfernung feststellen?«

»Erstens fange ich keine Gefühlswelle auf. Zweitens könnte ich's an seinem Gesicht erkennen, wenn es wirklich schlimm wäre. Er sieht besorgt aus, aber das könnte auch Cymrys wegen sein.«

Skif erblickte sie und winkte heftig. Cymry verlangsamte ihren rasenden Galopp. Talia und Kris wurden schneller, sehr gegen den Willen der Packmaultiere.

»Freistatt! Bin ich froh, euch zu sehen!« rief Skif, als sie auf Hörweite heran waren. »Cymry hat geschworen, daß ihr schon in der Nähe seid. Aber ich hatte Angst, daß wir stundenlang reiten müssen. Ich will nicht, daß Cymry das Fohlen so lange allein lassen muß.«

»Das klingt, als hättest du schon auf uns gewartet. Welches Problem gibt es denn?« fragte Kris besorgt. »Was machst du hier draußen?«

»Dich betrifft es nicht, nur Talia. Aber merkt euch, das muß geheim bleiben! Wir wollen nicht, daß die Leute wissen, daß du gewarnt worden bist, Talia. Ich habe mich einer jungen Dame in Not wegen davongestohlen.«

»Wer? Elspeth? Selenay?«

»Moment, Moment! Ich *versuche* ja, es dir zu sagen. Elspeth hat mich gebeten, euch auf dem Heimweg abzufangen. Es sieht so aus, als würde der Rat sie verheiraten wollen, aber sie hält überhaupt nichts von dieser Idee. Sie möchte, daß du es weißt, Talia, damit du Zeit hast, dir für die morgige Ratssitzung ein paar gute Argumente einfallen zu lassen.«

Skif zügelte Cymry neben den beiden und zu dritt wurden sie wieder schneller. »Alessandar hat für Ancar einen offiziellen Heiratsantrag gestellt. Das brächte eine Menge Vorteile. Fast jeder im Rat ist dafür, außer Elcarth, Kyril und Selenay. Sie streiten deswegen schon seit Monaten, aber seit einer Woche ist es ernst geworden. Und es sieht so aus, als würde Selenay langsam nachgeben. Deswegen hat Elspeth mich gebeten, nach dir Ausschau zu halten. Ich habe mich erst seit drei Tagen immer wieder davongestohlen, um dich abzufangen, wenn du kommst, und dich zu warnen. Wenn du Selenay unterstützt, kann sie ihr Veto einlegen und die Verlobung entweder verschieben, bis Elspeth ihre Ausbildung beendet hat, oder die Sache ganze und gar verwerfen. Elspeth wollte nicht, daß ein paar von den leichter erregbaren Räten wissen, daß wir dich warnen. Sonst hätten sie vielleicht mehr Druck auf Selenay ausgeübt, um sie noch vor deiner Ankunft zu einer Entscheidung zu bringen.«

Talia seufzte. »Also ist noch nichts entschieden. Gut. Dann werde ich leicht damit fertig. Kannst du schneller sein als wir? Damit Elspeth und Selenay wissen, daß wir noch vor der Abendglocke eintreffen? Jetzt kann ich ohnehin nichts tun. Aber morgen auf der Ratssitzung kümmern wir uns um den ganzen Ärger. Wenn Elspeth mich vorher sehen möchte, ich stehe ihr zur Verfügung. Wahrscheinlich findet sie mich in meinen Zimmern.«

»Dein Wunsch ist mir Befehl!« erwiderte Skif. Wie sie alle drei wußten, kannte er mehrere Wege, aus dem Palastgelände und wieder hinein zu kommen. Er würde viel schneller sein als Talia und Kris.

Sie ritten so, daß die Maultiere mithalten konnten. Skif ließ Cymry querfeldein galoppieren. Hinter den beiden stieg eine Staubwolke auf. Talia und Kris setzten ihren Weg fort, als ob sie Skif nie gesehen hätten, aber sie tauschten einen müden, belustigten Blick. Sie waren offiziell noch gar nicht zu Hause, und die Intrigen hatten schon begonnen.

»Stört dich etwas?«

»Ich bin wegen unserer Heimkehr nervös wie eine Katze, die gleich ihre Jungen werfen wird.«

»Warum? Und wieso *jetzt*? Das Schlimmste ist vorbei. Du bist ein Herold. Deine letzte Ausbildungszeit liegt hinter dir. Weswegen solltest du jetzt noch nervös sein?«

Talia schaute um sich, auf die Felder, die weit entfernten Hügel, auf alles – außer auf Kris. Eine warme Frühlingsbrise voll Blütenduft spielte mit ihren Haaren und blies eine oder zwei Locken in ihre Augen. Sie sah aus wie ein verwirrtes Fohlen.

»Ich bin nicht sicher, ob ich das mit dir besprechen sollte«, sagte sie zögernd.

»Wenn nicht mit mir, mit wem dann?«

Sie sah ihn abschätzend an. »Ich weiß nicht ...«

»Also nein«, sagte Kris, ein bißchen verletzt durch ihr

Zögern, »du weißt es doch! Du bist nur nicht sicher, daß du mir trauen kannst. Und das nach allem, was wir miteinander durchgemacht haben.«

Sie zuckte zusammen. »Ich dachte, Offenheit wäre *meine* schlimmste Sünde.«

Mit einem übertriebenen Blick wandte Kris die Augen zum Himmel. »Ich bin Herold. Du bist Herold. Und du solltest langsam wissen, daß du einem anderen Herold *immer* vertrauen kannst.«

»Auch wenn mein Verdacht auf Blutsbande trifft?«

Jetzt blickte er sie abschätzend an. »Welche, zum Beispiel?«

»Dein Onkel, Lord Orthallen.«

Er pfiff durch die Zähne und verzog das Gesicht. »Ich dachte, das hätten wir schon vor einem Jahr besprochen. Nur wegen des kleinen Streites, den du Skifs wegen mit ihm hattest, siehst du ihn ständig eine Verschwörung planen. Er ist sehr gut zu *mir* gewesen und auch zu einem halben Dutzend anderer Leute, die ich dir nenne könnte. Und er war Selenay eine unschätzbare Hilfe – so wie für ihren Vater.«

»Ich habe gute Gründe, ihn hinter jeder Ecke zu vermuten!« widersprach sie ihm hitzig. »Ich glaube, daß der Versuch, Skif in Schwierigkeiten zu bringen, nur ein Teil eines Planes war, mich zu isolieren ...«

»Warum? Was hätte er dadurch erreichen können?« Kris war wütend. Es war nicht das este Mal, daß er seinen Onkel verteidigen mußte. Mehr als einer seiner Heroldskameraden hatte behauptet, daß Orthallen viel zu machthungrig sei, als daß man ihm voll und ganz vertrauen dürfe. Kris hatte es immer als eine Ehrenpflicht betrachtet, seinen Onkel zu verteidigen. Er hatte gehofft, daß Talia ihren Verdacht schon vor Monaten als unbegründet verworfen hatte. Aber dem war offenbar nicht so.

»Ich weiß nicht warum!« rief Talia verzweifelt und umklammerte mit aller Kraft die Zügel. »Ich weiß nur, daß ich ihm von dem Augenblick an, als ich ihn das erste Mal sah, nicht vertraut habe. Und jetzt bin ich im Rat Kyril und

Elcarth gleichgestellt, mit demselben Stimmrecht bei Entscheidungen. Das könnte uns mehr als je zuvor zu einer Auseinandersetzung treiben.«

Kris atmete tief ein und aus und versuchte, ruhig zu bleiben. »Talia, du kannst ihn vielleicht nicht leiden, aber deine Abneigung gegen jemanden hat dir noch nie Schwierigkeiten gemacht, wenn es um Entscheidungen ging. Jedenfalls habe *ich* nichts bemerkt. Und mein Onkel ist ein sehr vernünftiger Mann ...«

»Aber ich kann diesen Mann nicht ›lesen‹! Ich kann seine Motive nicht erkennen, und ich kann mir nicht vorstellen, warum er etwas gegen mich hat. Aber ich *weiß*, daß es so ist.«

»Ich glaube, du übertreibst«, erwiderte Kris und beherrschte sich immer noch eisern. »Ich habe dir schon einmal gesagt, daß nicht *du* es bist, die ihn beleidigt hat – vorausgesetzt, er *ist* überhaupt beleidigt –, sondern daß er sich vielleicht als geschlagener Gegner fühlt. Als Talamir ermordet wurde, hatte er damit gerechnet, seinen Platz als Selenays engster Ratgeber einzunehmen.«

»Und den Herold der Königin einfach zu übergehen?« Heftig schüttelte Talia den Kopf. »Freistatt, Kris, Orthallen ist doch ein kluger Mann! Er kann sich nicht eingebildet haben, daß so etwas überhaupt möglich wäre! Er hat ja nicht mal eine Gabe. Und ich übertreibe seinetwegen *nicht*.«

»Sieh mal, Talia ...«

»Sei nicht so herablassend! Du bist derjenige, der mir gesagt hat, ich soll meinem Instinkt vertrauen. Und jetzt sagst du mir, ich soll es nicht tun, weil mein Instinkt mir etwas sagt, das du nicht glauben willst?«

»Nein, sondern weil es kindisch und dumm ist.«

Talia atmete tief ein und schloß die Augen. »Kris, ich kann dir nicht zustimmen, aber laß uns deswegen nicht streiten.«

Kris schluckte hinunter, was er eigentlich hatte sagen wollen. Wenigstens wollte sie ihn nicht in die Ecke drängen. »Wenn du willst.«

»Ich will, daß du mir glaubst und meinem Urteil vertraust.

Wenn ich das nicht haben kann – na, dann will ich deswegen wenigstens nicht streiten.«

»Mein Onkel«, sagte er und versuchte, beiden Seiten gerecht zu werden, »liebt die Macht. Und es gefällt ihm nicht, sie aufgeben zu müssen. Das alleine könnte schon der Grund für seine Feindseligkeit gegenüber den Herolden und dir im besonderen sein. Bleib einfach ruhig und gib nicht einen Zoll nach, wenn du weißt, daß du im Recht bist. Er wird sich beruhigen und sich damit abfinden. Wie du gesagt hast, er ist nicht dumm. Er weiß es besser, als zu kämpfen, wenn er nicht gewinnen kann. Ihr werdet vielleicht niemals Freunde sein, aber ich bezweifle, daß du ihn fürchten mußt. Er ist vielleicht machthungrig, aber seine Besorgnis gilt in erster Linie dem Wohlergehen des Königreichs.«

»Ich wünschte, ich könnte so sicher sein, wie du es bist.« Sie seufzte und bewegte sich im Sattel, als ob sie eine unbequeme Stellung ändern wollte.

Kris wollte schon eine Erwiderung machen, besann sich aber eines Besseren und grinste statt dessen. »Warum machst du dir nicht wegen etwas anderem Sorgen – wegen Dirk, zum Beispiel?«

»Biest.« Sie lächelte, als sie sah, daß er sie angrinste.

»Bin ich, ja. Ich bin sicher, Dirk würde dasselbe sagen. Ich gebe dir einen Rat. Laß den Dingen ihren natürlichen Lauf. Früher oder später wird er schon zur Sache kommen – und wenn ich ihn dahin treten muß!«

»Auch noch gefühllos!« Schmollend sah sie ihn an.

»Hauptsache, du bist es nicht«, sagt er. »Dirk gegenüber.«

Talia zwang sich, ruhig zu bleiben. Wie sie zu Skif gesagt hatte, gab es nichts, was sie *gleich* tun konnte. Außerdem wollte sie noch ein paar Dinge herausfinden, bevor sie am nächsten Morgen ihren Sitz im Rat einnahm. Zum Beispiel, ob das Gerücht, daß sie ihre Gabe mißbrauchte, um andere zu manipulieren, immer noch im Umlauf war. Und falls es so war, wollte sie herausfinden, wer dafür sorgte, daß diese Gerüchte nicht verstummten.

Während sie auf die äußere Stadt und die emsige, hektische Menschenmenge zuritten, fiel Talia auf, wieviel empfindlicher ihre Gabe der Empathie geworden war. Der Druck all der Gefühle vor ihr war so stark, daß sie kaum glauben konnte, daß Kris ihn nicht spürte. Nicht zum ersten Mal wünschte sie sich, daß ihre Gabe das ›Geistsprechen‹ wäre, wie bei Kris. Es wäre beruhigend gewesen, hätte sie sich mit Rolan so unterhalten können, wie Kris es mit Tantris tat. Talia hatte vergessen, was es bedeutete, unter so vielen Menschen zu leben. Und als sie ihre Gabe wieder gezähmt hatte, hatte diese Erfahrung sie empfänglicher gemacht, als sie vor ihrem Aufbruch gewesen war. Es würde nicht leicht werden, ihren Schirm Tag und Nacht geschlossen zu halten, doch ihre gesteigerte Wahrnehmungsfähigkeit würde genau das von ihr fordern. Sie fühlte Rolans beruhigende Berührung, und trotz ihrer Aufregung lächelte sie leicht.

Auf der immer dichter bevölkerten Straße suchten sie sich ihren Weg in die äußere Stadt, die in generationenlangen Friedenszeiten außerhalb des alten Verteidigungswalles entstanden war. In der inneren Stadt befanden sich die Läden, die besseren Herbergen und die Häuser der Mittelschicht und des Adels. In der äußeren Stadt waren die Werkstätten, die Märkte, die Tavernen, die billigeren Gasthäuser sowie die Wohnungen der Arbeiter und der Armen.

Die Menschenmenge in der äußeren Stadt war laut und fröhlich. Wie damals, als sie das erste Mal in die Hauptstadt geritten war, fühlte Talia sich von allen Seiten durch Lärm und Enge bedrängt. Die vielfältigen Gerüche von Küchen, Gasthäusern und Essenverkäufern mischten sich mit den weniger angenehmen Düften von Tieren und Werkstätten.

Der Druck der widersprüchlichsten Gefühle um sie herum drohte Talia für einen Augenblick zu überwältigen, bis sie ihren Schirm verstärkte. *Nein,* dachte sie resigniert, *das wird nicht leicht.*

Die Straße führte durch einen Aufruhr von Farben und

Bewegungen; der Lärm war unerträglich, ein Durcheinander, das ihre eigene innere Verwirrung widerspiegelte.

Hier, außerhalb des Nordtores, lagen die Werkstätten, die Leder verarbeiteten, und Talia und Kris wurden von einer Wolke ätzenden, in den Augen brennenden Rauchs überrascht, der aus einer Gerbgrube in der Nähe entwichen war.

»Pfui!« keuchte Kris und lachte, weil ihm und Talia die Tränen aus den Augen rannen. »Jetzt erinnere ich mich, warum Dirk und ich immer den Umweg über das Tor am Heumarkt gemacht haben!«

Die kurze Pause, die sie einlegten, um ihre Augen zu säubern, gab Talia die Gelegenheit, ihren Schirm zu formen. Das Schirmen verbrauchte Kraft. Jetzt bildete sie Schutzmaßnahmen, die dafür sorgen würden, daß ihr Schirm selbst dann bestehen blieb, wenn sie bewußtlos war. Kurz überkam sie ein Gefühl des Dankes für Kris, der sie die *richtige* Art des Abschirmens gelehrt hatte.

Kris behielt Talia im Auge, während sie sich einen Weg durch die Menschenmenge bahnten. Wenn ihr Schirm zusammenbrechen würde, dann *jetzt*, unter dem Druck all dieser Gefühle.

*Ich habe mir keine Sorgen gemacht.*

*Nein? Vielleicht sollte ich sie darum bitten, dir zu zeigen, wie es ist, wenn so ein emotionaler Sturm zuschlägt.*

*Danke, nein, ich habe es schon einmal erlebt. Erinnerst du dich? Rolan hat mir beinahe das Gehirn verbrannt.* In Tantris' lautlose Sendung mischte sich ein ernster Unterton.

*Weißt du, du solltest Talia wegen Dirk nicht necken. Ein Lebensbund ist sehr schwer zu ertragen, wenn das Paar ihn noch nicht anerkannt hat.*

Erstaunt schaute Kris auf die zurückgelegten Ohren seines Gefährten. *Bist du sicher? Ich meine, sie zeigt jedes Anzeichen für einen Lebensbund, aber ...*

*Wir sind sicher.*

*Weißt du zufällig auch, wann ...?* fragte Kris seinen Gefährten.

*Dirk war der erste Herold, den Talia jemals gesehen hat. Rolan glaubt, daß es damals geschehen sein könnte.*

*So früh? Herr und Herrin! Das wäre aber eine sehr machtvolle Verbindung ...* Nachdenklich beobachtete Kris sie weiterhin, während er diesem Gedanken nachhing.

Verkäufer und ihre Kunden verhandelten schreiend, um den Lärm von Fahrzeugen, kreischenden Kindern und kläffenden Hunden zu übertönen. Doch obwohl die Bevölkerung die beiden vorbeireitenden Herolde zu ignorieren schien, öffnete sich immer eine Gasse vor ihnen, und jemand winkte sie mit einem Lächeln oder einem Schwenken seines Hutes vorbei. Die Wache am Tor salutierte, als sie hindurchritten. Die Wachleute waren an das Kommen und Gehen der Herolde gewöhnt. Sie ritten durch den Tunnel, der unter den massiven Wällen aus grauem Granit um die Altstadt hindurchführte, und für einen Augenblick verringerte sich der Lärm. Dann gelangten sie auf die engeren Straßen der eigentlichen Hauptstadt. Hier in der Altstadt war es zwar nicht ganz so laut, aber die Straßen waren genauso bevölkert. Nach Monaten in kleinen Städten und Dörfern ertappte Kris sich dabei, wie er die Menschenmassen und die aneinandergedrängten, vielstöckigen Steinhäuser bestaunte. Viele Monate war das Klingen der Glöckchen am Zaumzeug der Gefährten das lauteste Geräusch gewesen, das sie gehört hatten. Jetzt wurde ihr Klang von dem Lärm um sie herum vollkommen verschluckt.

Die Straßen waren spiralförmig angelegt. Niemand konnte sich auf geradem Weg zum Palast begeben, wie in den meisten alten Städten, die im Hinblick auf ihre Verteidigung errichtet worden waren. Kris ritt auf einem Weg voran, der sich immer weiter nach innen wand. Der Lärm erstarb, als sie die Straßen mit den Geschäften hinter sich ließen und den Stadtkern erreichten. Die bescheidenen Behausungen der Händler machten den beeindruckenderen Gebäuden der Reichen und des Adels Platz. Jedes Haus war durch eine

Mauer und einen kleinen Garten von der Straße getrennt. Schließlich erreichten sie den inneren Wall aus sandfarbenen Blöcken, der den Palast und die drei Collegien der Herolde, Barden und Heiler umgab. Die silber und blau gekleidete Palastwache am Tor hielt sie an und blickte auf die Liste, wer zurückerwartet wurde. Sorgfältige Aufzeichnungen darüber, wann welcher Herold zurückkommen sollte, wurden geführt. Bei Herolden, die aus entfernten Gebieten heimkehrten, war die Schätzung der Ankunftszeit auf zwei bis drei Tage genau. Bei Herolden, die in nahegelegenen Sektoren gewesen waren, wußte man sogar die ungefähre Stunde ihrer Ankunft. Diese Aufzeichnungen lagen immer bei der Torwache. Also wußte *irgend jemand*, wann ein Herold überfällig war, und man konnte schnell etwas unternehmen, um herauszufinden, warum.

»Ist Herold Dirk schon zurück?« fragte Kris die untersetzte Wachfrau freundlich, als sie mit ihrer Liste fertig war.

»Er kam vor zwei Tagen an, Herold«, antwortete sie, nachdem sie nachgesehen hatte. »Die Wache hat aufgezeichnet, daß er nach euch beiden gefragt hat.«

»Vielen Dank. Ich wünsche dir einen angenehmen Dienst.« Kris grinste und trieb Tantris durch das Tor. Rolan folgte dichtauf.

Immer noch beobachtete Kris Talia sorgfältig. Er fühlte berechtigten Stolz, als er ihr Benehmen sah. Die letzten paar Monate waren die Hölle auf Erden für sie gewesen. Die Kontrolle über ihre Gabe hatte nur auf Instinkt beruht, nicht auf der richtigen Ausbildung – und niemand hatte das zuvor erkannt. Die Gerüchte, daß sie ihre Gabe eingesetzt hatte, um Menschen zu manipulieren, hatten sie aus dem Gleichgewicht geworfen. Kris' eigene Zweifel, ob diese Gerüchte der Wahrheit entsprachen, hatte Talia leicht empfangen können. Und für jemanden, dessen Gabe auf Gefühlen beruhte und der ohnehin zu Selbstzweifeln neigte, waren die Auswirkungen katastrophal.

Gelinde gesagt. Denn Talia hatte jegliche Kontrolle über ihre Gabe verloren, wobei sie aber in voller Stärke erhalten blieb. Sie hatte die Fähigkeit des Abschirmens verloren und unkontrolliert projiziert. Talia hatte sie beide damit mehr als einmal beinahe umgebracht.

*Wir hatten Glück, daß wir während der schlimmsten Phase in dieser Wegstation eingeschneit waren. So waren wir unter uns und lange genug alleine, daß Talia sich wieder unter Kontrolle bekam.*

Und dann war sie wieder auf jene Gerüchte getroffen. Diesmal machten sie bereits im gewöhnlichen Volk die Runde. Mehr als einmal hatte man Talia mit Furcht und Mißtrauen betrachtet, aber bei der Erfüllung ihrer Pflichten hatte sie kein einziges Mal versagt und keinen Außenstehenden merken lassen, daß sie *nicht* ruhig, überlegt und kontrolliert war. Talia hatte monatelang eine Rolle aufrechterhalten, wie es ein ausgebildeter Schauspieler nicht gekonnt hätte.

Es war lebensnotwendig, daß ein Herold unter allen Umständen emotionales Gleichgewicht bewahrte. Ganz besonders galt dies für den Herold der Königin, der täglich Umgang mit empfindlichen Adeligen und Hofintrigen hatte. Talia hatte dieses Gleichgewicht verloren. Aber nachdem sie sich durch diese Prüfung hindurchgearbeitet hatte, hatte sie es wiedererlangt – gestärkt und besser denn je.

Es gelang Kris, ihren Blick aufzufangen, und er lächelte ihr ermutigend zu. Für einen Augenblick erhellte sich ihr ernstes Gesicht, und sie rümpfte die Nase.

Sie kamen am Ende der Baracken der Palastwache vorbei und erreichten den eisernen Zaun, der den ›öffentlichen‹ Bereich des Palastes von dem nicht allgemein zugänglichen Teil und den drei Collegien trennte. An diesem Tor stand eine weitere Wache, deren hauptsächliche Aufgabe darin bestand, die neuen Erwählten zu begrüßen. Mit einem Lächeln ließ der Posten die zwei Herolde passieren. Von dieser Stelle aus waren das granitene Herz des Palastes und die drei aus Ziegeln erbauten Flügel sowie die danebenliegenden Gebäude des Heiler- und des Bardencollegiums endlich deutlich zu erkennen. Kris seufzte glücklich. Ganz egal, woher ein Herold auch stammen mochte – *dieser* Ort und die Menschen, die ihn bewohnten, waren sein wirkliches Zuhause.

Beim Anblick des Collegiums und des Palastes überkam Talia eine Welle der Wärme und der Zufriedenheit, ein Gefühl des Nachhausekommens.

Als sie das letzte Tor durchritten, hörte sie einen lauten Ruf. Dirk und Ahrodie kamen in vollem Galopp den gepflasterten Weg entlang, um sie zu begrüßen. Kris sprang von Tantris, und Dirk ließ sich von Ahrodies Rücken fallen. Sie fielen sich in die Arme, klopften einander auf die Schulter und lachten.

Talia blieb im Sattel. Bei Dirks Anblick hatte sich ihr Herz schmerzvoll zusammengezogen und jetzt klopfte es so laut, daß sie dachte, jeder müßte es hören. Alle Besorgnis wegen Elspeth und der Intrigen am Hof trat in den Hintergrund ihrer Gedanken.

Ihr Schirm war ganz dicht. Sie hatte Angst, daß irgend etwas von ihren Gefühlen hindurchdringen mochte.

Dirks Aufmerksamkeit galt in erster Linie Talia und nicht seinem Freund und Partner.

Er hatte den ganzen Tag auf sie gewartet und sich eingeredet, daß es Kris' Gesellschaft gewesen war, die er vermißt hatte. Er hatte sich wie eine zu straff gespannte Bogensehne gefühlt. Seine Reaktion, als er die beiden endlich sah, war ungeplant gewesen, und seine aufgestauten Gefühle entluden sich in der überschäumenden Begrüßung mit Kris. Obwohl er Talia zu mißachten schien, war er sich ihrer Anwesenheit beinahe schmerzhaft bewußt. Sie saß so ruhig auf ihrem Gefährten, daß sie eine Statue hätte sein können, und dennoch zählte Dirk beinahe jeden Atemzug, den sie tat.

Als Dirk endlich Kris' Schultern losließ, sagte dieser mit einem beinahe bösartigen Grinsen: »Du hast Talia noch nicht begrüßt, Bruder. Sie muß ja glauben, daß du dich nicht mehr an sie erinnerst.«

»Mich nicht an sie erinnere? Na, hör mal!« Dirk schien beim Atmen plötzlich Schwierigkeiten zu haben. Kris verbarg ein weiteres Lächeln.

Talia und Rolan waren weniger als zwei Schritte entfernt, und Dirk streckte den Arm aus, um Talias Hand in die seine zu nehmen. Kris war sicher, noch nie ein menschliches Gesicht gesehen zu haben, das so sehr dem eines betäubten Ochsen glich.

Der Blick aus Dirks unglaublich blauen Augen traf Talia wie ein Schlag. So ähnlich mußte man sich fühlen, wenn man von einem Blitzstrahl getroffen wurde. Als ihre Hände sich berührten, hätte sie fast zu zittern begonnen, aber es gelang ihr, sich an ihre Selbstbeherrschung zu klammern, und sie lächelte mit Lippen, die sich seltsam steif anfühlten.

»Willkommen zu Hause, Talia.« Mehr sagte er nicht, aber das war auch gut so. Der Klang seiner Stimme und der Blick, der auf ihr ruhte, erweckten in ihr den Wunsch, sich ihm an den Hals zu werfen. Sie starrte ihn einfach nur an und war nicht in der Lage, zu antworten.

Sie sah ganz anders aus als in seiner Erinnerung. Schlanker, zäher – als ob man sie wie Stahl gehärtet und geschärft hätte. Sie wirkte beherrschter und erwachsener. Und war da nicht eine Traurigkeit in ihr, die es zuvor nicht gegeben hatte? War es Schmerz gewesen, der ihr Gesicht so schmal hatte werden lassen?

Als er ihre Hand nahm, hatte Dirk das Gefühl, als ob irgend etwas zwischen ihnen hin- und herströmte. Aber falls Talia es auch spürte, ließ sie es sich nicht anmerken.

Als sie ihm zulächelte und dieses Lächeln ihre Augen erreichte, glaubte Dirk, sein Herz müsse aufhören zu schlagen. Die Träume von ihr, die er all diese Monate gehabt hatte, diese Besessenheit – er hatte damit gerechnet, daß sie wie eine Seifenblase zerplatzen würden, wenn sie der Wirklichkeit gegenübergestellt wurden. Er hatte sich getäuscht. Die Wirklichkeit verstärkte diese Besessenheit nur. Er hielt ihre Hand, die ganz leicht zitterte, in der seinen, und in seinem Herzen sehnte er sich nach Kris' Beredsamkeit.

Sie blieben solange in dieser Haltung stehen, daß Kris mit verborgenem Spott dachte, sie würden in alle Ewigkeit so stehen bleiben, wenn er den Bann nicht brach.

»Na, dann komm, Partner.« Er klopfte Dirk auf den Rükken und stieg wieder auf Tantris.

Dirk fuhr erschreckt auf, als hätte jemand neben seinem Ohr eine Trompete ertönen lassen, und grinste blöde.

»Wenn wir uns jetzt nicht in Bewegung setzen, werden wir das Abendessen verpassen, und ich kann dir gar nicht sagen, wie oft ich unterwegs von Meros Mahlzeiten geträumt habe!«

»Ist das alles, was du vermißt hast? Das Essen? Ich hätte es mir denken können. Armer, mißhandelter Bruder. Hat Talia dich gezwungen, deine eigene Kocherei zu ertragen?«

»Schlimmer«, sagte Kris und grinste sie an, »sie hat mich gezwungen, *ihre* Küche zu essen!« Er gab ihr einen Wink und zwickte Dirk leicht in den Arm.

Als Kris den Bann unterbrach, der Dirk gefangen gehalten hatte, ließ er Talias Hand fallen, als hätte er sich verbrannt. Und als Talia Kris einen dankbaren Blick zuwarf, verspürte Dirk Eifersucht. Er wünschte sich, *er* wäre auf die Idee gekommen, Talia in die freundschaftlichen Scherze miteinzubeziehen, nicht Kris.

»Biest!« sagte sie zu Kris und schnitt eine Grimasse.

»Hungriges Biest.«

»Er hat recht, so ungern ich es auch zugebe«, sagte sie leise zu Dirk. Der unterdrückte ein Zittern. Ihre Stimme war tiefer und schöner geworden und ließ kleine Schauder seinen Rücken hinunterlaufen. »Wenn wir uns nicht beeilen, kommen wir *sicher* zu spät. Mir macht das nicht viel aus. Ich bin daran gewöhnt, Mero Brot und Käse zu klauen. Aber es wäre sehr unfreundlich, *dich* hier aufzuhalten. Möchtest du mit uns reiten?«

Er lachte, um die Unsicherheit in seiner Stimme zu verbergen. »Du müßtest mich schon festbinden, um zu verhindern, daß ich euch begleite.«

Das Sattelleder krachte, als Dirk wieder aufstieg. Sie nahmen Talia beim Reiten in die Mitte. Das gab Dirk die Entschuldigung, die er brauchte, seinen Blick auf ihr ruhen zu lassen. Sie schaute geradeaus oder auf Rolans Ohren, außer, wenn sie einem der beiden Männer antwortete. Dirk wußte nicht, ob er verärgert oder erfreut darüber sein sollte. Sie bedachte keinen von ihnen mit mehr Aufmerksamkeit als den anderen, aber Dirk begann sich sehr zu wünschen, daß sie *ihn* etwas öfter anschaute.

Eine schlimme Befürchtung machte sich in seinem Herzen breit. Talia hatte die letzten anderthalb Jahre hauptsächlich in Kris' Gesellschaft verbracht. Was, wenn ...?

Er beobachtete Kris' Benehmen, denn Talias Verhalten gab ihm keinerlei Hinweise. Es schien seine Befürchtungen zu bestätigen. Kris war in Talias Gegenwart lockerer, als er es je bei einer anderen Frau gewesen war. Sie lachten und scherzten, als ob ihre Freundschaft schon Jahre bestanden hätte und nicht erst ein paar Monate. Es wurde noch schlimmer für Dirk, als sie die Wiese der Gefährten erreichten und Kris Talia mit scherzender Galanterie anbot, ihr vom Pferd zu helfen. Mit neckischer Hochmütigkeit nahm sie seine Hand und stieg mit einer fließenden Bewegung ab. Hatte Kris ihre Hand einen Augenblick länger gehalten, als es notwendig gewesen war? Dirk konnte nicht sicher sein. Ihr Benehmen war eigentlich nicht das von Liebenden.

Sie nahmen ihren Gefährten die Sättel ab und verstauten das Zaumzeug an seinem Platz, nachdem sie es flüchtig gesäubert hatten. Dirks Ausrüstung war in Ordnung, aber die von Talia und Kris mußte sorgfältiger durchgesehen werden, als dies in einer Stunde möglich gewesen wäre. Nachdem die beiden so lange unterwegs gewesen waren, mußte alles gründlich überholt werden. Dirk ließ Talia nicht aus den Augen, während sie arbeitete und dabei leise vor sich hin sang. Kris plauderte weiter und Dirk gab ihm zerstreute, einsilbige Antworten. Er wünschte sich, nur ein paar Augenblicke mit Talia alleine zu sein.

Aber er hatte keine Gelegenheit für weitere Beobachtungen. Keren, Sherrill und Jeri tauchten wie Magier scheinbar aus dem Nichts auf, umringten Talia und nahmen sie mit sich in ihr Quartier. Dirk und Kris blieben allein zurück.

»Ich weiß nicht, wie es dir geht, aber ich bin halb verhungert!« sagte Kris, während Dirk den vier Frauen traurig nachschaute. Talia trug ihre Harfe My Lady und den Rest ihres Gepäcks. »Lassen wir die Gefährten frei und gehen wir essen.«

»Nun?« sagte Keren. Ihre rauhe Stimme war voller Fragen, als die drei Frauen Talia und ihr Gepäck sicher in die Abgeschiedenheit ihrer Zimmer gebracht hatten.

»Was meinst du?« fragte Talia zurück und betrachtete die Reitlehrerin mit gesenkten Wimpern, während sie in ihrem Schlafzimmer auspackte.

»Was? Was wohl! Ach, Talia ...« Sherrill lachte. »Du weißt ganz genau, was wir meinen! Wie war es denn? Deine Briefe waren weder sehr lang *noch* sehr informativ.«

Talia unterdrückte ein Lachen und sah Kerens Lebensgefährtin unschuldig an. »Das Persönliche oder das Dienstliche?«

Jeri legte eine Hand auf den Griff ihres Gürtelmessers. »Talia«, warnte sie, »wenn du nicht aufhörst, unsere Geduld zu strapazieren, dann *könnte* es sein, daß Rolan noch heute Nacht auf die Suche nach einem neuen Herold der Königin gehen muß.«

»Na gut, wenn es euch wirklich so ernst damit ist.« Talia wich lachend zurück, als Sherrill sich mit gespielter Wut in den Augen, die langen Finger zu Klauen gekrümmt, auf sie stürzte. Im letzten Augenblick glitt sie zur Seite, und die große, dunkelhaarige Frau landete auf dem Bett. »Gut, gut, ich gebe auf, ich gebe auf! Was wollt ihr wissen?«

Sherrill kam lachend auf die Beine. »Was glaubst du denn? Skif hat angedeutet, daß du und Kris einander näher gekommen seid, aber mehr wollte er nicht sagen.«

»Sehr nahe, ja. Aber nicht mehr als das. Wir haben uns ein Bett geteilt, aber zwischen uns ist nicht mehr als eine sehr angenehme Freundschaft entstanden.«

»Schade!« sagte Jeri fröhlich und ließ sich im äußeren Zimmer auf das Sofa fallen. Sie wickelte eine Strähne ihres haselnußbraunen Haares um einen Finger. »Wir haben auf eine leidenschaftliche Romanze gehofft.«

»Es tut mir leid, daß ich euch enttäuschen muß«, erwiderte Talia, der es ganz und gar nicht leid tat. »Aber falls du vorhast, etwas in dieser Richtung zu versuchen ...«

»Ja? Was dann?« Jeri versuchte, nicht *zu* eifrig auszusehen. Es wollte ihr aber nicht so recht gelingen.

»Wenn er es einmal geschafft hat, Nessa abzuhängen ...«

»Ha!«

»Lach nicht, wir haben eine Idee. Also, wenn er einmal nicht mehr von ihr gejagt wird, dann ist er ohne Partnerin, und er ist wirklich eine so – äh – angenehme Gesellschaft, wie Varianis es behauptet hat. Jeri, leck dir nicht so verdammt deutlich die Lippen, er ist schließlich keine Schüssel voll Schlagsahne!«

Jeri sah betroffen drein und wurde so rot wie die Polster, während Keren und Sherrill wegen ihrer Verwirrung lachten. »So schlimm war ich doch nicht, oder?«

»O doch. Du solltest deine Hintergedanken lieber für dich behalten, wenn du ihn nicht genauso verschrecken willst wie Nessa«, rügte Keren sie mit einem verschmitzten Lächeln. »Und was dich betrifft, kleiner Pferdemensch, so scheint er dich ganz gut von deiner Männerscheu geheilt zu haben. Ich denke, ich muß mich bei Kyril und Elcarth entschuldigen. Ich hielt deine Zuweisung an ihn für Wahnsinn.

Und jetzt, wo unsere schlimmste Neugierde gestillt ist – wie ist es dir bei der Arbeit ergangen?«

»Das ist eine sehr lange Geschichte. Bevor ich damit anfange, möchte ich wissen, ob ihr schon gegessen habt.«

Die drei bejahten. »*Ich* nicht. Ihr habt die Wahl. Ihr könnt entweder warten, bis ich zu Abend gegessen habe, und ich erzähle dann weiter ...«

Die drei stöhnten auf.

»Oder ihr könnt mich anmelden gehen und mir etwas aus der Küche bringen. Wenn Selenay oder Elspeth mich brauchen, dann werden sie einen Pagen schicken.«

»Ich gehe sie anmelden.« Jeri rannte aus der Tür und die Wendeltreppe hinunter.

»Und ich hole dir ein kleines Festmahl. Du siehst aus, als hättest du so einige Pfunde verloren. Und wenn ich Mero sage, daß das Essen für dich ist, plündert er wahrscheinlich die gesamte Vorratskammer aus.« Sherrill verschwand ebenfalls.

Keren tat ein paar Schritte von der Wand weg, an die sie sich gelehnt hatte. »Jetzt begrüße mich anständig, du verrücktes Kind.« Sie lächelte und streckte die Arme aus.

»Ach, Keren!« Talia umarmte die Frau, die ihr Freundin, Ersatzmutter und Schwester war, voll herzlicher Freude. »Götter, wie sehr habe ich dich vermißt!«

»Ich dich auch. Du hast dich verändert, aber zum Besseren.« Keren hielt sie fest und schob sie dann von sich, um sie aufmerksam zu betrachten. »Es geschieht nicht sehr oft, daß meine Hoffnungen sich so genau erfüllen.«

»Ach, hör auf.« Talia wurde rot. »Du siehst etwas, das gar nicht da ist.«

»Das glaube ich nicht.« Keren lächelte. »Die Götter wissen, du kannst dich selbst sehr schlecht beurteilen. Liebes, du bist genau zu dem geworden, was ich erhofft habe. Aber es war nicht leicht für dich, oder?«

»Ich ... nein ... das war es nicht.« Talia seufzte. »Ich ... Keren, meine Gabe geriet außer Kontrolle. Mit voller Stärke ...«

»Große Götter!« Sie studierte Talias Gesicht noch genauer. »Wie konnte das geschehen? Ich dachte, wir hätten dich gut ausgebildet ...«

»Das hat anscheinend jeder gedacht.«

»Warte mal, laß mich das von Anfang an durchdenken. Du hast Ylsas Unterrichtsklasse abgeschlossen. Ich muß mich erinnern.« Keren runzelte nachdenklich die Stirn. »Ich *glaube*, sie hatte erwähnt, daß sie dich zu einer besonderen Ausbildung zu den Heilern schicken wollte ... und daß sie nicht recht glücklich darüber war, eine Empathin auszubilden. Ihr eigenes Spezialgebiet war das ›Gedankenfühlen‹.«

Keren wandte sich von Talia ab und begann, im Zimmer auf und ab zu gehen, eine Gewohnheit, die sie schon lange hatte.

»Nun gut – *ich* habe gedacht, daß sie sich darum gekümmert hat, weil du so viel Zeit bei den Heilern verbracht hast. Aber hat sie das wirklich? Und dann wurde sie ermordet ...«

»Soweit Kris und ich herausgefunden haben, dachten die Herolde, daß die Heiler meine Empathieausbildung übernommen hatten, und die *Heiler* nahmen an, daß die *Herolde* das bereits getan hatten, weil ich vollständige Kontrolle zu haben *schien*. Aber diese Kontrolle bestand nur aus Instinkt und Herumraten. Und als sie verschwand ...«

»Götter!« Keren blieb stehen und legte beide Hände auf Talias Schultern. »Kleines, bist du denn jetzt wieder in Ordnung?«

Talia erinnerte sich nur allzu lebhaft an die langen Stunden der Übung, die Kris ihr zugemutet hatte, an die schmerzhafte Sitzung, in der die beiden Gefährten sie immer wieder geistig angegriffen hatten. »Ganz sicher. Kris *ist* schließlich ein Lehrer der Gaben. Er hat wieder ganz am Anfang begonnen, und Rolan und Tantris haben ihm geholfen.«

»Was? Wirklich? Na, das ist eine interessante Geschichte.« Keren hob fragend eine Augenbraue. »Normalerweise mischen die Gefährten sich nicht so offen ein.«

»Ich glaube, sie haben einfach keine andere Möglichkeit gesehen. Während des ersten Monats waren wir in dieser Wegstation eingeschneit. Dann fanden wir heraus, daß diese verdammten Gerüchte bereits unseren Sektor erreicht hatten, und wir wagten es nicht, jemand anderen um Hilfe zu bitten. Es hätte diese Gerüchte nur bestätigt.«

»Das ist wahr, das ist wahr. Wenn ich der Kreis der Herolde wäre, dann würde ich dafür sorgen, daß das alles unter dem Teppich bleibt. Wenn die ganze Welt erfährt, wie schlimm wir bei dir versagt haben, brächte das nichts Gutes, sondern nur Schaden. Bestimmte Leute *müssen* es wissen, das ist klar und auf jeden Fall sollte es in den Aufzeichnungen niedergelegt werden, damit wir beim nächsten Empathen nicht den gleichen Fehler machen. Aber ich glaube nicht, daß es allgemein bekannt werden darf.«

»Das meint auch Kris, und ich gebe euch recht. Du bist die erste, die es außer uns beiden weiß. Wir werden es auch Kyril und Elcarth erzählen, aber niemandem sonst.«

»Ja«, sagte Keren langsam. »Ja. Sollen *die beiden* sich doch darum kümmern, wer es noch wissen sollte. Na, Ende gut – alles gut, wie das alte Sprichwort sagt.«

»Es *geht* mir gut!« betonte Talia noch einmal. »Ich habe jetzt die vollständige Kontrolle. Eine Kontrolle, die nicht einmal Rolan erschüttern kann. Irgendwie bin ich sogar froh, daß dies geschehen ist. Ich habe viel gelernt, und es hat mich dazu gebracht, über Dinge nachzudenken, die mir vorher niemals in den Sinn gekommen sind.«

»Na schön. Jetzt bringen wir die Überreste deiner Uniform am besten zur Wäscherutsche. Ja, alle. Nicht eine davon kannst du morgen noch anziehen. Nachdem du so lange draußen im Land warst, müssen sie allesamt ausgebessert werden. Hier ...« Sie griff in Talias hölzernen Kleiderkasten und zog ein weiches, bequemes Hauskleid heraus. »Zieh das an. Heute Nacht gehst du ohnehin nirgendwo mehr hin, und morgen früh hat Gaytha dir ganz sicher schon einen Stapel neuer Uniformen vor die Tür legen lassen. Aber so wie du aussiehst, werden die Sachen wahrscheinlich ein bißchen locker sitzen, weil man sie nach deinen alten Maßen angefertigt hat. Wir müssen uns noch über jede Menge Neuigkeiten unterhalten. Ach ja, außerdem habe ich noch eine Botschaft von Elspeth: ›Der Herrin sei Dank. Ich sehe dich dann morgen.‹«

»Tja, mein alter Freund, es gibt *viel* Neues, das ich dir erzählen muß.«

Dirk nickte. Seine Gedanken beschäftigten sich nicht mit seinem Essen, sondern mit allen möglichen anderen Dingen. Er bemerkte nicht einmal, daß er eine ganze Menge Ustilbohnen verzehrte, ein Gemüse, das er normalerweise verabscheute.

Kris bemerkte es. Es fiel ihm nicht leicht, ernst zu bleiben. Glücklicherweise gab ihm das übliche Durcheinander im Gemeinschaftsraum des Collegiums genügend Gelegenheiten, in eine andere Richtung zu schauen, wenn der Drang zu lachen zu stark wurde. Es war mitten in der Abendmahlzeit, und auf jeder hölzernen Bank saßen graugekleidete Studenten und Lehrer im Weiß der Herolde und unterhielten sich laut und fröhlich.

»Also, wie war denn *deine* Reise? Wir haben uns übrigens sehr über die Musiknoten gefreut, alle beide. Wir haben einen Teil davon schon auswendig gelernt.«

»So – habt ihr das? Das ist …« Dirk erkannte plötzlich, daß er anfing, Unsinn zu reden, und schloß den Satz: »Das freut mich. Schön, daß sie euch gefallen haben.«

»O ja, vor allem Talia. Ich glaube, sie schätzt dein Geschenk sehr. Sie hat sorgfältig darauf geachtet. Aber das ist ja ihre Art. Von mir bekommt sie die besten Noten. Sie ist ein *verdammt* guter Herold.«

Jetzt machte Dirk sich das Stimmengewirr und den Lärm im Gemeinschaftsraum zunutze, um seine eigene Verwirrung zu verbergen. »Na ja«, sagte er schließlich, als es ihm gelungen war, ein wenig den Nebel aus seinem Kopf zu vertreiben, der sich dort eingenistet hatte, »das klingt ja, als hättest du einen unterhaltsameren Lehrling gehabt als ich. Und eine interessantere Rundreise. Die meine war so normal und langweilig, daß Ahrodie und ich sie wie Schlafwandler erlebt haben.«

»Herr der Lichter – ich wünschte, ich könnte das auch behaupten! Vergiß nicht, daß der Spruch ›Möge dein Leben interessant sein!‹ ein sehr machtvoller Fluch sein kann! Außerdem, ich glaube mich zu erinnern, daß du behauptet hast, der junge Skif hätte dich die letzten Nerven gekostet, noch bevor eure Rundreise beendet war.«

»Kann schon sein.« Dirk grinste. »Weißt du, daß Cymry gefohlt hat, und daß er dir und Talia die Schuld gibt?«

»Zweifelsohne. Weder er noch seine Gefährtin haben auch nur ein bißchen Schamgefühl.« Kris duckte sich, als sich ein Student mit einem Tellerstapel, der höher war als er selbst, an ihm vorbeizwängte. »Großer Gott! Ich hoffe, der Junge hat etwas von der Gabe des ›Holens‹, sonst fällt ihm der Stapel gleich zu Boden. Ja, Skif und Cymry haben bekommen, was sie verdient haben. Die arme Talia hätte am liebsten beiden die Haut abgezogen, wenn man ihr die Chance gegeben hätte …«

»Ach ja?«

Kris fand an Dirks Reaktionen mehr und mehr Gefallen. Er ließ sich nicht weiter bitten, sondern erzählte die Geschichte, bis auf jenen Streit zwischen ihm und Talia, der – zumindest irgendwie – ja durch *Dirk* ausgelöst worden war, und die Wasserschlacht, die danach gefolgt war. Dann bestand er darauf, daß sie den Studenten, die die Tische abräumen wollten, Platz machten.

»Dein Zimmer oder meines?« Dirk versuchte alles, um seine Gefühle zu verbergen. Unglücklicherweise kannte Kris ihn zu gut; das Pokergesicht, das Dirk aufsetzte, bewies nur, wie nervös er wirklich war.

»Gute Götter, nicht dein Zimmer! Dort drinnen verlaufen

wir uns wochenlang! Wir gehen zu mir, ich habe immer noch etwas von dem Ehrris-Wein, glaube ich ...«

Sie hatten es sich in Kris' alten, abgeschabten grünen Stühlen vor einem kleinen Feuer bequem gemacht und tranken Wein. Kris fuhr fort zu erzählen. Jeder Satz, den er sagte, schien irgend etwas mit Talia zu tun zu haben. Dirk tat alles, um interessiert zu erscheinen, aber nicht so besessen von ihr, wie er es wirklich war. Kris verbarg sein Lächeln, denn er ließ sich nicht täuschen.

Aber nicht ein Wort sagte Kris über das, was Dirk wirklich interessierte. Schließlich, als der Wein ihn mutiger werden ließ, stellte er die Frage.

»Hör mal, Kris, ich weiß, du bist ein sehr ritterlicher Mann, aber wir sind doch Blutsbrüder. Mir kannst du es doch sagen! Hast du oder hast du nicht!«

»Habe ich was?« fragte Kris unschuldig.

»Mit ihr geschlafen, du Dummkopf!«

»Ja«, antwortete Kris offen. »Was hast du denn erwartet? Wir sind schließlich nicht aus Eis.« Er dachte sich, daß es wesentlich besser für Dirk war, die Wahrheit zu hören – und sie so zu hören, daß er es als die einfache Sache verstand, die es gewesen war. Dirk und Talia waren wahrscheinlich seine beiden besten Freunde. Und das war alles, was Kris und Talia einander bedeuteten. Er konnte sich nicht vorstellen, in Talia verliebt zu sein, genausowenig wie in den Freund, dem er gerade gegenübersaß. Er beobachtete Dirk und wartete auf dessen Antwort.

»Ich nehme an, das war unvermeidlich ...«

»Unvermeidlich – und noch etwas anderes. Ehrlich gesagt, während dieses Winters war es zu verdammt *kalt*, um alleine zu schlafen.« Und er erzählte ihm die ganze Geschichte des Sturms, den sie durchgemacht hatten, aber mit ein paar Auslassungen. Er wagte nicht, zu berichten, wie Talias Gabe außer Kontrolle geraten war. Erstens brauchte Dirk das nicht unbedingt zu wissen. Und zweitens war er ganz sicher, daß nur wenige Menschen *überhaupt* davon wissen sollten. Elcarth und Kyril auf jeden Fall. Aber

Kris hielt es für unfair, ohne Talias ausdrückliche Erlaubnis mit jemandem darüber zu reden.

Als er seine Erzählung schloß, war er verwirrt. Dirk schien plötzlich uninteressiert zu sein. Kurz darauf entschuldigte er sich und verließ Kris' Zimmer.

O Gott. In welch verdammter Lage er sich befand! Der beste Freund, den er hatte, und die einzige Frau, die Dirk seit Jahren überhaupt hatte ansehen wollen!

Das war nicht gerecht. Das war, verdammt noch mal, nicht gerecht! Keine Frau, die ihre Sinne beisammen hatte, würde ihn auch nur ansehen, wenn Kris in der Nähe war. Und Kris ...

Kris – war *er* verliebt in Talia? Und wenn er es war ...

Götter, Götter, ganz sicher gehörten die beiden zusammen.

Nein, verdammt! Kris konnte jede Frau haben, ohne auch nur einen Finger bewegen zu müssen! Bei den Göttern, um diese Frau würde er mit Dirk kämpfen müssen!

Aber er hatte nicht die leiseste Ahnung, wie er das anstellen sollte. Und – Kris war ihm wie ein Bruder, mehr als ein Bruder. Es war auch ihm gegenüber nicht gerecht.

In dieser Nacht lag Dirk stundenlang wach, starrte in die Dunkelheit, warf sich ruhelos in seinem Bett herum und verfluchte die Nachtschwalbe, die unbedingt vor seinem Fenster singen mußte. Als der Morgen heraufdämmerte, war er von einer Lösung seiner Probleme genauso weit entfernt wie am Abend zuvor, als er sich zur Ruhe gelegt hatte.

## Zwei

»Talia!«

Elspeth begrüßte Talias Erscheinen beim Frühstück mit einem Quietschen und einer Umarmung, die der jungen Frau den Atem nahm. Die Thronerbin war in den letzten anderthalb Jahren um mehrere Zoll gewachsen; sie war jetzt ein bißchen größer als Talia. Und die Zeit hatte ihrer Gestalt auch ein paar frauliche Kurven hinzugefügt. Talia fragte sich jetzt, da sie Elspeth gesehen hatte, ob ihre Mutter wirklich verstand, um wie vieles erwachsener sie während Talias Abwesenheit geworden war.

Der holzgetäfelte Gemeinschaftsraum war voller junger Leute in den grauen Uniformen der Studenten. Die meisten Lehrer hatten schon früher gegessen. In dem Raum mit seinen Bänken und Tischen erklang schläfriges Gemurmel, und es roch nach Speck und heißem Maisbrei. Er sah genauso aus wie zu der Zeit, als Talia noch Studentin gewesen war, außer, daß sie nur mehr wenige Gesichter kannte und alle Plätze besetzt waren. Sie ließ sich in die warme, freundliche Atmosphäre gleiten, wie eine Klinge in eine gut geölte Scheide, und fühlte sich, als ob sie niemals fort gewesen wäre.

»Lichte Herrin, Kätzchen, du brichst mir noch alle Rippen!« wehrte sie Elspeth ab und umarmte sie gleichfalls. »Ich habe von Keren deine Nachricht erhalten – ich nehme an, Skif *hat* dir gesagt, daß ich letzte Nacht gekommen bin? Ich hatte eigentlich erwartet, dich an meiner Türschwelle zu finden.«

»Letzte Nacht hatte ich Fohlenwache.« Es war eine der Pflichten der Studenten, draußen auf der Wiese der Gefährten zu übernachten, wenn die Geburt eines Fohlens bevorstand, und sich bei der Wache abzuwechseln. Gefährtenstuten bekamen ihre Fohlen nicht mit der Leichtigkeit gewöhnlicher Pferde. Wenn es Schwierigkeiten gab, zählte jede Sekunde, um Leben und Gesundheit von Stute und Fohlen zu erhalten. »Skif hat mir gesagt, daß du gekommen bist und daß er dir meinen Hilferuf überbracht hat. Also wußte ich, daß ich mir keine Sorgen mehr zu machen brauche. Und ganz sicher wollte ich *dich* nicht beim Schlafen stören.«

»Ich habe gehört, daß Cymry geworfen hat. Wer noch?«

»Zaleka.« Elspeth grinste, weil Talia sie nur verwirrt ansah. »Sie hat Arven erwählt, kurz nachdem du abgereist bist. Er ist schon älter als die meisten anderen neu Erwählten, und als Jillian zwischen zwei Aufträgen hier am Collegium war – nun, du kennst Jillian, sie ist so schlimm wie Destria. Anscheinend ist ihr Gefährte von der gleichen Art. Arven ist deswegen schon genug gequält worden! Zaleka hat noch nicht geworfen, aber es kann jeden Tag passieren.«

Talia schüttelte den Kopf und legte einen Arm um die Schultern der Erbin. »Ihr jungen Leute! Wo soll das denn noch hinführen ...«

Elspeth gab ein sehr undamenhaftes Schnauben von sich; ihre großen braunen Augen wurden schmal, und sie schüttelte zornig ihre dunkle Haarmähne. »Du kannst mir nichts vormachen! Ich habe da Geschichten über dich und *deine* Jahrgangskameraden gehört, die mich erbleichen ließen! Klettertouren von einem Fenster zum anderen, mitten in der Nacht und in Begleitung eines Ex-Diebes! Der königlichen Kinderfrau hinterher zu spionieren.«

»Kätzchen ...« Übergangslos wurde Talia ernst. »Elspeth, es tut mir leid wegen Hulda.« Fest hielt sie Elspeths Blick stand.

Elspeth schnitt eine bittere Grimasse, als der Name der Kinderfrau fiel, die es beinahe geschafft hatte, sie in ein unerträgliches Biest zu verwandeln und ihr jede Chance zu nehmen, erwählt zu werden.

»Warum? Du hast sie auf frischer Tat bei einer Verschwörung ertappt, mich für immer von der Nachfolge auszuschließen«, erwiderte sie mit einer Mischung aus Belustigung und Zorn – Belustigung wegen Talias Verhalten und Zorn auf Hulda. »Setz dich, setz dich hin! Ich habe Hunger, und ich will mir bei Reden mit dir nicht den Hals verrenken.«

»Du ... du, bist mir also nicht böse?« fragte Talia und ließ sich neben Elspeth auf der alten, hölzernen Bank nieder. »Ich wollte dir sagen, daß ich dafür verantwortlich war, daß sie weggeschickt wurde, aber – ehrlich gesagt – ich hatte nie den Mut dazu.«

Elspeth lächelte leicht. »Du hattest nicht den Mut? Der

Herrin sei Dank dafür! Ich hatte schon Angst, du wärst vollkommen!«

»Kaum«, antwortete Talia trocken.

»Tja, warum erzählst du mir nicht jetzt die ganze Geschichte? Ich habe sie bis jetzt ja nur aus zweiter Hand von Mutter und Kyril gehört.«

»O Gott, wo soll ich anfngen?«

»Hm – von Anfang an, wie du es herausgefunden hast.« Elspeth nahm einen Krug mit Fruchtsaft von einer Servierplatte und stellte ihn vor Talia.

»Gut. Es hat damit angefangen, daß ich versuchen wollte, dich kennenzulernen. Hulda hat mir immer wieder dazwischengepfuscht.«

»Wie?«

»Sie hat dich zum Unterricht begleitet, gesagt, daß du schläfst oder lernst oder welche andere Ausrede ihr auch eingefallen ist. Kätzchen, ich war damals erst vierzehn und nicht sehr selbstsicher. Ich hatte nicht den Mut, sie herauszufordern! Aber es ist einfach zu oft geschehen, als daß es Zufall gewesen sein könnte. So habe ich Skif um Hilfe gebeten.«

Elspeth nickte. »Eine gute Wahl. Wenn es jemanden gab, der herausfinden konnte, was gespielt wird, dann Skif. Ich weiß ganz sicher, daß er mich immer noch im Auge behält.«

»Ach. Wie denn?«

Elspeth kicherte. »Wann immer er hier in der Hauptstadt ist, läßt er im ›Geheimfach‹ meines Schreibtisches Süßigkeiten und kleine Zettel liegen.«

»O Gott. Das hast du doch niemandem erzählt, oder?«

Elspeth war beleidigt. »Und ihn damit verraten? Wirklich nicht! Ich habe es Mutter erzählt, für den Fall, daß er jemals erwischt wird – und das ist nicht sehr wahrscheinlich! Aber ich habe sie zuerst gebeten, Stillschweigen zu bewahren.«

Talis seufzte erleichtert. »Der Herrin sei Dank. Wenn es jemand herausfindet, der kein Herold ist ...«

Elspeth wurde ernst. »Ich weiß. Schlimmstenfalls könnte eine Wache ihn töten, bevor sie bemerkt, daß er ein Herold ist und die Sache nur ein Streich. Glaub mir, das weiß ich. Mutter war eher belustigt – und auch sehr froh, denke ich. Es kann nicht schaden, wenn unter den Herolden jemand mit *solchen* Fähigkeiten ist. Also, du hast Skif eingeschaltet …«

»Genau. Er hat Nachforschungen angestellt und herausgefunden, daß Hulda nicht eine Untergebene war, wie jeder dachte, sondern die Kinderstube und deine Erziehung übernommen hatte. Sie hat der alten Melidy Drogen verabreicht. *Melidy* hätte eigentlich deine Erzieherin sein sollen. Nun, mir schien das etwas Unrechtes zu sein, aber ich konnte nichts beweisen, denn Melidy *war* krank gewesen. Sie hatte einen Gehirnschlag erlitten. Also ließ ich Skif weiterhin aufpassen. Dann entdeckte er, daß Hulda im Sold eines Unbekannten stand. Er wurde bezahlt, um sicherzustellen, daß du niemals erwählt und daher auch nie zur Erbin ernannt werden würdest.«

»Mistvieh.« Aus Elspeths Augen leuchtete der Zorn. »Ich nehme an, keiner von euch beiden hat jemals gesehen, wer es war?«

Talia schüttelte bedauernd den Kopf. »Nie. Er war immer maskiert, trug einen Umhang und eine Kapuze. Wir erzählten es Jadus. Jadus berichtete der Königin – und Hulda verschwand.«

»Und ich wußte nur, daß ich den einen Menschen verloren hatte, von dem ich gefühlsmäßig völlig abhängig war. Ich bin nicht überrascht, daß du nichts gesagt hast.« Elspeth reichte Talia einen sauberen Teller. »Weißt du, vor zwei oder drei Jahren wäre ich vielleicht böse geworden, wenn du mir das erzählt hättest, aber jetzt nicht mehr.«

In den Augen der jungen Erbin war kalter, unversöhnlicher Zorn zu lesen. »Ich erinnere mich nur zu gut an diese Zeit.«

Talias letzte Befürchtungen verloren sich angesichts der Entrüstung in Elspeths Tonfall.

»Nicht nur, daß ich jedem zuwider war«, fuhr Elspeth fort. »Wenn ich zurückdenke, dann glaube ich, daß diese

Frau, die sich meine ›Erzieherin‹ nannte, mich bedenkenlos mit eigenen Händen erwürgt hätte, wenn sie der Meinung gewesen wäre, damit etwas zu gewinnen und davonzukommen. Und sie hätte jede Minute genossen!«

»Ach, komm, so ein kleines Monster warst du nun auch wieder nicht!«

»Hier, du solltest lieber etwas essen, oder Mero wird auf uns alle böse sein, wenn wir in die Küche zum Abwasch kommen. Er hat all deine Lieblingsgerichte vorbereitet.« Elspeth nahm einige der Platten, die von Hand zu Hand gingen, und belud Talias Teller mit knusprigen Brotfladen, Honig, warmem Speck und Gemüsebrei. Es kam ihr nicht in den Sinn, daß sie, die Erbin des Thrones, eine junge Frau bediente, die theoretisch ihre Untergebene war. Sie hatte seit der Zeit als ›königliches Biest‹, das so ungestüm auf seinem Rang bestanden hatte, einen wirklich weiten Weg zurückgelegt. »Talia, ich habe die meisten meiner wachen Stunden mit Hulda verbracht. Ich weiß ganz sicher, daß es ihr Spaß gemacht hat, mich zu ängstigen. Die Gutenachtgeschichten, die sie mir erzählt hat, würden einem Erwachsenen die Haare zu Berge stehen lassen, und ich verwette mein Leben, daß sie meine Angst genossen hat. Ich kann dir zwar nicht sagen, warum, aber ich bin sicher, sie war die kälteste, selbstsüchtigste Person, der ich je begegnet bin. Nichts außer ihrem eigenen Wohlergehen hat sie interessiert. Sie konnte das zwar recht gut verbergen, aber ...«

»Ich glaube dir, Kätzchen. Eine deiner Gaben ist schließlich das ›Gedankenfühlen‹, und kleine Kinder sehen oft viel mehr als wir Erwachsenen.«

»*Ihr* Erwachsene? Du warst damals nicht so viel älter als ich. Du hast selbst sehr viel miterlebt, und du hättest noch mehr bemerkt, wenn du mehr Zeit bei mir hättest verbringen können. Hulda hat versucht, mich in ein Abbild ihrer selbst zu verwandeln, wenn sie mich nicht gerade verängstigt hat. Nachdem sie mich erst einmal von allen anderen getrennt hatte und ich niemanden mehr besaß, an den ich mich als Freund wenden konnte, hat sie mir immer wieder gesagt, daß ich außer ihr niemandem vertrauen soll und um jedes Bißchen meiner königlichen Privilegien kämpfen muß und vor nichts und niemandem haltmachen darf. Aber da ist noch etwas, das sich herausgestellt hat, nachdem du abgereist warst. Als sie mir die Geschichte erzählt hatten, bin ich sehr neugierig geworden.«

»Deswegen nenne ich dich auch ›Kätzchen‹«, unterbrach Talia sie grinsend. »Weil du so neugierig wie eine Katze bist.«

»Das stimmt. Aber manchmal zahlt Neugier sich aus. Ich habe angefangen, die Dinge, die Hulda zurückgelassen hat, zu durchsuchen, und mit meiner väterlichen Verwandtschaft ein paar diskrete Briefe auszutauschen.«

»Weiß deine Mutter davon?« Talia war ein wenig überrascht.

»Ich tue es mit ihrer Erlaubnis. Mein Onkel, König Faramentha, mag mich so sehr, wie er meinen Vater haßte. Inzwischen schreiben wir uns regelmäßig und erzählen uns Familiengeschichten. Ich mag ihn auch – es ist schade, daß wir so nahe verwandt sind. Er hat viele Söhne. Ich glaube, daß jemand, der seinen Sinn für Humor hat, eine sehr angenehme Bekanntschaft wäre ...« Sehnsüchtig verstummte Elspeth; dann schüttelte sie leicht den Kopf und kehrte zum Thema zurück. »Aber jetzt sind wir nicht einmal mehr sicher, daß jene Hulda, die hier bei uns ankam, dieselbe Hulda ist, die Rethwellan verlassen hat.«

»*Was?*«

»Ach, es macht so viel *Spaß*, dich zu erschrecken! Du siehst aus, als hätte jemand dich mit einem Brett auf den Kopf geschlagen!«

»Elspeth, ich werde *dich* gleich schlagen, wenn du nicht zur Sache kommst!«

»Schon gut, schon gut! Es ist jetzt zwar ein bißchen zu spät, um diese Dinge noch nachzuprüfen, aber anscheinend ist zwischen dem Tag, an dem Hulda die königliche Kinderstube in Rethwellan verlassen hat, und ihrem Eintreffen hier ein Monat vergangen, in dem sie einfach verschwunden war. Sie kam nicht über die Grenze, und in den Gasthöfen entlang der Straße erinnert sich niemand an sie. Und dann – plopp! – und sie ist hier, mit Sack und Pack. Vater lebte wegen seines dummen Fehlers schon nicht mehr, und sie hatte die richtigen Papiere und Briefe. Niemand bezweifelte, daß sie die ›Hulda‹ war, nach der er geschickt hatte.«

»Lichte Herrin!« Talias Frühstück wurde kalt, während sie über all die Möglichkeiten nachdachte, die Elspeths Erklärung eröffnete. Hatte der unbekannte ›Lord‹, den sie und Skif mit ihr gesehen hatten, sie hierhergebracht? Talia konnte nicht wissen, ob er unter jenen war, die nach Ylsas Ermordung entdeckt und hingerichtet worden waren, weil sie sein Gesicht niemals gesehen hatte. Sie und Skif hatten gedacht, daß dem so war, denn es hatte seit damals keine Unruhe mehr gegeben. Aber er *hätte* auch aus Vorsicht eine Weile stillhalten können. Hatte dieser ›Lord‹ überhaupt gewußt, daß Hulda nicht diejenige war, als die sie erschien? Und wohin war sie verschwunden, nachdem sie demaskiert worden war? Niemand hatte sie abreisen sehen. Sie war nicht über die Grenze gegangen, zumindest nicht entlang der Straßen (was zu dem paßte, was Elspeth gerade erzählt hatte) – aber zumindest war sie verschwunden gewesen, bevor jemand sie aufhalten konnte. Und wer – oder was – hatte sie gewarnt, daß sie entdeckt worden war? Eine Gefahr, von der Talia lange Zeit gedacht hatte, daß es sie nicht mehr gab, war wieder auferstanden, wie ein Basilisk aus einem Brunnen.

»Mero wird mir die Haut abziehen!« warnte Elspeth, und Talia schrak zusammen und beendete ihr Frühstück. Aber sie konnte später nicht mehr sagen, was sie gegessen hatte.

»... und das war der letzte Zwischenfall«, endete Kris. »In den vergangenen paar Wochen gab es nur Routineangelegenheiten. Wir beendeten die Reise, Griffon löste uns ab, und wir machten uns auf den Heimweg.«

Er begegnete den nachdenklichen Blicken Elcarths und

Kyrils. Beide waren furchtbar erschrocken durch Kris' Beschreibung, wie Talias Gabe außer Kontrolle geraten war und *warum*. Offensichtlich hatten sie angenommen, daß dieses Gespräch eine reine Formsache sein würde. Kris' Bericht war eine unangenehme Überraschung.

»Warum«, fragte Kyril nach einer Pause, die für Kris' Geschmack viel zu lange dauerte, »hast du dich nicht um Hilfe umgesehen, als es geschehen ist?«

»Vor allem deshalb, weil wir zu dem Zeitpunkt, als ich erkannte, daß etwas nicht stimmte, in dieser Wegstation eingeschneit waren, Ältester.«

»Da hat er recht, Bruder.« Elcarth schenkte dem silberhaarigen Herold des Seneschalls ein trockenes Lächeln.

»Und als wir wieder herauskamen, hatte sie ihr Problem beinahe schon gelöst«, fuhr Kris fort. »Sie hatte die Grundlagen begriffen und verarbeitet. Und als wir wieder auf Menschen trafen, fanden wir heraus, daß uns diese Gerüchte vorausgeeilt waren. Zu *diesem* Zeitpunkt dachte ich, daß wir nicht wiedergutzumachenden Schaden anrichten würden, wenn wir die Rundreise abbrachen und nach Hilfe suchten. Wir hätten damit nur bestätigt, daß an diesen Gerüchten etwas dran sein muß.«

»Hm. Das kann sein«, stimmte Kyrill zu.

»Und zu diesem Zeitpunkt war ich auch gar nicht sicher, daß es irgend jemanden gibt, der Talia ausbilden könnte.«

»Heiler ...«, begann Elcarth.

»Haben nicht nur die Gabe der Empathie. Sie verwenden sie auch nicht so, wie Talia es tut – tun muß. Sie hat damit tatsächlich *angegriffen*. Und die Heiler verwenden Empathie so gut wie nie außerhalb einer ›Heilsitzung‹. Talia wird ihre Gabe ständig verwenden müssen, so daß sie ein Teil von ihr werden wird wie ihre Augen und Ohren. Zumindest«, schloß Kris mit einem verlegenen Lächeln, »denke ich das.«

»Ich glaube, in diesem Fall hattest du recht, junger Bruder«, erwiderte Kyril nach langem Nachdenken. Kris hatte Zeit genug, zu überdenken, was er gesagt hatte, und ob es ihm gelungen war, diese beiden – die ältesten Herolde des Kreises –, zu überzeugen.

Er atmete aus. Ihm war gar nicht bewußt gewesen, daß er die Luft angehalten hatte.

»Und da ist noch etwas!« fügte er hinzu. »Zu diesem Zeitpunkt wissen zu lassen, daß wir, das Collegium, verabsäumt haben, den neuen Herold des Monarchen richtig auszubilden, hätte jedermanns Moral zerstört.«

»Strahlende Göttin – du hast recht!« rief Elcarth voller Bestürzung. »Sowohl Herolde als auch andere Menschen hätten den Glauben an uns verloren. Unter diesen Umständen habt ihr, du und Talia die besten Noten verdient. Du für dein Gespür für Diskretion und dein Lehrling, weil sie eine Prüfung bestanden hat, der sie eigentlich niemals hätte begegnen dürfen.«

»Ganz meine Meinung«, sagte Kyril. »Und jetzt, wenn du uns entschuldigst, werden Elcarth und ich uns darum kümmern, daß so etwas nicht mehr geschehen kann.«

Kris verabschiedete sich höflich und floh dankbar aus ihrer beider Gegenwart.

In der Stunde nach dem Frühstück legte Talia einen weiten Weg zurück. Zuerst verließ sie das Collegium der Herolde und begab sich zu dem abseits stehenden Gebäude, in dem das Haus der Heilung und das Collegium der Heiler untergebracht waren. Es war noch dunkel gewesen, als sie zum Frühstück gegangen war; jetzt aber stand die Sonne schon am Himmel. Das wolkenlose blaue Firmament ließ vermuten, daß heute ein weiterer wunderschöner Frühlingstag werden würde.

Innerhalb der sandsteinfarbenen Mauern suchte Talia den Heiler Devan auf, um ihn wissen zu lassen, daß sie zurückgekommen war, und um ihn zu fragen, ob es im Haus der Heilung kranke Herolde gab, die Talias spezielle Gabe benötigten.

Sie fand Devan in der Apotheke, wo er sorgfältig irgendeine Mixtur zusammenstellte. Sie trat sehr leise ein, um ihn nicht zu stören, aber irgendwie wußte er trotzdem, daß sie gekommen war.

»Neuigkeiten verbreiten sich schnell. Ich wußte schon, daß du zurück bist«, sagte er, ohne sich umzudrehen. »Sei herzlich willkommen, Talia!«

Sie lachte leise. »Ich hätte es besser wissen sollen, als mich an jemanden anzuschleichen, der über dieselbe Gabe verfügt wie ich.«

Er stellte den Heiltrank auf den Tisch vor ihm, verschloß ihn sorgfältig und wandte sich Talia zu. Seine sanften dunklen Augen erhellten sich, und er streckte ihr Hände voller brauner Flecken entgegen.

»Mein Kind, deine Aura ist unverwechselbar. Ich bin froh, sie wieder zu spüren!«

Sie nahm seine Hände in die ihren und rümpfte ein wenig die Nase, weil es in dem Raum so streng roch. »Ich hoffe, Ihr freut Euch um meinetwillen, mich zu sehen, und nicht, weil Ihr mich hier dringend braucht.«

Sehr zu ihrer Erleichterung versicherte er ihr, daß in diesem Augenblick *kein einziger* Herold unter seinen Pfleglingen war.

»Aber warte nur, bis im Süden die Mittsommerstürme einsetzen und die Piratenüberfälle im Westen beginnen!« sagte er, und seine dunklen Augen schauten traurig. »Rynee wird im Winter ihre Ausbildung abschließen, und sie hat die feste Absicht, nach Süden zu gehen, um in der Nähe ihrer Heimat zu arbeiten. Du bist rechtzeitig zurückgekommen, denn bald wirst du hier außer Patris der einzige ›Geist-Heiler‹ sein. Es ist sogar möglich, daß wir dich nicht nur für kranke Herolde brauchen!«

Nach dieser Unterhaltung kehrte sie in den Flügel der Herolde zurück, um ein Gespräch zu führen, auf das Talia sich ganz und gar nicht freute.

Zögernd klopfte sie an die Tür zu Elcarths Arbeitsraum.

Nicht nur Elcarth war anwesend, auch der Herold des Seneschalls erwartete sie.

Während der nächsten Stunde berichtete sie, so leidenschaftslos wie möglich, über alles, was im Verlauf ihrer Assistenzzeit geschehen war. Sie schonte sich selbst nicht, sondern gestand, daß sie lange vor Kris verborgen hatte, daß sie die Kontrolle über ihre Gabe verlor, und gab zu, daß sie erst mit ihm geredet hatte, als er sie dazu zwang. Sie erzählte ihnen auch, was Kris verschwiegen hatte: daß sie sich und Kris beinahe getötet hätte.

In tiefem Schweigen lauschten die beiden Männer Talia, bis sie ihren Bericht beendet hatte und mit in ihre Tunika verkrampften Händen dasaß, um auf ihr Urteil zu warten.

»Welche Schlüsse hast du aus alledem gezogen?« fragte Elcarth unerwartet.

»Daß kein Herold alleine bestehen kann, nicht einmal der Herold der Königin«, antwortete sie nach kurzem Nachdenken, »*vor allem* nicht der Herold der Königin. Was ich tue, hat auf alle anderen Herolde Auswirkungen, weil gerade ich von allen Bewohnern des Königreichs mit großer Aufmerksamkeit bedacht werde.«

»Und was ist mit der richtigen Anwendung deiner Gabe?« fragte Kyril.

»Ich weiß es immer noch nicht ganz genau«, gestand sie. »Es gibt Zeiten, da weiß ich sicher, was ich tun muß. Aber meist ist alles so ... so verschleiert. Wahrscheinlich werde ich immer wieder Nachteile und Notwendigkeiten abwägen müssen.«

Elcarth nickte.

»Wenn ich die Zeit dazu habe, werde ich den Kreis um Rat fragen. Aber meist werde ich mir diesen Luxus nicht leisten können. Wenn ich einen Fehler mache, werde ich die Konsequenzen hinnehmen und versuchen, diesen Fehler in Zukunft zu vermeiden.«

»Nun gut, Heroldin Talia«, sagte Elcarth. Seine schwarzen Augen leuchteten. Plötzlich verstand Talia, daß es Stolz war, der aus ihnen schien. »Ich denke, du bist bereit, an die Arbeit zu gehen.«

»Dann … habe ich es geschafft?«

»Was habe ich dir gesagt?« fragte Kyril, an Elcarth gewandt, und schüttelte den Kopf. »Ich wußte, sie würde es nicht glauben, bis sie es von unseren Lippen gehört hat.« Der silberhaarige Herold mit dem steinernen Gesichtsausdruck lächelte ihr für einen Augenblick voll Wärme zu. »Ja, Talia, du hast es sehr gut gemacht. Wir sind hochzufrieden mit dem, was du uns erzählt hast. Du hast in einer verzweifelten Lage, die du nicht alleine verschuldet hast, aus eigener Kraft einen Ausweg gefunden.«

»*Und* wir sind auch mit den Antworten, die du uns jetzt gegeben hast, sehr zufrieden«, fügte Elcarth hinzu. »Du hast es geschafft, ein vernünftiges Gleichgewicht herzustellen, was die Verwendung deiner Gabe betrifft. Jetzt, wo du unser Lob vernommen hast – bist du bereit für die schlechten Neuigkeiten? In Kürze findet eine Ratssitzung statt.«

»Ja, Herr«, erwiderte sie. »Ich bin … gewarnt worden.«

»Und nicht nur wegen der Sitzung, nehme ich an.«

»Ältester, ich darf meine Quelle nicht bekanntgeben.«

»Herr und Herrin!« Elcarths ausgeprägte Züge zuckten, als er ein Auflachen verbiß. »Sie hört sich jetzt schon wie Talamir an!«

Kyril schüttelte wehmütig den Kopf. »Das stimmt, mein Bruder. Talia, wir sehen dich im Rat. Du solltest jetzt besser gehen. Ich kann mir vorstellen, daß Selenay gerne ein paar Dinge mit dir besprechen möchte, bevor die Sitzung beginnt.«

Talia verstand, daß sie entlassen war, und verabschiedete sich von beiden. Ihre Füße waren leicht, so wie ihr Herz.

»Talia!« Selenay verhinderte jede formelle Begrüßung, indem sie ihren Herold erfreut umarmte. »Lichte Herrin, wie *sehr* habe ich dich vermißt! Komm herein! Hier sind wir ein bißchen unter uns.«

Sie zog Talia in eine Nische in den granitenen Mauern, in der eine polierte, hölzerne Bank stand, neben dem Korridor, der zum Ratszimmer führte. Wie gewöhnlich war sie wie einer ihrer Herolde gekleidet; nur das dünne Diadem aus rotem Gold auf ihrem goldenen Haar verriet ihre Stellung.

»Laß dich ansehen. Freistatt, du siehst gut aus! Aber du bist so schmal geworden ...«

»Ich mußte mein eigenes Essen verzehren«, erwiderte Talia, »das ist alles. Ich wollte Euch eigentlich letzte Nacht noch aufsuchen ...«

»Du hättest mich nicht gefunden«, sagte Selenay. In ihren blauen Augen war Zuneigung. »Ich hatte mich mit dem Lord Marschall zurückgezogen, um über Truppeneinsätze an der Grenze zu beraten. Als wir endlich fertig waren, da war ich so müde, daß ich nicht einmal meinen wiederauferstandenen Vater hätte sehen wollen. All diese verdammten Landkarten! Außerdem, die erste Nacht nach der Assistenzzeit verbringt man immer mit seinen engsten Freunden, das ist Tradition! Wie soll man sonst alle Neuigkeiten der letzten achtzehn Monate erfahren?«

»Den Klatsch, meint Ihr wohl.« Talia grinste. »Man hat mir zu verstehen gegeben, daß Kris und ich einigen Tratsch verursacht haben.«

»So wie du das sagst, muß ich schließen, daß mein Glaube an eine unsterbliche Liebesgeschichte umsonst war?« In Selenays Augen funkelte es, und sie schmollte in gut gespielter Enttäuschung.

Talia schüttelte den Kopf und gab vor, entrüstet zu sein. »Nicht auch Ihr! Leuchtende Freistatt, hat sich denn jeder im Collegium in den Kopf gesetzt, uns zu einem Paar zu machen, ob wir wollen oder nicht?«

»Die einzigen Ausnahmen sind Kyril, Elcarth, Skif, Keren und – unglaublich! – Alberich. Sie schwören, daß du dein Herz sicher nicht an Kris' hübsches Gesicht verlieren wirst.«

»Sie ... könnten recht haben.«

Selenay sah Talias leicht verstörten Gesichtsausdruck und hielt es für klüger, das Thema zu wechseln. »Nun, ich bin überglücklich, dich wieder an meiner Seite zu haben. Ich hätte dich in den letzten beiden Monaten dringend gebraucht.«

»Zwei Monate? Hat das mit der Sache zu tun, wegen der Elspeth Skif nach uns geschickt hat?«

»Hat sie das? Diese kleine Hexe! Wahrscheinlich ja. Sie ist über die Ideen des Rates genauso wenig erfreut wie ich. Ich habe ein Gesuch um ihre Hand bekommen – von jemandem, den ich nur sehr, sehr schwer zurückweisen kann.«

»Sprecht weiter.«

Selenay machte es sich auf der Bank bequem und strich geistesabwesend mit einer Hand über die Armlehne. »König Alessandar hat uns vor zwei Monaten einen Botschafter geschickt, mit der formellen Bitte, eine Heirat zwischen Elspeth und seinem Sohn Ancar in Erwägung zu ziehen. Vieles spricht für diese Heirat. Ancar ist ungefähr so alt wie Kris. Das ist für eine königliche Heirat kein allzu großer Altersunterschied. Er soll auch recht ansehnlich sein. Es würde die Vereinigung unserer beiden Königreiche bedeuten, und Alessandar hat eine starke und gut ausgebildete Armee, viel größer als unsere. Ich wäre in der Lage, die Herolde auch in sein Reich zu senden, und seine Armee würde Karse dazu bringen, es sich zweimal zu überlegen, ob sie uns jemals wieder angreifen wollen. Drei Viertel der Räte sind bedingungslos dafür. Der Rest ist der Idee zugeneigt, aber sie reden nicht so sehr auf mich ein, wie die anderen es tun.«

»Nun«, erwiderte Talia langsam und drehte an dem Ring, den Kris ihr gegeben hatte, »Ihr würdet nicht zögern, wenn Euch nicht irgend etwas beunruhigen würde. Was ist es?«

»Erstens will ich Elspeth nicht zu einer Staatsehe zwingen, es sei denn, ich muß es tun. Ehrlich gesagt, lieber soll sie unverheiratet bleiben und der Thron an eine Nebenlinie übergehen, als daß sie eine Ehe schließt, die nicht zumindest auf gegenseitigem Respekt und Verstehen beruht.« Selenay spielte mit einer Strähne ihres Haares und wickelte sie um einen ihrer schlanken Finger. Diese Geste verriet, wie besorgt sie wirklich war. »Zweitens ist sie noch sehr jung. Ich werde darauf bestehen, daß sie ihre Ausbildung beendet, bevor eine Entscheidung getroffen wird. Drittens habe ich Ancar nicht mehr gesehen, seit er seine Waffen erhalten hat. Ich habe keine Ahnung, was für ein Mann aus ihm geworden ist. Ich will es aber wissen, bevor ich auch nur ernsthaft daran denke, etwas in Sachen Eheschließung zu entscheiden. Um die Wahrheit zu sagen, ich hoffe, daß sie eine Liebesheirat eingeht – mit jemandem, der wenigstens erwählt ist, wenn er schon kein Herold ist. Ich habe selbst erlebt, was geschieht, wenn der Gemahl der Königin nicht ihr Mitregent ist, aber darauf vorbereitet wurde, zu regieren. Und du weißt sehr wohl, daß Elspeths Gemahl den Thron nicht mit ihr teilen kann, außer er wird erwählt.«

»Das ist alles gut und schön, aber Euch beunruhigt noch etwas anderes.« Talia verstand die Königin so genau, als wäre sie niemals fortgewesen.

»Jetzt weiß ich, warum ich dich so sehr vermißt habe! Du schaffst es immer wieder, genau jene Frage zu stellen, die mich die Dinge im richtigen Licht sehen läßt.« Selenay lächelte erfreut. »Ja, es stimmt. Aber ich konnte es dem Rat nicht sagen, nicht einmal Kyril, der treuen Seele. Sie würden es für weibliche Launen halten und irgend etwas über die Mondtage murmeln. Was mich so stört, ist folgendes: es ist zu großartig, zu vollkommen, zu sehr die Antwort auf unsere Gebete. Ich suche nach der Falle hinter dem Köder und frage mich, warum ich sie nicht sehen kann. Vielleicht habe ich mich so daran gewöhnt, mißtrauisch zu sein, daß ich nicht einmal mehr ehrlichen Angeboten vertrauen kann.«

»Nein, das glaube ich nicht.« Nachdenklich verzog Talia die Lippen. »Irgend etwas stimmt nicht, oder Ihr wärt nicht so beunruhigt. Ihr habt die Gabe des ›Gedankenfühlens‹ und ein wenig ›Voraussicht‹, stimmt's? Ich habe den Verdacht, Ihr erhaltet eine neblige ›Vorahnung‹, daß etwas an der Sache nicht richtig ist, und Eure Unruhe kommt daher, daß Ihr den Rat deswegen bekämpfen müßt, ohne daß Ihr ihnen Gründe nennen könnt.«

»Sei gesegnet! Genau so muß es sein! Ich habe mich die letzten Monate gefühlt, als ob ich versuchen würde, ein lekkes Boot mit bloßen Händen auszuschöpfen!«

»Dann verwendet Elspeths Jugend und die Tatsache, daß sie ihre Ausbildung beenden *muß*, als Entschuldigung, sie für eine Weile hinzuhalten. Ich werde Euch unterstützen. Und wenn Elcarth und Kyril das merken, werden sie sich mir anschließen«, sagte Talia mit mehr Sicherheit, als sie eigentlich fühlte. »Bedenkt, ich habe jetzt eine Stimme im Rat. Wir beide haben sogar die Macht, eine einstimmige Entscheidung des Rates umzustoßen. Alles, was es braucht, um eine Abstimmung des Rates ungültig zu machen, sind die Stimmen des Monarchen und seines Herolds. Ich gebe zu, daß es wahrscheinlich politisch nicht sehr klug ist, so vorzugehen, aber ich werde es tun, wenn es sein muß.«

Selenay seufzte erleichtert. »Wie habe ich nur all die Jahre ohne dich auskommen können?«

»Vielen Dank. Aber ich glaube, daß Ihr es fertiggebracht hättet, den Rat irgendwie zu vertrösten, falls ich nicht hier gewesen wäre. Selbst wenn Ihr Devan hättet bitten müssen, Elspeth in ein Fieber zu versetzen, um dadurch Zeit zu gewinnen! Aber sollten wir jetzt nicht gehen?«

»Ja, es ist Zeit.« Selenay lächelte mit einem Anflug von Bösartigkeit. »Dies ist ein Augenblick, auf den ich lange gewartet habe! Einige Leute werden sehr bestürzt sein, wenn sie erkennen müssen, daß du jetzt tatsächlich der Herold der Königin bist und der Rat in Zukunft in voller Besetzung zusammentritt!«

Gemeinsam standen sie auf und gingen durch die Doppeltore mit ihren Verkleidungen aus Bronze, die in die Ratskammer führten.

Die anderen Mitglieder des Rates hatten sich beim Tisch versammelt. Wie ein Mann standen sie auf, als die Königin eintrat, mit Talia in ihrer rechtmäßigen Position einen Schritt hinter und leicht rechts von Selenay.

Die Ratskammer war kein großer Raum. Sie war nur mit dem hufeisenförmigen Ratstisch und den dazugehörenden

Stühlen eingerichtet. Alles war aus dunklem Holz, und der ständige Gebrauch hatte es fast schwarz werden lassen. Wie im ganzen Palast waren die Wände nur bis etwa auf Kinnhöhe getäfelt; darüber sah man den grauen Granit der ursprünglichen Festung.

Eine verkleinerte Ausgabe von Selenays Thron stand genau in der Mitte des Ratstisches. Hinter ihm war eine Feuerstelle, und über dieser Feuerstelle trug die Mauer das Wappen der Herrscher von Valdemar: ein geflügeltes weißes Pferd, das eine zerbrochene Kette um den Hals trug. An der Wand über der Tür, gegenüber vom Thron, war eine riesige Landkarte von Valdemar angebracht, auf schwerem Leinen gezeichnet und ständig auf dem neuesten Stand gehalten. Sie war so groß, das jedes Ratsmitglied sie von seinem oder ihrem Sitz aus studieren konnte. Der Stuhl gleich rechts neben der Königin war für Talia bestimmt, der zur Linken für den Seneschall. Neben ihm saß Kyril, neben Talia der Lord Marschall. Die anderen Räte nahmen den Platz, der ihnen gefiel, ohne Rücksicht auf Rang und Stand.

Talia hatte noch nie auf diesem Stuhl gesessen. Durch die Tradition war bestimmt, daß er leer bleiben mußte, bis sie ihre Ausbildung beendet hatte und ein vollwertiger Herold war. Sie hatte bei den anderen Räten gesessen und nichts getan, außer gelegentlich ihre Meinung zu sagen und Selenay ihre Beobachtungen mitzuteilen, wenn die Treffen vorüber waren. Ihre neue Stellung brachte ihr eine ziemliche Macht, aber auch große Verantwortung.

Die Räte blieben stehen. Auf einigen Gesichtern zeigte sich Überraschung. Offensichtlich hatte sich die Nachricht von Talias Rückkehr am Hof nicht so schnell verbreitet wie im Collegium. Selenay trat vor ihren Thron, Talia vor ihren Stuhl. Die Königin neigte ganz leicht den Kopf nach beiden Seiten und ließ sich nieder. Talia tat es ihr den Bruchteil einer Sekunde später gleich. Die Ratsmitglieder setzten sich, nachdem die Königin und ihr Herold ihre Plätze eingenommen hatten.

»Ich möchte dieses Treffen mit einer Diskussion über das

Heiratsangebot Alessandars eröffnen«, sagte die Königin ruhig. Einige Räte zeigten ganz offen ihre Überraschung. Talia nickte unmerklich. Selenay hatte die Initiative übernommen und daher in der darauffolgenden Diskussion die bessere Stellung.

Einer nach dem anderen standen die Sitzenden auf und gaben ihre Meinung bekannt. Wie Selenay Talia erzählt hatte, waren alle dafür. Die meisten sprachen sich dafür aus, daß die Heirat sofort vollzogen wurde.

Talia begann die Räte abzuschätzen. Sie beobachtete sie mit einer Aufmerksamkeit wie nie zuvor. Sie wollte sie kennenlernen, *ohne* ihre Gabe zu benutzen, nur mit Hilfe ihrer Augen und Ohren.

Der erste war Lord Gartheser, der für den Norden sprach. Ohne Zweifel war er Orthallens engster Verbündeter. Er war dünn, nervös, bekam eine Glatze und unterstrich seine Sätze mit abgehackten Bewegungen der Hände. Obwohl er Orthallen nicht direkt ansah, konnte Talia doch an seiner Haltung erkennen, daß Orthallen seine ganze Aufmerksamkeit beanspruchte und niemand anderer für ihn zählte.

»Es kann keinen Zweifel geben«, sagte Gartheser mit dünner, piepsiger Stimme, »daß diese Verbindung uns eine so starke Allianz einbrächte, daß niemand mehr davon zu träumen wagte, uns erneut anzugreifen. Wenn Alessandars Armee zu unserer Hilfe bereitstünde, würde nicht einmal Karse uns noch belästigen. Ich sage sogar voraus, daß auch die Grenzüberfälle enden würden und unsere Grenzen zum erstenmal seit Generationen wirklich sicher wären.«

Orthallen nickte so unmerklich, daß Talia die Bewegung niemals gesehen hätte, würde sie ihn nicht beobachten. Aber sie war nicht die einzige, die dieses Zeichen der Zustimmung sah. Auch Gartheser hatte auf Orthallen geachtet. Talia sah, wie er ebenfalls nickte und als Antwort lächelte.

Elcarth und Kyril waren die nächsten. Elcarth saß am Rand seines Stuhles und sah wieder einmal aus wie ein

Zaunkönig. Kyril hingegen glich einer Statue aus grauem Granit.

»Ich habe keine Einwände«, sagte Elcarth mit leicht zur Seite geneigtem Kopf, »aber der Erbin *muß* gestattet werden, zuerst ihre Ausbildung und ihre Assistenzzeit abzuschließen, bevor die Ehe vollzogen werden kann.«

»Und Prinz Ancar muß von passendem Charakter sein«, fügte Kyril schnell hinzu. »Vergebt mir, Hoheit, aber dieses Königreich hat bereits die bittere Erfahrung eines unpassenden Prinzgemahls machen müssen. Ich möchte so etwas nicht noch einmal erleben.«

Lady Wyrist sprach als nächste für den Osten. Sie war ebenfalls eine von Orthallens Unterstützern. Die plumpe, hellhaarige Frau war in ihrer Jugend eine Schönheit gewesen, und sie hatte sich ihren Charme und ihre Anziehungskraft bewahrt.

»Ich bin ganz und gar dafür und ich glaube *nicht*, daß wir Zeit verschwenden sollten! Die Verlobung sollte so bald als möglich stattfinden, von mir aus sogar die Hochzeit! Die Ausbildung kann warten, bis die Verbindung unauflöslich geworden ist.« Böse starrte sie Elcarth und Kyril an. »Es ist meine Grenze, über welche die Karsiten einfallen, wann immer es ihnen paßt. Meine Leute haben wenig genug zum Leben und das, was sie haben, nehmen die Leute aus Karse ihnen regelmäßig weg. Es ist auch meine Grenze, über die der Handel laufen würde, wenn die beiden Königreiche förmlich vereint wären, und daran kann ich nichts Schlechtes finden.«

Der weißhaarige, weißbärtige Vater Aldon, der Patriarch, meldete sich nachdenklich. »Wie Lady Wyrist gesagt hat, verspricht diese Verbindung den Frieden zu bringen, einen Frieden, dessen wir uns schon zu lange nicht erfreuen konnten. Karse wäre gezwungen, um einen dauerhaften Friedensvertrag zu ersuchen, wenn an zweien seiner Grenzen verbündete Mächte stehen. Unsere alte Freundschaft mit Hardorn zu erneuern, könnte einen wahrhafteren Frieden bringen, als wir je gekannt haben. Und obwohl die Erbin noch sehr jung ist, so haben doch viele unserer Damen noch jünger geheiratet ...«

»In der Tat.« Der Barde Hyron, so hellhaarig, daß seine fließenden Locken beinahe weiß erschienen, sprach für das Collegium der Barden. Er führte Vater Aldons Gedanken weiter. »Es ist ein Opfer, das die junge Frau bringen muß – in Anbetracht dessen, was wir gewinnen könnten.«

Mißtrauisch bemerkte Talia, daß seine hellgrauen Augen fast silbern aufleuchteten, als Orthallen zustimmend nickte.

Die schlanke und ungelenke Heilerin Myrim, Sprecherin ihres Kreises, war von dem Gedanken nicht so begeistert. Zu Talias Erleichterung schien sie über Hyrons Heldenverehrung leicht verärgert zu sein, und irgend etwas an Orthallen schien sie mißtrauisch zu machen. »Ihr alle vergeßt etwas. Obwohl das Kind erwählt worden ist, ist sie noch kein Herold, und das Gesetz besagt eindeutig, daß der Herrscher ein Herold sein *muß*. Es hat noch nie einen Anlaß gegeben, der wichtig genug war, dieses Gesetz zu mißachten, und ich sehe auch jetzt keinen Grund, einen so gefährlichen Präzedenzfall zu schaffen!«

»Ganz genau«, murmelte Kyril.

»Dieses Kind ist *wirklich* noch ein Kind. Sie ist nicht bereit, die Herrschaft zu übernehmen, auf keinen Fall, und sie muß noch sehr viel lernen, um einst regieren zu können. Trotzdem, mit aller gebotenen Vorsicht, bin ich für diese Verbindung. Aber nur dann, wenn die Erbin am Collegium *bleibt*, bis ihre Ausbildung vollendet ist.«

Talia war leicht überrascht, daß der Lord Marschall Randon Myrims Abneigung gegen Orthallen teilte. Talia fragte sich, während sie dem narbigen, alten Krieger lauschte, der seine Worte mit dem Bedacht und der Sorgfalt eines Kaufmanns setzte, der Getreide abwog, was während ihrer Abwesenheit geschehen war, das ihn so verändert hatte. Denn als sie das letzte Mal an einer Ratssitzung teilgenommen hatte, war Randon noch der stärkste Unterstützer Orthallens gewesen. Jetzt strich er mit kaum verhohlenem Ärger über seinen dunklen Bart, als ob es ihn zu stören schien, daß er Orthallens Partei ergreifen mußte, weil dieser für die Verlobung war.

Die pferdegesichtige Lady Kester, die Sprecherin für den Westen, meldete sich kurz und prägnant. »Ich bin dafür«, sagte sie und setzte sich wieder. Der dickliche, leise sprechende Lord Gildas aus dem Süden sprach genauso kurz.

»Ich kann nichts erkennen, was Schwierigkeiten verursachen könne«, sagte Lady Cathan von den Gilden leise. Sie hatte das sanfte Aussehen einer weißen Taube, aber es verbarg nur ihren unbeugsamen Charakter. »Nur vieles, von dem jeder im Königreich profitieren könnte.«

»Ich denke, das ist eine gute Zusammenfassung«, meinte Lord Palinor, der Seneschall. »Ihr alle kennt meine Ansicht zu dem Thema. Majestät?«

Die Königin hatte still gelauscht, war ruhig und nachdenklich geblieben und hatte nichts über ihre wahren Gedanken verraten, bis jeder außer ihr selbst und ihr Herold gesprochen hatte.

Jetzt lehnte sie sich leicht vornüber und sprach. Ein befehlender Unterton war in ihrer Stimme.

»Ich habe euch alle angehört. Ihr alle seid für diese Heirat, und eure Gründe sind gut. Ihr wollt mich sogar dazu bringen, der Hochzeit zuzustimmen *und* sie in den nächsten paar Monaten stattfinden zu lassen. Nun gut, ich kann euren Argumenten zustimmen und ich bin gerne bereit, Alessandars Botschafter mit der Nachricht zurückzusenden, daß wir seinem Angebot gebührende Aufmerksamkeit widmen. Aber eines will und werde ich nicht tun. Ich werde niemals zustimmen, daß irgend etwas Elspeths Ausbildung unterbricht. Das muß auf jeden Fall Vorrang vor allem anderen haben! Die Herrin möge mich schützen, aber sollte ich sterben, darf der Thron von Valdemar nicht einer unausgebildeten Herrscherin zufallen! Daher werde ich Alessandar nicht mehr sagen, als daß sein Angebot willkommen ist, aber ernsthafte Verhandlungen erst beginnen können, wenn die Erbin ihre Assistenzzeit hinter sich hat.«

»Majestät!« Gartheser sprang auf. Einige Räte schrien

durcheinander und wurden zornig. Talia stand auf und klopfte auf den Tisch. Der Lärm verstummte. Die Streithähne starrten sie an, als ob sie ihre Anwesenheit ganz vergessen hätten.

»Meine Herren, meine Damen, vergebt mir, aber alle Gründe, die ihr haben mögt, sind vergeblich. Ich stimme mit der Königin. Ich selbst habe ihr geraten, so zu handeln.«

Der verständnislose Ausdruck ihrer Gesichter bewies es: sie hatten vergessen, daß Talia jetzt das Stimmrecht besaß. Wäre die Lage nicht so ernst gewesen, Talia hätte sich über ihre Gesichter königlich amüsiert, vor allem über die Miene Orthallens.

»Wenn dies der Rat des Herolds der Könign ist, dann muß meine Stimme der ihren folgen«, sagte Kyril schnell. Talia konnte jedoch beinahe hören, daß er sich fragte, ob sie wirklich wußte, was sie tat.

»Auch die meine«, kam es von Elcarth. Er schien mehr Vertrauen in Talias Urteil zu haben als Kyril.

Dann war es still, so still, daß man beinahe das Flattern der Staubmotten im Licht, das durch die Fenster in der Nähe der Decke hereinfiel, hören konnte.

»Es scheint«, sagte Lord Gartheser, der offensichtliche Anführer der Gegenpartei, »daß wir überstimmt sind.«

Leises Murmeln folgte seinen Worten.

Am entfernten Ende des Tisches erhob sich ein weißhaariger Lord, und das Murmeln verstummte. Dieser Mann war derjenige, den Talia so genau beobachtet hatte, und der einzige, der noch nichts gesagt hatte. Er war Orthallen, der Herr von Lindwurmhöhe und Kris' Onkel. Er war der älteste Ratgeber, denn er hatte schon Selenays Vater gedient und auch Selenay selbst während ihrer gesamten Regierungszeit. Selenay nannte ihn oft ›Lord Onkel‹, und für Elspeth war er so etwas wie eine Vaterfigur gewesen. Man brachte ihm allgemein höchste Achtung entgegen.

Aber Talia konnte ihn einfach nicht leiden. Teilweise wegen dem, was er Skif anzutun versucht hatte. Er hatte nicht die Autorität, einen Erwählten aus dem Collegium zu verbannen, aber er hatte versucht, den Jungen auf zwei Jahre Strafdienst zur Armee zu schicken. Er hatte dies mit den vielen Verstößen gegen die Regeln des Collegiums, die Skif sich hatte zuschulden kommen lassen, begründet. Der Höhepunkt war gewesen, als er ihn auf frischer Tat mitten in der Nacht im Amtsraum des Generalprofos' ertappte. Orthallen hatte behauptet, daß Skif dort gewesen war, um die Eintragungen im Betragensbuch zu ändern. Talia, die Skif gebeten hatte hinzugehen, war die einzige, die wußte, daß er eingebrochen war, um die Aufzeichnungen über Hulda zu lesen. Er wollte versuchen, herauszufinden, wer genau die Bürgschaft bei ihrer Einreise ins Königreich übernommen hatte, um so vielleicht ihrem Mitverschwörer auf die Spur zu kommen.

Talia hatte ihren Freund gerettet, aber sie hatte lügen müssen. Sie hatte gesagt, sie habe ihn gebeten, nachzusehen, ob ihre Verwandten unter den Siedlerfamilien die Steuererleichterung in Anspruch nehmen wollten, die jenen zukam, die ein erwähltes Kind geboren hatten.

Seit dieser Zeit bestand zwischen ihr und Orthallen eine ständige Feindschaft, die sich aber nie offen ausdrückte. Als Talia begonnen hatte, an den Ratssitzungen teilzunehmen, hatte Orthallen alles getan, um das bißchen Autorität, das sie besitzen mochte, zu untergraben. Er hatte ganz offen viele ihrer Beobachtungen mit ein paar Worten abgetan (weil sie noch so jung und unerfahren war, wie er sagte), so daß sie in seiner Anwesenheit kaum mehr ein Wort geäußert hatte. Immer schien er ihr ein bißchen zu sorgfältig und zu beherrscht zu sein. Ob er lächelte, ob er zürnte – alles schien nur an der Oberfläche zu liegen.

Zuerst hatte sie sich wegen der negativen Einstellung ihm gegenüber getadelt und sie mit ihrer irrationalen Angst vor Männern, besonders vor gutaussehenden, erklärt. Obwohl Orthallen die Lebensmitte bereits überschritten hatte, war er immer noch ein schöner Mann. Es gab keinen Zweifel, von welcher Seite seiner Familie Kris sein engelsgleiches Gesicht geerbt hatte. Und es war auch keine Sünde, wenn jemand beim Sprechen seine Gefühle verbarg, doch Talia fühlte sich bei Orthallens Anblick immer an den Lindwurm erinnert, der sein Wappentier war. Wie ein Lindwurm schien er ihr kaltblütig, berechnend und rücksichtslos zu sein, und er schien all das unter einem prächtigen, juwelengeschmückten Aussehen zu verbergen.

Jetzt hatte ihr Mißtrauen neue Nahrung erhalten. Sie hatte mehr als einen Grund, Orthallen zu verdächtigen, daß er die Quelle jener Gerüchte war, daß sie ihre Gabe mißbrauchte. Talia war sicher, daß Orthallen die Gerüchte in Umlauf gebracht hatte, weil er *wußte*, welche Auswirkungen solch böses Gerede auf eine Empathin haben würde, von der man wußte, daß sie nur wenig Selbstvertrauen besaß. Und genauso sicher war sie, daß Orthallen diese Gerüchte mit voller Absicht Kris erzählt hatte, weil er *wußte*, daß sie seinen Zweifel fühlen und darauf reagieren würde.

Diesmal jedoch hatte sie Grund, Orthallen dankbar zu sein. Die anderen Räte hörten ihm zu, als er sprach, und er schloß sich der Entscheidung der Königin an.

»Meine Herren, meine Damen, die Königin hat vollkommen recht«, sagte er zur großen Überraschung Talias, denn er war der größte Befürworter einer baldigen Verheiratung Elspeths. »Wir haben nur eine Erbin aus der direkten Linie des Königshauses. Wir sollten wirklich kein Risiko eingehen. Die Erbin muß ausgebildet werden. Ich erkenne jetzt die Klugheit dieses Gedankens. Ich ziehe meinen früheren Rat, sie sofort zu verloben, zurück. Alessandar ist ein weiser Monarch. Er wird sicher bereit sein, im Hinblick auf eine spätere Verlobung einem vorläufigen Abkommen zuzustimmen. Auf diese Weise können wir uns die Vorteile einer gründlichen Erziehung der Erbin *und* einer Heirat mit Ancar sichern.«

Talia war nicht das einzige Ratsmitglied, das von Orthallens eindeutiger Kehrtwendung überrascht war. Hyron starrte ihn an, als könnte er nicht glauben, was er gehört hatte. Sowohl seine Anhänger als auch seine Gegner waren von Orthallens Rede gleichermaßen verblüfft.

Das Ergebnis war die zögernde, aber einmütige Entscheidung des Rates, daß in der Sache genau nach Selenays Vorstellungen verfahren werden sollte. Eigentlich war diese Abstimmung nicht mehr als eine Geste, denn Selenay und Talia konnten zusammen den Rat überstimmen. Und obwohl diese einstimmige Entscheidung Selenays Verhandlungsposition stärkte, so fragte sich Talia doch, welche geheimen Unterredungen nach dieser Sitzung stattfinden würden und wer daran teilnehmen mochte.

Die verbleibenden Punkte auf der Tagesordnung waren nichts Außergewöhnliches. Einigen Dörfern, die von Überschwemmungen heimgesucht worden waren, wurden Steuererleichterungen gewährt. Und für das Gebiet um den See Evendim sollten weitere Truppen ausgehoben und versorgt werden. Man hoffte, den Piraten das Leben in diesem Jahr so schwer zu machen, daß sie sich leichterer Beute zuwenden würden. Eine Kaufmannsfamilie mußte bestraft werden, weil sie in den Sklavenhandel verwickelt war. Stundenlang wurde gestritten, wie viele Soldaten zum See Evendim gesandt werden sollten und wer dafür aufkommen würde. Der Lord Marschall und Lady Kester, die über das Fischervolk am See herrschte, rückten von ihren Forderungen nicht ab; Lord Gildas und Lady Cathan, deren reiche Ackerbaugebiete und Handelsgilden die Steuergelder für die Aushebungen aufbringen mußten, unternahmen alles, um die Anzahl der Soldaten zu verringern.

Talias Mitgefühl galt dem Fischervolk. Dennoch verstand sie auch die Bedenken jener, die aufgefordert waren, Truppen auszuheben und zu versorgen, die ohnehin die meiste Zeit untätig herumsitzen würden. Es schien keinen Kompromiß zu geben, und die Streitgespräche nahmen einfach kein Ende. Das war aber auch keine Lösung für die Menschen am See Evendim!

Plötzlich, als der Lord Marschall mit lauter Stimme die Zahl der Soldaten nannte, die benötigt wurden, um die langgezogenen Küsten zu bewachen, hatte Talia eine Eingebung.

»Vergebt mir«, sagte sie in einer der seltenen Gesprächspausen, »ich verstehe nur wenig vom Krieg, aber ich weiß einiges über das Fischervolk. Während der Fangzeit fahren nur die Jungen, Gesunden und Kräftigen auf See. Die Alten, die ganz Jungen, die schwangeren Frauen, jene, die sich um die kleinen Kinder der Familien kümmern, und die Behinderten bleiben in den kurzfristig errichteten Arbeitssiedlungen. Habe ich recht?«

»Ja, und genau das macht es auch so schwer, diese Leute zu verteidigen!« grollte der Lord Marschall. »Niemand bleibt zurück, der eine Waffe halten könnte!«

»Nun, Euren Berechnungen nach würde ein gutes Drittel der Soldaten nur die Küstenwache übernehmen. Aber weil ihr die Wachposten ohnehin versorgen müßt, warum nehmt ihr nicht gleich die zurückbleibenden Fischersleute, versorgt *sie* mit Lebensmitteln und laßt *sie* die Wache übernehmen? Wenn sie sich nicht mehr um ihre tägliche Nahrung kümmern müssen, haben sie Zeit dafür. Und was braucht ein Wächter schon, außer guten Augen und einer Möglichkeit, Alarm zu schlagen?«

»Ihr meint, wir sollen *Kinder* als Küstenwache einsetzen?« rief Gartheser. »Das ist einfach – verrückt!«

»Einen Augenblick, Gartheser«, warf Myrim ein. »Ich verstehe Eure Erregung nicht. Mir erscheint dieser Vorschlag sehr vernünftig.«

»Aber – wie sollen die Leute sich denn verteidigen?«

»Gegen wen? Wer soll sie denn sehen? Sie sind verborgen, Mann, in einem Unterschlupf. Küstenwächter sind immer versteckt. Und ich verstehe, worauf das Mädchen hinaus will. Wenn wir die Fischer einsetzen, können wir die Aushebungen um ein Drittel beschränken, so wie es Gildas und Cathan wollen!« rief Lady Kester begeistert. Sie schaute drein wie ein altes Kriegspferd, das die Fanfaren hört. »Aber ihr müßt trotzdem die volle Anzahl Menschen verpflegen, ihr Geizhälse!«

»Aber wir müssen ihnen keinen Sold bezahlen«, murmelte einer der anderen belustigt.

»Aber was ist mit den Kindern?« fragte Hyron zweifelnd.

»Können wir Kindern eine so lebenswichtige Aufgabe übertragen? Was soll sie davon abhalten, davonzulaufen und zu spielen?«

»Grenzlandkinder sind nicht wie andere«, sagte Talia leise und sah zu Lady Kester hinüber. Die Sprecherin des Westens nickte betont deutlich.

»Silberhaar, das einzige, was *diese* Kinder von den Booten fernhält, ist ihre Größe!« schnaubte sie nicht unfreundlich. »Sie sind nicht wie eure verhätschelten Adelskinder. Sie haben *gearbeitet*, seit ihre Hände groß genug waren, um Netze zu knüpfen.«

»Ja, da muß auch ich zustimmen.« Jetzt mischte sich auch Lady Wyrist ein. »Ich nehme an, daß sich das Fischervolk nicht sehr von den Siedlerfamilien unterscheidet. Und wie Herold Talia bestätigen kann, haben Grenzlandkinder nur sehr wenig Zeit für kindliche Vergnügungen.«

»Um so eher werden sie davonlaufen!« beharrte Hyron.

»Nein, weil sie miterlebt haben, wie dieselben Piraten, nach denen sie Ausschau halten sollen, ganze Familien in ihren Häusern verbrannt haben«, sagte Myrim. »Ich habe dort draußen gedient. Ich traue eher dem Verstand eines dieser ›Kinder‹ statt dem Verstand einiger adeliger Graubärte, die ich mit Namen nennen könnte.«

»Gut gesagt, meine Dame!« lobte Lady Kester und wandte ihren scharfen Blick dem Lord Marschall zu. »Und ich will Euch noch etwas sagen! Könntet Ihr Eure Soldaten überreden, hin und wieder ein bißchen ehrliche Arbeit zu tun?«

»Was, zum Beispiel?« Der Lord Marschall hätte beinahe gelächelt.

»Die Arbeit auf den Äckern zu übernehmen, Fische und Schwämme zu trocknen, die Netze und Leinen zu versorgen, die Fässer zu füllen und die Langhäuser auf den Winter vorzubereiten.«

»Das wäre möglich. Was wollt Ihr den Männer dafür bieten?«

»Sold. Wenn meine Leute sich nicht um die Arbeit auf dem Land kümmern müssen und wissen, daß ihre Familien sicher sind, könnten sie genug Fänge einholen, um die Soldaten zu bezahlen und *trotzdem* noch etwas für sich zu behalten.«

»Wenn ich es den Männern vorsichtig beibringe, könnte ich's schaffen.«

»Gemacht. Cathan, Gildas, was sagt ihr dazu?«

Nur zu gern stimmten die beiden zu. Der Rat vertagte sich in bester Stimmung. Selenay und Talia erhoben sich gleichzeitig und verließen als erste den Raum. Kyril war nur einen Schritt hinter ihnen.

»Du *hast* dazugelernt, was?« flüsterte er Talia ins Ohr.

»Ich?«

»Ja, du. Spiel hier nicht das Unschuldslamm.« Elcarth schloß sich Kyril an, und die Gruppe in weißer Uniform blieb vor den Toren stehen, um auf Selenay zu warten, die mit dem Seneschall über die Audienzen des Nachmittages beriet. Er strich sich eine Haarlocke aus der Stirn und lächelte. »Es war sehr klug von dir, die Grenzlandlords auf deine Seite zu bringen.«

»Es war die einzige Möglichkeit, einen Kompromiß zu erzielen. Cathan und Gildas hätten allem zugestimmt, das ihnen Geld spart. Mit den Grenzlandsprechern sowie Cathan und Gildas hatten wir die Mehrheit, und jeder profitiert davon.« Talia lächelte. »Ich mußte nur den Stolz der Grenzer beschwören. Wirklich, wir sind *stolz* auf unsere Zähigkeit, selbst die Kleinsten.«

»Herzig. Einfach herzig.« Selenay schloß sich ihnen an. »All deine Erfahrung mit den Grenzlandbewohnern, die sich gerade am Anfang einer Fehde befanden, hat sich bezahlt gemacht! Aber sag mal, was hättest du getan, hättest du nicht all dieses Wissen über das Fischervolk von Keren und Sherrill erzählt bekommen? Wärst du stumm dagesessen?«

»Nein, diesmal nicht, weil es offensichtlich nie zu einer Einigung gekommen wäre.« Talia dachte einen Augenblick nach. »Nötigenfalls hätte ich eine Vertagung vorgeschlagen, um einen Fachmann für dieses Gebiet zu befragen. Möglichst jemanden, der dort schon mehrere Rundreisen gemacht hat.«

»Gut! Genau das wollte ich tun, kurz bevor deine Wortmeldung kam. Wir fangen an, als Partner zu denken. Tja, ich muß jetzt zu einem Arbeitsessen mit Kyril und dem Seneschall. Dabei brauche ich dich nicht. Du kannst also gehen und dir im Collegium etwas zu essen holen. Um ein Uhr beginnt die Audienz; dann mußt du dabeisein. Sie wird bis ungefähr drei Uhr dauern. Um sieben findet das Abendmahl am Hof statt. Bis dahin hast du dann frei. Nach dem Essen auch, außer es geschieht etwas.«

»Aber Alberich erwartet dich um vier ...« Elcarth grinste, weil Talia stöhnte. »Und Devan um fünf. Willkommen zu Hause, Talia!«

»Na gut«, sagte sie seufzend. »Es ist immer noch besser, als Schnee schaufeln zu müssen. Aber ich hätte nie erwartet, daß ich die Arbeit draußen im Land so schnell vermissen würde!«

»Was hast du da gesagt?«

Talia wandte sich um. Kris stand vor ihr. Ein freches Grinsen lag auf seinem Gesicht. »Du hast mir doch gesagt, du würdest die Arbeit draußen nie vermissen!«

Sie grinste zurück. »Ich habe gelogen.«

»Nein!« Er gab sich entsetzt. »Was war während der Sitzung?«

Sie wollte ihm alles erzählen – und plötzlich erinnerte sie sich, wer er war – wer sein Onkel war. Alles, was sie ihm berichtete, würde Orthallen wahrscheinlich erfahren. Kris würde es ihm in aller Unschuld erzählen. Er würde nicht einmal davon träumen, daß er Orthallen damit eine Waffe gegen Talia in die Hand gab.

»Ach, nicht viel«, sagte sie zögernd. »Die Verlobung ist verschoben, bis Elspeth ihre Ausbildung beendet hat. Kris, es tut mir leid, aber ich habe es jetzt sehr eilig. Ich erzähle dir später mehr, ja?«

Und sie floh, bevor er eine weitere Frage stellen konnte.

Ihr Mittagessen bestand aus ein paar hastigen Bissen auf dem Weg zwischen dem Palast und ihren Zimmern. Die Audienz erforderte eine formellere Uniform, als Talia bei der Ratssitzung getragen hatte. Sie wusch sich, zog sich um und traf gerade noch rechtzeitig ein, um die Audienzen mit dem Seneschall zu besprechen. Talias hauptsächliche Funktion dabei war die einer Leibwächterin; aber es war auch ihre Pflicht, den Audienzsuchenden gefühlsmäßig einzuschätzen und der Königin jede Information zu geben, die wichtig war.

Der Audienzsaal war lang und schmal und bestand aus demselben grauen Granit und dunklen Holz wie der Rest des Palastes. Selenays Thron stand auf einer erhöhten Plattform am entfernten Ende des Saales. Hinter dem Thron war das königliche Wappen in die Wand gemeißelt. Es gab keine Vorhänge, weil sich Attentäter dahinter hätten verbergen können. Der Herold der Königin verbrachte die ganze Zeit stehend hinter dem Thron, auf der rechten Seite, so daß die Königin auch das leiseste Flüstern vernehmen konnte. Die Bittsteller mußten die gesamte Länge des Saales durchschreiten, was Talia Zeit genug ließ, sie zu ›lesen‹, wenn sie es für notwendig hielt.

Die Audienz verlief ziemlich ereignislos. Die Reihe der Bittsteller erstreckte sich von einem kleinen Landbesitzer, der um die Erlaubnis ansuchte, auf seinem Land ein Haus der Färbergilde einzurichten, bis zu zwei Adeligen, die einander herausgefordert hatten und jetzt verzweifelt nach einem Weg suchten, ihren Streit beizulegen, ohne das Gesicht zu verlieren. Kein einziges Mal hielt Talia die Lage für ernst genug, als daß sie eine der Personen ›gelesen‹ hätte.

Als die Audienz endete, eilte sie zurück in ihr Quartier, um sich für die Waffenübung mit Alberich umzuziehen.

Dann, als sie in den Übungssaal kam, erschien es ihr, als träte sie in die Vergangenheit ein. Nichts hatte sich verändert, weder die alten, abgenutzten Bänke entlang der Wände, noch das Durcheinander von Ausrüstung und

Handtüchern auf den Bänken und davor am Boden noch das Licht, das oben durch die Fenster fiel. Nicht einmal Alberich. Er trug immer noch dieselbe alte Lederkleidung. Zumindest glich sie der alten bis aufs Haar. Sein zernarbtes Gesicht sah immer noch so aus, als könnte er genauso wenig lachen wie die Granitwände des Palastes. Sein langes, graumeliertes schwarzes Haar war nicht grauer geworden, seit sie ihn das letzte Mal gesehen hatte.

Elspeth war schon da und lieferte sich unter Alberichs kritischen Blicken einen harten Kampf mit Jeri. Erstaunt hielt Talia den Atem an. Zumindest ihrem Urteil nach kam Elspeth Jeri gleich. Die junge Waffenlehrerin hielt sich nicht im Geringsten zurück und konnte sich ein- oder zweimal nur knapp vor einem ›tödlichen‹ Stoß retten, indem sie sich zur Seite warf. Als Alberich ihnen schließlich gebot, den Kampf zu beenden, waren beide schweißgetränkt.

»Ihr macht es gut, Kinder, alle beide.« Alberich nickte, während er sprach. Elspeth und Jeri gingen umher, damit ihre Muskeln nicht steif wurden, und trockneten sich mit Handtüchern ab. »Jeri, du mußt dich besser verteidigen. Die Arbeit mit den Studenten hat dich schlapp werden lassen. Elspeth, wärst du nicht mit mehr Dingen beschäftigt als jeder andere Student, ich würde dich zu Jeris Assistentin ernennen.«

Elspeth hob den Kopf. Talia sah, wie ihr Gesicht vor Freude über das Lob rot wurde. Ihre Augen glänzten.

»Trotzdem, von Vollkommenheit bist du weit entfernt. Deine linke Seite ist zu schwach. Dort bist du verletzbar. Von jetzt an sollst du linkshändig üben und die Rechte nur verwenden, wenn ich es dir sage, damit du dein Können nicht verlierst. Genug für heute, geht ins Bad – ihr riecht wie eure Gefährten!«

Er wandte sich Talia zu, die sich auf die Lippen biß und sagte: »Ich habe das Gefühl, ich bin in Schwierigkeiten.«

»Schwierigkeiten?« Alberich machte ein finsteres Gesicht und lächelte dann völlig unerwartet. »Keine Angst, kleine

Talia. Ich weiß, wie wenig Möglichkeiten zum Üben du hattest. Heute werden wir langsam beginnen, und dann werde ich sehen, wieviel Können du eingebüßt hast. *Morgen* wirst du in Schwierigkeiten sein.«

Eine Stunde später dankte Talia den Göttern, daß Kris darauf beharrt hatte, sie beide in Kampfbereitschaft zu halten, so gut es nur möglich gewesen war. Alberich war erfreut, daß Talia ihr Können bewahrt hatte, und machte kaum beißende Bemerkungen. Sie bekam auch nicht mehr als einen oder zwei harte Schläge seiner Übungsklinge ab.

Wieder eilte sie über das Palastgelände, um sich zu waschen und umzuziehen. Dann lief sie zum Collegium der Heiler, um mit Devan und Rynee die Ereignisse der letzten achtzehn Monate zu besprechen. Die Berichte waren erfreulich kurz. Im Kreis der Herolde hatte es keine wirklich schlimmen geistigen Traumata gegeben, um die Rynee sich hätte kümmern müssen. So konnte Talia sich auf die Wiese der Gefährten begeben, gerade als die Glocke erklang, welche die Bewohner des Collegiums zum Abendmahl rief.

Rolan wartete am Zaun auf sie, und Talia schwang sich auf seinen Rücken, ohne sich die Zeit zum Satteln zu nehmen.

»Ich fürchte«, sagte sie zu ihm, während er auf ein ruhiges Fleckchen Wald zuschritt, »ich sterbe noch an Erschöpfung. Das ist schlimmer als damals, als ich Studentin war.«

Voller Zuneigung knabberte er an ihrem Stiefel. Talia fing eine Projektion von Zuversicht auf und etwas, das mit Zeitgefühl zu tun hatte.

»Du glaubst, ich habe mich in ein paar Tagen daran gewöhnt? Gott, ich hoffe es! Trotzdem ...« Sie dachte nach und versuchte sich zu erinnern, wie der Zeitplan der Königin aussah. »Hm. Ratssitzungen finden nicht öfter als dreimal pro Woche statt. Audienzen gibt es jeden Tag. Und Alberich wird mich auch jeden Tag foltern wollen. Aber du, Liebling, bist an der Reihe, wann immer ich eine freie Minute finde.«

Rolan gab ein Geräusch von sich, das einem Lächeln glich.

»Du hast recht. Mit *der* engen Verbindung zwischen uns muß ich nicht unbedingt körperlich in deiner Nähe sein, oder? Was hältst du von den Audienzen?«

Zu Talias Entzücken ließ Rolan den Kopf hängen und ahmte menschliches Schnarchen nach.

»Ach, du auch? Herr und Herrin, diese Audienzen sind genauso schlimm wie die Festbankette! Wie konnte ich jemals glauben, daß es aufregend ist, ein Herold zu sein?«

Rolan schnaubte und projizierte die Erinnerung an ihren wilden Ritt durch das Land, um Hilfe für die Seuchenopfer von Waymeet zu holen, und an den Kampf mit jenen Banditen, die Hevenbeck angegriffen und in Brand gesetzt hatten.

»Stimmt schon. Ich glaube, ich kann mit der Langeweile ganz gut leben. Wie denkst du über Elspeths Entwicklung?«

Rolan war leicht besorgt, was Talia überraschte. Aber er konnte ihr nicht klar zu verstehen geben, warum er so fühlte.

»Ist es wichtig genug, daß ich in Trance gehe und du mir ein besseres Bild übermitteln kannst?«

Er schüttelte den Kopf. Seine Mähne streifte ganz leicht ihr Gesicht.

»Nun, in diesem Fall lassen wir es sein. Vielleicht ist es nur die übliche Widerspenstigkeit einer Jugendlichen – und ich kann ihr das nicht einmal verübeln. Ihr Zeitplan ist genauso schlimm wie meiner. *Ich* mag das nicht und ich verstehe, wenn es ihr genauso geht.«

Talia stieg neben einem kleinen, von einer Quelle gespeisten Teich ab. Sie setzte sich ins Gras, beobachtete den Sonnenuntergang und ließ ihren Geist frei und leer werden. Rolan stand neben ihr. Beide waren es zufrieden, in diesem Augenblick einfach zusammenzusein.

»Jetzt habe ich es wohl geschafft«, sagte sie, mehr zu sich selbst. »Manchmal habe ich gedacht, es wird nie gelingen …«

Dies war der erste Tag gewesen, an dem sie wahrhaft der Herold der Königin gewesen war – mit allen Rechten und

Pflichten. Vom Recht, den gesamten Rat zu überstimmen, bis zu dem Recht, selbst Selenay zu überstimmen (obwohl Talia das nicht hatte tun müssen und ganz und gar nicht sicher war, ob sie überhaupt den Mut dazu hatte!), von der Pflicht, die Ängste ihrer Kameraden zu beschwichtigen, bis hin zu der Pflicht, sich um das Wohlergehen der Erbin zu sorgen.

Irgendwie war dies ein beängstigender und ernüchternder Augenblick. Nach reiflicher Überlegung schien sie, der Herold der Königin, den Interessen seiner Herrscherin und des Königreichs am besten zu dienen, wenn sie sich weitgehend zurückhielt, ihr Stimmrecht nur bei wirklich wichtigen Entscheidungen ausübte und ihren Einfluß auf ein leises Wort ins Ohr der Königin beschränkte. Das konnte Talia nur recht sein. Es hatte ihr nicht sehr gefallen, daß an diesem Tag alle Augen auf sie gerichtet gewesen waren – vor allem jene Orthallens. Aber Selenay war beruhigt gewesen, nur weil Talia *da* war, ohne jeden Zweifel. Das war es am Ende auch, was sie tun mußte – der Königin eine vollkommen ehrliche und vollkommen vertrauenswürdige Freundin zu sein ...

Die untergehende Sonne ließ die wenigen Wolken am westlichen Horizont scharlach und golden leuchten. Der Himmel über ihr verfärbte sich von Blau zu Purpur, und die Hunde, jene beiden Sterne, welche die Sonne verfolgten, erstrahlten in erhabenem Glanz. Die Spitzen der Wolken nahmen die purpurne Farbe des Himmels an, als die Sonne unter den Horizont sank, und die purpurne Färbung durchdrang sie wie Wasser einen Schwamm. Das Licht verblaßte, und alles verlor an Farbe, wurde zu einem kühlen Blau. In dem Teich zu Talias Füßen begannen kleine Frösche zu quaken. Hyazinthen, die nur während der Nacht blühten, öffneten sich, und die kühler werdende Brise nahm den Duft auf und trug ihn ihr zu.

Und gerade als sie jede Lust sich zu bewegen verloren hatte, wurde sie von einer Stechmücke gebissen.

»Autsch! Verdammt!« Sie schlug nach dem störenden

Insekt und lachte. »Die Götter erinnern mich an meine Pflicht. Ich muß zurück an die Arbeit, Liebes. Ich wünsche dir einen schönen Abend.«

# Drei

Als ob der kleine Insektenstich ein böses Omen gewesen wäre, begann sich alles zum Schlechten zu wenden, selbst das Wetter.

Der wundervolle Frühling war verschwunden. Es schien jeden Tag ohne Unterlaß zu regnen, und der Regen war kalt und trostlos. Wenn Talia die Sonne sehen konnte, war ihr Licht verwaschen und ohne Wärme. Elend, das war es. Elend und bedrückend. Die wenigen Blumen, die trotz allem erblühten, schienen ebenfalls traurig zu sein und ließen die Blütenköpfe hängen. Die Feuchtigkeit durchdrang alles, und die Feuer, die Tag und Nacht in den Herden unterhalten wurden, konnten nichts dagegen ausrichten. Das gesamte Königreich war davon betroffen; jeden Tag trafen am Hof Berichte von neuen Überschwemmungen ein, manches Mal aus Gebieten, in denen dies seit hundert Jahren nicht mehr geschehen war.

Das *mußte* auf die Räte Auswirkungen haben. Sie arbeiteten fast ununterbrochen, um alle Notfälle bewältigen zu können, aber die drohende Stimmung machte sie gereizt, und beim geringsten Anlaß stritten sie untereinander. Bei jeder Sitzung des Rates gab es mindestens eine gröbere Auseinandersetzung, und zwei beleidigte Räte, die wieder beschwichtigt werden mußten. Die Ausdrücke, die sie sich an den Kopf warfen, wären an einem anderen Ort Grund genug für ein Duell gewesen.

Natürlich behandelten sie auch Talia mit der gleichen Respektlosigkeit. Auch sie mußte sich ein paar Mal anbrüllen lassen. Doch das war ein gutes Zeichen, denn es bewies, daß die Räte sie als eine der ihren und als gleichberechtigt akzeptiert hatten.

Mit diesen kleinen Streitigkeiten konnte sie leben, auch wenn es ihr immer schwerer fiel, ihr Temperament im Zaum zu halten, während alle anderen sich nicht mehr beherrschten. Viel schlimmer waren Orthallens versteckte Versuche zu ertragen, ihre Autorität zu untergraben. Kluge Versuche waren es, beunruhigend kluge. Niemals sagte er irgend etwas, das man als offene Kritik auslegen mochte, nein, er machte nur Andeutungen – höflich und bei jeder möglichen Gelegenheit –, daß Talia vielleicht ein bißchen zu jung und unerfahren für ihre Stellung war. Daß sie vielleicht zu Übertreibungen neigte, weil die Jugend immer alles nur schwarz und weiß sah. Daß sie es ganz sicher gut meinte, aber ... Und so weiter, und so weiter. Manchmal hätte Talia am liebsten ihren Zorn hinausgeschrien. Sie konnte sich nicht anders wehren, als noch besonnener und vorsichtiger zu sein als Orthallen. Sie fühlte sich, als stände sie auf Sand und als würde die Flut diesen langsam unter ihr fortspülen.

Auch, was die Beziehung zwischen ihr und Kris betraf, lief es nicht gut.

»Göttin, Talia!« stöhnte Kris und ließ sich in seinen Stuhl fallen. »Er tut doch *nur*, was er als seine Pflicht betrachtet!«

Talia zählte langsam bis zehn, zählte dann die Bücherregale in der Bibliothek und danach die Astlöcher im Holz des Tisches vor ihr. »Er hat behauptet, daß ich durchdrehe, während Lady Kester zur gleichen Zeit Hyron aus vollem Hals einen angeberischen Dummkopf nannte!«

»Nun ...«

»Kris, er hat auf jeder Ratssitzung die gleichen verdammten Dinge gesagt, und das mindestens dreimal während jeder Sitzung. Immer, wenn es so aussieht, als ob die anderen Räte endlich hören würden, was ich sagen will, kommt er mit den gleichen dummen Behauptungen!« Sie schob ihren Stuhl zurück und begann ruhelos in der leeren Bibliothek auf- und abzugehen. Heute hatte eine besonders schlimme Sitzung stattgefunden, und ihre Nackenmuskeln waren so straff gespannt wie Brückenseile.

»Ich kann in seinem Benehmen trotzdem nichts Bedrohliches erkennen ...«

»Verdammt, Kris!«

»Talia, er ist alt, er kann sich nicht mehr ändern. Du erscheinst ihm beängstigend jung, und du willst anscheinend *seinen* Platz einnehmen! Hab doch ein bißchen Mitleid mit dem Mann. Er ist auch nur ein Mensch!«

»Und was bin ich?« Es fiel ihr schwer, nicht zu schreien. Dieses Gespräch machte ihr Kopfschmerzen. »Soll ich etwa *mögen*, was er tut?«

»Er *tut* doch gar nichts!« fauchte Kris und zog ein Gesicht, als hätte er auch Kopfweh. »Ehrlich gesagt, ich glaube, du hörst Beleidigungen und siehst Gefahren, wo gar keine sind.«

Abrupt wandte sich Talia um und starrte ihn mit zusammengepreßten Lippen und geballten Fäusten an. »In diesem Fall«, antwortete sie nach einem Dutzend langsamer, tiefer Atemzüge der staubbeladenen Luft, »sollte ich meine Wahnvorstellungen vielleicht jemand anderem erzählen.«

»Aber ...«

Sie wandte sich ab und rannte die Treppe hinunter. Mit trauriger Stimme rief Kris ihr irgend etwas nach. Sie gab vor, ihn nicht zu hören, und lief weiter.

Jetzt sprachen sie kaum mehr miteinander. Und Talia vermißte das. Sie vermißte die Nähe, die sie gehabt hatten, vermißte die Möglichkeit, einander die tiefsten Geheimnisse anzuvertrauen. Um die Wahrheit zu sagen, fehlten ihr die Gespräche mehr als die körperliche Seite ihrer Beziehung, aber jetzt, wo sie nicht mehr an ihre Keuschheit gewöhnt war, fehlte ihr auch diese andere Seite ...

Und dann war da noch ihre Beziehung – vielmehr, das Fehlen einer solchen – zu Dirk.

Sein Benehmen war schrecklich verwirrend. Einmal schien es, als wollte er sie unbedingt allein irgendwo sprechen, ein anderes Mal wollte er nicht einmal im selben Raum mit ihr sein. Einen oder zwei Tage war er fast ständig überall, wo sie sich aufhielt. Dann verschwand er einfach, nur um ein paar Tage später wieder aufzutauchen. Die Hälfte der Zeit schien er ihr Kris geradezu aufzwingen zu wollen, die andere Hälfte schien er alles zu unternehmen, damit er nicht einmal in ihre Nähe kam ...

Talia sah Dirk am Zaun vor der Wiese der Gefährten lehnen. Mit düsterem Blick starrte er in die leere Luft. Ausnahmsweise regnete es gerade nicht, obwohl der Himmel von trüber, grauer Farbe war und es jeden Moment zu gießen beginnen konnte.

»Dirk?«

Er erschrak, schnellte herum und blickte sie mit großen, verwirrten Augen an.

»Was ... was machst du denn hier?« fragte er, und es klang irgendwie unhöflich. Er preßte seinen Rücken mit aller Kraft an den Zaun, als wäre dieser das einzige, das ihn vom Davonlaufen abhielt.

»Wahrscheinlich das gleiche wie du«, antwortete Talia und zwang sich, ihn nicht anzufahren. »Ich suche nach meinem Gefährten und nach jemandem, der mit uns reiten möchte.«

»Solltest du in diesem Fall nicht nach Kris suchen?« fragte er und verzog dabei das Gesicht, als müßte er etwas sehr Unangenehmes hinunterschlucken.

Ihr wollte keine Antwort einfallen, und so sagte sie gar nichts. Sie trat zum Zaun, stellte einen Fuß auf die unterste Latte und hielt sich mit beiden Armen an der obersten fest, in der gleichen Pose, in der sie Dirk zuvor gesehen hatte.

»Talia ...« Er machte einen Schritt auf sie zu – sie hörte das Geräusch, das seine Stiefel auf dem nassen Gras verursachten – und blieb dann stehen. »Ich ... Kris ... er ist ein sehr wertvoller Freund. Mehr als nur ein Freund. Ich ...«

Sie wartete darauf, daß er diesmal endlich sagen würde, was er dachte, und hoffte, er würde den Satz *einmal* zu Ende bringen. Vielleicht, wenn sie ihn nicht anschaute ...

»Ja?« fragte sie, als die Stille so lange anhielt, daß sie schon den Verdacht hatte, Dirk hätte sich einfach fortgeschlichen. Sie wandte sich um und sah, wie seine tiefblauen Augen sie beinahe hilflos anstarrten, bevor er hastig den Blick abwandte.

»Ich ... ich muß gehen ...«, keuchte er und floh.

Beinahe hätte sie vor Verzweiflung aufgeschrien. Dies war das vierte Mal, daß er dieses Spielchen gespielt hatte: als ob er irgend etwas sagen wollte und dann fortlief. Und so, wie sie im Augenblick mit Kris stand, wollte sie ihn nicht um Hilfe bitten. Außerdem hatte sie Kris seit ihrer letzten kleinen Auseinandersetzung kaum mehr gesehen.

Mit einem verdrossenen Seufzer ›rief‹ Talia nach Rolan. Sie beide brauchten einen Ausritt – und wenigstens würde *er* ihr freundlich zuhören.

Kris wich Talia mit voller Absicht aus.

Als sie zurückgekommen waren, hatte sein Onkel sich die Zeit genommen, ihn herzlich zu begrüßen; das war auch zu erwarten gewesen. Aber in letzter Zeit sprach Orthallen, ganz gegen seine Gewohnheit, zwei oder dreimal in der Woche mit seinem Neffen. Und irgendwie drehten sich ihre Gespräche immer auch um Talia.

Das war kein Zufall. Kris wußte es mit absoluter Gewißheit.

Es waren zudem keine angenehmen Unterhaltungen, obwohl sie auf den ersten Blick unverfänglich waren. Kris hatte immer stärker den Eindruck, daß Orthallen nach etwas *suchte* – nach einer Schwäche des Herolds der Königin vielleicht. Und immer, wenn Kris Talia lobte, fügte sein Onkel ein ›Ja, aber eigentlich ...‹ hinzu, und er sagte es in einem seltsamen, geheimnisvollen Tonfall.

So auch beim letzten Mal.

Kris war gerade von einer Besprechung mit Elcarth wegen seiner neuesten ›Fernseher‹-Schüler gekommen, als sein Onkel ihm scheinbar ›zufällig‹ über den Weg lief.

»Neffe!« hatte Orthallen ihn begrüßt. »Ich habe eine Nachricht von deinem Bruder!«

»Ist etwas geschehen?« hatte Kris besorgt gefragt. In dem Gebiet, in welchem der Familienbesitz lag, hatte es eine der schlimmsten Überschwemmungen seit Generationen gegeben. »Braucht er mich zu Hause? In ein paar Wochen wäre ich frei ...«

»Nein, nein, die Dinge stehen zwar nicht gut, aber es ist noch keine Notsituation. Die kleineren Landbesitzer haben fast ein Zehntel ihrer Felder eingebüßt, einigen erging es noch schlechter. Sie haben so viele Tiere verloren, daß die Geburten im Frühjahr den Verlust kaum ausgleichen werden. Aber dein Bruder hat einen seiner Hengste mit Shin'a'in-Blut verloren.«

»Verdammt. Er wird ihn nicht so schnell ersetzen können. Brauchen wir Hilfe von außerhalb?«

»Noch nicht. Wir haben genügend Getreidevorräte, um die Verluste wettzumachen. Aber dein Bruder wollte, daß du genau weißt, wie die Dinge stehen, damit du dir keine unnötigen Sorgen machst.«

»Danke, Onkel. Ich weiß es zu schätzen, daß du dir die Zeit genommen hast, mich zu verständigen.«

»Und wie geht es deinem jungen Schützling?« hatte Orthallen dann beiläufig gefragt. »Bei all den Unglücksfällen, die in letzter Zeit geschehen sind, frage ich mich, ob sie manchmal nicht überfordert ist.«

»Freistatt, Onkel! Ich bin der *letzte*, der das weiß!« hatte Kris ungehalten geantwortet. »Ich sehe sie doch kaum. Wir haben beide unsere Pflichten, und unsere Wege kreuzen sich nicht oft.«

»Ach? Irgendwie hatte ich den Eindruck, daß ihr Herolde immer wißt, wie es einem anderen Herold gerade geht.«

Darauf war Kris keine Antwort eingefallen – zumindest keine respektvolle.

»Ich habe nur gefragt, weil sie ein wenig erschöpft aussieht und vielleicht mit dir darüber gesprochen hat«, fuhr Orthallen fort, und sein kalter Blick bohrte sich in Kris' Augen. »Sie trägt eine schwere Verantwortung. Und das in ihrem Alter.«

»Sie ist dazu geeignet, Onkel. Ich habe es dir schon einmal gesagt. Sonst hätte Rolan sie nicht erwählt.«

»Na ja, da hast du sicher recht«, erwiderte Orthallen, aber es klang, als meinte er in Wahrheit genau das Gegenteil. »Diese Gerüchte, daß sie ihre Gabe zur Manipulation mißbraucht ...«

»Waren absolut unbegründet. Das habe ich dir doch gesagt. Talia ist im Umgang mit ihrer Gabe so vorsichtig, daß man sie beinahe zwingen muß, andere Menschen auch nur zu ›lesen‹ ...« Kris hielt inne und fragte sich, ob er wohl zuviel gesagt hatte.

»Ah!« sagte Orthallen nach einem Augenblick. »Das *ist* mir eine Beruhigung. Das Kind scheint über eine Weisheit zu verfügen, die ihr Alter bei weitem übersteigt. Wie auch immer – sollte sie das Gefühl haben, in Schwierigkeiten zu sein, dann würde ich mich freuen, wenn du es mir mitteilst. Schließlich sollte ich, als ältester Ratgeber der Königin, über mögliche Probleme Bescheid wissen. Ich wäre nur zu gerne bereit, ihr zu helfen, aber sie scheint mir wegen dieser Geschichte in ihrer Studentenzeit immer noch zu grollen, und ich bezweifle, daß sie sich mir anvertrauen könnte. Sie würde mir nicht einmal sagen, wie spät es ist.«

Kris hatte irgend etwas gemurmelt, und sein Onkel war zufrieden fortgegangen, aber diese Begegnung ließ in Kris' Mund einen schlechten Geschmack zurück. Er bedauerte jetzt, daß er seinem Onkel bei einer früheren Unterhaltung seine Gedanken über einen Lebensbund zwischen Talia und Dirk anvertraut hatte. Orthallen hatte diese Information so gierig aufgenommen wie ein Falke das Fleisch einer Maus. Aber gleichzeitig wollte er mit diesem erwachten Mißtrauen Talia nicht gegenübertreten. Sie würde es zweifellos aus ihm herausbekommen. Und wenn sie auch nicht sagen würde: ›Ich habe es dir ja gesagt!‹, so hatte sie doch diesen gewissen Blick unter gesenkten Augenlidern und diesen Zug um den Mund, die Bände sprachen. Er war nicht in der Stimmung, sich damit auseinanderzusetzen.

Außerdem war es auch möglich, daß sie *ihn* mit ihrem Mißtrauen angesteckt hatte.

Wenn er das nur wüßte! Aber er wußte es eben nicht. Und so wich er ihr lieber aus.

Dirk saß rittlings auf einem alten, abgewetzten Stuhl in seinem Zimmer und starrte hinaus in die Dunkelheit vor dem Fenster. Es war erst kurz nach Sonnenuntergang, aber schon so dunkel, als wäre es Mitternacht. Er fühlte sich, als würde man ihn in kleine Stücke zerreißen.

Er konnte sich nicht entscheiden, was er tun sollte. Ein Teil von ihm wollte mit allen fairen oder unfairen Mitteln um Talia kämpfen, ein anderer Teil verlangte, daß er nicht selbstsüchtig sein und Kris das Feld überlassen sollte, und ein weiterer Teil von ihm fürchtete herauszufinden, was *sie* von alledem hielt, und wieder ein Teil bestritt, daß er überhaupt etwas mit Frauen zu tun haben wollte – denn was hatte die *letzte* ihm angetan!

*Die letzte. Lady Naril – o Götter.*

Er starrte auf das trübe Flackern der Blitze in den Wolken, die über den Bäumen hingen. Es war schon so lange her – und immer noch nicht lange genug.

*Götter, ich bin so ein Narr gewesen.*

Er und Kris waren dem Collegium zugeteilt gewesen, um in ihren speziellen Gaben zu unterrichten – ›Holen‹ und ›Fernsicht‹. Dirk hatte sich ein wenig verloren gefühlt. Kris aber war in diese Kreise hineingeboren worden und bewegte sich darin ganz ungezwungen. Dirk konnte da nicht mithalten.

Dann hatte Naril sich ihm vorgestellt ...

*Ich dachte, sie ist so rein, so unschuldig. Sie schien so einsam an diesem großartigen Hof, so sehr auf der Suche nach einem Freund. Und sie war so jung und so wunderschön ...*

Wie hätte er wissen sollen, daß sie mit ihren sechzehn Jahren schon mehr Männer in ihren Bann gezogen hatte, als ein Rosenstrauch Dornen hat?

Und wie hätte er erraten sollen, daß sie *ihn* benutzen wollte, um Kris in die Falle zu locken?

*Götter, ich war aus Liebe zu ihr fast von Sinnen.*

Er starrte nachdenklich auf sein Spiegelbild im Glas des Fensters. *Ich habe nur gesehen, was ich sehen wollte – ganz sicher. Und habe beinahe den letzten Rest Verstand verloren.*

Aber er hatte noch genug Verstand besessen, um sich in der Nähe zu verstecken und sie zu belauschen, als sie ihn um ein Treffen zwischen ihr und seinem Freund gebeten hatte. Jene künstliche Grotte im Garten, die sie ausgewählt hatte, war ganz abgeschlossen, aber in den Büschen links und rechts vom Eingang gab es ausreichend Platz, um sich zu verstecken.

Dirk berührte diese schmerzende Erinnerung, als wäre sie ein entzündeter Zahn. Die Pein bereitete ihm eine seltsame Befriedigung. *Ich habe meinen Ohren kaum getraut, als sie Kris dieses Ultimatum gestellt hat – mit ihr zu schlafen, bis sie seiner überdrüssig wurde, sonst würde sie mein Leben zur Hölle machen.*

Er war zu den beiden hineingestürzt und wollte wissen, was sie damit meinte, halb verrückt vor Zorn und Schmerz.

Kris war davongelaufen. Und Naril hatte sich ihm zugewandt, blanken Haß in den violetten Augen. Als sie ihm gesagt hatte, was sie ihm sagen wollte, hatte er sich umbringen wollen.

Wieder starrte er sein Spiegelbild an. *Nicht alles, was sie gesagt hat, war falsch,* sagte er sich traurig. *Welche Frau mit ein bißchen Verstand würde mich schon wollen? Vor allem, wenn Kris in ihrer Reichweite ist ...*

Es hatte lange gedauert, bis er sich nicht mehr den Tod wünschte, und noch viel länger, bis das Leben wieder etwas war, das er nicht nur ertrug, sondern auch genießen konnte.

Und jetzt? Begann jetzt wieder alles von vorne?

Er tat sein Bestes, zu einem Entschluß zu gelangen, aber am Collegium festzusitzen und Talia mindestens einmal am Tag zu begegnen, half nicht im geringsten. Die Situation war komisch, aber wenn er darüber zu lachen versuchte, hatte seine Belustigung einen hohlen Unterton, selbst für seine eigenen Ohren. Er konnte sich nicht helfen, es war wie das Jucken eines Sonnenbrandes. Er wußte, er sollte es nicht tun, aber er tat es trotzdem. Es gab ihm eine Art perverser Befriedigung. Und obwohl es ihn schmerzte, sie zu beobachten, so schmerzte es noch mehr, dies nicht zu tun.

*Götter, Götter, was soll ich nur tun?*

Sein Spiegelbild gab ihm keine Antwort.

Nach drei Wochen Regen hatte das Wetter ein wenig aufgeklart. Zu Talias Erleichterung hatten sich die Gemüter ein bißchen beruhigt, zumindest, was Collegium und Hof betraf. Der Abend war warm genug, um die Fenster offen zu lassen, und die klare Luft brachte eine ersehnte Frische in die dumpfe Atmosphäre ihrer Zimmer. Talia schlief tief und fest, als die Totenglocke mit ihren bronzenen Schlägen den Frieden störte.

Sie weckte sie aus einem Alptraum von Feuer, Furcht und Schmerz. Der Alptraum hatte sie so fest in seinen Klauen gehabt, daß sie beim Aufwachen erwartete, ihr eigenes Zimmer in Flammen zu sehen. Sie klammerte sich an ihre Decke und begriff langsam, daß die Luft, die sie einatmete, frisch und kühl von den Nachtnebeln war, nicht raucherfüllt und erstickend. Sie brauchte dennoch einige Augenblicke, um den Traum abzuschütteln und wieder klar zu denken, nur um danach zu begreifen, daß ihr Traum und das Läuten der Totenglocke in einem Zusammenhang standen.

Feuer – ihre Nägel gruben sich in ihre Handflächen, als sie die Hände zu Fäusten ballte. Wenn es um Feuer ging, dann war der Herold, der am wahrscheinlichsten darin verwickelt war – Griffon! *Gute Götter – laßt es nicht Griffon sein, nicht meinen Jahrgangskameraden, nicht meinen Freund ...*

Doch als sie in die Dunkelheit starrte, ohne etwas zu sehen, und ihren Geist zur Ruhe zwang, *wußte* sie ohne jeden Zweifel, daß es nicht Griffon war, für den die Glocke läutete. Das Gesicht, das sich jetzt in ihrem aufnahmebereiten Geist formte, gehörte einer jungen Frau, die ein Jahr nach ihr das Studium aufgenommen hatte – Christa. Sie war eine von Dirks Schülerinnen in der Gabe des ›Holens‹ gewesen, wie Talia sich jetzt erinnerte.

Und irgendwie machte das die Tragödie noch schlimmer, denn Christa hatte sich erst in ihrer Assistenzzeit befunden.

Als alle Informationen, welche die Herolde im Collegium ›gelesen‹ hatten, während die Glocke läutete, zusammengesetzt waren, war das Ergebnis noch verwirrender. Nur dies wußten sie genau: Christa war tot, und ihre Führerin, die fröhlich-laszive Destria, war schwer verletzt. Und es hatte irgend etwas mit Banditen und einem Feuer zu tun.

Die Nachrichten, die sie von den Herolden in jenem Tempel der Heilung erhielten, zu dem man Destria gebracht hatte, waren fast genauso unvollständig. Ihre Gabe des ›Geistsprechens‹ war nicht annähernd so kraftvoll wie jene von Kyril oder Sherrill. Aber die Nachrichten machten deutlich, daß Destria mehr Hilfe brauchte, als man ihr geben konnte – und daß sie ohnehin eine ganz andere Art von Hilfe brauchte. Sie wollten sie zum Collegium der Heiler bringen lassen, und dann würde sich alles aufklären.

Nach einer Woche kamen sie. Ein unverletzter Herold, Destria, (ein mitleiderregender Anblick, wie sie auf einer Bahre lag, die von zwei Gefährten getragen wurde; einer davon war Destrias Sofi) und ein leichtverwundeter Bauer, dessen Kleidung immer noch Spuren von Rauch und Asche aufwies. Die drei waren Tag und Nacht unterwegs gewesen und hatten kaum eine Rast eingelegt, um das Collegium schnellstmöglich zu erreichen.

Selenay rief den Rat zu einer sofortigen Sitzung zusammen, und der Bittsteller brachte sein Anliegen vor. Er sank müde in den Stuhl, den man ihm anbot. Seine Augen lagen tief in den Höhlen, und sein Haar war ascheverschmiert, so daß man nicht feststellen konnte, welche Farbe es besaß. Offensichtlich hatte er keine Zeit verloren, sondern war sofort aufgebrochen, ohne sich um seine eigenen Bedürfnisse zu kümmern. Und die Geschichte, die er zu erzählen hatte, von gutbewaffneten, gutorganisierten Banditen und dem Massaker an fast jedem Bewohner seines Dorfes, ließ das Blut gefrieren.

Sie hatten ihm einen Stuhl gegeben, weil er zu müde war, um noch stehen zu können. Er erschien wie ein Omen des Untergangs, als er vor dem Ratstisch saß, die Arme bis zu den Ellenbogen verbunden. Der Geruch nach Rauch haftete so stark an seiner Kleidung, daß die Räte ihn bemerkten, und er unterstrich die Worte des Bauern mit schrecklicher Deutlichkeit.

»Sie haben uns erbarmungslos abgeschlachtet«, berichtete er dem Rat mit einer Stimme, die vom Rauch heiser war. »Wir sind wie dumme Schafe in die Falle gegangen. Bis zu diesem Frühling hatten wir immer wieder Schwierigkeiten mit Banditen, die uns so regelmäßig überfielen, daß wir sie erwartet haben wie die jährlichen Überschwemmungen im Frühjahr. Aber in diesem Winter sind sie alle verschwunden – bei den Göttern, man sollte glauben, wir hätten genug Verstand um zu wissen, daß etwas geschehen würde. Aber nein, wir gingen davon aus, daß sie sich lohnendere Ziele ausgesucht haben. Ach, Narren, blinde Narren waren wir!«

Für einen Augenblick verbarg er das Gesicht in den Händen, und als er den Kopf wieder hob, rannen Tränen über seine Wangen. »Sie haben sich zusammengeschlossen.

Einer dieser Wölfe hat sich als stärkster aller Anführer erwiesen, und sie haben sich zusammengeschlossen. Wir waren stolz darauf, daß unser Dorf in einem geschützten Tal liegt, blanke Felsen an den Seiten und nur ein schmaler Paß, der hereinführt. Wir könnten weder ausgehungert werden noch verdursten. Wir hatten unsere eigenen Brunnen und genügend Vorräte. Aber sie hatten eine Antwort darauf. Ein paar Angreifer töteten die Wachen und die Wachhunde, die bei Nacht auf den Höhen postiert waren, und ließen dann Feuerpfeile auf das Dorf herunterregnen. Wir bauen hauptsächlich aus Holz und Stroh, deshalb gingen die Gebäude wie Fackeln in Flammen auf. Die anderen Banditen warteten außerhalb des Passes und töteten jene von uns, die es bis dorthin geschafft hatten. Habt ihr jemals gesehen, wie Kaninchen vor Wölfen davonlaufen? Wir waren die Kaninchen, und sie waren die Wölfe, die darauf warten, daß die Beute ihnen in den offenen Rachen springt. Männern, die ich mein Leben lang gekannt habe, hat man die Beine weggeschossen. Auch Kindern, die kaum alt genug waren, um Waffen halten zu können. Selbst den Großmüttern und alten Männern. Jedem, der eine Waffe hätte halten können! Sie haben geschossen, um zu verwunden, nicht um zu töten. Tote Münder können nicht sagen, wo ihre Schätze versteckt sind. Die Hälfte der Getroffenen wird nie wieder richtig laufen können. Ein Viertel ist verblutet. Und ein Viertel aller Kinder verbrannte in den Häusern, welche die Räuber in Flammen geschossen hatten.«

Leises Schreckensgemurmel war zu hören. Lady Kester barg das Gesicht in den Händen.

Ein Strahl der Nachmittagssonne beleuchtete den Sprecher mit einem klaren, goldenen Schein, der seine Augen wie ausgebrannte Höhlen in seinem Gesicht erscheinen ließ. »Eure Herolde waren nicht weit entfernt. Wahrscheinlich haben sie in einer Wegstation übernachtet. Wie sie von unserer Not erfuhren, weiß ich nicht – es muß wohl durch eure Magie geschehen sein. Sie fielen den Banditen in den Rükken, diese beiden, wie eine ganze Armee. Diese weißen

Pferde – die Gefährten – waren *allein* schon wie eine ganze Armee. Sie trieben die Angreifer auf dem Hinterhalt am Paß und jagten sie in die Wälder. Dann rief die ältere Heroldin uns zusammen, um die Schützen von den Höhen zu vertreiben, und die jüngere lief zu den brennenden Häusern. Sie hörte die Schreie und wollte die Kinder retten, vermute ich. Die andere bemerkte nicht einmal, daß sie gegangen war, bis …«

Er schluckte hart, und seine Hände zitterten. »Ich hörte Schreie, schlimmere als zuvor, und die Heroldin fuhr herum, als hätte man auf sie geschossen. Sie rief uns zu, die Banditen zu stellen, bevor diese sich von ihrem Schrecken erholen konnten. Dann rannte sie in das brennende Haus. Ich bin ihr gefolgt. Meine Hände waren zu verbrannt, um eine Waffe zu halten, aber ich dachte, ich könnte beim Löschen helfen. Die jüngere Heroldin war im zweiten Stock eines der brennenden Häuser gefangen. Ich war direkt hinter der älteren und konnte sie sehen. Ganz ruhig warf sie die Kinder den Eltern zu. Ja, sie warf! In einem Augenblick hatte sie ein Kind auf dem Arm, und im nächsten fingen seine Mutter oder sein Vater es auf. Die Ältere rief ihr zu, sie sollte springen. Sie schüttelte nur den Kopf und wandte sich wieder um – und dann stürzte der Boden ein. Dieses verdammte weiße Pferd, das ihr gehörte, donnerte durch eine Wand in das Haus. Sie war noch unter der Tür, als das ganze Dach zusammenbrach. Wir konnten die eine herausholen, aber die andere …«

Einer von Selenays Pagen brachte ihm Wein. Dankbar trank er ihn. Seine Zähne schlugen gegen den Rand des Kruges.

»Das war's. Wir haben die Banditen zurückgeschlagen, aber wir haben nicht einmal die Hälfte von ihnen erwischt. Sie werden zurückkommen. Ich weiß, daß sie zurückkommen werden. Vor allem, weil sie wissen müssen, daß die Herolde … fort sind. Wir haben fast alle verloren, die gesund und kräftig waren. Wir brauchen Hilfe, Majestät! Meine Lords, meine Ladys, wir brauchen dringend Hilfe …«

»Ihr werdet diese Hilfe bekommen«, versprach Selenay. Vor Zorn wurde ihr Blick dunkel und hart, als sie aufstand. »Das ist nicht der erste Überfall dieser Bastarde, von dem wir Kenntnis erhalten. Aber dies war offensichtlich der schlimmste. Anscheinend kann man von euch Landleuten nicht erwarten, daß ihr mit gutorganisierten Banden fertig werdet. Lord Marschall und Ihr, mein Freund, wenn ihr mit mir kommen wollt, werden wir eine Kompanie der Wache mobilisieren.« Fragend blickte sie die übrigen Räte an.

Lady Cathan sprach für sie alle. »Was immer auch getan werden muß, Hoheit, Ihr und der Lord Marschall könnt es am besten beurteilen. Wir stehen voll hinter euch.«

Talia nickte, und all die anderen mit ihr. Was Selenay dem Mann gesagt hatte, war leider die Wahrheit. In den letzten paar Monaten hatte es Gerüchte von Banditen in den Falkenmarschen gegeben, die sich zu größeren Banden zusammenschlossen. Zwar waren immer wieder Überfälle vorgekommen, aber noch nie hatten die Banditen es gewagt, die Einwohner einer ganzen Stadt abzuschlachten! Die örtliche Miliz konnte nicht damit fertig werden; darin war der gesamte Rat sich einig.

Talia glitt leise davon. Sie wußte genau, daß Selenay sie jetzt nicht brauchen würde, aber ganz bestimmt jemand anderer. Das Ziehen, das sie verspürte, war unmißverständlich. Sie öffnete die Tore des Ratszimmers gerade weit genug, um hinauszuschlüpfen. Sobald sie in dem kühlen, dunklen Gang angelangt war, begann sie zu rennen.

Sie lief durch den alten Teil des Palastes, vorbei an den Doppeltüren, die zum Collegium der Herolde führten, und durch die widerhallende Haupthalle zu jener Seitentür, die zu den Heilern führte. Sie fühlte den Sog einer Seele in Todesqualen so deutlich, als würde eine Stimme sie rufen. Beinahe stieß sie mit Devan zusammen, der auf dem Weg war, um sie zu suchen.

»Ich hätte mir denken müssen, daß du Bescheid weißt«, sagte er dankbar. Er hielt seine grüne Robe hoch, so daß er mit ihr Schritt halten konnte. »Talia, sie kämpft gegen uns an. Wir kommen nicht durch ihren Schirm hindurch, wir können nicht einmal den Schmerz abblocken. Sie gibt sich selbst die Schuld an Christas Tod und sie will sterben. Rynee ist vollkommen hilflos.«

»Das habe ich mir gedacht. Gott und Göttin, das Schuldgefühl ist so stark, daß ich es beinahe ›sehen‹ kann. Hoffen wir, daß ich zu ihr durchkommen kann.«

Sie hatten schon mit der Heilung begonnen, noch auf dem Schlachtfeld, während Destria bewußtlos gewesen war. Es hatte gereicht, um sie ungefährdet in die Hauptstadt bringen zu können. Sie bot immer noch einen entsetzlichen Anblick, wie sie auf einem Spezialpolster in einem der Zimmer lag, die für Opfer von Verbrennungen bestimmt waren. Der Raum war ganz aus Stein erbaut. War er nicht belegt, wurde er zweimal täglich gereinigt. Nicht das kleinste Staubkörnchen wurde geduldet. Das einzige Fenster war dicht verschlossen, damit kein Schmutz herein wehen konnte. Und alles, was in diesen Raum gebracht worden war, wurde wieder hinausgebracht, sobald es nicht mehr benötigt wurde, und mit kochendem Wasser gereinigt.

Es war der Verdienst der Heiler, die in der Nähe des Schlachtfelds ihren Dienst versahen, daß Destria noch unter den Lebenden weilte. Sie hatte so schlimme Verbrennungen, wie Talia sie bei Vostel gesehen hatte, der dem Zorn eines Feuervogels zum Opfer gefallen war. Wo Destrias Verbrennungen relativ leicht waren, hatte man sie nicht verbunden. Aber die Haut war rot, geschwollen und blasig. Ihre Arme und Hände waren mit besonderen Salben eingerieben und mit dünnen, zartesten Streifen aus Kaninchen- und Kalbshaut umwickelt worden. Talia wußte, daß unter diesen Verbänden keine Haut, sondern nur mehr rohes Fleisch war. Man hatte Destria auf ein Polster aus Lammfell gelegt, das mit der Wolle gegerbt worden war. Die Fasern schützten die verbrannte Haut gegen den Druck, der beim Liegen entstand. Talia kniete sich am Kopfende des Polsters nieder und legte beide Hände auf Destrias Stirn. Destrias Gesicht und der Kopf waren fast unverletzt geblieben – als einzige Körperteile. Als Talia mit ihrer Gabe den Wirbelwind aus Schmerz, Delirium und Schuld ›sah‹, wußte sie, daß dies wahrscheinlich der härteste Kampf werden würde, den sie bis jetzt ausfechten hatte müssen.

Schuld, schwarz und voller Verzweiflung, umgab Talia von allen Seiten. Schmerz, körperlicher und seelischer, stach wie rote Blitze durch die Schuld. Talia wußte, daß ihre wichtigste Aufgabe darin bestand, herauszufinden, *warum* dieses Schuldgefühl überhaupt existierte und woher es kam ...

Aber das war einfach. Sie senkte ihren Schirm ein klein wenig mehr und ließ sich dorthin ziehen, wo die negativen Gefühle am stärksten waren.

Der verlöschende Kern, der Destria war, spann einen immer dicker werdenden Kokon aus Trostlosigkeit um sich selbst. Talia griff mit einer sanft leuchtenden, geistigen ›Hand‹ nach diesem Kokon und zerpflückte ihn, bis das, was Destria ausmachte, zitternd vor ihr stand.

Talia beachtete Destrias Fluchtversuche nicht, sondern zog sie in eine Verbindung, in der nichts verborgen blieb, nicht vor ihr – und nicht vor Destria. Und sie ließ Destria in sich ›lesen‹, während sie sich darum bemühte, mit der ›Heilung‹ der geistigen Verletzungen der anderen Heroldin zu beginnen.

*Ich habe versagt.* Das war der stärkste Gedanke. *Sie haben sich auf mich verlassen, und ich habe versagt.*

Aber da war noch etwas, etwas, das die Schuldgefühle aus sich heraus aufrechterhielt, bis Destria sich selbst haßte. Und Talia fand es, verborgen und eitrig wie ein Geschwür. *Ich habe versagt, weil ich etwas für mich wollte. Ich habe versagt, weil ich selbstsüchtig war. Ich verdiene die weiße Uniform nicht – ich verdiene den Tod.*

Diese Gedanken waren Talia nur zu bekannt. Herolde sollten vollkommen selbstlos sein, nur ihrer Pflicht ergeben. Natürlich war das Unsinn. Herolde waren auch nur Menschen. Aber wenn ihnen so etwas passierte wie Destria, beschuldigten sie aufgrund ihres Charakters sich selbst als erste.

Daher mußte Talia Destria beweisen, daß es nicht falsch war, ein Herold *und* ein Mensch zu sein. Keine leichte Aufgabe, weil Destrias Schuldgefühle ihren eigenen Zweifeln so verwandt war.

Wie oft hatte sie sich selbst beschimpft, weil sie sich eine kleine Ecke in ihrem Leben gewünscht hatte, die nur ihr selbst gehörte. Weil sie sich ein wenig Zeit gewünscht hatte, in der sie kein Herold sein *mußte*. Wenn sie ihrer Pflichten müde gewesen war. Wie oft hatte sie sich nach der Gelegenheit gesehnt, eine Weile mit sich allein zu sein – und sich dann schuldig gefühlt.

Und hatte sie sich nicht selbst die Schuld gegeben, ihre Empathie unbewußt zu mißbrauchen und damit andere zu manipulieren?

Oh, sie verstand Destrias Selbsthaß nur allzu gut.

Rynee und die anderen Heiler beobachteten aufmerksam. Sie fühlten den Kampf, den Talia ausfocht, obwohl es außer den Schweißtropfen auf ihrer Stirn keine äußerlichen Anzeichen des Kampfes gab. Sie standen in derselben Haltung, die sie zu Anfang innegehabt hatten, während die Schatten länger wurden und das Licht allmählich erlosch. Und immer noch gab es keinen Hinweis auf Erfolg oder Niederlage.

Dann, nach der ersten halben Stunde, flüsterte Rynee leise in Devans Ohr: »Ich glaube, sie schafft es. Destria hat mich nach ein paar Minuten hinausgeworfen und mich nicht wieder hineingelassen.«

Eine volle Stunde war vergangen, als Talia seufzte und vorsichtig den körperlichen Kontakt zur anderen Heroldin unterbrach. Erschöpft sank sie zusammen; ihre Hände lagen schlaff auf ihren Oberschenkeln.

»Fangt an. Ich habe sie für's erste überzeugen können. Sie wird nicht gegen euch ankämpfen.«

Schon während sie sprach, stürzten sich die wartenden

Heiler auf Destria wie Arbeitsbienen auf eine verwundete Bienenkönigin. Rynee, deren Heilergabe wie die Talias eher dem Geist denn dem Körper galt, half Talia auf die Füße.

»Warum bin *ich* nicht zu ihr durchgekommen?« fragte sie klagend.

»Ganz einfach. Ich bin Heroldin und du nicht«, erwiderte Talia. Leise ging sie an den Heilern vorbei in den Korridor. »Sie hat auf dich reagiert, wie du auf einen Nicht-Heiler reagieren würdest, der dir zu erklären versucht, daß ein Stich in den Bauch kein Grund zur Sorge ist. Götter, bin ich müde! Und morgen muß ich das ganze noch einmal machen, sonst wird sie wieder gegen euch ankämpfen. Und *dann*, wenn ich sie endlich überzeugt habe, daß der Unfall nicht ihre Schuld war, muß ich sie auch noch überzeugen, daß sie die Männer nicht abstoßen wird – so, wie sie aussehen wird, wenn ihr mit der Heilung fertig seid. Und daß ihre Narben nicht irgendeine Strafe für ihr manchmal lasterhaftes Benehmen sind.«

»Das habe ich auch befürchtet.« Rynee biß sich auf die Lippen. »Sie wird ganz sicher Narben behalten. Ihr Gesicht wurde vom Feuer nicht berührt, aber ihr Körper – einiges wird nicht mehr sehr schön anzuschauen sein. Ich kann mich nur an ein einziges Verbrennungsopfer erinnern, das so schlimm ausgesehen hat wie sie ...«

Trotz ihrer Müdigkeit wurden Talias Augen hell, als sie sah, daß sich in Rynees Kopf eine Idee abzuzeichnen begann. »Raus damit! Du hast dieselbe Gabe wie ich, und wenn du eine Eingebung hast, dann ist sie bestimmt gut.« Sie blieb im Gang stehen und lehnte sich gegen die holzgetäfelte Wand. Rynee rieb sich den Rücken ihrer langen Nase.

»Vostel – was tut er jetzt? Könnte er für eine Weile hierher zurückgerufen werden?« fragte sie schließlich. In ihren grauen Augen war Hoffnung.

»Er versieht im Herbstblumentempel der Heiler Nachrichtendienst. Ja, er könnte herkommen, denn bei diesem Dienst kann er ersetzt werden. Woran denkst du?«

»Daß er die beste ›Medizin‹ für Destria sein wird. Er hat

schließlich das gleiche erlebt. Er weiß, daß es wehtut und daß man sich durch den Schmerz hindurch quälen muß, wenn man seine körperliche Leistungsfähigkeit wiederherstellen will. Und weil Vostel ein Herold ist, wird Destria glauben, was er ihr sagt. Und außerdem ist er trotz seiner Narben immer noch ein ansehnlicher Mann. Und er glaubt nicht daran, daß das Schicksal wegen ein bißchen gesundem Hedonismus solche Strafen austeilt.«

Talia mußte lächeln. »Ja, das ist eine gute Idee! Wenn wir Vostel an ihre Seite setzen, wenn er Destria ermutigt und unterstützt, hat sie viel bessere Chancen. Du hast auch recht mit dem, was du über seine Ansichten sagst. Als er damals aufgeben wollte, brauchte ich ihm nur zu versichern, daß die Schmerzen aufhören *würden*, und daß er weder ein Feigling noch jämmerlich war, *weil* er manchmal aufgeben wollte. Und ich glaube, daß sie gut zueinander passen werden, wenn Destria wieder ihr altes Selbst ist. Ich gehe zu Kyril und bitte ihn, Vostel zurückkommen zu lassen, sobald er ersetzt werden kann.«

Talia trat von der Wand weg und stolperte, als ihre Knie nachgaben. Sie waren nur ein paar Schritte gegangen, doch Talias Erschöpfung drohte, sie zu überwältigen. Rynee führte sie zu einer weichgepolsterten, bequemen Bank, einer von vielen, die entlang der Gangwände standen, denn die Heiler ruhten sich aus, wo immer und wann immer es ging.

»Und du – du legst dich jetzt auf diese Bank und machst ein Nickerchen. Ich wecke dich. Wenn du dich jetzt nicht ausruhst, wirst du niemandem mehr von Nutzen sein. Du kennst das Sprichwort: Streite niemals mit einem Heiler!«

»Das tue ich auch nicht!«

»Dann sieh zu, daß es auch so bleibt.«

Ungefähr eine Woche später befand sich Talia auf dem Weg vom Audienzsaal zu ihren Zimmern, um sich für den Waffenunterricht umzukleiden. Ihre Stimmung war sehr ernst.

Immer öfter ersuchten Menschen aus den Falkenmarschen um Audienz bei der Königin und berichteten von Überfällen, die offensichtlich von einer kleinen Armee von Banditen verübt wurden. Die Landschaft der Falkenmarschen war wild und felsig, und so hatten sie sich zusammenschließen können, ohne daß es jemand bemerkt hätte. Und die Wildnis machte es ihnen möglich, zu verschwinden, bevor die Wache sie stellen konne.

Orthallen benutzte die Existenz dieser Banditen als politisches Werkzeug – eine Taktik, die Talia widerlich fand, wenn sie daran dachte, welches Leid diese Banditen verursachten und daß diese Überfälle in Gebieten stattfanden, die eigentlich Orthallens Rechtssprechung unterstanden.

Sie hatte gerade eine solche Audienz ertragen müssen.

Sechs Herold befanden sich jetzt in diesem Gebiet, gemeinsam mit der Kompanie der Wache, die Selenay gesandt hatte. Die Herolde halfen dem gewöhnlichen Volk, seine Verteidigung zu organisieren, weil die Wache nicht überall zugleich sein konnte. Einer dieser Herolde, Patris, hatte einen Boten gesandt, der heute angekommen war.

›Sie scheinen genau zu wissen, wo die Wache sich gerade aufhält‹, hatte Patris geschrieben. ›Sie schlagen zu und sind wieder verschwunden, bevor wir etwas unternehmen können. Sie kennen die Höhlen und die felsigen Hügel, die sie durchziehen, besser, als wir vermutet haben. Ich habe den Verdacht, daß die Banditen große Wegstrecken unterirdisch zurücklegen. Das würde erklären, wie sie sich bewegen können, ohne daß wir sie ausmachen. Momentan sind wir nicht mehr in der Lage, die Herden oder die Ernte zu beschützen. Majestät, ich muß ganz offen sein: Wir können das Leben der Menschen retten, aber nicht ihr Hab und Gut. Und ich muß Euch noch Schlimmeres berichten: nachdem die Banditen der Bevölkerung alles geraubt hat, was sie besitzt, beginnen sie nun, den Leuten das Kostbarste zu rauben, das sie besitzen: die Kinder.‹

»Große Göttin!« hatte Lady Wyrist gerufen.

»Ich kümmere mich darum, Majestät«, hatte Lady Cathan

im gleichen Augenblick grimmig gesagt. »Diese Halunken werden die Kinder nicht an meinen Gildenmitgliedern vorbeischmuggeln können – nicht nach diesem Sklavenhandelskandal! Mit Eurer Erlaubnis?«

Selenay hatte geistesabwesend genickt, und Lady Cathan war aus dem Raum geeilt, daß ihre farbenfrohen Brokatkleider geflogen waren.

»Majestät«, hatte Orthallen erklärt, »es ist so, wie ich gesagt habe. Wir brauchen ein größeres stehendes Heer – und wir brauchen mehr Autonomie für die *örtlichen* Verwalter. Hätte ich drei Kompanien der Wache zur Verfügung gehabt *und* die Macht, ihnen Befehle zu erteilen, dann wäre aus dieser Notsituation nie eine solche Katastrophe geworden, wie wir sie jetzt erleben.«

Dann war die Debatte losgebrochen – wieder einmal. Der Rat war geteilter Meinung, ob man den örtlichen Autoritäten mehr Macht verleihen und das Heer vergrößern sollte. Der Rat war in zwei Lager gespalten. Auf Orthallens Seite standen Lord Gartherser, Lady Wyrist, der Barde Hyron, Vater Aldon und der Seneschall. Selenay, die die Armee nicht vergrößern wollte, weil dies vermutlich Zwangsrekrutierungen bedeuten würde, stimmte dafür, die Macht dort zu belassen, wo sie war, nämlich beim Rat, und Söldner anzuheuern, um das Heer zu verstärken. Talia, Kyril, Elcarth, die Heilerin Myrim und der Lord Marschall unterstützten sie. Lady Kester, Lord Gildas und Lady Cathan konnten sich nicht entscheiden. Der Gedanke, fremde Truppen im Land zu haben, gefiel ihnen nicht besonders – aber genausowenig gefiel es ihnen, die Menschen von ihren Feldern und aus ihren Werkstätten zu holen.

Talias Gedanken beschäftigten sich mit der Lage, als ihr gutes Gehör das Geräusch von unterdrückten Schluchzern auffing. Ohne zu zögern senkte sie ihren Schirm gerade weit genug, um die Quelle der Tränen zu orten und herauszufinden, was geschehen war.

Ihr Gehör führte sie in einen selten benutzten Gang in der Nähe der königlichen Bibliothek, den an beiden Seiten

Nischen säumten. Darin wurden da und dort Statuen oder Plattenpanzer oder andere Kunstwerke aufbewahrt, aber die meisten Nischen waren leer und wurden durch samtene Vorhänge abgeschirmt. Es war ein bevorzugter Ort für Liebespaare, die sich hier während der großen Feste trafen. Aber der Mangel an Sitzgelegenheiten beschränkte die amourösen Aktivitäten auf solche, die im Stehen ausgeführt werden konnten.

Es war nicht leicht herauszufinden, hinter welchem Vorhang sich der Weinende aufhielt. Nur ein leises Schniefen verriet Talia, welche von den drei Nischen in diesem Teil des Ganges es war.

Leise zog sie den schweren Samtvorhang zur Seite. Auf einem Polster, der von einem der Stühle im Audienzsaal stammte, hatte sich ein Kind zusammengerollt.

Es war ein kleiner Junge, ungefähr sieben oder acht Jahre alt. Seine Augen waren vom Weinen verschwollen und sein Gesicht verschmiert, weil er mit schmutzigen Fingern die Tränen abgewischt hatte. So wie er aussah, hatte er nicht einen Freund auf der Welt. Wenn er nicht weint, dachte Talia, muß er entzückend aussehen, ein dunkelhaariger, dunkeläugiger Engel. Die Uniform, die Selenays Pagen trugen – himmelblau, von dunklem Blau eingefaßt –, paßte gut zu der hellen Haut des Jungen. Als der Vorhang sich bewegte, sah er auf; sein Gesicht war voll Kummer und Leid, und seine Pupillen waren vom trüben Licht des Ganges vergrößert.

»Hallo«, sagte Talia und setzte sich auf die Fersen, um mit ihm auf gleiche Höhe zu kommen. »Du siehst aus, als könntest du einen Freund brauchen. Hast du Heimweh?«

Er nickte, und eine dicke Träne lief langsam über seine Wange. Er sah viel zu jung aus, um einer von Selenays Pagen zu sein. Sie fragte sich, ob er nicht vielleicht ein Pflegekind war.

»Das hatte ich auch, als ich hierherkam. Es gab keine Mädchen in meinem Alter, nur Jungen. Wo kommst du her?«

»A-a-aus den Falkenmarschen«, stotterte er und blickte

sie an, als würde er sich nach einer tröstenden Schulter sehnen, an der er sich ausweinen konnte, aber nicht den Mut hatte, eine fremde Erwachsene zu fragen.

»Kann ich das Polster mit dir teilen?« sagte Talia und löste damit das Problem für den Jungen. Er rückte zur Seite, und Talia ließ sich nieder und legte einen tröstenden Arm um seine Schulter. Sie projizierte eine sanfte Aura des Mitgefühls. Das öffnete die Schleusen, und er schluchzte in den Samt ihrer Jacke, während sie beruhigend seinen Kopf streichelte. Er benötigte nicht wirklich ihre Gabe. Er brauchte nur einen Freund und die Möglichkeit, sich auszuweinen. Während sie ihn beruhigte, grub sie in ihrem Gedächtnis nach seinem Namen.

»Bist du Robin?« fragte sie schließlich, als die Tränen nicht mehr so heftig strömten. Er bejahte bebend. Ihre Erinnerung hatte sie also nicht getrogen. Robins Eltern, deren Oberherr Orthallen war, hatten den Lord angefleht, ihr einziges Kind in die sicherste Zufluchtsstätte zu bringen, die sie kannten – an den Hof. Verständlich, wenn nicht sogar lobenswert. Aber der arme Robin verstand die Beweggründe seiner Eltern natürlich nicht. Er wußte nur, daß er zum ersten Mal in seinem jungen Leben allein war.

»Hast du denn noch keine Freunde gefunden?«

Robin schüttelte den Kopf und klammerte sich an ihren Ärmel, als er aufsah, um in ihrem Gesicht zu lesen. Als er erkannte, daß Talia immer noch Mitgefühl und Ermutigung zeigte, faßte er sich ein Herz und erklärte: »Sie sind alle älter – und größer. Sie nennen mich ›das Anhängsel ...‹ und lachen mich aus ... und ich mag ihre Spiele sowieso nicht. Ich ... ich kann nicht so schnell rennen und mit ihnen mithalten.«

»Ach?« Ihre Augen verengten sich, als sie nachdachte, welche Spiele sie die Pagen spielen gesehen hatte. Sie waren so allgegenwärtig, daß sie fast unsichtbar wurden ... und dann fiel es ihr ein.

»Du magst nicht ›Krieg um die Burg‹ spielen?« Das war verständlich genug, wenn Kämpfe seine Eltern bedrohten.

Im Flackern einer Öllampe auf der anderen Seite des Ganges sah sie seine traurigen, verlorenen Augen. »Ich ... ich weiß nicht, wie man kämpft. Papa hat gesagt, ich bin noch nicht alt genug, um es zu lernen. Aber das ist das einzige, was die anderen spielen wollen ... und außerdem, ich würde viel lieber lesen. Aber alle meine Bücher sind noch zu Hause.«

So wie Talia den Seneschall kannte, hatte er den Pagen strikt verboten, die königliche Bibliothek zu betreten. Das war nicht allzu überraschend, weil die meisten von ihnen die Möbel als Katapulte und die Bücher als Munition benutzt hätten. Sie hielt ihn an seinen zarten Schultern und traf eine schnelle Entscheidung.

»Würdest du lieber am Collegium der Herolde lesen und Unterricht haben als gemeinsam mit den anderen Pagen?« Selenay ließ all ihre Pagen unterrichten, aber die meisten von ihnen betrachteten den Unterricht als Plage, die sie erdulden mußten, oder als ein Ärgernis, dem man besser aus dem Weg ging.

Er nickte; seine Augen waren rund vor Überraschung.

»Gut, dann muß mein Meister Alberich ein wenig warten. Du und ich werden jetzt zu Dekan Elcarth gehen.« Sie stand auf und hielt ihm ihre Hand hin, und der Junge ergriff sie zögernd.

Glücklicherweise gab es genug andere kleine Kinder, die an den Collegien unterrichtet wurden, obwohl wenige so jung waren wie Robin. Das waren die unverbundenen Studenten – die ›Blauen‹ –, die zu keinem Collegium gehörten, aber gemeinsam mit den Herolds-, Barden- und Heilerschülern Unterrichtsklassen besuchten. Auch sie trugen Uniformen in zartem Blau, die denen der Pagen nicht unähnlich waren. Viele von ihnen waren hochwohlgeborene Rangen, aber es gab auch andere, die bessere Absichten hatten. Sie studierten, um Baumeister, Architekten und Gelehrte auf vielen anderen Wissensgebieten zu werden. Sie würden Robin gern in ihre Reihen aufnehmen und ihn wahrscheinlich als eine Art Maskottchen betrachten. Talia wußte, sie würde keine Schwierigkeiten haben, mit Selenay zu vereinbaren, daß der Kleine die meiste Zeit am Collegium verbringen durfte, wenn er nicht gerade seinen Dienst zu erfüllen hatte. In seinem Alter dauerte sein ›Dienst‹ wahrscheinlich nicht einmal zwei Stunden am Tag. Sie war auch sicher, daß sie Elcarth überzeugen konnte.

Talia hatte recht. Als sie das Kind in Elcarths mit Büchern vollgestopftes Zimmer brachte, schien der Dekan Robin sofort zu mögen. Und ganz sicher mochte Robin ihn. Sie ließ ihn bei Elcarth zurück; der grauhaarige Herold erklärte einige der Unterrichtsstunden, und Robin hatte sich vertrauensvoll an seinen Sessel gelehnt. Beide ließen sich vom Durcheinander im Zimmer nicht stören. Es schien Talia, als hätte sie ohne Absicht ein Paar verwandter Seelen zusammengeführt.

Und so war es auch. Sie traf Robin von Zeit zu Zeit wieder: ein- oder zweimal, als er zu ihr kam, weil er wußte, daß sie ihn über sein Heimweh hinwegtrösten konnte, und ein paarmal, als er mit Bücherstapeln, die fast höher waren als er selbst, fröhlich durch das Collegium lief. Und sie traf ihn auch mehrere Male mit Elcarth in der Bibliothek. Einmal fand sie die beiden über einen uralten Geschichtsband gebeugt, der in einer altertümlichen Form der Sprache geschrieben war – einer Sprache, die Robin selbst nicht lesen konnte, von der er aber annahm, daß Elcarth es konnte. Er war überzeugt davon, daß Elcarth die Quelle aller Weisheit war, und er sagte das auch ganz offen. Er kam mit all seinen Fragen zum Dekan, ohne lange zu überlegen.

Und immer öfter fand Talia die beiden in ein so trockenes Gebiet vertieft, daß sie ein Glas Wasser gebraucht hätte, um nur darüber nachzudenken! Tatsächlich, sie waren verwandte Seelen.

# Vier

In seinem Zimmer lümmelte Dirk in seinem Lieblingssessel, einem alten, abgenützten Möbelstück, dessen Farbe schon seit langem zu einem unbestimmbaren Beige verblaßt war, der sich aber so angenehm anfühlte wie ein alter, lange getragener Stiefel. Er wünschte, er würde sich innerlich ebenso behaglich fühlen wie äußerlich.

Trübsinnig starrte er auf das halbleere Glas in seiner Hand. Er sollte an einem so schönen Abend nicht trinken. Er trank in letzter Zeit viel zuviel, und er wußte es auch.

*Aber was soll ein Mann tun, wenn er nicht schlafen kann? Wenn er nur an ein ganz bestimmtes Paar sanfter, brauner Augen denken kann? Wenn er nicht weiß, ob er sein eigenes Herz oder seinen besten Freund verraten soll?*

Das einzige Heilmittel für seine Schlaflosigkeit fand sich am Grund einer geleerten Flasche, und so hielt er jeden Abend eine in der Hand.

Natürlich hatte dieses Heilmittel seine Nachteile: elende Katerstimmung, eine sich ständig verschlechternde Laune und das ganz bestimmte Gefühl, daß nur ein Feigling seinen Problemen auswich. Dirk sehnte sich nach einem Auftrag draußen im Land – oh, Götter, wegzukommen aus dem Collegium und von *ihr*! Aber nichts in der Art tat sich – und außerdem würde man ihm oder Kris keine Aufträge erteilen, bis die Studenten, die sie zur Zeit unterrichteten, den Gebrauch ihrer Gaben erlernt hatten.

Die Studenten – Götter, das war ein anderer Grund, um sich zu betrinken!

Er trank das Glas aus, ohne es zu bemerken. Seine Augen brannten vor unvergossenen Tränen.

Arme kleine Christa. Er fragte sich, ob noch jemand anderer begriffen hatte, daß sie ihre Gabe benutzt hatte, um die Kinder aus dem Feuer zu retten.

*Jedesmal, wenn ich die Augen schließe, kann ich sie sehen ...*

Die heraufbeschworene Vision war schrecklich. Er konnte

sich das Mädchen nur zu leicht vorstellen, von einem Inferno umgeben und sich trotzdem mit ganzer Seele zu *konzentrieren* – denn es war schwer, etwas Lebendiges mit der Gabe des ›Holens‹ zu bewegen, schwer und gefährlich – während das Gebäude rund um sie in Flammen aufging. Und es war ganz allein seine Schuld, daß sie sich auf diese Weise geopfert hatte.

Er hob das Glas an die Lippen und entdeckte, daß es schon leer war.

*Ich trinke zu schnell ...*

Und die Art, wie das Mädchen gestorben war – alles seine Schuld.

Bevor Christa ihre Ausbildung bei ihm beendete, hatte sie ihn gefragt, ob es möglich war, durch das ›Holen‹ auch lebende Körper zu bewegen. Jedem anderen hätte er gesagt: »Nein!«, aber sie war so fähig und begabt, und er war so furchtbar stolz auf sie gewesen. Also hatte er ihr die Wahrheit gesagt. Und was noch ärger war: Er hatte etwas getan, was er noch nie zuvor getan hatte, und ihr gezeigt, wie man lebende Kreaturen bewegen konnte, ohne sie zu ersticken und ohne sie innerlich zu verletzen. Und er hatte ihr gesagt (Götter, wie gut erinnerte er sich daran!), daß es sicherer war, etwas Lebendiges aus den eigenen Händen an den Platz zu bewegen, an dem man es haben wollte, als umgekehrt.

*Ich trinke wirklich zu schnell! Die Flasche ist schon zur Hälfte leer ...*

Deswegen war das Mädchen ins brennende Haus gegangen, um die Kinder herauszuholen, und hatte sie nicht einfach zu sich ›geholt‹. Wenn er damals, als er sie unterrichtete, doch nur schon gewußt hätte, was er seitdem bei Studien in der Bibliothek entdeckt hatte! Daß es für jemanden mit ihrer Gabe unter großer Anspannung oft möglich war, *sich selbst* über kleine Strecken zu transportieren. Er hatte es ihr sagen *wollen* – aber irgendwie nie die Zeit gefunden.

*Und jetzt ist sie tot, schrecklich und schmerzhaft gestorben, weil ›ich nie die Zeit gefunden habe‹.*

Er schüttelte die Flasche und war überrascht, daß sie leer war.

*Was soll's. Dort, wo diese herkommt, gibt es noch eine.*

Er mußte dazu nicht einmal aufstehen. Die zweite Flasche stand auf dem Fensterbrett, um kühl zu bleiben. Mit unsicherer Hand griff er danach, und irgendwie gelang es ihm, sie am Hals zu packen. Er hatte den Korken schon gezogen, als er noch nüchtern gewesen war, und ihn ganz locker wieder hineingesteckt. Hätte er das nicht getan – er hätte die Flasche niemals öffnen können.

*Götter, ich bin einfach widerlich.*

Er wußte, daß dies keine Art war, mit dem Problem umzugehen, daß er lieber tun sollte, was sein Herz ihm riet: zu Talia zu gehen und sich von ihr helfen zu lassen. Aber er konnte ihr nicht gegenübertreten. Nicht so.

*Sie darf mich so nicht sehen. Nein. Sie würde denken, ich bin ... ich bin noch schlimmer, als Naril behauptet hat.*

Außerdem, wenn er zu ihr gehen würde, dann würde sie auch seine übrigen Gedanken lesen, und was sollte er dann tun? Götter, in welche Falle er geraten war!

*Aber ich brauche sie, verdammt. Ich brauche sie mehr als Kris ... oder? Ich weiß es nicht, ich weiß es einfach nicht.*

Er konnte Kris nicht um Hilfe bitten, weil Kris die andere Hälfte des Problems war. Auch die Musik war ihm kein Trost mehr, nicht, wenn er beim Spielen jedesmal Talia singen hörte ... jede einzelne Strophe.

*Verdammt sei diese Frau! Sie stiehlt meinen Freund, sie stiehlt meine Musik, sie stiehlt meine Seelenruhe ...*

Im nächsten Augenblick beschimpfte er sich selbst, weil er solche Dinge von ihr dachte. Das war nicht gerecht. Es war nicht ihre Schuld. Sie hatte nicht die leiseste Ahnung, was sie ihm angetan hatte.

Und soweit er es beurteilen konnte, hatte sie seit ihrer Rückkehr wirklich nicht viel Zeit mit Kris verbracht. Vielleicht gab es für ihn doch noch Hoffnung. Sie und Kris benahmen sich jedenfalls nicht wie Liebende.

Aber was würde er tun, wenn sie einander *doch* liebten?

Und was sollte er tun, wenn sie es *nicht* taten?

Der Flüssigkeitsspiegel in der Flasche sank immer weiter, als Dirk vergeblich versuchte, eine Antwort zu finden.

Glücklich lief Robin den Gang zu den Quartieren der Herolde hinunter. Er bewunderte die Herolde und war immer der erste, der sich freiwillig meldete, wenn es eine Aufgabe gab, bei der er ihnen helfen konnte. In diesem Fall war es ihm sogar eine doppelte Freude, denn der Herold der Königin, Talia, hatte nach einem Pagen gesucht, der Herold Dirk ein paar Manuskripte zurückbringen sollte, die sie sich von ihm zum Abschreiben geliehen hatte. Robin hatte Talia lieber als alle anderen zusammen – außer Elcarth natürlich. Herolde waren wunderbare Menschen, und Talia war der wunderbarste von allen. Sie hatte immer Zeit zum Reden und sagte ihm nie, daß er sich wie ein kleiner Junge benahm, wenn er Heimweh hatte (wie es Lord Orthallen tat). Seine Mutter hatte ihm gesagt, wie mächtig Lord Orthallen war, aber soweit es Robin betraf, war Talia zwölf Orthallens wert. Er wünschte sich oft, er könnte Talia so zum Lächeln bringen, wie sie ihn aufzuheitern vermochte. In letzter Zeit sah sie nicht sehr glücklich aus und alles, was er tun konnte, um sie zu erfreuen, würde er gerne tun.

Er sah wirbelnde dunkle Roben vor sich – es war einer der hohen Herren, vielleicht sogar sein eigener Herr. Robin ließ die Augen gesenkt, wie man es ihm immer gesagt hatte, denn es war für einen kleinen Jungen nicht richtig, die Großen des Staates anzuschauen, vor allem dann nicht, wenn man gerade einen Auftrag ausführen sollte. Und *wenn* es Orthallen war, dann war es wichtig, daß er sah, wie ordentlich Robin seinen Dienst tat.

So war es ein schlimmer Schreck, daß er stolperte und mit dem Gesicht nach unten auf dem Boden lag, obwohl er genau darauf geachtet hatte, wohin er ging. Die Manuskripte lagen um ihn verstreut.

Wäre der Mann vor ihm ein anderer Page gewesen, hätte

Robin sofort den Verdacht gehabt, daß ihm absichtlich das Bein gestellt worden war. Aber von einem großen Lord konnte man einen so kindischen Streich wohl kaum erwarten.

Der Lord blieb für einen Augenblick stehen. Um seine Füße flatterten die Schriftrollen. Dann ging er weiter. Robin schaute auf den Boden, rot vor Scham, und sammelte sie wieder auf.

Das war seltsam. Das war *sehr* seltsam. Robin hatte vierzehn Rollen erhalten, als Talia ihn losgeschickt hatte. Er wußte es genau, denn er hatte sie zweimal gezählt. Jetzt aber hatte er fünfzehn. Und diese fünfzehnte Rolle war versiegelt, nicht einfach nur zusammengerollt wie die anderen.

Er konnte sich natürlich verzählt haben ...

Aber er hörte beinahe Dekan Elcarths Stimme, denn erst diese Woche hatte er Elcarth gefragt, was er tun sollte, wenn ihm etwas befohlen wurde, das nicht ganz richtig zu sein schien, oder wenn im Verlauf seines Dienstes etwas Seltsames geschah. Einer der älteren Jungen hatte einen sehr zweifelhaften Auftrag für eine der Damen am Hof erledigt, und nachher hatte es Schwierigkeiten gegeben. Der Page hatte nicht den Mut gehabt, sich irgend jemandem anzuvertrauen, bis es zu spät war, und dann war seine Erinnerung verwirrt gewesen. So hatte Robin den weisesten Menschen, den er kannte, gefragt, was er tun sollte, wenn er in eine ähnliche Lage geriet.

»Tu es. Sei nicht ungehorsam – aber erinnere dich genau, Robin«, hatte Elcarth gesagt. »Erinnere dich an *alles*, was geschehen ist, wer dich beauftragt hat, wann und warum, und wer noch dabei ist. Es kann sein, daß dein Auftrag völlig legitim ist. Du kannst das nicht wissen. Aber wenn dein Auftrag unrecht ist, könntest du der einzige Mensch sein, der die ganze Wahrheit kennt. Ihr Pagen seid in einer besonderen Lage. Leute schauen euch an, aber sie *sehen* euch nicht wirklich. Denk daran. Immer, wenn etwas geschieht, das dir seltsam erscheint, dann merke es dir, und merke dir die Umstände. Vielleicht kannst du jemandem damit helfen.«

»Ist das nicht so, als wäre ich ein Schnüffler?« hatte Robin zweifelnd gefragt.

Elcarth hatte gelacht und war ihm durchs Haar gefahren. »Schon weil du diese Frage stellst, besteht nicht die Gefahr, daß du ein Schnüffler wirst, meine kleine Eule. Außerdem ist es eine gute Übung für dein Gedächtnis.«

Na gut. Robin würde sich an diese Begegnung erinnern.

Als er an Herold Dirks Tür klopfte, kam keine Antwort. Er blinzelte durch die halboffene Tür und sah, daß der Herold am anderen Ende des Raumes in einem Sessel vor dem geöffneten Fenster zusammengesunken war. Er schien zu schlafen. Also schlich Robin leise wie eine Katze ins Zimmer und legte die Schriftrollen auf den Schreibtisch.

Talia brauchte an diesem Morgen keine Aufforderung; jeder, der auch nur den Bruchteil ihrer Gabe der Empathie besessen hätte, wäre schnellstens an die Seite der Königin geeilt. Der Aufruhr der Gefühle – Zorn, Angst, Besorgnis – war so gewaltig, daß Talia ihn tatsächlich *schmecken* konnte, bitter und metallisch.

Sie fing die erste Aufwallung davon auf, während sie sich anzog, und rannte zu den königlichen Gemächern, sobald sie ausreichend bekleidet war. Die beiden Wachen vor der Tür schauten beschämt drein. Sie taten ihr Bestes, um sich taub zu stellen und das Geschrei hinter den Doppeltüren, die sie bewachten, nicht zu hören. Talia klopfte kurz und öffnete die Tür einen Spalt.

Selenay war in ihrem Vorzimmer, bereits für den Tag angekleidet, aber ohne ihr Diadem. Sie saß hinter ihrem Arbeitstisch im ›öffentlichen‹ Teil ihrer Gemächer. Vor ihr lag eine versiegelte Schriftrolle. Bei ihr befanden sich Lord Orthallen (der unerträglich zufrieden aussah), ein sehr beschämter Kris, eine genauso beschämte Wache und ein überaus zorniger Dirk.

»Es interessiert mich einen Dreck, wie das Ding dorthin kam – *ich habe es nicht genommen*!« rief Dirk, und Talia warf der Wache draußen einen Blick zu, ging hinein und schloß so schnell wie möglich die Tür. Was immer hier im Gange war, je weniger Leute davon wußten, desto besser.

»Und warum habt Ihr dann versucht, sie zu verbergen?« fragte Orthallen glattzüngig.

»Ich habe nicht versucht, sie zu verstecken, verdammt! Ich habe nach einem Pulver gegen Kopfschmerzen gesucht, als dieser Idiot hereinstürmte, ohne um Erlaubnis zu fragen!« Dirk sah ein wenig krank aus, bleich; eine feine Linie des Schmerzes war zwischen seinen Brauen. Seine saphirblauen Augen waren blutunterlaufen, sein blondes Haar noch wirrer als sonst.

»Wir haben nur Euer Wort.«

»Seit wann«, sagte Talia kalt und klar, »wird das Wort eines Herolds in Zweifel gezogen? Eure Vergebung, Majestät, aber was, im Namen der Freistatt, geht hier vor?«

»Ich habe an diesem Morgen entdeckt, daß einige sehr wichtige und heikle Papiere fehlen«, antwortete Selenay. Sie wirkte äußerlich ruhig, aber Talia wußte, sie war es nicht. »Lord Orthallen befahl eine Suche und entdeckte sie hier, im Besitz von Herold Dirk.«

»Ich war in der vergangenen Woche nicht einmal in der Nähe des Palastflügels! Außerdem, welchen Nutzen hätte ich von den Papieren?« Dirks innere Angst war so stark, daß sie Talia fast zum Weinen brachte.

»Sieh mal, Onkel, du *weißt*, daß meine Räume ganz in der Nähe der seinen liegen. Ich kann beschwören, daß er sie in der letzten Nacht nicht verlassen hat.«

»Ich weiß nur, daß dieser Mann dein Freund ist, mein lieber Neffe.«

»Wenn ich ehrlich sein muß, dann bin ich's auch!« rief Kris und wurde rot vor Scham und Zorn. »Dirk hätte nirgendwo hingehen können, weil er nicht in der Lage war, sich zu bewegen. Er war letzte Nacht sturzbetrunken, so wie *jede* Nacht in den letzten paar Wochen.«

Dirks Gesicht wurde zuerst purpurn, dann tödlich bleich.

»Und? Seit wann hat die Unfähigkeit sich zu bewegen jemanden mit *seiner* Gabe behindert?«

Jetzt erbleichte auch Kris.

»Ich habe noch keine Antwort auf eine sehr wichtige Frage bekommen, Orthallen. Was hätte Dirk mit diesen Dokumenten *gewollt*?« fragte Talia und versuchte, ein bißchen Zeit zum Nachdenken zu schinden.

»Sie würden jemanden an diesem Hof in eine sehr fatale Lage versetzen«, erwiderte Orthallen. »Ich will nur soviel sagen, daß diese Person mit einer gewissen jungen Dame, mit der Herold Dirk einmal ebenfalls sehr enge Beziehungen pflegte, eine Liebschaft hat. Herold Dirk hat sich von ihr im Bösen getrennt. Der Grund für seine Handlungsweise könnte sehr persönlich sein – Rache, vielleicht Erpressung. Die Königin und ich wollten verhindern, daß aus dieser Sache ein Skandal wird. Aber wenn irgend jemand außer uns den Inhalt dieser Briefe kennt, könnte es den gesamten Hof in Aufruhr versetzen.«

»Ich glaube einfach nicht, daß ein Ratsmitglied einen *Herold* der Erpressung beschuldigt!« rief Talia.

»Ihr habt gerade meinen Neffen gehört, seinen besten Freund. Er sagt, daß er sich in den vergangenen Wochen jede Nacht sinnlos betrunken hat. Ist *das* das gewöhnliche Benehmen eines Herolds?« Orthallen wandte sich an die Königin. »Majestät, ich sage nicht, daß dieser junge Mann die Dokumente entwendet hätte, wenn er ganz bei Sinnen wäre, aber ich glaube, wir haben mehr als genug Indizien, um beweisen zu können, daß ...«

»Orthallen«, unterbrach die Königin ihn, »ich ...«

»Wartet bitte!« Talia legte eine Hand an die Schläfe. Ihr Kopf schmerzte stechend. Der starke Druck der Gefühle um sie herum war so durchdringend, daß sie nur vom Abschirmen Reaktions-Kopfschmerzen bekam. »Laßt uns einen Augenblick davon ausgehen, daß Dirk die Wahrheit sagt, ja?«

»Aber ...«

»Nein, hört mir zu. Unter dieser Annahme – welche Möglichkeit gibt es noch, wie diese Dokumente dorthin gekommen sind, wo man sie gefunden hat – *es sei denn, irgend jemand ist mit voller Absicht in sein Zimmer eingedrungen und hat sie dort hingelegt!* Dirk, waren die Papiere nach dem Abendessen bereits da?«

»Bevor ich zu trinken begonnen habe, meinst du?« erwiderte er bitter. »Nein. Mein Tisch war zur Abwechslung einmal völlig leer. Als ich an diesem Morgen aufgewacht bin, lagen ungefähr ein Dutzend Rollen dort, und diese war darunter.«

»Gut. Ich weiß, daß du aufgewacht wärst, egal in welchem Zustand, wenn irgend jemand in dein Zimmer gekommen wäre, der dort nichts zu suchen hat. Ich kann dir sagen, daß *ich* letzte Nacht Robin mit diesen Gedichten, die ich mir geliehen hatte, zu dir geschickt habe. Es waren genau vierzehn Rollen, und *diese da* war nicht dabei. Nun, wenn Lord Orthallen nicht *mich* beschuldigen will, diese Dokumente gestohlen zu haben ...«

»Ich hatte sie noch, nachdem du gegangen warst, Talia«, sagte die Königin mit harter Stimme.

»Ich weiß auch, daß kein Herold aufwachen würde, wenn ein Page sein Zimmer betritt, außer der Page weckt ihn absichtlich. Diese kleinen Teufel sind einfach überall, fast unsichtbar, und wir *wissen*, daß sie harmlos sind. So ist es also möglich, daß irgendwann zwischen dem Zeitpunkt, als Robin mich verlassen hat und dem, als er dein Zimmer betrat, dem Stapel von Rollen eine weitere hinzugefügt worden ist.«

»Wache!« sagte Selenay zu dem vierten Mann im Raum, und dankbar wandte der Wachmann sich zur Königin. »Bitte, hol Robin. Er wird zur Zeit im Zimmer der Pagen frühstücken. Frag einfach nach ihm.«

Die Wache ging, offensichtlich dankbar, daß er sich aus dieser Situation zurückziehen durfte.

Als er mit Robin zurückkam, nahm Talia das Kind zur Seite, ein wenig entfernt von den anderen und näher bei der Königin als bei Orthallen. Sie sprach ruhig und ermutigend und ergriff die Initiative, bevor Orthallen die Gelegenheit hatte, den Jungen einzuschüchtern.

»Robin, ich habe dir letzte Nacht einige Papiere gegeben, die du zu Herold Dirk bringen solltest. Wie viele waren es?«

»Ich ...« Er schaute besorgt drein. »Ich *dachte*, es wären vierzehn gewesen, aber ...«

»Aber?«

»Ich bin gefallen, und als ich sie wieder aufgehoben habe, waren es fünfzehn. Ich weiß es, weil Dekan Elcarth mir gesagt hat, daß ich mich an alle seltsamen Dinge erinnern soll, und das war seltsam.«

»Wann bist du hingefallen?«

»Als ich in der Nähe der Stiege war, bei dem Löwenteppich.«

»War jemand in der Nähe? Hattest du einen Zusammenstoß?«

»Ich bin *nicht* gerannt«, sagte er beleidigt. »Dort war ein Lord, aber ... Mutter hat mir immer gesagt, daß ich die Lords nicht anschauen soll. Ich weiß also nicht, wer es war.«

»Leuchtende Sterne!« Plötzlich sah Orthallen beschämt aus – fast schreckerstarrt, obwohl Talia irgendwie das Gefühl hatte, daß er es nur vorspielte. Ganz sicher konnte sie hinter seinem Gesichtsausdruck nichts ›fühlen‹. »Das war ich! Ich hatte zu dieser Zeit die Rolle. Ich muß die Rolle fallengelassen haben, und das Kind hat sie aufgehoben!« Er wandte sich an Dirk. Eine leichte Röte stieg ihm ins Gesicht, und er breitete um Entschuldigung bittend die Hände aus. »Herold Dirk, ich bitte Euch aus tiefstem Herzen um Verzeihung. Majestät, ich weiß nicht, was ich sagen soll.«

»Ich glaube, für einen einzigen Morgen haben wir alle schon genug gesagt«, erwiderte Selenay müde. »Dirk, Kris, es tut mir schrecklich leid. Ich hoffe, ihr begreift, daß es nur übergroßer Eifer war. Talia ...«

Talia schüttelte nur kurz den Kopf und sagte: »Wir können darüber reden, wenn wir uns alle beruhigt haben. Jetzt ist nicht der richtige Zeitpunkt.«

Selenay lächelte sie dankbar an, und Orthallen nahm dies zum Anlaß, sich zu verabschieden.

Talia bedauerte ganz und gar nicht, daß er ging.

Selenay wies die Wache an, Robin zurückzubegleiten, und fragte Talia: »Hast du schon etwas gegessen? Nein? Dann geh. Ich sehe dich nachher im Rat.«

Die drei Herolde gingen gemeinsam, hinter ihnen die Wache, die einen verwirrten Robin zurück ins Zimmer der Pagen brachte. Talia fühlte, wie es in Dirk arbeitete, und bereitete sich auf eine Explosion vor.

Sobald sie weit genug von den Gemächern der Königin entfernt waren, um von dort nicht mehr gehört zu werden, kam sie auch.

»Vielen Dank, *Freund*!« zischte Dirk. »Vielen herzlichen Dank, *Bruder*! Wie hätte ich das nur ohne deine Hilfe geschafft!«

»Hör mal, Dirk, es tut mir leid ...«

»Es tut dir leid! Verdammt, du hast mir nicht geglaubt! Mein bester Freund, und er hat nicht ein Wort von dem geglaubt, was ich gesagt habe.«

»Dirk!«

»Und dann erzählst du auch noch jedem, daß ich ein betrunkener Narr bin ...«

»Das habe ich nicht gesagt!« Langsam wurde auch Kris zornig.

»Das mußtest du auch nicht! Du hast es sehr nett angedeutet! *Und* deinem kostbaren Onkel noch mehr Munition gegen mich geliefert!«

»Dirk, Kris hat jedes Recht, sich um dich zu sorgen, wenn du dich seltsam benimmst. Und Kris – Dirk hat recht. Selbst ich konnte sehen, daß du ihm nicht glaubst, ohne daß ich dich ›gelesen‹ hätte.« Talia wußte, sie hätte besser den Mund halten sollen, aber es gelang ihr nicht. »Und er hat auch wegen Orthallen recht.«

Nun wandten sich beide gegen sie und sprachen fast im gleichen Atemzug.

»Ich brauche auch deine Hilfe nicht, Herold der Königin ...«

»Talia, langsam werde ich es müde, ständig deine kindischen Verdächtigungen hören zu müssen ...«

Zorn und Schmerz ließen ihre Lippen weiß werden. »*Gut* dann«, fauchte sie, ballte die Fäuste und befahl sich, den beiden *keine* Ohrfeigen zu verpassen. »Ich habe genug von euch! Von mir aus könnt ihr *beide* zur Hölle fahren. In einer goldenen Kutsche! Mit purpurnen Polstern!«

Unfähig, noch ein weiteres Wort zu sagen, fuhr sie herum, rannte zum nächsten Ausgang und blieb nicht stehen, bis sie das Feld der Gefährten und Rolans mitfühlende Schulter erreicht hatte.

»Jetzt sieh, was du angerichtet hast!« zischte Dirk voller Triumph.

»Was *ich* angerichtet habe?« Kris verlor den letzten Rest an Beherrschung und suchte deutlich erkennbar nach Worten, die stark genug waren, seinen Zorn auszudrücken. »Götter, ich hoffe, du bist zufrieden – jetzt, wo du es geschafft hast, daß sie auf uns beide sauer ist!«

Ein kleiner, boshafter Teil von ihm – von dem Dirk nicht im Traum gedacht hätte, daß es ihn gab – freute sich *wirklich*, daß sie bei Talia nun beide einen schlechten Stand hatten. Aber das konnte er nicht zugeben. »Ich? *Ich* habe mich nur verteidigt, und ...«

»Und ich«, unterbrach Kris ihn zornig, »habe jetzt endlich genug von allem. Ich werde erst mit dir darüber sprechen, wenn du aufhörst, dich wie ein verdammter Narr zu benehmen und dich jede Nacht bis zur Bewußtlosigkeit zu betrinken. Bis dahin ...«

»Hier können uns zu viele Leute hören, als daß du anfangen solltest, mir zu drohen!«

Kris schluckte die zornige Antwort, die wahrscheinlich jede Hoffnung auf Versöhnung zerstört hätte. »Viel zu viele«, erwiderte er steif. »Und was wir einander zu sagen haben, ist viel zu privat und soll und kann warten.«

Dirk verbeugte sich ironisch. »Wie du willst.«

Darauf konnte er nichts mehr sagen, und so nickte Kris nur kurz und schritt den Gang hinunter.

Dirk blieb allein im Korridor stehen. Sein Kopf schmerzte vom Kater, und er fühlte sich furchtbar schlecht. Er wollte sich eigentlich als Sieger fühlen, aber im Grunde war er ein Narr. Und sehr, sehr allein.

Als Talia bei Alberich zum Unterricht eintraf, hatte der Waffenmeister bereits die Gerüchte über einen Streit zwischen Kris und Dirk gehört. Er war nicht sonderlich überrascht, daß Talia einen so ruhigen Ausdruck zeigte, als ob sie eine Maske tragen würde. Wenige am Collegium hätten erraten, wie gut er den Herold der Königin verstand. Als Studentin hatte Talia sein Herz gewonnen – sie war so allein gewesen und so entschlossen, alles fehlerlos zu machen. Selten hatte sie nach Entschuldigungen gesucht, und sie hatte niemals aufgegeben, auch wenn sie keine Chance auf Erfolg hatte. Sie hatte Alberich an längst vergangene Zeiten erinnert und an einen jungen, idealistischen Kadetten aus Karse. Sein Mitgefühl und sein Herz gehörten ihr, auch wenn er sie das niemals würde wissen lassen. Er verriet seine Gefühle nie seinen Studenten – solange sie noch Studenten waren.

Er ahnte, wie Talias Gefühle für Kris und Dirk aussahen, also wußte er auch, wie sie auf den Streit reagieren würde. Sie hielt sich nicht zurück, sondern griff ihn in blindem Zorn an, als der Unterricht begonnen hatte. Alberich ließ sie eine Weile gewähren. Sein narbiges Gesicht war ausdruckslos. Dann erwischte er sie mit einer Finte, auf die nicht einmal ein Anfänger hereingefallen wäre, und entwaffnete sie.

»Genug – es ist genug!« sagte er. Sie stand bleich und vor Erschöpfung keuchend vor ihm. »Habe ich dir nicht schon viele Male gesagt, es ist dein Geist, mit dem du kämpfen sollst, und nicht dein Zorn? Zorn sollst du an der Türschwelle lassen. Er wird dich töten. Sieh, wie er dich erschöpft hat! Wäre dies ein echter Kampf gewesen, hätte dein Zorn die Arbeit deines Feindes getan.«

Talias Schultern senkten sich. »Meister Alberich ...«

»Genug, habe ich gesagt«, unterbrach er sie und hob ihre Klinge vom Boden auf. Er tat drei lautlose Schritte zu ihr und legte ihr eine schwielige Hand auf die Schulter. »Aber weil der Zorn nun mal nicht an der Türschwelle bleiben kann, willst du mir den Grund dafür nicht anvertrauen?«

Talia gab auf und ließ sich von Alberich zu einer der Bänke am Rand der Übungsfläche führen. Mutlos sank sie auf den Sitz und lehnte sich an die Wand, während er sich neben ihr niederließ. Nach einem langen Augenblick des Schweigens erzählte sie ihm kurz die Ereignisse des Morgens. Die meiste Zeit ruhte ihr Blick auf einem Lichtstrahl der späten Nachmittagssonne, der auf den glatten, sandbestreuten Boden aus graubraunem Holz fiel. Kein Geräusch drang von außen in die Fechthalle, und das uralte Gebäude roch nach Staub und Schweiß. Alberich saß vollkommen bewegungslos neben ihr, die Hände um den Fußknöchel gelegt, der auf seinem rechten Knie ruhte. Von Zeit zu Zeit warf Talia ihm einen raschen Blick zu, aber sein Gesicht verriet nichts.

Als sie geendet hatte, bewegte er sich ein wenig und rieb einen Nasenflügel.

»Ich werde dir sagen, was ich noch nie zugegeben habe«, murmelte er nach einer langen Pause. Nachdenklich legte er einen Finger an die Lippen. »Ich habe Lord Orthallen niemals getraut. Und ich diene Valdemar genauso lange wie er.«

Talia war überrascht. »Aber ...«

»Warum? Viele Kleinigkeiten. Er ist ein zu vollkommener Diener des Staates, beansprucht niemals eine Belohnung. Und wenn ein Mann sichtlich keine Belohnung will, dann suche ich nach verborgenem Lohn. Er tritt nicht offen gegen den Kreis der Herolde auf, aber wenn andere es tun, dann steht er hinter ihnen und treibt sie an, treibt sie vorsichtig an. Er ist jedermanns Freund, aber niemandes *wahrer* Freund. Außerdem mag mein Gefährte ihn nicht.«

»Rolan auch nicht.«

»Ein guter Hinweis, wie man diesen Mann beurteilen sollte, denke ich. Ich vermute, dein Verdacht stimmt, daß er sich bemüht hat, deinen Einfluß auf Selenay zu untergraben. Ich glaube, weil er dabei versagt hat, will er jetzt deine Freunde eliminieren, um dein Herz zu treffen, und er weiß ganz genau, wie sehr es dich schmerzt, den jungen Dirk verletzt zu sehen.«

Talia errötete.

»Du weißt am besten, daß ich die Wahrheit sage.« Er bewegte sich auf der harten, abgenutzten Bank und legte seine Beine erneut übereinander, den Fußknöchel auf dem Knie. »Er weiß, daß Kris dich unterstützt; er konnte Kris nicht dazu bringen, sich von dir loszusagen, also hat er sich dazu entschlossen, die beiden Freunde einander zu entfremden, und er hofft, daß du in der Mitte zerrissen wirst.«

»Ich? Aber ...«

»Wenn er *wirklich* vorhat, deine Autorität zu untergraben, dann ist dies ein Weg dazu«, fügte Alberich ruhig hinzu. Seine Hände lagen still auf seinem Knie. »Er wird diejenigen, die dich unterstützen, bedrängen, bis sie so sehr in ihr eigenes Unglück verstrickt sind, daß sie keine Zeit mehr haben, um dir zu helfen.«

»Ich verstehe jetzt, was Ihr meint. Er entzieht mir alle Unterstützung, damit ich aus dem Gleichgewicht gerate. Und dann, wenn ich in einer besonders heiklen Lage bin, genügt ein kleiner Schubs ...«, Talia schnippte mit den Fingern, »und wenn mir niemand raten kann oder mich unterstützt, dann werde ich ins Wanken geraten oder Fehler machen. Und dann werden seine Andeutungen, daß ich zu jung für meine Position bin, nicht mehr nur wie das Mißtrauen eines alten Mannes gegen eine junge Frau erscheinen. Ich dachte, Ihr kümmert Euch nicht um die Politik am Hof ...« Schwach lächelte sie ihren Lehrer an.

»Ich sagte, ich spiele ihr Spiel nicht, aber ich habe nie

behauptet, daß ich nicht weiß, *wie* es gespielt wird.« Ein Mundwinkel hob sich. »Sei gewarnt, daß ich meinen Verdacht niemals jemandem mitgeteilt habe, weil ich alleine zu sein schien. Und ich hatte nicht die Absicht, Lord Orthallen auf mich aufmerksam zu machen. Es ist schwierig genug. Weil ich aus Karse stamme, ist es schwierig genug, auch ohne daß ich mir mächtige Feinde schaffe.«

Verständnisvoll nickte Talia. Es war schwer genug für *sie* gewesen, in den ersten Jahren am Collegium. Sie konnte sich kaum vorstellen, wie es für jemanden sein mußte, der aus jenem Land kam, das Valdemars traditioneller Feind war.

»Jetzt glaube ich, er hat sich verrechnet, vielleicht zu seinem späteren Schaden. Er hat die Einigkeit des Kreises zu sehr unterschätzt, oder er kann sie einfach nicht verstehen. Unter Höflingen wäre ein Streit wie der zwischen Kris und Dirk von Dauer, und schlimmes Leid würde über jene kommen, die zwischen ihnen stehen!«

Talia seufzte. »Ich weiß, daß die beiden sich irgendwann aussöhnen werden. Aber, Herr des Lichts, ich bin nicht sicher, daß ich die Gefühlsgewitter ertragen kann, bis sie es tun! Warum können nicht Ahrodie und Tantris ihre Hufe da hineinsetzen und alles in Ordnung bringen?«

»Warum tust du es nicht?« fragte Alberich zurück. »Sie sind unser Gefährten und Freunde, *Delinda,* nicht unsere Aufseher. Sie überlassen uns unser ganz persönliches Leben. Wir würden es ihnen auch nicht danken, würden sie sich einmischen. Ja, sehr wahrscheinlich wispern sie ihren Partnern sehr vernünftige Dinge ins Ohr, aber du weißt, daß sie keinen der beiden zu etwas zwingen werden.«

Sie seufzte traurig. »Wäre ich ein bißchen weniger ethisch, würde ich es tun.«

»Wärst du ein bißchen weniger ethisch, wärst du nicht erwählt worden. Jetzt, nachdem der Zorn verschwunden ist, wollen wir nicht zur körperlichen Übung zurückkehren, statt nur unsere Zunge zu üben?«

»Habe ich denn eine Wahl?« fragte Talia, als sie von der Bank aufstand.

»Nein, *Delinda,* hast du nicht – also sei wachsam!«

Elspeth war in einer ihrer wenigen freien Stunden mit Orthallen zusammengetroffen. Sie hatte sich auf dem Rückweg in ihr Zimmer, wo sie sich für das Abendessen am Hof umziehen mußte, ein wenig Zeit gelassen. Einmal in der Woche aß sie am Hof zu Abend, um, wie sie selbst trocken sagte, ›jeden daran zu erinnern, daß es die Erbin immer noch gibt‹.

Sie stand vor einem offenen Fenster im zweiten Stock. Direkt unter ihr lag der Garten. Sie hatte sehnsüchtig geschaut und nicht bemerkt, daß außer ihr noch jemand in dem Gang war, bis Orthallen sie am Ellbogen berührte.

Sie erschrak und sprang einen Schritt zurück – ihre Hand tastete nach dem verborgenen Dolch –, als sie erkannte, wer es war, und sich entspannte.

»Freistatt, Lord Onkel! Ich meine ... Lord Orthallen. Ihr habt mich gerade ein Jahr meines Lebens gekostet!«

»Das will ich nicht hoffen«, erwiderte er. »Ich wünschte mir, du würdest mich weiterhin Lord Onkel nennen. Du wirst doch nicht jetzt, wo du deine Studien beinahe beendet hast, mit solcher Förmlichkeit beginnen!«

»Gut, Lord ... Onkel, wenn du es so willst. Aber bitte, erinnere dich daran, mich bei meiner Mutter zu verteidigen, wenn sie mich als unverschämt bezeichnet!« Elspeth grinste und lehnte sich an den Fensterrahmen.

»Was hast du denn mit so langem Gesicht betrachtet?« fragte er und kam näher, um auch aus dem Fenster sehen zu können.

Im Garten hielten sich ein halbes Dutzend Paare auf, Kinder von Hofleuten oder Höflinge, allesamt etwa im gleichen Alter wie Elspeth. Sie taten genau das, was man von einer Gruppe junger Leute in einem sonnigen Garten im Frühling erwarten würde. Ein Paar spielte fangen, ein Mädchen stickte, während ihr Begleiter ihr vorlas, zwei junge Frauen lachten über das Benehmen zweier junger Männer, die auf der Einfassung des Springbrunnens herumkletterten, ein junger Herr schlief friedlich, den Kopf in den Schoß seiner Dame gelegt, und zwei Paare gingen Hand in Hand umher.

Elspeth seufzte.

»Und warum bist du nicht dort unten, junge Dame?« fragte Orthallen leise.

»Freistatt, Lord Onkel, wie sollte ich denn die Zeit finden?« erwiderte Elspeth ungeduldig und mit ein wenig Selbstmitleid. »Bei *dem* Unterricht. Außerem ... ich kenne keine Jungen, jedenfalls nicht gut. Na ja, da ist Skif, aber er ist hinter Nerrissa her. Außerdem ist er älter als Talia.«

»Du kennst keine jungen Männer, obwohl die Hälfte der Herren am Hof alles dafür geben würden, nur mit dir zu sprechen?« Auf Orthallens Gesicht mischten sich geheuchelte Überraschung und bitterer Spott, doch Elspeth war so sehr daran gewöhnt, daß sie es kaum bemerkte.

»Wenn sie wirklich alles dafür geben würden, dann hat mir das noch niemand gesagt, und niemand hat sie mir vorgestellt.«

»Wenn es nur daran fehlt, dann will ich das gern tun. Ernsthaft, Elspeth, du verbringst viel zuviel Zeit bei den Herolden und den Studenten. Die Herolde sind nur ein kleiner Teil von Valdemar. Du mußt deine Hofleute besser kennenlernen, vor allem die in deinem Alter. Wer weiß? Vielleicht willst du eines Tages deinen Gemahl unter ihnen wählen. Das kannst du aber nicht, wenn du sie nicht kennst.«

»Du magst recht haben, Lord Onkel«, murmelte Elspeth und warf einen weiteren traurigen Blick in den Garten. »Aber woher soll ich die Zeit nehmen?«

»Sicherlich hast du am Abend eine oder zwei Stunden frei.«

»Ja, meistens.«

»Da hast du deine Antwort.«

Elspeth lächelte. »Lord Onkel, du kannst Probleme fast so gut lösen wie Talia!«

Ihre Miene verdüsterte sich ein wenig, und Orthallens rechte Augenbraue hob sich, als er es sah. »Ist etwas mit Talia?«

»Nur ... nur, daß es nur eine Talia gibt. Mutter braucht sie mehr als ich, das weiß ich, aber ich wünschte, ich könnte wieder so mit ihr reden wie damals, als sie noch Studentin war. Sie hat keine Zeit mehr für mich.«

»Du könntest doch mit mir reden«, meinte Orthallen. »Außerdem, Talia ist zuerst deiner Mutter verpflichtet. Sie könnte sich gezwungen fühlen, ihr mitzuteilen, was du ihr erzählst.«

Elspeth antwortete nichts, doch seine Worte stimmten sie sehr nachdenklich.

»Aber wir haben über diese jungen Herren gesprochen, die unbedingt deine Bekanntschaft machen wollen. Möchtest du heute abend einige kennenlernen? Im Garten beim Brunnen?«

Elspeth wurde rot, und ihre Augen blitzten. »Sehr gern!«

»Dann«, Orthallen verbeugte sich tief, »sei es, wie meine Dame es wünscht.«

Elspeth dachte während des Abendessens über diese Unterhaltung nach. Einerseits vertraute sie Talia, andererseits gab es keine Frage, wem Talias Loyalität im Zweifelsfall gehörte. Sie hatte noch nicht darüber nachgedacht, aber die Vorstellung, daß ihre Mutter *alles* über sie wußte, war nicht angenehm.

Vor allem, weil Selenay Elspeths Erwachsenwerden nicht sehr ernst zu nehmen schien.

Elspeth war einige Zoll größer geworden, seit Talia fort gewesen war, und sie hatte auch frauliche Kurven bekommen. Sie achtete sorgfältiger auf ihr Aussehen, und sie hatte einige der Blicke beobachtet, die die jungen Männer ihren älteren Kolleginnen zuwarfen. Seit einiger Zeit schienen diese Blicke etwas Wünschenswertes zu sein, und auch

Elspeth hatte die jungen Männer am Hof weniger verwirrt, sondern eher neugierig beobachtet.

Sie hatte sich vor dem Abendessen im Spiegel betrachtet und zu bewerten versucht, was sie sah. Schlank, einen halben Kopf größer als Talia, lockiges, schwarzes Haar und samtige, braune Augen – den Körper einer jungen Göttin, wenn man gewissen Leuten Glauben schenkte, und den Blick einer jungen Frau, die mehr vom Leben wissen wollte. Ja, zweifellos wirkte sie auf einen Fremden, als würde sie schon über Liebe und Ehe nachdenken, und ganz sicher war sie nach den Maßstäben, die bei Hofe galten, alt genug.

Elspeth hob trotzig ihr Kinn. Nun, wenn ihre Mutter nicht von selbst einsehen wollte, daß ihre Tochter erwachsen war, gab es vielleicht andere Möglichkeiten, es ihr begreiflich zu machen.

*Und*, dachte sie, als sie Orthallen bei einer Gruppe faszinierend aussehender junger Männer stehen sah, *es könnte recht aufregend werden …*

# Fünf

Das Wetter wurde wieder schlechter, nachdem es sich kurz gebessert hatte. Auch Talias Laune war nicht allzu gut.

Der Regen kehrte zurück, und mit ihm die schlechte Stimmung unter den Ratsmitgliedern. Wieder verbrachte Talia genausoviel Zeit damit, Streitigkeiten zu schlichten, wie bei der Lösung von Problemen zu helfen. Das Seltsame war, daß Orthallen sie jetzt in Ruhe ließ – zumindest hatte es den Anschein. Wie eine große weiße Eule saß er brütend an seinem Ende des Ratstisches; sein Gesicht war leer und ausdruckslos, und er folgte seinen eigenen, geheimnisvollen Gedanken. Das verunsicherte Talia mehr, als es sie beruhigte. Sie gewöhnte sich daran, jedes Wort, das sie sagen wollte, so abzuwägen, daß Orthallen es später auf keine Weise gegen sie verwenden konnte.

Dirk verbrachte seine freie Zeit teils damit, in Talias Nähe zu lauern, teils damit, sich draußen im Regen zu verstecken. Das eine war genauso frustrierend wie das andere. Entweder sah sie ihn gar nicht oder sie sah ihn zwar, konnte aber nicht in seine Nähe kommen. Denn immer, wenn sie versuchte, sich ihm zu nähern, wurde er bleich, suchte mit verängstigtem Gesicht nach dem nächsten Ausgang und eilte davon, so schnell es ging. Er schien über einen sechsten Sinn zu verfügen, wenn Talia ihn abfangen wollte.

Und Kris schien in seinen Zimmern Winterschlaf zu halten. Talia hatte nicht die Absicht, ihn zu sehen, bis er sich für seine Worte entschuldigt hatte. Obwohl ihr Streit an sich geringfügig war, so hatte sie doch keine Lust, ständig ihre Meinung über seinen Onkel zu verteidigen. Nach ihrem kleinen Gespräch mit Alberich wußte sie ganz genau – mit einer Sicherheit, die ihr nur sehr selten vergönnt war –, daß sie völlig recht hatte, was Orthallen betraf, und daß er sich im Irrtum befand. Und *dieses* Mal wollte sie durchhalten, bis er diese Tatsache erkannte!

In der Zwischenzeit versuchte sie, Kris' und Dirks Abwesenheit dadurch zu ertragen, daß sie bis zur Erschöpfung arbeitete und viel zu wenig schlief. Aber es gab so viel zu tun; Selenay hatte sie gebeten, die Bittsteller aus den überfluteten Gebieten anzuhören; Devan brauchte sie für drei niedergeschlagene Pfleglinge, und dann gab es noch all die Streitereien unter den Räten ...

Mit tiefer Dankbarkeit stellte sie fest, daß ihre Sitzungen mit Destria Erfolg hatten: Vostels Ankunft wirkte Wunder. Talia sah ganz deutlich, daß Vostels Reaktion auf Destrias Aussehen sie beruhigte. Es half ihr, daß er ihre Narben als Ehrenmale betrachtete und das auch immer wieder sagte. Und wie Rynee vorhergesagt hatte, war Vostel eine unglaubliche Hilfe, als sie mit Destrias Wiederherstellung begannen – er hatte das alles ja selbst durchgemacht. Er ermutigte sie, wenn sie schwach wurde, stärkte ihren Mut, wenn sie ihn zu verlieren schien, trieb sie an, wenn sie mürrisch wurde, und hielt sie in den Armen, wenn sie vor Schmerzen weinte. Er tat so viel für sie, daß Destria Talias Gabe jeden Tag weniger brauchte.

Und das war gut, denn Selenay brauchte sie um so mehr. Sobald eine Krise überstanden war, tauchte die nächste auf, ein undurchdringliches Dickicht, und Selenays Kräfte ließen nach. Und als sich einige ihrer Entscheidungen als falsch herausstellten – wie es früher oder später geschehen mußte – da mußte Talia ihren Verstand und ihre Gabe voll beanspruchen.

Ein durchnäßter und schlammbespritzter Bote von Herold Patris stand vor dem Rat. Als die Türwache seine Neuigkeiten gehört hatte, wurde die Sitzung unterbrochen, und man führte den Boten in den Saal.

»Majestät«, sagte der Mann mit einem ausdruckslosen Gesicht, das Talia beunruhigend fand, »Herold Patris hat dies gesandt, um Euch zu sagen, daß es die Banditen nicht mehr gibt.«

Er hielt eine versiegelte Nachrichtentasche in die Höhe. Die Räte brachen in Freudenrufe aus. Nur die Königin, Kyril und Talia schwiegen, denn irgend etwas im Gesicht des Mannes sagte ihnen, daß es vieles gab, das er verschwiegen hatte.

Selenay öffnete die Botschaft und las sie flüchtig durch. Ihr Gesicht verlor jede Farbe.

»Göttin!« Das Pergament fiel aus ihren tauben Fingern, und Talia fing es auf. Die Königin bedeckte mit zitternden Händen ihr Gesicht, und der Lärm der Räte erstarb zu völliger Stille.

Sie starrten ihre Königin und eine genauso erbleichte Talia an, die Patris' grimmige Nachricht mit zitternder Stimme vorlas.

»Wir konnten die Banditen endlich stellen, aber als es uns gelang, war der Zorn der Wache zu groß. Wir hatten sie in ihrem eigenen Lager zusammengetrieben, in einem Tal unterhalb der Darkfell-Spitze. Sie begingen den Fehler, den Parlamentär zu ermorden. Die Wache erklärte daraufhin, keine Gnade mehr zu kennen. Sie wurden verrückt – das ist das einzig treffende Wort. Sie verloren jede Vernunft. Sie wurden zu Berserkern. Vielleicht, weil sie hier draußen zu lange hinter Phantomen hergejagt waren, vielleicht wegen des schlechten Wetters – ich weiß es nicht. Es war entsetzlich. Nichts, was ich oder jemand anderer sagte, konnte sie aufhalten. Sie stürzten sich auf das Lager, und die Banditen wurden bis zum letzten Mann abgeschlachtet.«

Talia atmete tief ein und fuhr fort: »Und nicht nur die Banditen. Die Wache schlachtete jedes Lebewesen im Lager ab – ob Männer, Frauen, Tiere. Aber das war nicht der schlimmste der Schrecken, obwohl es entsetzlich genug war. Denn unter den Toten ...«

Talia versagte die Stimme, und Kyril nahm ihr die Botschaft aus der Hand und fuhr flüsternd fort: »Unter den Toten waren auch jene Kinder, die wir hatten retten wollen. Alle – alle tot. Ihre Entführer hatten sie umgebracht, als sie sahen, daß sie von der Wache keine Gnade zu erwarten hatten.«

In dumpfem Schock starrten die Räte vor sich hin, und Selenay weinte hemmungslos.

Selenay gab sich selbst die Schuld, daß sie die Kompanien der Wache nicht durch frische Truppen ersetzt oder jemanden gesandt hatte, der die Männer hätte kontrollieren können.

Auch war der Mord an den Kindern nicht die einzige Tragödie bei diesem Vorfall. Durch das Morden waren wichtige Erkenntnisse verloren gegangen, zum Beispiel, wer der Anführer war und ob die Mörder unter jemandes Befehl gestanden hatten, der von außerhalb des Königreiches kam.

Es brauchte Tage, bis Selenay wieder halbwegs sie selbst war.

Der einzige Segen war, soweit es Talia betraf, daß Orthallen vernünftig wurde und seinen harten Standpunkt für mehr örtliche Autonomie fallenließ. Das war gut, denn jetzt begannen die erwarteten Schwierigkeiten von Lady Kesters Leuten mit den Piraten und deren Überfälle auf die Küste. Die Truppen mußten nach Westen verlegt werden. Aber bevor sie ihren Bestimmungsort erreicht hatten, wurde Herold Nathen schwer verletzt, als er die Fischersleute in den Kampf gegen die Sklavenfänger führte.

Und neue, ungeahnte Schwierigkeiten taten sich auf.

Nathen trat selbst vor den Rat, obwohl die Heiler protestierten, daß er noch zu krank sei. Er hatte scharfe Züge, war von mittlerem Alter, besaß braunes Haar und braune Augen und war eigentlich recht unauffällig – bis auf den Blick in seinen Augen und den Zorn, der ihn aufrechthielt. Er stand nicht vor dem versammelten Rat, sondern saß, einen Arm immer noch in der Schlinge, voller Verbände und körperlich so schwach, daß er nur flüstern konnte.

»Meine Damen, meine Herren ...« Er hustete. »Ich habe es nicht gewagt, diese Nachricht jemandem zu übergeben. Boten können überfallen werden, Briefe gestohlen ...«

»Mein Lord Herold«, sagte Gartheser schnell, »ich glaube, Ihr übertreibt ein wenig. Eure Verletzungen ...«

»Haben *keine* Halluzinationen verursacht!« fauchte Nathen, von seinem Zorn gestärkt. »Wir machten einen Gefangenen, Räte. Ich selbst befragte ihn unter dem Wahrspruch, *bevor* ich verwundet wurde. Die Piraten dienen jenen Sklavenhändlern, die wir ausgelöscht glaubten!«

*»Was?«* keuchte Lady Cathan, sprang auf und fiel wieder auf ihren Sitz.

»Es kommt noch schlimmer. Die Sklavenhändler haben Hilfe. Ich weiß es durch das Geständnis des Gefangenen *und* durch schriftliche Beweise, daß sie von Lord Geoffery von Helmscarp, Lord Nestor von Laverin, Lord Tavis von Brengard und von den Herren Osten Deveral, Jerard Stonesmith,

Petar Ringwright und Igan Horstfel aus der Händlergilde unterstützt und geduldet wurden.«

Er sank in seinem Sessel zurück. Seine Augen leuchteten vor mühsam beherrschtem Zorn. Unter den Räten wurden gegenseitige Beschuldigungen laut.

»Wie konnte das ohne dein Wissen geschehen, Cathan?« fragte Gartheser fordernd. »Bei den Göttern, ich frage mich allmählich, *wie* gründlich du gegen sie vorgegangen bist, als ...«

»Du warst schon beim letzten Mal der erste, der mich beschuldigt hat«, zürnte Cathan, »aber ich kann mich auch daran erinnern, daß du darauf bestanden hast, daß ich die Drecksarbeit alleine tun muß. Ich bin nur *eine* Frau! Ich kann nicht überall gleichzeitig sein!«

»Aber Cathan, ich begreife *nicht*, wieso Ihr nichts gewußt haben könnt!« protestierte Hyron. »Die vier Genannten sind von höchstem Rang.«

»Und die anderen drei sind Lehensleute Kesters«, fügte Wyrist mißtrauisch hinzu. »Ich würde zu gerne wissen, wie sie unter Kesters Nase Sklavenhandel betreiben konnten.«

»Das interessiert *mich* noch viel mehr!« fauchte Lady Kester.

Und so ging es weiter und weiter. Selenay versuchte, unter ihren Räten zu vermitteln. Talia hatte alle Hände voll zu tun, dafür zu sorgen, daß die Königin durchhielt.

All das bedeutete natürlich, daß Talia keine Zeit für ihre eigenen Probleme hatte, auch nicht, um den Riß zu kitten, der sich zwischen Dirk und Kris und zwischen ihr und den beiden aufgetan hatte.

Es war schlimm genug, daß es diesen Streit überhaupt gab. Aber wie um alles noch schlimmer zu machen, verursachte Rolan auch noch Schwierigkeiten.

Er war der Leithengst der Herde der Gefährten und hatte während Talias Assistenzzeit nur einen anderen Hengst, Kris' Tantris, zur Gesellschaft gehabt. Jetzt entschädigte er sich reichlich für diese aufgezwungene Keuschheit – und die Partnerin, die er am meisten suchte, war Dirks Ahrodie.

Und Talia teilte alles mit ihm, konnte ihn nicht abblocken, auch wenn sie es versuchte. Sie gab Rolan keine Schuld. Ahrodie war süß, anziehend und sehr bereitwillig. Sie mußte es wissen, sie befand sich schließlich am Empfangsende der Leitung. Aber daß dies zwei-, dreimal die Woche geschehen mußte, während Talia sich nach Ahrodies Partner verzehrte – das war eine unangenehme Folter. Rolan hatte anscheinend keine Ahnung, was er seiner Erwählten antat, und Talia wollte sein Vergnügen nicht stören, indem sie es ihm sagte.

So schlief sie des Nachts noch weniger; entweder, weil sie darunter litt, was Rolan tat, oder von Träumen gequält wurde, in denen sie verzweifelt versuchte, ein unbestimmtes, aber sehr wichtiges Gewebe zusammenzuflechten, das sich immer wieder auftrennte.

Sie sah Elspeth nur während der Übungsstunden bei Alberich, gelegentlich beim Essen oder gemeinsam mit Gwena draußen auf der Wiese der Gefährten. Elspeth schien ein wenig abgelenkt zu sein, sogar ein bißchen scheu, aber das war nicht ungewöhnlich bei einem Mädchen in der Pubertät, und Talia hatte alle Hände voll zu tun. So machte sie sich keine Sorgen – bis sie eines Tages, von einer Vorahnung begleitet, bemerkte, daß sie das Mädchen seit einigen Tagen nicht einmal bei den Waffenübungen gesehen hatte.

Gewiß, das konnte ganz harmlose Gründe haben, aber es war besser, das genau festzustellen. So machte Talia sich auf die Suche.

Sie fand die Erbin im Garten, einem Ort, an dem Elspeth ihre Zeit normalerweise nicht verbrachte. Aber sie war beim Lesen, also konnte sie einfach nur frische Luft gewollt haben.

»Hallo, Kätzchen!« rief Talia fröhlich und sah, wie Elspeth beim Klang ihrer Stimme erschrak. »Wartest du auf jemanden?«

»Nein ... nein, ich habe es nur in der Bibliothek nicht mehr ausgehalten ...« Hatte sie eine Sekunde gezögert? »Sag mal, du bist doch so beschäftigt, da hast du sicher nichts über den letzten Schlamassel gehört, in den Tuli geraten ist ...«

Elspeth sprach nur über den Tratsch am Collegium und gab dann vor, dringend gehen zu müssen, bevor Talia ihr auch nur eine Frage stellen konnte.

Dieser Zwischenfall hatte Talia sehr beunruhigt, und als sie das Mädchen regelmäßig zu treffen suchte, wiederholte er sich immer wieder. Dann fielen Talia deutliche Veränderungen im Benehmen Elspeths auf. Sie tat geheimnisvoll – was gar nicht zu ihr paßte. Und in der Art, wie sie Talias Fragen auswich, war eine Andeutung schlechten Gewissens.

So versuchte Talia, einen anderen Weg zu beschreiten und begann Elspeth zu überprüfen, indem sie mit ihren Kameraden und ihren Lehrern sprach. Und was sie da herausfand, erschreckte sie ...

»Freistatt!« sagte Tuli und kratzte verwundert seinen Lokkenkopf. »*Ich* weiß nicht, wo sie ist. Um diese Tageszeit verschwindet sie einfach.«

»Ja-a«, stimmte Gerond zu und nickte so heftig, daß Talia dachte, sein Kopf könnte herunterfallen. »In letzter Zeit immer. Sie hat sogar Dienst mit mir getauscht, um eine Stunde frei zu bekommen – und sie *haßt* das Aufwaschen! Stimmt was nicht?«

»Nein, ich kann sie heute nur einfach nicht finden«, erwiderte Talia, die niemanden beunruhigen wollte.

Aber sie war erschrocken. Die beiden waren Elspeths engste Freunde unter ihren Jahrgangskameraden, und sie hatten nur bestätigt, was Talia schon befürchtet hatte: Im Laufe eines jeden Tages gab es ein oder zwei Stunden, in denen Elspeth verschwunden war, und niemand wußte, wo sie sich aufhielt.

Es war Zeit, ihre anderen Quellen zu befragen – die Dienerschaft im Palast.

Talia ließ sich auf einer Bank nahe der kalten Feuerstelle im Gesindesaal nieder. Sie war zu ihren Freunden gekommen – denn viele der Dienstboten waren ihre Freunde, seit ihren Studententagen –, anstatt jemandes Argwohn zu erregen, indem sie sie zu sich rief. Um sie herum saßen ein halbes Dutzend Diener, von denen Talia wußte, daß sie die vertrauenswürdigsten und aufmerksamsten waren. Zwei von ihnen, ein Zimmermädchen namens Elise und ein Stallbursche namens Ralf, hatten damals die Schuldigen entdeckt, als eine Gruppe von ›Blauen‹ versucht hatten, die Studentin Talia zu ermorden, indem sie sie angegriffen und in den eisbedeckten Fluß geworfen hatten. Elise hatte beobachtet, wie einige von Talias Angreifern schlammbedeckt zurückgekommen waren, und Ralf hatte zuvor die ganze Gruppe bei den Ställen herumstehen sehen. Als sich das Gerücht vom Mordversuch verbreitete, hatten sie beide ihre Beobachtungen Elcarth mitgeteilt.

»Also schön«, begann Talia, »ich habe ein Problem. Elspeth verschwindet jeden Nachmittag, und ich kann nicht herausfinden, wohin oder warum. Ich hoffte, einer von euch weiß es.«

An den Blicken, die in der Gruppe gewechselt wurden, erkannte Talia, daß sie die Antwort gefunden hatte.

»Sie ... Ihr dürft nicht darüber sprechen, junge Talia«, sagte Jan, einer der Ältesten. Er war Gärtner, und für ihn würde sie immer die ›junge‹ Talia bleiben. Sie nickte, und Jan fuhr fort: »Sie trifft sich mit den Leuten des jungen Herrn Joserlin Corby. Die sind Rohlinge!«

»Ja, Rohlinge!« schnaubte Elise. »Wären da nicht ihre hochgeborenen Väter, sie wären schon längst nach Hause geschickt worden, weil sie jedes Mädchen angrapschen, das sie erwischen.« ›Mädchen‹ bedeutete hier ›weiblicher Dienstbote‹; hätte Elise sagen wollen, daß sie andere Frauen belästigten, hätte sie ›Damen‹ gesagt. Nicht, daß dieser Unterschied beruhigend war; es bedeutete nur, daß die jungen Burschen ihre unwillkommenen Aufmerksamkeiten auf

Frauen beschränkten, die es nicht wagten, zu laut zu protestieren.

»Man sagt«, meinte ein anderes Zimmermädchen, »daß sie es zu Hause noch schlimmer treiben.«

»Was, zum Beispiel?« fragte Talia. »Ihr wißt, daß ich es nicht weitererzähle.«

»Nun, es sind zwar nur Geschichten, aber wir haben sie von *ihren* Leuten gehört. Diese Männer sind bösartig!«

Nicht nur, daß sie die Dienstboten auf ihren Familiensitzen belästigten – ›Corbys Gruppe‹ schien auch noch Streiche zu machen, die alles andere als lustig waren. Ein durchgeschnittener Sattelgurt vor einer langen Jagd zum Beispiel, der beinahe einen Todesfall verursacht hätte. Und einige dieser Leute waren die jüngeren Brüder und Schwestern von jenen, die versucht hatten, Talia zu töten.

Aber bis jetzt hatte Elspeth an ihren ›Streichen‹ nicht teilgenommen, soweit bekannt. Es schien, daß sie zur Zeit heftig umworben wurde – etwas, das neu für sie war und ihr anscheinend sehr gefiel. Aber es konnte nur eine Frage der Zeit sein, bis man sie zu einer Indiskretion verführte und diese dann benutzte, um sie zum Mitmachen zu erpressen.

Elspeths Verstand hatte sie wahrscheinlich bis jetzt davor bewahrt, aber Talia war besorgt. Wie lange konnte das noch gutgehen?

Sie mußte etwas unternehmen.

Sie versuchte, das Mädchen zu beobachten, aber Elspeth war zu klug und entkam ihr immer wieder. Ein-, zweimal versuchte sie, Elspeth vorsichtig zu ›lesen‹, doch Elspeths Schirm war zu stark, als daß Talia ihn ohne Zwang durchdringen konnte.

Etwas mußte geschehen, oder die drei – Elspeth, Kris und Dirk – würden sie in den Wahnsinn treiben.

So entschloß sie sich, zuerst Dirks wegen etwas zu unternehmen, weil sie am leichtesten an ihn herankam. Und weil er mit Kris nicht mehr sprach, versuchte sie es über ihren Blutsbruder.

»Ich bin genauso verwirrt wie du, kleine Schwester«, gestand Skif. Nervös fuhr er mit einer Hand durch seine braunen Locken. »Ich habe nicht die leiseste Ahnung, warum Dirk sich wie ein Esel benimmt.«

»Gott und Göttin!« stöhnte Talia, rieb sich die Schläfe und sank in einen alten Sessel in Skifs Zimmer. »Ich habe gehofft, er hat *irgend etwas* zu dir gesagt. Du warst meine letzte Hoffnung! Wenn sich nicht bald alles klärt, werde ich sehr lautstark überschnappen!«

Als sie schließlich aufgegeben hatte, das Problem Dirk allein lösen zu wollen, und Skif um Hilfe gebeten hatte, hatte er sie in sein Quartier eingeladen. Er war schon ein- oder zweimal in ihren Zimmern gewesen, aber Talia war zum erstenmal in Skifs Wohnung. Sie glich ihrem Besitzer: ordentlich, mit außergewöhnlichen Waffen geschmückt und mit vielen Büchern ausgestattet. In letzter Zeit hatte Talia nicht die Zeit gehabt, ihre Zimmer aufzuräumen, und Skifs Wohnung war wie eine Zufluchtsstätte vor dem Chaos. Sie hatte nur ein Fenster, aber es sah auf die Wiese der Gefährten hinaus, was immer ein beruhigender Anblick war.

»Erstens, dieser Lebensbund, den du hast. Kris hatte recht. Es ist ein Lebensbund – und Dirk spürt ihn auch. Ich bezweifle das nicht im geringsten. Man merkt es daran, wie er dich ansieht.«

»Er sieht mich an? Wann? Ich *sehe* ihn doch gar nicht mehr! Seit dem Streit verbringt er seine Zeit draußen im Schlamm!«

»Außer bei den Mahlzeiten – bei allen Mahlzeiten, die du am Collegium zu dir nimmst. Da verbringt er so viel Zeit damit, dich zu beobachten, daß er kaum etwas ißt. Und ich glaube, er kennt deinen Dienstplan auswendig. Jedesmal, wenn du unter einem Fenster vorbeigehst, hat er eine Ausrede, um genau an diesem Fenster stehen zu können.« Ruhelos ging Skif in seinem Zimmer auf und ab. »Er ist nur noch ein Schatten seiner selbst. Deswegen wollte ich hier mit dir allein sprechen.«

»Ich habe keine Ahnung, wie ich helfen soll, wenn der Mann mich nicht einmal in seine Nähe läßt.«

»Na großartig!«

»Er tut, als hätte ich die Pest. Ich habe versucht, ihn allein zu treffen, er läßt es nicht zu. Und das war *vor* dem Streit mit Kris! Jetzt ist es doppelt so schlimm.«

»Freistatt, was für ein Durcheinander.« Traurig schüttelte Skif den Kopf. »Er hat nichts zu mir gesagt. Ich weiß nicht, warum er sich so benimmt. Aber es reicht mir, und du bist am Ende deiner Weisheit. Es wird Zeit, Licht in die Sache zu bringen. Und weil er mit dir nicht sprechen will, werde ich, verdammt noch mal, dafür sorgen, daß er mit *mir* redet! Sobald ich ihn erwische, werde ich das klarstellen, und wenn ich ihn im Baderaum einsperren und seine Kleider stehlen muß! Ich werde die Sache zwischen ihm und Kris und zwischen ihm und dir in Ordnung bringen, und wenn ich euch alle drei zu einem Bündel verschnüren muß!«

Aber sie hatten nicht mit den Launen des *Schicksals* gerechnet.

Dirk hatte sich eine leichte Erkältung zugezogen, wie er glaubte; eine Verkühlung, wie sie zur Zeit den Hof und das Collegium plagte. Seit einer Woche weigerte er sich stur, sich darum zu kümmern. Statt dessen ging er weiterhin Kris und Talia aus dem Weg, indem er sich in das schlechte Wetter draußen zurückzog. Seltsamerweise machte es ihm nichts aus, sich elend zu fühlen; seine Krankheit hielt ihn davon ab, über Talia und Kris nachzudenken. Körperliches Elend bot eine Erleichterung seines seelischen Leids.

So lief er weiter im kalten Regen herum, Tag für Tag, und wurde immer wieder bis auf die Haut durchnäßt, ohne etwas dagegen zu tun, außer die Kleidung zu wechseln. Hinzu kam, daß seine Anspannung ihm mehr Tribut abverlangte, als irgend jemand erkannte, er selbst nicht ausgenommen.

Es war Mitte der Woche, und Talia war zum Abendessen im Collegium statt am Hof. Die ganze Zeit beobachtete sie Dirk aus dem Augenwinkel und hoffte, daß Skif in der Lage war, sein Versprechen zu erfüllen. Sie war besorgt, sehr besorgt. Dirk war totenbleich, und er rieb sich ständig die Schläfen, als ob sie schmerzten. Sie konnte sehen, wie er zitterte, obwohl es warm im Gemeinschaftsraum war. Er schien sich nicht auf das konzentrieren zu können, was man ihm sagte, und er konnte keine zwei Worte reden, ohne einen Hustenanfall zu bekommen.

Sie konnte auch sehen, daß Kris ihn beobachtete und genauso besorgt war.

Kris schob sein Essen auf dem Teller herum, ohne viel zu sich zu nehmen. Schließlich schien er zu einem Entschluß zu kommen, riß sich zusammen und ging zu Dirk hinüber, um sich neben ihn zu setzen.

Kris sagte irgend etwas zu Dirk, worauf dieser mit einem Kopfschütteln antwortete. Dann stand er auf – und Kris mußte ihn auffangen, als er zusammenbrach.

Es reicht! hatte Kris sich gesagt. Er konnte es nicht ertragen zuzusehen, wie sein bester Freund sich aufrieb – und er war in den letzten Wochen zu ein paar unerfreulichen Schlußfolgerungen gelangt.

»Ich hatte unrecht! Ich hatte unrecht, meinem Onkel so blind zu vertrauen, unrecht, an dir zu zweifeln, und unrecht, etwas über dein Privatleben zu erzählen. Ich entschuldige mich. Wirst du mir verzeihen, oder muß ich mich aus Verzweiflung vom Turm stürzen?«

Dirk war ein bißchen erschrocken, als Kris ihm ins Ohr zu flüstern begann, aber er war nicht abgerückt. Er hatte mit einer Mischung aus Verwirrung und Belustigung gelauscht und bei Kris' letztem Satz müde gelächelt und den Kopf geschüttelt. Dann stand er auf.

Und der Raum verschwamm vor seinen Augen. Die Knie gaben unter ihm nach.

Ein halbes Dutzend Lehrer und Herolde stürzten herbei, als Kris den Freund auffing. Sie halfen ihm zurück auf seinen Sitz, während er schwach protestierte, er sei völlig in Ordnung.

»Ich ...« Husten schüttelte ihn durch. »Mir war nur ein wenig schwindelig ...« Weitere Hustenanfälle hinderten ihn am Sprechen. Er bekam kaum Luft.

»Zum Teufel!« sagte Teren, der eine Hand auf Dirks Stirn gelegt hatte. »Du brennst, Mann! Du gehörst zu den Heilern, und ich will jetzt keinen Unsinn mehr von dir hören.«

Bevor er genug Luft hatte, um widersprechen zu können, legte Teren sich Dirks Arm um die Schulter, und ein sehr besorgter Kris tat auf der anderen Seite das gleiche. Die anderen begleiteten die drei zur Tür hinaus.

Als sie zu den Heilern gelangten, rasselte der Atem in Dirks Brust, und sie wußten sofort, was ihm fehlte. Die Heiler schickten alle anderen fort und duldeten keinen Widerspruch.

Talia war wachsbleich geworden, als Dirk zusammengebrochen war. Sie ließ ihre Mahlzeit stehen und wartete auf Kris.

Endlich kam er zurück. Alle Anwesenden bedrängten ihn mit Fragen, was die Heiler denn gesagt hätten.

»Sie sagen, er hat eine Lungenentzündung, und es wird noch schlimmer werden, bevor es ihm wieder besser geht«, erwiderte er. Talia konnte seine Stimme von ihrem Platz aus deutlich hören. »Mindestens zwei Tage lang darf niemand in seine Nähe.«

Talia gab ein Geräusch wie ein ersticktes Schluchzen von sich und stürmte blindlings von ihrem Tisch fort. Die Menge, die Kris umgab, versperrte die nächste Tür. Zweimal stolperte Talia über Bänke, als sie zum hinteren Ausgang und in ihre Zimmer floh. Sie rannte den ganzen Weg durch die Gänge und durch die Doppeltür, die zum Quartier der Herolde führte. Sie durcheilte das dunkle Treppenhaus des

Turmes, stieß die Tür zu ihren Zimmern auf und ließ sich auf das Sofa im äußeren Raum fallen. Ihr Schluchzen war verzweifelt, so wie damals, in jenem entsetzlichen Augenblick in der Wegstation …

Sie hatte die Tür nicht hinter sich geschlossen und achtete auch nicht auf die Geräusche um sie herum. Sie erkannte erst, daß sie nicht mehr allein war, als sich jemand neben ihr niederließ. Irgendwie wußte sie, es waren Keren und Sherrill.

Sie versuchte sich zu beherrschen, doch Kerens Worte, in einem Ton tiefster und unmißverständlicher Liebe gesprochen, daß Talia kaum ihren Ohren traute, erlaubten es nicht.

»Kleiner Pferdemensch, liebes Herz, was macht dich weinen?«

Keren sprach im Dialekt ihrer Heimat, was sie nur sehr selten tat, und dann auch nur mit ihrem Zwilling oder ihrer Lebensgefährtin, also in Augenblicken tiefster Innigkeit.

Talias Zurückhaltung wich. Dankbar ließ sie sich in Kerens Arme sinken und weinte an ihrer Schulter.

»Alles geht schief!« schluchzte sie. »Elspeth spricht nicht mehr mit mir und ich *weiß*, daß etwas geschieht! Irgend etwas, von dem sie nicht will, daß ich oder Selenay es erfahren. Und ich finde nicht heraus, *was* es ist! Und Dirk … und Kris – wir haben gestritten, und jetzt reden sie nicht mehr mit mir und … und jetzt ist Dirk krank, und ich kann's nicht *ertragen*! Götter, ich bin eine Versagerin!«

Keren sagte nichts, sondern wartete, bis die hysterischen Worte und Tränen von allein versiegten. Derweil ging Sherrill leise durch den Raum, schloß die Tür und zündete Kerzen an, da es allmählich dunkel wurde. Dann ließ sie sich zu Kerens Füßen nieder und wartete.

»Für dein Problem mit Elspeth habe ich keine Lösung«, sagte Keren nachdenklich, als Talia wieder in der Lage war, zuzuhören. »Aber wenn wirklich etwas Ungerechtes geschieht, so würde ihre Gwena doch sicher zu Rolan kommen – und du würdest es wissen.«

»Daran habe ich noch gar nicht gedacht.« Talia blickte

Keren in die Augen und war ihrer Dummheit wegen beschämt.

»Warum solltest du? Sie hat dir noch nie Sorgen gemacht.« Keren lächelte.

»Ich kann nicht mehr klar denken. Nein, das stimmt nicht. Ich kann *gar nicht* mehr denken. Keren, ich weiß nicht, wie lange ich das noch aushalte. Manchmal möchte ich so gern bei ihm sein, daß ich glaube, zu sterben wäre leichter!«

»Es ist also ein Lebensbund?« Keren seufzte. »Und mit Dirk? Götter, was für ein Durcheinander! Tja, das erklärt immerhin sein verrücktes Benehmen. Die Herrin allein weiß, welche Gedanken er im Kopf hat, und ganz sicher hat ihn das total verdreht.«

»Wir wissen, wie sie sein kann – die Agonie.« Sherrill stand auf, setzte sich neben Talia und legte ebenfalls einen Arm um ihre Taille, um sie wie Keren zu stützen. »Es ist die Hölle, wenn man von etwas zerrissen wird, das man nicht verleugnen, aber auch nicht ändern kann. Hat irgend jemand dir geholfen, die Sache zu klären?«

Talia nickte, und Keren verzog nachdenklich das Gesicht. »Es fällt mir nichts ein, wie ich dir helfen könnte, kleiner Pferdemensch. Erstens müssen Kris und Dirk wieder miteinander reden, und zweitens muß Dirk sich über dich klar werden. Das erstere ist hoffentlich gerade geschehen. Aber das zweite – ich glaube, daß ihn irgend etwas verwirrt hat und daß er im Kreis läuft. Zeit, Liebes. Das ist alles, was es braucht. Zeit.«

»Wenn ich nur ein bißchen länger durchhalte ...« Talia entspannte sich bewußt, und Keren und Sherrill hielten sie einen langen Augenblick in einer Umarmung voll Liebe und Trost.

»Du weißt, daß wir dich verstehen, Liebes«, sprach Sherrill für beide. »Wer sonst? Und jetzt wechseln wir das Thema. Wir sind wild entschlossen, dich wieder lachen zu sehen.«

Sie und Keren wechselten sich damit ab, Talia die lustigsten Geschichten zu erzählen, die ihnen einfallen wollten.

Die meisten waren Geschichten aus der Zeit ihrer Abwesenheit vom Collegium. Nicht wenige waren eher zweifelhaft und alles andere als würdevoll. Talia wünschte sich ernsthaft, sie wäre dabei gewesen, als der ernste, zurückhaltende Kyril sich aus dem Fischteich erhob, mit einer Strähne Wassergras hinter dem Ohr. Bald lachte sie, und ihre Anspannung ließ ein wenig nach.

Schließlich nickte Keren ihrer Lebensgefährtin zu und umarmte Talia noch einmal. »Ich glaube, du bist aufgeheitert genug, um die Nacht zu überstehen, Liebes«, sagte die ältere Frau. »Stimmt's?«

»Ich glaube schon«, antwortete Talia.

»Morgen ist ein neuer Tag. Schlaf gut und lange«, riet Keren ihr noch. Dann gingen sie und Sherrill so leise, wie sie gekommen waren.

Talia ging in ihr Schlafzimmer, um ihre Uniform abzulegen. Sie zog ihr Nachtgewand an, überlegte es sich dann aber anders und streifte einen Hausmantel über. Sie ließ sich mit einem Buch auf dem Sofa nieder. Sie mußte eingeschlafen sein, ohne es zu wollen, denn als sie die Augen aufschlug, sah sie Kris, der neben ihr stand und sie leicht am Arm berührte, um sie zu wecken. Die Kerzen waren zu Stummeln heruntergebrannt.

Ihn hatte sie nicht erwartet. »Kris!« rief sie freudig, doch dann überkam sie Angst. »Geht es Dirk ... schlechter?« fragte sie und spürte, wie sie bleich wurde.

»Nein, kleiner Vogel. Ich komme gerade von ihm. Er schläft. Die Heiler sagen, in spätestens zwei Wochen ist er wieder gesund. Und wir sind seine Freunde. Ich dachte, du würdest das gern wissen – und ich möchte mich auch mit dir versöhnen.«

»Ach, Kris, ich habe mich noch nie im Leben so elend gefühlt«, gestand sie. »Ich war *so* böse auf dich, daß ich geschworen habe, nicht eher mit dir zu sprechen, bis du dich entschuldigt hast. Aber mein Stolz ist es nicht wert, daß unsere Freundschaft in die Brüche geht.«

Sein Gesicht wurde weicher, und sie erkannte, daß er ihre

Antwort mit Spannung erwartet hatte. »Auch ich habe mich noch nie so elend gefühlt, kleiner Vogel. Und ich habe mich noch nie so sehr als Idiot gefühlt.«

»Du bist kein Idiot. Dein Onkel ...«

»Ist nicht der Mann, für den ich ihn gehalten habe«, unterbrach er sie. »Ich muß mich bei dir entschuldigen, so wie ich mich bei Dirk entschuldigt habe. Ich hatte wegen meines Onkels unrecht. Ich bin nicht sicher, was er will, aber er versucht *wirklich*, deine Autorität zu untergraben. Und er will mich von dir trennen. Ich habe oft genug Informationen aus Ahnungslosen herausgeholt. Ich hätte es früher erkennen müssen, aber ich habe es erst jetzt begriffen. Er war etwas zu eifrig und hat seine Spuren nicht ganz verwischt.« Kris' Ausdruck war besorgt. »Ich hoffe, daß diese Sache mit Dirk unbeabsichtigt war, aber sicher kann ich nicht mehr sein. Und ich wünschte, ich wüßte, welches Spiel er spielt. Vielleicht will er die Stellung, die er als Selenays engster Ratgeber hatte, zurückerobern und mich ein wenig vom Kreis der Herolde trennen, damit meine Loyalität zu meiner Familie größer ist als die zum Kreis.«

»Es ... es tut mir beinahe leid, daß du das sagst.« Ein leiser Lufthauch vom offenen Fenster hinter ihr ließ die Kerzen flackern und spielte mit Talias Haaren, während sie Kris' trauriges Gesicht betrachtete. »Was ist geschehen, daß du deine Meinung geändert hast?«

»Mein Onkel hat es nach dem Streit zu oft versucht, Informationen über dich aus mir herauszuholen, und er hat eine böse Bemerkung über Dirk zuviel gemacht. Du hattest recht, er hegt Groll gegen dich, obwohl ich nicht weiß, warum. Und ich glaube, er hat diesen Zwischenfall mit den Dokumenten benutzt, um dich über Dirk zu treffen ... und als Gelegenheit, sich zwischen Dirk und mich zu stellen. Ich hoffe nur, daß er die Sache nicht selbst inszeniert hat.«

Fast hätte sie zornig gesagt, daß die verlorene Rolle kein Zufall gewesen war, daß Orthallen alles so *geplant* hatte, aber dann schwieg sie doch. Weitere Beschuldigungen waren der schnellste Weg, Kris erneut zu verärgern. »Ich muß zugeben, meine Gefühle sind zwiespältig. Ich bin froh, daß du jetzt so denkst wie ich, aber es tut mir leid, daß ich deinen Glauben an deinen Onkel zerstört habe.«

»Es braucht dir nicht leid zu tun. Es ist seine eigene Schuld.«

»Das ist seit Wochen das erste Mal, daß ein Problem verschwindet, Kris, ich bin froh, daß wir wieder Freunde sind.«

Er ließ sich neben dem Sofa auf dem Boden nieder. »Ich auch. Ich habe vermißt, mit dir zu reden. Aber was du über Probleme sagst ... ich habe nichts davon bemerkt.« Er grinste. »Der Rat, den du mir Nessas wegen gegeben hast, war gut.«

»Ich wollte dich deswegen schon fragen«, sagte sie und war dankbar, daß sie wieder miteinander sprechen konnten, und froh über seine Gesellschaft. »Mir ist aufgefallen, daß sie jetzt Skif zu verfolgen scheint.«

Er seufzte und zog ein scheinbar betrübtes Gesicht. »Nachdem sie von mir hatte, was sie wollte, war sie auch schon weg. Ach, die Schlechtigkeit der Frauen! Wann werde ich es je lernen? Mein Herz ist für immer gebrochen!«

»Bei dir ist ›für immer‹ etwa so lange, wie man braucht, um ein Ei zu kochen!« scherzte sie.

»*So* lange nun auch wieder nicht.« Er grinste. »Ich konnte Skif ein paar Worte über die schöne Nessa sagen. Er weiß ihre Vorzüge zu schätzen. Und jetzt, wo er auch weiß, wie man sich ihre Aufmerksamkeit erhält – nämlich indem man vor ihr davonläuft –, könnte sie bald von der Jägerin zur Gejagten werden.«

»Wie der alte Mann über das versprochene Paar in Fivetree gesagt hat ... erinnerst du dich?«

Kris verzog sein Gesicht zu einer guten Nachahmung der vom Alter gezeichneten Züge des Mannes. »Der Gott helfe Euch, Herold!« krächzte er. »Ob er sie gejagt hat? Das hat er, das hat er wirklich. Solange, bis *sie* ihn gefangen hatte!«

Talia lächelte wehmütig. »Wir hatten einige schöne Augenblicke da draußen.«

»Wir werden noch weitere erleben. Mach dir keine Sorgen, kleiner Vogel. Ich werde dieses Gewirr entflechten, sobald die Heiler mich in Dirks Nähe lassen. Weißt du, diese Krankheit könnte ein Segen sein. Er kann mir nicht ausweichen oder sich irgendwas einfallen lassen, um das er sich angeblich sofort kümmern muß. Hoffentlich glaubt er, was ich ihm sage.«

Er stand auf, um zu gehen, und Talia berührte dankbar seine Hand.

»Bleib stark, kleiner Vogel. Alles wird besser. Ich kann Dirk immer noch Liebestränke in seine Medizin schütten.« Er zwinkerte und lief leichtfüßig die Treppe hinab.

Talia fühlte sich unendlich erleichtert. Sie stand auf und legte das Buch auf den Tisch neben dem Sofa. Dann löschte sie die Kerzen und ging leichten Herzens schlafen.

Am nächsten Morgen war Talia viel optimistischer gestimmt und bereit, ihre Probleme anzugehen. Und nachdem Dirk außer Reichweite war, war es logisch, sich statt dessen um Elspeth zu kümmern.

Sie hatte die Absicht, das Mädchen endlich wegen ihres Benehmens zu befragen. Der Rat und der Hof hielten sie den ganzen Tag beschäftigt. Bei den Waffenübungen verpaßte Talia Elspeth nur um wenige Augenblicke. Nach dem Abendessen versuchte Talia erneut, Elspeth zu finden, aber dem Mädchen gelang es wieder, ihr zu entwischen. Talia bezweifelte nicht mehr, daß Elspeth ihr mit voller Absicht auswich.

Sie war sehr besorgt. Eine dunkle Vorahnung sagte ihr, daß bald etwas geschehen würde. Sie öffnete ihren Schirm und versuchte erfolglos, das Mädchen zu finden, als sie einen dringenden und unmißverständlichen ›Ruf‹ Rolans vernahm. Verängstigt verließ sie das Collegium und rannte zur Wiese der Gefährten. Als sie den Zaun erreichte, der die Wiese umgab, sah sie ihre schlimmsten Befürchtungen bestätigt. Mit Rolan wartete Elspeths Gwena. Sie sahen im Mondlicht wie Statuen aus weißem Marmor aus.

Die Bilder, die Talia von den beiden erhielt, vor allem von Gwena, waren verschwommen und unklar, obwohl Gwenas Sorge unmißverständlich war. Talia berührte die Hälse der beiden in dem Versuch, besser zu verstehen. Endlich konnte sie die Bilder erkennen ... und in ihrem Zentrum stand Orthallen. Orthallen und ein junger Höfling aus ›Corbys Gruppe‹, der seine Kreatur war – und sie planten Elspeths Entehrung!

Ohne einen Moment zu zögern, warf Talia sich auf Rolans Rücken. Er galoppierte mit voller Geschwindigkeit zu jenem Zaun, der die Wiese von den Ställen und Heuschuppen der gewöhnlichen Pferde trennte. Gwena konnte kaum Schritt halten. Wie ein Paar großer weißer Vögel übersprangen sie den Zaun und ritten genau auf den Heuspeicher zu. Talia sprang von Rolans Rücken, noch bevor er zum Stehen gekommen war.

Im Laufen hörte sie eine junge männliche Stimme in der Dunkelheit murmeln, und sie öffnete die großen Tore mit einer Kraft, von der sie nicht gewußt hatte, daß sie sie besaß.

Mondlicht strömte auf das entdeckte Pärchen, und Talia sah erleichtert, daß zwischen Elspeth und ihrem Möchtegern-Liebhaber noch nicht sehr viel geschehen war. Er war ziemlich erschrocken, als Talia plötzlich erschien. Wenn Elspeth ebenfalls verstört war, so zeigte sie es nicht.

»Was willst *du* denn hier?« fragte sie einfach. Stolz weigerte sie sich, ihre halbgeöffnete Bluse wieder zu schließen.

»Ich will dich vor dem Fehler bewahren, den deine Mutter gemacht hat«, antwortete Talia genauso kühl. »Den Fehler zu glauben, daß schöne Worte einen hehren Geist zeigen und daß ein hübsches Gesicht auch ein edles Herz haben muß. Dieser junge Pfau hier denkt an nichts anderes, als dich in eine Lage zu bringen, in der du keine andere Wahl hast, als ihn zu deinem Gemahl zu machen oder dich, deine Mutter und das ganze Königreich zu entehren.«

»Du irrst dich!« verteidigte Elspeth ihn leidenschaftlich. »Er liebt mich! Er hat es mir gesagt!«

»Und du hast ihm geglaubt, auch wenn deine eigene

Gefährtin nichts mit ihm zu tun haben wollte?« Talia glühte vor Zorn. Elspeth wollte nicht auf die Stimme der Vernunft hören. Nun gut, dann sollte sie Beweise haben, denen sie glauben würde!

Rücksichtslos zwang sie den jungen Höfling in eine Verbindung. Seine Boshaftigkeit reichte nicht an manche der Geister heran, die Talia schon hatte berühren müssen, aber seine schleimige Art verursachte ihr eine Gänsehaut. Bevor Elspeth die Möglichkeit hatte, sich abzuschirmen, zog Talia auch sie hinein und zwang sie, selbst die wahren Gedanken dessen zu sehen, der behauptet hatte, sie zu lieben.

Mit einem angewiderten Schrei riß Elspeth sich von ihm los und floh ans andere Ende des Heuspeichers. Talia entließ Elspeths Geist aus der Verbindung. Mit dem jungen Angeber war sie weniger rücksichtsvoll. Sie hielt ihn in einem geistigen Würgegriff und nährte ohne Bedenken seine Furcht, während er sie in dumpfem Schock anstarrte.

»Du wirst niemandem etwas erzählen«, sagte sie, und jedes Wort brannte sich in seinen Geist. »Sonst wirst du niemals wieder schlafen können – denn jedesmal, wenn du deine ekeligen Augen schließt, dann wirst du *das* sehen ...«

Sie zog die Erinnerung an seinen schlimmsten Alptraum aus seinem Gedächtnis und zwang sie ihm auf, verstärkte seine Angst, bis er wimmerte und zu ihren Füßen kauerte. Dann warf sie ihn brutal aus der Verbindung.

»Raus hier!« knurrte sie. »Raus hier. Geh zurück auf den Besitz deines Vaters und komm nie wieder hierher.«

Er floh, ohne sich noch einmal umzuwenden.

Sie wandte sich Elspeth zu und versuchte, ihren Zorn zu beherrschen, indem sie langsam atmete. »Ich habe Klügeres von dir erwartet«, sagte sie. Jedes ihrer Worte war ein Pfeil aus Eis. »Ich dachte, du hättest einen besseren Geschmack, als dich von einer solchen Kreatur berühren zu lassen.«

Elspeth weinte, unglücklich, aber auch voller Zorn. »Das sagst du, die jungfräuliche Heroldin? Zuerst Skif, dann Kris – und wer jetzt? Warum sollte *ich* keine Liebhaber haben?«

Talia ballte ihre Hände so fest, daß die Fingernägel sich ins

Fleisch gruben. »Ich glaube, ich höre das Biest sprechen«, erwiderte sie. »Das kleine Mistvieh, das all das Ansehen der Erbin, aber nicht deren Verantwortung haben will. Ach, Hulda hat dich gut gelehrt, ja? Nimm, was du kriegen kannst, denke nur an dich und nicht an die Auswirkungen, die dein Tun auf andere haben könnte. O nein, nicht jetzt, wo du die Erbin bist. Dein Wort ist schließlich Gesetz, oder sollte es sein. Und wenn jemand dich zur Vernunft bringen will, dann nimm das Schlimmste, was du über ihn weißt, und sage es ihm ins Gesicht. Dann wird er Angst haben und dich nicht mehr aufhalten. Mit mir geht das aber nicht, junge Frau. Denn *ich* könnte mit Männern, Frauen oder Chirras schlafen. Es ist nicht wichtig, weil ich nicht die Erbin bin. Du hast anscheinend vergessen, daß du auf dem Thron sitzen wirst, wenn deine Mutter stirbt. Du wirst vielleicht eine Staatsheirat schließen müssen, um uns vor einem mächtigen Feind zu schützen. Darum ging es doch mit Alessandar und Ancar, oder hast du das auch schon vergessen? Niemand außerhalb des Königreichs wird dich respektieren, nachdem du dich mit so einem Intriganten abgegeben hast. Und *ich* war mit niemandem zusammen, den ich nicht kannte, der mich nicht in seine Gedanken lassen wollte. Er hat dir das nicht gestattet, oder? Hat dich das nicht mißtrauisch gemacht? Beim Busen der Göttin, Mädchen, wo war dein Verstand? Deine eigene Gefährtin wollte nichts mit ihm zu tun haben! Hat dir das gar nichts gesagt? Wenn du unbedingt einen Mann zwischen den Beinen brauchst, warum hast du nicht einen Studenten oder jemanden aus dem Kreis gewählt? Die würden dich wenigstens niemals verraten und wissen, wann sie den Mund halten müssen!«

Elspeth brach in wildes Schluchzen aus. »Verschwinde!« rief sie. »Laß mich allein! Es war nicht so! Ich dachte, er liebt mich! Ich hasse dich! Ich will dich nie wieder sehen!«

»Ist mir recht!« fauchte Talia zurück. »Es tut mir leid, daß ich so viel Zeit an eine verdammte Närrin verschwendet habe!«

Sie stapfte aus dem Heuschuppen, sprang auf Rolans Rücken und ritt ohne einen Blick zurück in den Palast.

Aber schon nach ein paar Schritten bereute sie die Hälfte dessen, was sie gesagt hatte.

Mit heftigsten Selbstwürfen berichtete sie Selenay.

Die Königin befand sich in ihren privaten Räumen, deren schlichte Einrichtung in starkem Kontrast zu jener der offiziellen Gemächer stand. Sie hatte sich in einen Hausmantel aus altem, schäbigem, braunem Samt gehüllt, der fast die gleiche Farbe und das gleiche Alter wie das Sofa hatte, auf dem sie lag. Talia stand vor ihr und konnte ihr nicht in die Augen blicken, als sie die bittere Geschichte erzählte.

»Bei der Göttin, Selenay, ich hätte es gar nicht schlimmer machen können, selbst wenn ich es geplant hätte.« Sie rieb sich die Schläfen und war vor Zorn den Tränen nahe. »Ich bin genauso eine Idiotin, wie ich es Elspeth vorgeworfen habe. Meine ganze Ausbildung war vergessen, meine eigenen Probleme haben dazwischengepfuscht, und ich habe völlig die Beherrschung verloren. Vielleicht solltet Ihr mich wieder zusammen mit den Anfängern zum Unterricht ins Collegium schicken.«

»Beruhige dich. Ich bin nicht sicher, daß deine Reaktion falsch war, daß du nicht doch das Richtige getan hast«, erwiderte die Königin nachdenklich. Ihre großen Augen spiegelten das Licht der Kerzen wider. »Setz dich, kleine Freundin, und höre mir zu. Erstens haben wir Elspeth bisher vor jener Schlechtigkeit abgeschrimt, die hier am Hof gang und gäbe ist. Jetzt hat sie erfahren, daß Betrug oft in einer sehr angenehmen Verpackung auftauchen kann, und das ist gar nicht so schlecht. Sie war verletzt und verängstigt, aber das macht die Lektion nur eindringlicher. Ich glaube, du hattest recht. Diese Erfahrung wird sie davor bewahren, den gleichen Fehler wie ich zu begehen.«

»Wie könnt Ihr das sagen, nachdem ich Elspeth so vor den

Kopf gestoßen habe? Ich soll ihre Freundin und Ratgeberin sein!«

»Und wann hast du *jemals* die Beherrung verloren, seit du sie kennst? Kein einziges Mal. So hat sie noch etwas gelernt, nämlich, daß es möglich ist, bei dir *zu* weit zu gehen. Daß du genauso menschlich bist und Fehler machst wie wir. Ich bezweifle, daß sie dich jemals wieder so reizen wird.«

»Wahrscheinlich nicht«, sagte Talia bitter, »so schlecht, wie wir jetzt miteinander stehen.«

»Falsch.« Heftig schüttelte Selenay den Kopf. »Seit du weg warst, habe ich meine Tochter gut kennengelernt. Sie meinte, was sie sagte ... jetzt. Sie wird leicht zornig, aber wenn sie sich beruhigt, dann verschwindet der Groll. Und wenn sie erkennt, daß du recht hattest und sie mit deiner Tat nur beschützen wolltest, dann wird sie sich's überlegen. Wenn du für eine Weile verschwinden würdest, dann, so glaube ich, wird sie begreifen, daß sie genauso überreagiert hat wie du!«

Die Königin überlegte einen Augenblick. »Ich glaube, ich habe die beste Lösung. Erinnerst du dich an Alessandars Heiratsantrag? Ich habe die Absicht, in ein paar Wochen einen Staatsbesuch zu machen, und ich wollte eine Gesandtschaft vorausschicken, die den Prinzen in Augenschein nehmen soll. Als meine persönliche Beraterin bist du am besten geeignet, zumal ich auch Kris losschicken will. Ich habe von dem Streit zwischen ihm und Dirk gehört und habe mir gedacht, den beiden auch etwas Zeit zu geben, um sich zu beruhigen. Ich wollte Dirk und Kyril beauftragen, bis Dirk letzte Nacht krank wurde. So werde ich Kris wählen, um die beiden zu trennen.«

»Das hat sich schon erledigt«, seufzte Talia.

»Trotzdem will ich Kris schicken. Er hat das Benehmen und die richtige Abstammung, um akzeptiert zu werden. Und ich möchte Kyril ohnehin lieber hier behalten. Du und Kris, ihr habt außerordentlich gut zusammengearbeitet, und ich vertraue deinem Urteil ganz und gar. Anstatt den Besuch abzusagen, werde ich den Zeitpunkt vorverlegen und euch beide vorausschicken, damit ihr euch die Sache ansehen könnt. Ich werde Elspeth mitnehmen. Und ich werde zu Orthallen ein paar Worte über seine Schützlinge sagen.« Selenays Blick wurde kalt. »Es ist Zeit, daß er aufhört, sie zu verteidigen und ihnen zu gestatten, dank seines guten Namens mit allem, was ihnen einfällt, davonzukommen.«

Jetzt begriff Talia, daß sie Selenay nicht gesagt hatte, was sie insgeheim vermutete: daß Orthallen den Jungen auf Elspeth angesetzt hatte. Aber welchen Beweis hatte sie denn? Keinen, außer dem Bild Orthallens im Geist des Jungen. *Besser, ich sage nichts*, dachte sie müde. *Ich halte den gleichen Streit, den ich mit Kris hatte, nicht noch einmal aus.*

Selenay sagte: »Wenn wir uns wiedersehen, hat Elspeth Zeit zum Nachdenken gehabt. Glaubst du, du könntest am Morgen zum Aufbruch bereit sein? Je eher du aus Elspeths Augen verschwindest, desto besser.«

»Ich könnte in einer Stunde aufbrechen«, erwiderte Talia. »Aber ich bin nicht sicher, ob Ihr mir nach heute Abend noch vertrauen solltet.«

»Talia, ich vertraue dir sogar noch mehr«, antwortete die Königin, und Talia sah Verständnis in ihren Augen. »Du kommst zornig von dem Streit zu mir und behauptest, daß alles deine Schuld war – wie viele Menschen, ja, wie viele Herolde würden das tun? Aber du hast mir nicht gesagt, was dich so nervös gemacht hat. Hat es mit Kris zu tun? Bist du in seinen Streit mit Dirk verwickelt? Wenn du mit Kris Probleme hast, dann sende ich einen anderen Herold mit dir.«

»Kris?« Talias ehrliche Überraschung schien die Königin zu erleichtern. »Nein, der Herrin sei Dank, wir haben unsere Meinungsverschiedenheiten bereinigt, so wie Dirk und er. Leuchtende Freistatt, wahrscheinlich wird er dabei helfen, dieses Durcheinander zu entwirren! Die Zeit hat die Wunden geheilt, wie es hoffentlich auch nach meinem Streit mit Elspeth der Fall sein wird. Nur ... die Zeit, die alles braucht, raubt mir langsam die Geduld und die Beherrschung.«

»Gut. Dann bleibt es dabei. Du und Kris, ihr werdet morgen früh aufbrechen.«

»Selenay, wenn Ihr es für eine gute Idee haltet, dann ...« begann Talia zögernd.

»Nur heraus dammit! Woran denkst du?«

»Ich möchte Elspeth einen Entschuldigungsbrief hinterlassen, bei Euch. Ich weiß, daß ich falsch gehandelt habe, daß ich ein paar verletzende Dinge gesagt habe, weil ich unglücklich war und jemanden verletzen *wollte*. Ich war viel zu streng mit ihr. Ihr könnt beurteilen, ob und wann Ihr Elspeth den Brief geben wollt.«

»Das klingt vernünftig«, erwiderte Selenay, »aber eigentlich ist es nicht notwendig. Wir werden euch in ein oder zwei Wochen nachfolgen. Mündliche Entschuldigungen sind sinnvoller.«

»Das ist wahr, aber man weiß nie, was geschehen wird. Und vielleicht wollt Ihr den Brief übergeben, bevor Ihr aufbrecht. Ich mag es nicht, eine Sache unerledigt zurückzulassen, vor allem nicht so etwas Dummes. Wer weiß? Vielleicht bekomme ich keine andere Gelegenheit.«

»Leuchtende Freistatt, Liebes! Vielleicht sollte ich dich als offizielles Orakel anstellen!« Selenay lachte, aber es klang nicht echt.

Schwach lächelnd schüttelte Talia den Kopf. »Götter, ich sehe alles schwarz, weil ich mich so schlecht fühle. Ich lasse den Brief bei Euch zurück, denn das Kätzchen wird sich wieder in ein menschliches Wesen verwandeln, wenn ich fort bin. Gut – erwarten sie irgendwelche Herolde oder Dirk und Kyril? Was ist mit mir? Wird es Schwierigkeiten geben?«

»Nein«, sagte Selenay. »Ich habe keine genauen Angaben gemacht. Ich gebe dir die richtigen Dokumente mit. Die Wachen auf Alessandars Seite der Grenze werden sie voraussenden. Ich habe gehört, er hat eine eigene Möglichkeit, Nachrichten weiterzuleiten, schneller als mit Vögeln oder Boten. Ich wüßte es zu schätzen, wenn ihr mehr darüber erfahren könnt. Aber vielleicht geht das nicht ...«

»Das kommt darauf an, ob es vor Verbündeten geheimgehalten werden soll oder ob es gar kein Geheimnis ist. Wir tun unser Bestes.« Talia lächelte ein bißchen. »Wißt Ihr, Kris und ich sind gut darin, Geheimnisse in Erfahrung zu bringen. Jeder, der etwas darüber weiß, wird nervös sein. Ich kann das spüren, und Kris kann der Linie folgen und ›fernsehen‹, was geschieht. Meine Königin, Ihr seid sehr klug.«

»Ich?« Selenay brachte es fertig, unschuldig auszusehen. Dann blickte sie Talia direkt in die Augen. »Bist du sicher, daß du für diese Aufgabe bereit bist? Ich schicke dich nicht, wenn du dich nicht in der Lage fühlst, mit all den Intrigen fertigzuwerden, die auf dich zukommen. Wahrscheinlich wird es einfach und ehrlich zugehen, aber es könnte auch notwendig sein, Geheimnisse auszugraben, und du mußt mit dem gleichen Ausmaß an Machenschaften rechnen, dem du dich hier gegenübersiehst.«

»Ich bin bereit«, seufzte Talia. »Es kann nicht schlimmer werden als das, womit ich hier leben muß.«

# Sechs

»Ich habe das Gefühl, ich laufe davon.«

Talia sprach leise, aber in der Stille vor der Morgendämmerung hatte Kris keine Schwierigkeiten, sie zu verstehen.

»Das stimmt nicht«, erwiderte Kris und zog ächzend Tantris' Sattelgurt fester.

Ihre Gefährten standen geduldig Seite an Seite im Zaumzeugschuppen, wie sie es während Talias Assistenzzeit so oft getan hatten, und warteten, daß ihre Erwählten mit dem Aufzäumen fertig wurden. Kurz vor Mitternacht hatte es heftig zu regnen begonnen, aber davon war jetzt nichts mehr zu merken, nur der Himmel war noch bewölkt. Beide Herolde trugen wegen der feuchten Kühle ihre Umhänge. Tantris und Rolan wurden mit der vollständigen ›offiziellen‹ Ausrüstung ausgestattet. Die silbernen Beschläge glitzerten im Licht der Laterne, die oberhalb Tantris' Schulter hing, und die Gebißglöckchen klingelten leise, wenn die Gefährten sich bewegten. Der vertraute Geruch nach Leder und Heu trieb Talia Tränen in die Augen.

»Im Augenblick kann keiner von uns beiden hier etwas tun, oder?« Kris warf die Satteltaschen über Tantris' Rücken und befestigte sie an den Sattelschlaufen. »Elspeth will nicht mit dir reden, und Dirk kann es nicht. Also kannst du genauso gut etwas Nützliches tun – etwas anderes. In den wenigen Wochen, die wir fort sein werden, wird dich doch niemand brauchen?«

»Nein, eigentlich nicht.« Talia war am letzten Abend sehr beschäftigt gewesen. Dunkle Ringe unter ihren Augen zeigten, daß sie zu wenig geschlafen hatte. »Destria geht es gut. Alles, was sie braucht, kann Vostel ihr geben. Ich habe mit Alberich gesprochen, er ist mit mir zu Kyril gegangen. Sie haben mir versprochen, deinen Onkel im Auge zu behalten. Es tut mir leid, Kris ...«

»Entschuldige dich nicht. Ich bin nur überrascht, daß es dir gelungen ist, Kyril zu überzeugen. Tantris, halt doch still!«

»Das habe ich nicht getan, sondern Alberich.«

»Alberich? Niemand kann *ihn* von etwas überzeugen. Er muß seine eigenen Gründe haben, um dir zuzustimmen.« Schweigend dachte er darüber nach. Tantris tat einen weiteren Schritt.

»Alberich wird auch zu Elspeth ein paar Worte sagen«, sprach Talia weiter, als die Stille zu lange anhielt. Ihre Hände glitten über Rolans Beine, um sicherzugehen, daß die Fesselbänder ordentlich saßen. »Und Keren hat versprochen, mit Dirk zu reden, sobald es ihr gelingt, an den Heilern vorbeizukommen. Skif will das auch tun.«

»Das hat er mir auch gesagt. Armer Dirk, beinahe könnte er mir leid tun. Von den beiden hat er kein Mitgefühl zu erwarten.« Tantris' Glöckchen läuteten, als er sich bewegte.

»Mitgefühl braucht er auch nicht«, stichelte sie und richtete sich auf. »Er hat lange genug im Selbstmitleid gebadet …« Sie verstummte und sagte dann beschämt: »Aber ich auch.«

»Arbeit ist das beste Heilmittel gegen Selbstmitleid«, sagte Kris. »Und … he!«

Mit dem letzten Schritt hatte sich Tantris so weit bewegt, daß Kris und Talia zwischen den beiden Gefährten gefangen waren.

*Küsse sie und versöhnt euch, mein Bruder. Und sei nett zu ihr. Sie hat es schwer.*

Kris seufzte verärgert, doch als er Talias traurigen Blick sah, wurde er weich.

»Es wird schon alles gut, kleiner Vogel, und du hast allen Grund, dir selbst leid zu tun.« Sanft küßte er sie auf die Stirn und die Lippen.

Sie entspannte sich ein wenig und legte einen Augenblick den Kopf an seine Schulter. »Ich weiß nicht, womit ich einen Freund wie dich verdient habe«, seufzte sie und nahm sich dann zusammen. »Aber wir haben einen langen Weg vor uns …«

Tantris war zurückgetreten, so daß sie nicht mehr gefangen waren, und Kris konnte ihn in seinem Geist lachen hören. »Und wir haben nur eine bestimmte Zeitspanne zur Verfügung«, beendete er Talias Satz. »Und nachdem mein Gefährte jetzt wieder willig ist, sollten wir uns in Bewegung setzen.« Er zog ein letztes Mal an Tantris' Zaumzeug und schwang sich in den Sattel. »Bist du bereit?«

»Ja«, erwiderte Talia fest.

Sie nahmen nur mit, was Tantris und Rolan tragen konnten. Sie benötigten keine Vorräte; sie würden in den Herbergen entlang der Straße absteigen, bis sie zur Grenze kamen, und danach Alessandars Gasthäuser benutzen. Sie mußten auch nur wenige persönliche Dinge mitnehmen. Die Königin und ihr Gefolge würden mit Gepäckwagen reisen und alles mitbringen, was für einen längeren Besuch gebraucht wurde. Selenay und Alessandar waren langjährige Verbündete. Ihre Väter waren eine seltene Ausnahme unter Herrschern gewesen, nämlich persönliche Freunde. Obwohl es nicht sehr wahrscheinlich war, daß Elspeth einer Heirat mit Alessandars Erben zustimmte, so mußte man die Möglichkeit doch in Betracht ziehen. Alessandar war durch Selenays erste Antwort auf sein Angebot nicht entmutigt worden: statt dessen hatte er diesen Besuch vorgeschlagen, damit sie und Elspeth Ancar selbst in Augenschein nehmen konnten. Er hatte überzeugend argumentiert, daß es Jahre dauerte, bis solche Heiraten arrangiert waren. Selbst wenn sie jetzt zu einer Einigung gelangten, würde Elspeth zum eigentlichen Zeitpunkt ihre Assistenzzeit schon hinter sich gebracht haben.

Selenay hatte den jungen Mann nicht mehr gesehen, seit er ein Kind gewesen war, am Tag seiner Namensgebung bei ihrem letzten Staatsbesuch, daher stimmte sie zu. Es war der beste Zeitpunkt für einen Besuch. Nachdem im Collegium die Sommerferien begannen, *konnte* sie Elspeth mitnehmen. Sie war immer noch entschlossen, Elspeth nicht zu dieser Heirat zu zwingen, es sei denn, die Sicherheit des gesamten Königreiches hing davon ab. Sie war genauso entschlossen, daß jeder junge Mann, den Elspeth wählen mochte – sei er nun von königlichem oder gewöhnlichem Blut –, von seinem Charakter her zu den Prinzipien passen mußte, nach denen das Königreich regiert wurde. Wenn möglich, dann sollte er aus dem Stoff sein, aus dem Herolde bestanden. Im besten Fall würde er bereits erwählt sein oder erwählt werden, wenn man die Aufmerksamkeit der Gefährten auf ihn lenkte. Das würde Selenays größte Hoffnungen erfüllen. Denn wenn der Gemahl der Erbin ein Herold war, konnte er mit ihr gemeinsam regieren.

Kris und Talia sollten nicht nur den Besuch ihrer Herrscherin vorbereiten. Ihre erste Pflicht war es, den möglichen Bräutigam zu studieren und herauszufinden, wie sein eigenes Volk über ihn dachte, und Selenay dann ihre Meinung über seinen Charakter mitzuteilen. Es war keine leichte Aufgabe.

Als sie in der Dunkelheit vor Einbruch der Dämmerung fortritten, beschäftigte sich Talia mit diesen Überlegungen. Diese Mission war wichtig, und deshalb hatte sie den Auftrag angenommen. Aber sie glaubte immer noch, vor unerledigten Dingen davonzulaufen.

Stundenlang hatte sie an dem Brief an Elspeth gefeilt und Dutzende Seiten zerrissen. Er war immer noch nicht gut. Sie wünschte, sie hätte bessere Worte gefunden, um zu erklären, warum sie so reagiert hatte. Nichts, was sie zu sagen vermochte, konnte einige der verletzenden Worte, die gefallen waren, ungesprochen machen. Der Zwischenfall war ein Beweis, daß sie und Elspeth während Talias Assistenzzeit den Kontakt zueinander verloren hatten, und der Riß zwischen ihnen mußte so schnell wie möglich gekittet werden. Sie machte sich Vorwürfe, daß sie das nicht gleich bei ihrer Ankunft erkannt hatte.

Und dann war da noch Dirk ...

Sie konnte es nicht ändern, sie hielt sich für einen Feigling. Jemand, der mehr Mut hatte, wäre trotz allem geblieben. Aber was hätte sie schon tun können, außer sich Sorgen zu machen? Kris hatte recht; Elspeth würde sich weigern, mit ihr zu sprechen, und Dirk war von den Heilern in Beschlag genommen worden.

Es schien passend zu sein, daß sie im Dunkel davonritten und daß der Himmel so bewölkt und düster war, daß es gar keine richtige Morgendämmerung gab, nur einen langsamen Übergang zu grauem, bleiernem Tageslicht.

Kris war auch nicht allzu glücklich über sich selbst. *Ich habe an meinen Freunden nicht sehr gut gehandelt, oder?* sandte er an Tantris' rückwärtsgewandte Ohren.

*Nein, kleiner Bruder, das hast du nicht,* stimmte der Gefährte zu.

Kris seufzte und setzte sich im Sattel zurecht. Jetzt, im Rückblick, sah er ein, daß es Dinge gegeben hatte, die er hätte tun *sollen*. Er hätte Dirk sofort sagen müssen, welche Gefühle Talia für Dirk und ihn selbst empfand. Als Dirk begonnen hatte, sich seltsam zu benehmen, hätte er mit ihm reden müssen. Er hätte niemals zulassen dürfen, daß Dirk zur Flasche griff.

*Herr und Herrin, ich würde sogar um Gold wetten, daß er glaubt, Talia ist in mich verliebt. Götter, Götter, ich habe sein Herz und seine Seele in kleine Fetzen gerissen und es nicht einmal bemerkt. Kein Wunder, daß er Streit mit mir gesucht hat, kein Wunder, daß er sich betrunken hat. Ach, Dirk, mein armer Bruder, es ist wieder geschehen. Wie soll ich das jemals wieder gutmachen?*

Und dann war da noch Talia. Er hätte ihr glauben sollen, daß sie sich nicht an einen sinnlosen Zorn klammerte. Er hätte es wissen müssen, wegen all der Zeit, die er mit ihr verbracht hatte, daß es nicht ihre Art war zu zürnen, auch wenn sie eine Kränkung nicht leicht vergab. Er hätte ihr glauben sollen, daß ihre Gefühle, was seinen Onkel betraf, auf Tatsachen beruhten, nicht auf Abneigung. Offensichtlich hatte Alberich ihr geglaubt, und der Waffenmeister war nicht dafür bekannt, vorschnell zu urteilen.

*Mit ›vielleicht‹ kannst du nichts mehr ändern,* sagte Tantris zu seinem Geist. *Kleiner Bruder,* warum *hast du all diese Dinge nicht getan?*

Gute Frage. Kris dachte eine Weile darüber nach, während die Straße unter Tantris' Hufen dahinflog. Um diese Uhrzeit waren noch nicht viele Menschen unterwegs. Er hatte die Straße für sich, und kaum etwas konnte ihn ablenken.

Eines nach dem anderen. Warum hatte er nichts für Dirk getan?

Er kam zu der ernüchternden Erkenntnis, daß er nichts getan hatte, weil er das Problem nicht erkannt hatte – bis Dirk sich jeden Abend in den Schlaf trank. Und er hatte es nicht erkannt, weil er so sehr mit sich zufrieden war wegen des erfolgreich erledigten Auftrages, so sehr damit beschäftigt, sich selbst zu beglückwünschen, daß er nichts anderes beachtet hatte. Er hatte sich benommen wie ein Kind in den Ferien; selbstsüchtig mit seinem eigenen Vergnügen beschäftigt, weil seine Pflichten erledigt waren. Der Unterricht im ›Fernsehen‹ fiel ihm so leicht, daß er eigentlich keine Pflicht war, und den Rest seiner Zeit hatte er sich in Vergnügungen gestürzt.

*Sehr gut!* sagte Tantris trocken. *Aber jetzt schlag dir nicht zu sehr an die Brust. Ich habe das gleiche getan. Wir waren lange draußen, und Ahrodie und ich haben einander vermißt.*

*Genießer!* sandte Kris, erleichtert, daß sein Gefährte so verständnisvoll war.

*Na und? Wir stehen uns so nahe wie du und Dirk, auf eine etwas andere Art. Mehr wie du und Talia.*

Ja, Talia – es war leicht herauszufinden, warum er ihre Not so spät erkannt hatte. Orthallen war ein Politiker, ein Intrigant und machthungrig. Kris war oft gezwungen gewesen, seinen Onkel vor anderen Herolden zu verteidigen, aber niemals hatte ihn jemand beschuldigt, böswillig und absichtlich zu handeln. *Kris* wußte, daß Orthallen nie etwas aus nur einem Grund tat; ja, möglicherweise erhielt er durch seine Taten etwas mehr Macht oder Einfluß, oder er brachte jemanden in seine Schuld. Aber da war auch *immer* ein Vorteil für das Königreich gewesen. Doch Herolde ... es stört sie, wenn jemand seine Autorität zu seinem persönlichen Vorteil einsetzte, wahrscheinlich, weil es *ihnen* verboten war, sowohl durch ihre Einstellung als auch durch ihre Ausbildung. Die meisten Herolde waren nicht hochgeboren und wuchsen nicht mit den Intrigen und der Politik auf, die ein Teil des Lebens am Hof waren. Dinge, die Kris einfach akzeptierte, widerten Talia an. Aber Herolde waren sehr geschützte Geschöpfe – außer jenen, die am Hof lebten und arbeiteten oder von Adel waren. Die Politik am Hof war eine Sache, von der die meisten Herolde gnädigerweise verschont blieben, denn sie hatten nur mit den höchsten Kreisen am Hof zu tun: der Königin, ihrer unmittelbaren Umgebung und den ranghöchsten Herolden. Diese gaben sich mit den kleinlichen Machenschaften nicht ab. Aber in Orthallens Kreisen, beim niederem und höherem Adel, da war der Wettbewerb am stärksten. Und es war sehr gut möglich, daß Orthallen im Aufstieg der neuen Heroldin der Königin nur deren politische Bedeutung gesehen hatte. Mehr als nur möglich. Sogar sehr wahrscheinlich.

Das bedeutete, er hatte Talia als politische Rivalin betrachtet, die er kleinhalten mußte. Er hatte *nur* die politische Rivalin gesehen. Ihre Pflicht und Verantwortung als *Herold* begriff Orthallen wahrscheinlich nicht einmal und hielt sie ganz sicher für unbedeutend. Der alte Talamir war keine Bedrohung für Orthallen gewesen, aber diese kluge, *junge* Frau war es sehr wohl.

All das ließ nur den Schluß zu, daß Talia mit ihrer Beurteilung von Orthallens Motiven genau ins Schwarze getroffen hatte.

Ja, Kris hatte schon früher die Meinung der anderen Herolde über seinen Onkel ertragen müssen. Aber Talias Anschuldigungen waren anders gewesen – und er war von dem Gedanken, ein Angehöriger seiner Familie könnte ein Unrecht begehen, so entsetzt gewesen wie Talia. Er hatte dies beinahe als Angriff auf sich selbst gewertet und ohne langes Nachdenken reagiert.

*Ich wünschte, du hättest mir früher deine Meinung gesagt!* sandte Kris mit leisem Vorwurf an Tantris.

*So geht es aber nicht, kleiner Bruder!* erwiderte Tantris. *Und das weißt du ganz genau. Wir erteilen nur dann einen Rat, wenn wir gefragt werden. Es ist nicht unsere Aufgabe, in euer Leben einzugreifen. Was glaubst du, wie sich die arme Ahrodie gefühlt hat, als ihr Erwählter alles vermasselt hat und nicht mit ihr darüber reden wollte, hm? Und Rolan kann mit seiner Erwählten nicht einmal ordentlich sprechen. Aber jetzt, wo du mich endlich fragst ...*

*So teile mir dein unsterbliches Wissen mit.*

*Na, na, kein Grund, so sarkastisch zu werden. Es ist so: ich mag Orthallen auch nicht, aber er hat bisher nie einen Beweis für böse Absichten geliefert. Alles, worauf ich mich verlassen konnte, war mein Instinkt.*

*Der wesentlich besser als der eines Menschen ist,* erinnerte Kris ihn.

*Also gib dir nicht die Schuld, daß du nichts bemerkt hast,* fuhr Tantris fort. *Aber wenn jemand wie Talia auf einer Sache besteht, dann ist es wahrscheinlich eine gute Idee, die eigenen Gefühle beiseite zu schieben und darüber nachzudenken. Jetzt, da sie ihre Gabe vollkommen beherrscht, ist ihr Instinkt so treffsicher wie der meine.*

*Ja, Graubart!* dachte Kris. Seine gute Laune war wieder zurückgekehrt, weil Tantris ihm nicht die Schuld an dem Durcheinander gab.

*Ich bin also ein Graubart, ja?* Tantris schnaubte und schüttelte seine Mähne. *Das werden wir gleich sehen.* Und er stieg hoch, bockte und sprang, daß Kris' Knochen durchgerüttelt wurden, bevor Tantris wieder zu seiner gleichmäßigen Gangart zurückkehrte.

Rolan konnte zwar nicht so mit Talia ›geistsprechen‹, wie Tantris dies mit Kris konnte, aber seine Gefühle sprachen eine eindeutige Sprache. Talia verstand ganz genau, daß ihr Gefährte dachte, sie gäbe sich viel mehr dem Selbstmitleid hin, als dieser Anlaß überhaupt wert war. Seltsamerweise tat sie sich wegen seiner Mißbilligung nur noch mehr leid.

Schließlich gab er es auf und überließ sie ihrem Elend, bis sie selbst davon genug haben würde.

Das Wetter, ungewöhnlich für den Sommerbeginn, paßte zu ihrer Stimmung. Ein Tag, gut geeignet für Depressionen. Der bleierne Himmel drohte mit Regen, schien sich aber nicht entscheiden zu können. Die wenigen Menschen, die sie auf der Straße trafen, waren schweigsam und grüßten nur kurz. Der drohende Regen ließ die Leute in den Dörfern in ihren Häusern bleiben.

Weil sie mit wenig Gepäck reisten, würden sie die Grenze schnell erreichen, obwohl sie jede Nacht rasten wollten. Kyril hatte gemeint, daß sie wahrscheinlich bis Hardons Hauptstadt alleine reisen würden, denn die Gefährten hatten ein wesentlich schnelleres Tempo, als irgendein Pferd einer Eskorte, die Alessandar schickten mochte, mithalten konnte. Das bedeutete – wenn man die Reisegeschwindigkeit Selenays und ihrer Begleitung einrechnete –, daß sie wahrscheinlich einige Tage zur Verfügung hatten, um den

Prinzen und die Lage zu studieren, bevor einer von ihnen zur Grenze zurückkehren mußte, um die Königin zu treffen.

Das würde wahrscheinlich Kris tun; Talia als Herold der Königin war der bessere Botschafter. Und obwohl sie die Weisheit dieser Überlegungen anerkannte, so rebellierten doch ihre Gefühle, weil sie es sein wollte, die Selenay, Elspeth und – vielleicht – Dirk empfing, wenn es ihm gut ging.

Nichts lief so, wie sie es sich erhofft hätte. Noch dazu hatte sie dieser Reise wegen böse Vorahnungen, von dem Augenblick an, da Selenay darüber gesprochen hatte. Es gab keinen Grund dafür, aber sie konnte sie nicht verdrängen. Es war, als würde sie vom Regen in die Traufe reiten und es gäbe keine Möglichkeit, die Geschehnisse aufzuhalten.

Talia blieb in sich gekehrt und war entschlossen, den Gefühlsaufruhr alleine in den Griff zu bekommen. An Kris' Schulter zu weinen, würde zu nichts führen. Rolan war eine Quelle des Trostes; aber es handelte sich um Talias eigene Gefühle und ihre eigene Beherrschung. Als Herold, sagte sie sich wohl zum tausendsten Mal, sollte sie selbstgenügsam sein und mit jeder Situation fertigwerden, egal, wie schwierig sie sein mochte. Bei der Freistatt! Sie würde sich beherrschen – es gab keine Entschuldigung für ihre Schwäche. Sie hatte gelernt, ihre Gabe zu beherrschen, also würde sie auch lernen, ihre Gefühle zu zügeln.

Sie reisten in schnellem Tempo, so daß sie nur wenig Gelegenheit zur Unterhaltung hatten, aber Kris hatte Talias Bedrücktheit sehr wohl bemerkt. Als sie die Gefährten sattelten, hatte Talia ihm alles über ihren Streit mit Elspeth erzählt. Es stimmte ihn traurig, ihren Schmerz zu sehen und nichts dagegen tun zu können. Noch vor kurzer Zeit wäre er einer solchen Lage ausgewichen. Aber nach den Erkenntnissen, die er am heutigen Morgen gewonnen hatte, bedauerte er tief, daß er keine Möglichkeit hatte, zu helfen.

Als Talia die Kontrolle über ihre Gabe verlor, hatte Kris

helfen können. Er war Lehrer; er wußte über die Grundschritte bei der Ausbildung jeglicher Gabe Bescheid, und er hatte Tantris und Rolan als Hilfe gehabt. Aber jetzt ...

Nun, vielleicht gab es doch eine winzige Möglichkeit, Talia zu helfen. Vielleicht konnte er seinem Onkel verständlich machen, daß Talia *keine* politische Bedrohung war. Ohne diesen Druck würden Talias Probleme mit Elspeth und Dirk wahrscheinlich viel leichter zu lösen sein.

Zu Mittag hielten sie kurz an einem Gasthof, doch wegen des Zeitdrucks aßen sie im Stehen.

»Wie geht es dir bis jetzt?« fragte Kris zwischen zwei Bissen Fleischpastete.

»Ganz gut«, erwiderte sie. Sie hatte ihre Portion bereits verschlungen, so schnell, daß sie nichts davon geschmeckt haben konnte. Jetzt rieb sie Rolan ab – viel energischer, als eigentlich nötig war.

»Ich weiß, daß du nicht oft in diesem Tempo gereist bist. Wenn du Schwierigkeiten hast, laß es mich wissen.«

»Mach' ich«, war ihre ganze Antwort.

Er versuchte es noch einmal. »Ich hoffe, das Wetter wird besser. Zum Reiten ist es nicht schlecht, aber die Ernte leidet.«

»Hm.«

»Wir werden bis zum Einbruch der Dunkelheit reiten müssen, um bis Trevale zu kommen. Aber der Gasthof dort sollte uns dafür entschädigen. Ich war schon mal dort.« Er wartete. Keine Antwort. »Glaubst du, du schaffst es?«

»Ja.«

»Der Wein dort ist gut. Das Bier noch besser.«

»Oh.«

»Die Katzen haben dort zwei Schwänze.«

»Ach.«

Er gab auf.

Sie hielten erst lange nach Einbruch der Nacht, als Kris' Beine langsam taub wurden. Müde und erschöpft stolperten sie in einen Gasthof. Der Wirt sah, daß beide entkräftet waren, und hielt seine anderen Gäste von ihnen fern. Er wies ihnen ein Tisch neben der Feuerstelle zu und versorgte sie mit einer guten Mahlzeit.

Der Gasthof war groß; Händler und Fuhrwerker waren die Kunden. Der Schankraum war fast voll, und es herrschte ein Lärm, daß Kris gar nicht erst versuchte, sich zu unterhalten. Talia war froh; sie wußte, sie war im Augenblick keine gute Gesellschaft, und sie hoffte, Kris würde sie ignorieren, bis sich das änderte. Nach einer Mahlzeit, die sie kaum schmeckte und nur deswegen aß, weil ihr Körper Nahrung brauchte, gingen sie gleich zu Bett. Talia zwang sich in den Schlaf, aber sie konnte nichts gegen ihre Träume tun. Sie waren quälend und der Schlaf nicht erholsam.

Sie brachen noch vor der Morgendämmerung auf, lange bevor die anderen Gäste sich erhoben. Sie frühstückten ein wenig heiße Milch und warmes Brot und schwangen sich wieder in die Sättel.

Talia, die in ihrem Innern keine Antworten gefunden hatte, wandte ihre Aufmerksamkeit wieder ihrer Umwelt zu. Der Himmel klarte auf, und am späten Morgen konnten sie ihre Umhänge aufziehen und hinter sich am Sattel festbinden. Die Vögel begannen zu singen, und Talias Herz wurde leichter. Als es Mittag wurde, hatte sie sich soweit beruhigt, daß sie sich normal mit Kris unterhalten konnte, und das Durcheinander, das sie hinter sich zurückgelassen hatte, schien auf einmal weniger schlimm. Sie hatte immer noch leise Vorahnungen, doch im strahlenden Sonnenlicht hielt Talia sie nur für Überbleibsel ihrer Alpträume.

Diplomatische Missionen waren für Kris nichts Neues mehr, obwohl er bisher nicht der dienstälteste Herold gewesen war. Aber für Talia war es die erste Reise als Botschafterin, und sie mußten über ihren Auftrag sprechen, solange sie es unbeobachtet tun konnten.

Kris war erleichtert, daß sie sich wie gewöhnlich benahm, und wagte einen vorsichtigen Vorstoß. Sie antwortete sofort mit einer Flut von Fragen und glich damit noch mehr der Talia, die Kris kannte. Aber mit tiefem Bedauern sah er die dunklen Ringe unter ihren Augen. Kris war kein Empath, aber er erkannte, daß sie schlecht geschlafen hatte.

Als sie nach einer Woche anstrengenden Reitens die Grenze erreichten, hatten sie ihre Freundschaft erneuert und ihre Mission gründlich durchgesprochen – von der Möglichkeit, daß Ancar vielleicht der perfekte Bräutigam war bis zu jener, daß er ein schlimmerer Fall als Selenays toter Gemahl sein könnte. Sie hatte über Möglichkeiten nachgedacht, sich elegant aus der Affäre zu ziehen, wenn nötig. Kris war überzeugt, daß Talia für alles bereit war, was das Schicksal ihr zugedacht hatte.

Am späten Nachmittag des vierten Tages ihrer Reise ritten sie um eine Kurve, und Talia sah zum ersten Mal die Grenze. Sie wurde hier, wo zwei zivilisierte und verbündete Länder aneinanderstießen, nur von kleinen Außenposten beider Seiten bewacht.

Auf Valdemars Seite stand ein kleines Gebäude, ein paar Schritt von der Straße und dem einfachen Balken entfernt, der die Grenze markierte. Es diente als Wohnhaus und Amtsraum für die vier Wachen, die hier paarweise Dienst versahen. Die zwei diensthabenden Posten überprüften gerade die Dokumente eines einreisenden Händlers, als sie die Hufschläge vernahmen. Sie schauten auf und lächelten die beiden Herolde an. Der größere der beiden Posten trat vom Wagen des Händlers weg und hob mit einer übertriebenen Verbeugung den Grenzbalken für die beiden Herolde.

Ein paar Meter weiter befand sich ein richtiges Tor, das Alessandars Seite der Grenze markierte. Es wurde von einem weiteren Paar Männer bewacht, welche die schwarzgoldene Uniform von Alessandars Armee trugen. Bei ihnen befand sich ein junger Mann in einer aufwendigen Uniform, ein Hauptmann der Armee.

Der Hauptmann war jung, freundlich und gutaussehend.

Er ließ die Herolde nach einem nur flüchtigen Blick auf ihre Begleitbriefe ein.

»Ich habe auf euch gewartet«, sagte er, »aber so schnell habe ich nicht mit euch gerechnet. Ihr müßt wie die Teufel geritten sein.«

»Es geht«, erwiderte Kris. »Wir sind ein bißchen früher aufgebrochen als geplant. Wir waren im letzten Jahr viel im Land unterwegs. Herolde sind nun mal daran gewöhnt, in kürzester Zeit reisefertig zu sein.«

»Im Gegensatz zu Leuten mit weichen Betten am Hof, was?« grinste der Hauptmann. »Bei uns ist es das gleiche. Die Leute, die am Hof Dienst tun, könnten nicht einmal ein halbtägiges Manöver ohne Gepäckwagen und genügend Vorräte für eine ganze Stadt halten. Nun, ich habe ein paar grundsätzliche Anweisungen, euch betreffend ...«

»Habt Ihr das?« fragte Talia und hob überrascht eine Braue.

»Ach, nichts besonderes – nur, daß ich auf eure Ankunft warten und dann die Hauptstadt informieren soll.«

Talia erinnerte sich, was Selenay gesagt hatte: daß Alessandar gerüchtehalber ein neues System der Nachrichtenübermittlung besaß. Sie erinnerte sich auch daran, daß Selenay sie gebeten hatte, soviel wie möglich darüber herauszufinden.

Offensichtlich hatte Kris die gleichen Befehle erhalten.

»Und *wie* wollt Ihr in einer entsprechenden Zeitspanne weitere Instruktionen einholen?« fragte Kris. »Ich weiß, daß der nächste hohe Beamte einige Tagesritte entfernt wohnt, und Ihr habt keine Herolde, um Botschaften so schnell zu befördern.«

Der junge Hauptmann lächelte stolz. »Es ist kein Geheimnis«, erwiderte er mit offenem Blick. »Ich wäre geehrt, wenn ich es euch zeigen dürfte, falls ihr nicht zu ermüdet seid.«

»Sicher nicht, wenn Ihr uns etwas zeigen wollt, das an Magie grenzt!«

Der Hauptmann lachte. »Soviel ich weiß, seid ihr diejenigen, die etwas von Magie verstehen. Na ja, die Magie des einen ist des anderen Gewohnheit, wie man so sagt. Folgt mir!«

Aus Höflichkeit – weil der Offizier zu Fuß war –, stiegen Kris und Talia ab und gingen mit ihm den Schotterpfad zu seinem Außenposten hinunter, einem viel größeren Gebäude als auf der valdemarischen Seite, das auf drei Seiten von Bäumen umstanden war.

»Ist es von Interesse für euch, daß ich meine Befehle innerhalb von Stunden erhalten werde, falls jemand, der einen hohen Rang innehat, sie noch vor Sonnenuntergang erteilen kann?«

»Das ist ja erstaunlich! Das können wir nicht!« erwiderte Talia. »Aber was hat der Sonnenuntergang damit zu tun?«

»Seht ihr den Turm am Außenposten?« Er strich sich das dunkle Haar aus der Stirn und wies auf ein schlankes Gebäude aus grauem Holz. Der Turm erhob sich einige Fuß über die Baumwipfel und war an einer Seite mit dem Hauptgebäude der Station verbunden. Sein Anblick hatte sie beide verwundert, weil der Turm außer als Ausguck keinen erkennbaren Nutzen zu haben schien.

»Ich muß zugeben, wir haben uns darüber gewundert«, sagte Kris zu dem Offizier. »Sind denn Waldbrände hier so gefährlich? Das hätte ich nicht gedacht. Es ist doch so viel Land bebaut.«

»Oh, das ist kein Feuerwachturm!« Der junge Hauptmann lachte. »Kommt mit mir auf die Spitze, und ich werde euch etwas zeigen, das euch die Sprache verschlägt!«

Sie folgten ihm über eine Reihe von Leitern, die zu der breiten Plattform auf der Spitze des Turmes führten. Doch oben angelangt, sahen sie nichts Außergewöhnliches, nur zwei Männer in den schwarzen Tuniken von Alessandars Armee und einen riesigen, konkaven Spiegel, der so breit wie Talia groß war. Obwohl nicht ganz fehlerlos – seine Oberfläche war etwas verzogen, war dieser Spiegel dennoch ein beeindruckendes Beispiel der Handwerkskunst Hardorns. Talia wunderte sich über die Geschicklichkeit, die es brauchte, um so ein großes Stück Glas herzustellen und es dann auch noch mit Silber zu unterlegen.

Der Spiegel stand auf einem drehbaren Podest. Sie schauten zu, als einer der Männer ihn so drehte, daß er einen Strahl der untergehenden Sonne auf die südwestliche Ecke der Plattform reflektierte. Dann nahm ein zweiter Mann einen kleinen Spiegel, ungefähr drei Handspannen breit, und stellte sich in den Strahl aus reflektiertem Licht.

Talia begriff, wie das System funktionierte. Es war eine sinnreiche Veränderung der alten Methode, über größere Entfernungen Signale zu geben, indem man das Sonnenlicht auf einem spiegelndem Gegenstand nutzte. Dieses System bot den Vorteil, daß man nicht auf den Sonnenstand achten mußte, wenn man eine Botschaft senden wollte.

Der Hauptmann grinste breit, als er erkannte, daß Kris und Talia verstanden hatten. »Das war die Idee eines Gelehrten aus der Umgebung Ancars. Wir haben letztes Jahr damit begonnen, an allen Außenposten Türme zu errichten. Als wir erkannten, wie nützlich sie sind, haben wir den Bau beschleunigt und die Türme so schnell aufgestellt, wie wir die Spiegel bekommen konnten. Wir haben jetzt im ganzen Königreich Nachrichtentürme«, fuhr er voll fröhlichem Stolz fort. »Wir können eine Botschaft in ein paar Stunden von einem Ende des Königreichs zum anderen senden. Soweit ich weiß, könnt ihr Herolde das nicht.«

»Das stimmt, aber jeder, der den Code kennt, kann den Inhalt jeder Botschaft entziffern!« meinte Kris. »Das macht es ein bißchen schwierig, irgend etwas geheimzuhalten, oder?«

Der Hauptmann lachte. »Deswegen brauchen die Kuriere niemals Angst um ihre Anstellungen zu haben, oder? Solan«, wandte er sich an den Mann, der den kleineren Spiegel hielt, »berichte, daß die beiden Gesandten von Königin Selenay von Valdemar angekommen sind und auf Instruktionen warten, wie sie weiterreisen sollen.«

»Sir!« Der Signalmann salutierte zackig und führte den Befehl aus. Weit entfernt konnten die Herolde etwas erkennen, das wie die Spitze eines anderen Turmes über den Wipfeln der Bäume aussah. Kurz nachdem der Mann die Botschaft gesendet hatte, blinkte es von diesem Punkt zurück.

»Er wiederholt die gesamte Botschaft«, erklärte der Hauptmann »Wir tun es deshalb, weil es am Anfang einige ernste Mißverständnisse gegeben hat. Falls der Mann auf dem anderen Turm jetzt irgend etwas mißverstanden hat, können wir berichtigen, bevor die Botschaft weitergegeben wird.«

»Botschaft richtig empfangen, Sir«, meldete der Signalmann.

»Sende die Bestätigung«, befahl der Hauptmann und fuhr dann mit seinen Erklärungen fort. »Je näher man einer größeren Stadt kommt, vor allem der Hauptstadt, desto mehr Männer tun auf einem Turm Dienst. Auf diese Weise können mehrere gleichzeitig eintreffende Botschaften weitergegeben werden. Wenn der Sender keine Bestätigung erhält, geht er einfach davon aus, daß andere Nachrichten Vorrang haben. Nach einer Wortpause sendet er dann noch einmal.«

»Das ist wirklich einleuchtend«, sagte Talia, und sie und der Hauptmann lächelten sich ihres Scherzes wegen an. »Aber was tut ihr an bewölkten Tagen und in der Nacht?«

Er lachte. »Bei schlechtem Wetter haben wir immer noch das alte, verläßliche Kuriersystem. Wir behalten es auch deshalb bei, weil die Kurierstationen Teil des Turmsystems sind. Das heißt, sobald die Wolken sich auflösen oder die Sonne aufgeht, kann die Botschaft per Signal weitergeleitet werden. Selbst unter den schlechtesten Wetterbedingungen waren die Türme immer noch schneller als die Kuriere. In der Nacht können wir natürlich mit Laternen signalisieren. Aber in eurem Fall wird das niemand tun, weil niemand Gesandte mit Anweisungen stören will, wenn sie sich wahrscheinlich schon zurückgezogen haben. Immer unter der Voraussetzung, man findet jemand Hochrangigen, der überhaupt geneigt ist, nach Sonnenuntergang noch Befehle auszugeben!«

Sie stiegen die Leitern hinunter. Da sie beide nicht ermüdet schienen, führte der Offizier sie noch auf dem Gelände des Außenpostens herum, bis die Dunkelheit hereinbrach. Talia war beeindruckt, nicht nur von den Signaltürmen. Dies war mehr als nur eine einfache Grenzstation; eine ganze Kompanie der Armee versah hier ständig Dienst. Wenn die Männer (in Alessandars Armee gab es keine Frauen) nicht gerade die Straßen patrouillierten, nach Banditen Ausschau hielten oder auf den Wachtürmen eingesetzt wurden, übten sie in den Dörfern Polizeifunktionen aus.

Das war ein interessanter Unterschied zum System Valdemars, wo Selenays Soldaten an zentralen Plätzen stationiert waren und von Fall zu Fall in ihre Gebiete verlegt wurden. Doch Alessandar hatte auch ein wesentlich größeres stehendes Heer.

Zusätzlich zur Kompanie taten hier noch vier Heilerinnen Dienst. Es gab drei Gebäude ohne den Turm: die Kaserne, die Grenzstation, in der die Heilerinnen wohnten und in der Zoll und Steuern von einreisenden Händlern eingehoben wurden, und eine Art Allzweckgebäude, in dem die Küche und die Vorratsräume untergebracht waren.

»Nun«, sagte der Hauptmann enttäuscht, nachdem die Führung beendet war und niemand vom Turm eine Nachricht gebracht hatte, »es sieht so aus, als ob die Leute am anderen Ende niemanden finden konnten, der berechtigt ist, Befehle auszugeben, bevor es zu dunkel wurde. Das bedeutet, ihr müßtet die Nacht hier verbringen, es sei denn, ihr wollt lieber zurück über die Grenze.«

»Wir würden gern hier bleiben, vorausgesetzt, wir stören euch nicht allzu sehr«, antwortete Kris.

Zweifelnd sah der Hauptmann von Kris zu Talia und wieder zurück und hüstelte höflich.

»Ich habe keine Privatquartiere für euch«, sagte er verlegen. »Ich könnte euch natürlich in der Kaserne unterbringen und der jungen Dame ein Bett bei den Heilern anbieten, weil die Heilerinnen ja allesamt Frauen sind, aber wenn ihr lieber nicht getrennt werden wolltet ...«

»Hauptmann, Herold Talia und ich sind Kameraden,

sonst nichts.« Kris blieb ernst, doch Talia spürte seine Belustigung ob der Verlegenheit des Hauptmanns.

»Euer Vorschlag ist vollkommen in Ordnung«, sagte Talia schnell. »Wir sind beide an eine solche Unterbringung gewöhnt. Euer Quartier ist gegen manche der Wegstationen, in denen ich meine Nächte zugebracht habe, bestimmt sehr luxuriös.«

Talia hatte mit Absicht ›ich‹ statt ›wir‹ gesagt, als sie die Wegstationen erwähnte. Kris blinzelte ihr freundlich zu, weil sie soviel Takt bewiesen hatte.

»Wenn das so ist, begleite ich euch in die Offiziersmesse, wo ihr ein Abendessen zu euch nehmen könnt«, sagte der Hauptmann, offensichtlich erleichtert, daß sie keinerlei Ansprüche stellten.

Talia fragte sich angesichts seiner Haltung, ob andere Gäste der Grenzstation anspruchsvoller gewesen waren oder ob der Mann nur übertriebene Geschichten über die Herolde gehört hatte.

Die Offiziere waren sehr freundliche Menschen, auch wenn sie sich in der Gegenwart Außenstehender ein wenig zurückhielten. Natürlich waren sie neugierig wegen der Herolde, und einige ihrer Fragen waren so naiv wie die von Kindern. Wenn Alessandars Volk so war wie diese Offiziere, dann – da war Talia sicher – war er ein ebensoguter Herrscher wie Selenay.

Kris bekam ein richtiges Bett, Talia nur ein Feldbett bei den Heilerinnen. Aber es machte ihr nichts aus. Die Alpträume hatten ihr so wenig Schlaf gegönnt, daß sie sich an diesem Abend auch auf einer Steinplatte zur Ruhe gelegt hätte.

In dieser Nacht waren die Alpträume nicht mehr so schlimm. Das konnte an der beruhigenden Gegenwart der Heilerinnen liegen. Schließlich war Talia Empathin, Kris aber nicht. Oder sie war einfach so erschöpft, daß sie sich nicht mehr von Alpträumen stören ließ. Wie auch immer – in dieser Nacht schlief sie zum erstenmal seit ihrer Abreise tief und fest, und am Morgen hatte sie nur noch ganz schwache Erinnerungen an ihre Träume.

# Sieben

Wäre Kris taub gewesen, hätte er den Lärm der Soldaten beim Wachwechsel *vielleicht* überhören können. Weil dem aber nicht so war, machte er aus der Not eine Tugend und stand auf. Talia wartete mit verschlafenem Gesicht im Speisesaal auf ihn. Sie hatte den Koch schon um Frühstück für sie beide gebeten. Ihr Gastgeber kam, als sie ihre Mahlzeit gerade beendeten.

»Guten Morgen! Ich habe meine Anweisungen erhalten. Ich soll euch Karten aushändigen, und ihr sollt nicht auf eine Eskorte warten, sondern in die Hauptstadt weiterreisen. Bevor ihr eure Reise abends unterbrecht, sollt ihr euch bei den Nachrichtentürmen melden.«

»Hört sich ja ganz einfach an«, erwiderte Kris. »Ich möchte wirklich schnell vorankommen. Ich weiß eure Gastfreundschaft zwar zu schätzen, aber ich möchte sie nicht zu sehr beanspruchen. Es ist gut, daß wir nicht auf Begleitung warten müssen.«

»Ich gebe zu, ich bin auch froh, keine Eskorte stellen zu müssen«, sagte der Hauptmann offen. »Ich habe ohnehin zuwenig Männer, und wenn nur die Hälfte von dem stimmt, was ich gehört habe, dann kann keines unserer Pferde mit den euren mithalten.«

»Das ist wahr«, antwortete Kris voller Stolz. »Es gibt kein Pferd, das die Geschwindigkeit und Ausdauer eines Gefährten erreichen kann.«

»Nun gut. Ihr folgt der Straße bis zur Hauptstadt – das ist ganz einfach – und übernachtet in Alessandars Herbergen. Sie befinden sich immer am Hauptplatz einer Siedlung. Sie sehen wie gewöhnliche Gasthäuser aus, und in der Nähe ist immer ein Wachposten. Ihr könnt die Herbergen an ihrem Zeichen erkennen, einer Weizengarbe mit einer Krone. Ihr sprecht doch unsere Sprache?«

»Ganz gut«, erwiderte Kris auf Hardornen.

»Ausgezeichnet. Ich habe auch nicht damit gerechnet,

daß man Gesandte schickt, die unsere Sprache nicht beherrschen. Aber man weiß ja nie. Und ein paar Meilen von der Grenze entfernt spricht niemand mehr Valdemarisch.«

»Das überrascht mich nicht«, warf Talia langsam und deutlich auf Hardornen ein. »Ein paar Meilen hinter *unserer* Grenze spricht außer den Herolden auch niemand Hardornen!«

»Tja, ihr könnt aufbrechen, sobald ihr bereit seid. Hier ist eure Karte«, der Offizier reichte Kris ein gefaltetes Blatt, »und ich wünsche euch alles Gute.«

»Habt vielen Dank«, sagte Kris, und sie standen auf und gingen zur Tür.

»Vergeßt nicht, euch jeden Abend bei den Türmen zu melden!« rief er ihnen nach, als sie zu den Ställen gingen. »In der Hauptstadt möchte man über euren Aufenthalt Bescheid wissen!«

Der erste Tag verging ohne Zwischenfälle. Alessandars Volk schien so zufrieden zu sein wie das Selenays. Die Menschen waren freundlich und sahen ziemlich wohlhabend aus, soweit man das beurteilen konnte.

Um die Mittagszeit fragte Talia: »Müßten wir nicht bald ein Dorf erreichen?«

Kris zog die Karte aus der Gürteltasche und studierte sie. »Wenn ich mich nicht geirrt habe. Laß uns jemanden fragen.«

Nach einer weiteren Windung der Straße gelangten sie zu einer Baumgruppe, die am Rand eines eingezäunten Feldes stand. Unter diesen Bäumen waren Menschen, die man ohne weiteres für valdemarische Bauern hätte halten können. Schweigend aßen sie ihr Mittagmahl aus grobem Brot und Käse, doch als einer von ihnen die Herolde herankommen sah, stand er auf, putzte die Krümel von seinem Leinenhemd und kam ihnen entgegen.

»Kann ich Euch zu Diensten sein, Sir?« fragte er freundlich.

»Ich kenne mich mit dieser Karte nicht so aus«, erwiderte Kris, »und ich frage mich, wie weit es noch nach Southford ist.«

»Ungefähr eine Meile. Der Hügel dort liegt dazwischen, sonst könntet Ihr das Dorf sehen.« Der Mann grinste. »Aber wenn der Hügel nicht da wär', dann müßtet Ihr auch nicht fragen.«

Kris mußte lachen. »Das stimmt«, sagte er. »Danke.«

»Ein netter Mann«, meinte Talia, als Kris zu ihr zurückkam. »Er hätte ein Valdemarer sein können.« Sie musterte die grünen Getreidefelder, und Kris folgte ihrem Blick. »Es scheint ihnen auch wohl zu ergehen. Bis jetzt bekommt Alessandar gute Noten von mir.«

»Ach«, antwortete Kris. »Aber Alessandar ist nicht der mögliche Bräutigam.«

»Das stimmt.« Talia wandte ihm ihr ernstes Gesicht zu. »Ich wünschte, ich würde nicht so viele Geschichten von Söhnen kennen, die schwarze Schafe der Familie waren ...«

Sie sollten nur in den Herbergen übernachten, hatten die Befehle gelautet. Daher suchten sie auf der Karte nach der nächsten Stadt, die über eine Herberge verfügen mochte, als der Sonnenuntergang nicht mehr fern war.

Die Herbergen waren von Alessandar eingeführt worden. Sie sollten jenen dienen, die im Königreich in offiziellem Auftrag unterwegs waren. Sie glichen gutgeführten Gasthäusern, nur daß man nichts bezahlen mußte. Angehörigen des Hofes, Gesandten aus fremden Ländern und Priestern war die freie Benutzung gestattet.

Zuerst meldeten sie sich bei einem der Nachrichtentürme in einem Dorf auf ihrem Weg. Der Turm war nicht schwer zu finden, da er jedes andere Gebäude weit überragte.

»Wollt ihr bleiben oder weiterreiten?« fragte der ergraute Veteran, der sie begrüßt hatte.

»Weiterreiten«, antwortete Talia. »Wir wollen nach – Keepers' Crossing. So hieß doch der Ort?« Fragend blickte sie Kris an.

Er sah auf die Karte und nickte.

»Das ist noch weit, aber ihr werdet es besser wissen. Die Geschichten über eure Pferde sind wahr, stimmt's?« Begeistert betrachtete er Tantris und Rolan. »War selbst bei der Kavallerie. Hab' noch nie bessere Tiere gesehen. Ihr seid seit dem Morgen den ganzen Weg von der Grenze gekommen?«

Unter seinen bewundernden Blicken tänzelten Rolan und Tantris ein wenig. »So ist es, Sir«, antwortete Kris lächelnd.

»Sie sehen nicht erschöpft aus – nicht einmal ermüdet, als wären sie nicht lange unterwegs. Herr der Sonne, ich hätt's nicht geglaubt, hätt' ich's nicht selbst gesehen. Wenn ihr so schnell reiten könnt, seid ihr eine Stunde nach Sonnenuntergang in Crossing. Die Herberge liegt am Hauptplatz, auf der rechten Seite.«

»Vielen Dank!« rief Talia, als die Gefährten sich wieder der Straße zuwandten.

»Gute Reise!« Sein bewundernder Blick folgte ihnen, bis sie außer Sichtweite waren.

Die Herberge glich in der Tat einem Gasthaus, und es gab auch einen Wirt. Man hatte ihnen gesagt, daß die Zimmer und die Mahlzeiten einfach, aber gut waren.

Sie stiegen am Eingang ab und zeigten dem geschäftigen Herbergswirt ihre Beglaubigungen. Er studierte sie sorgfältig und betrachtete lange die Siegel von Hardorn und Valdemar. Als er sich überzeugt hatte, daß sie echt waren, rief er einen Stallburschen herbei. Der Junge kam angerannt, sich um die Gefährten zu kümmern, und der Herbergswirt winkte Talia und Kris hinein.

Das Gastzimmer war heiß, rauchig und überfüllt, und es dauerte einige Zeit, bis die Herolde einen Platz an den einfachen, abgenutzten Holztischen fanden. Schließlich quetschte sich Talia neben ein Paar Reisende in priesterlichen Roben, anscheinend Angehörige der rivalisierenden

Sekten von Kindas Sonnenherr und Tembor Erderschütterer. Sie unterhielten sich angeregt über die Mängel der Glaubensrichtungen und nickten Talia nur zu, als sie sich am äußeren Ende der Bank niederließ. Kris saß ihr gegenüber. Sein Nachbar war ein dünner Mann, der wie ein Beamter aussah und tintenbefleckte Finger hatte. Sein einziges Interesse galt dem Inhalt des Steinguttellers, der vor ihm stand.

Ein gehetzt aussehendes Mädchen stellte ähnliche Teller vor die beiden Herolde. Darauf lagen Brot, Fleisch und gekochtes Gemüse. Ein Junge mit einem Tablett voll hölzerner Bierkrüge und den Schlüsseln zu ihren Zimmern folgte dem Mädchen.

Talia und Kris aßen schnell, weil sie sich beim Essen nicht lange aufhalten wollten und die Bank, auf der Talia saß, so überfüllt war, daß sie kaum Platz fand. Immer mehr Leute kamen herein und warteten mit ungeduldigen Gesichtern auf ihre Plätze. Als ihr Hunger gestillt war, nahmen Talia und Kris ihre Krüge und die Schlüssel und gingen auf die andere Seite des von Lampen erhellten Raumes, wo vor einem Feuer ein paar Bänke und Hocker standen.

Talia fühlte die Blicke auf sich ruhen. Sie waren nicht feindselig, nur neugierig. Sie war sicher, daß sie und Kris unter den Gästen die einzigen Fremden waren, denn niemand sprach mit einem hörbaren Akzent. Sie setzte sich schnell, weil ihre weiße Uniform in dem ansonsten düsteren Raum auffällig hervorstach.

»Ihr seid Herolde aus Valdemar?« fragte ein stattlicher Mann in braunen Samtkleidern, als Kris sich auf einer Bank niedergelassen hatte.

»Ihr habt uns richtig erkannt, mein Herr«, antwortete Talia.

»Wir sehen nicht oft Herolde.« Sein fragender Blick sagte, daß er erfahren wollte, was sie hierher geführt hatte.

»Ihr werdet noch mehr von uns sehen, bevor der Sommer zu Ende ist«, erwiderte Talia und hoffte, sie war freundlich genug. »Königin Selenay wird Euren Herrscher besuchen. Wir sollen alles vorbereiten.«

»Ach?« erwiderte er. Sein Interesse war geweckt. »Wirklich? Dann werden die Dinge sich vielleicht zum Besseren wenden.«

»War es denn so schlimm in letzter Zeit?« fragte Talia so beiläufig wie möglich. »Auch in Valdemar gab es Schwierigkeiten und Katastrophen – Überschwemmungen und anderes.«

»O ja – Überschwemmungen«, antwortete er, ein wenig zu hastig; dann wandte er sich dem Mann an seiner anderen Seite zu und beteiligte sich an der Unterhaltung.

»Entschuldigt, meine Dame, aber könntet Ihr mir etwas über die Getreidepreise auf Eurer Seite der Grenze sagen?« Ein hochgewachsener, schlanker Händler setzte sich zwischen Talia und den Mann, mit dem sie zuerst gesprochen hatte. Ihm nicht zu antworten, wäre eine grobe Unhöflichkeit gewesen. Er stellte ihr so viele Fragen, daß sie selbst keine einzige anbringen konnte. Schließlich hatte sie genug und bedeutete Kris, daß sie gehen wollte.

Kris gähnte, sagte, er sei müde, und erhob sich, um auf sein Zimmer zu gehen. Talia folgte ihm. Die Gästezimmer entlang der Außenwände glichen Mönchszellen; sie hatten keine Feuerstellen oder Fenster, nur Schlitze unter der Decke, die für ausreichende Belüftung sorgten. Kris hob fragend eine Augenbraue, als er die Tür seines Zimmers öffnete. Talia nickte und machte eine Handbewegung, die ihm sagen sollte, daß sie etwas in Erfahrung gebracht hatte, ihn aber erst später sprechen wollte.

Selbst in ihrem fensterlosen Zimmer wußte Talia, wann die Sonne aufging. Sie war nicht überrascht, daß Kris schon vor ein paar Minuten beim Frühstück eingetroffen war. Niemand anderer war zu sehen. Talia achtete kaum darauf, was sie aß; es war eine Art Getreidebrei mit Pilzen und Nüssen – ohne Geschmack, wie schon das Abendessen.

»Der Junge sattelt die Gefährten für uns«, sagte Kris zwischen zwei Bissen. »Sobald du fertig bist, brechen wir auf.«

Sie spülte den letzten Bissen des klebrigen Zeugs mit einem Schluck ungesüßten Tee hinunter. »Ich bin soweit.«

»Dann laß uns gehen.«

Sie trabten schnell aus der Stadt und verlangsamten erst draußen ihr Tempo.

»Nun?« fragte Kris, als sie außer Hörweite waren.

»Irgend. etwas stimmt hier nicht«, erwiderte Talia, »aber was, kann ich nicht genau sagen. Ich habe nur ein Gefühl – niemand hier will über ›schlechte Zeiten‹ reden – aber es könnte auch nur ein einzelner Unzufriedener gewesen sein ...«

Sie schüttelte den Kopf, fühlte sich plötzlich unwohl.

»Was ist los?«

»Ich weiß nicht. Ich fühle mich auf einmal so seltsam.«

»Möchtest du kurz anhalten?«

Sie wollte schon nein sagen, als ihr schon wieder schwindlig wurde. »Es wäre wohl besser.«

Die Gefährten gingen von allein an den grasbewachsenen Rand der Straße. Rolan stand fest wie ein Stein, während Wellen von Schwindelgefühl über Talia schwappten. Sie stieg nicht aus dem Sattel. Sie wagte es nicht. Sie hatte Angst, nicht mehr aufsteigen zu können. Sie klammerte sich an den Sattel und hoffte, daß sie nicht herunterfiel.

»Möchtest du zurückreiten?« fragte Kris besorgt. »Brauchst du einen Heiler?«

»Nein, ich ... glaube nicht. Ich weiß nicht ...« Das Schwindelgefühl schien nach einer Weile nachzulassen. »Ich glaube, es hört von selbst auf.«

Schließlich, als das Schwindelgefühl verging, verschwand auch Talias empathisches Gespür für ihre Umgebung – ein Gespür, das sie immer besaß, wie stark sie sich auch abschirmte.

»Göttin!« Sie riß die Augen auf und blickte sich entsetzt um. Kris nahm ängstlich ihren Ellenbogen. »Es ...« Sie senkte ihren Schirm. Nichts änderte sich. Sie konnte nichts fühlen, nicht einmal Kris neben ihr. »Sie ist weg! Meine Gabe ...«

Dann war sie plötzlich wieder da – in doppelter Stärke. Und Talia, ohne Schirm und mit weit offenem Geist, krümmte sich vor Schmerz, als sie den mentalen Lärm Tausender Menschen vernahm. Hastig schirmte sie sich wieder ab …

Und wieder verschwand ihre Gabe.

Sie blieb vornüber gebeugt, den Kopf in den Händen. »Kris, Kris, was geschieht mit mir? Was ist los?«

Er stützte sie, so gut er es aus dem Sattel vermochte. »Ich weiß es nicht«, sagte er angespannt. »Ich … Moment mal! War in dem Brei heute morgen nicht irgendein Pilz?«

»Ich …« Sie versuchte sich zu erinnern. »Ja. Kann sein.«

»Ziegenfuß!« sagte er grimmig. »Das muß es sein. Deswegen trifft es dich und nicht mich.«

»Ziegenfuß? Das …« Langsam richtete sie sich auf und blinzelte die Tränen fort. »Dieser Pilz verwirrt die Gaben, nicht wahr? Ich dachte, er wäre sehr selten.«

»Er verwirrt nur ›Gedankenfühlen‹ und Empathie. Ja, er ist sehr selten, aber nicht hier. Und es war ein nasser Frühling, genau, wie der Ziegenfuß es mag. Die verdammten Narren müssen welchen gekauft haben und ihn ins Essen gegeben haben, ohne die Pilze vorher auszusortieren.«

Talia konnte schon ein bißchen klarer denken. »Das wird alles, was ich in den nächsten Tag ›lesen‹ kann, ziemlich wertlos machen, nicht wahr?«

Er schnitt eine Grimasse. »Versuch's nicht mal, zu ›lesen‹! Dir würde nur schlecht. Diese Idioten hatten Glück, daß kein Heiler bei ihnen übernachtet hat! Wenn du reiten kannst, sollten wir besser zurückkehren …«

»Wenn wir langsam reiten, wird es gehen.«

Tantris hatte sich schon in die Richtung gewandt, aus der sie gekommen waren. »Was ist, wenn sie noch mehr von dem Zeug haben – und heute Nacht einen Heiler als Gast?«

»Große Götter!« Sie ließ Rolan Kris folgen.

Die Stadt lag kaum eine Meile hinter ihnen. Sie waren nicht weit gekommen, als das Gift des Pilzes gewirkt hatte. Talia kämpfte immer wieder gegen die Schwindelanfälle und bemerkte nur am Rande, daß sie angehalten hatten und Kris zornig auf jemanden einsprach. Sie fing eine hastige Entschuldigung auf, die ehrlich gemeint zu sein schien, aber sie konnte sich nicht mehr auf ihre Gabe verlassen. Wellen schrecklicher Angst, Anspannung und Schuld – gefolgt von irrsinniger Freude, starker sexueller Erregung und überwältigendem Hunger durchliefen sie.

Dann endlich, ein weiterer ›stiller‹ Augenblick. Zitternd und erleichtert atmete Talia tief ein.

»Kleiner Vogel?«

Sie öffnete die Augen und sah Kris neben ihrem rechten Steigbügel stehen.

»Möchtest du hierbleiben? Ich kann zum Turm zurückreiten und eine Botschaft senden lassen, daß du erkrankt bist und wessen Schuld es ist.«

»Nein, nein. Fernab von Menschen wird es mir besser gehen. Du kannst dich abschirmen, sie können es nicht. Ich werde schon nicht aus dem Sattel fallen. Rolan wird aufpassen …«

»Wenn du's so willst …«

»Bitte …« Sie schloß die Augen. »Weg von hier!«

Sie hörte, wie er aufstieg und fühlte, wie Rolan sich in Bewegung setzte. Sie hielt die Augen geschlossen; der Schwindel war dann nicht so unerträglich. Und sie hatte recht gehabt. Je weiter sie sich von der Stadt entfernten, um so schneller ließen die schlimmsten Auswirkungen nach. Sie spürte, wie sich ein zweiter Schirm um sie aufbaute – Kris' – und dann ein dritter – Rolans.

Vorsichtig schlug sie die Augen auf. Es war, als versuche sie, unter Wasser zu sehen, aber es war unerträglich. Kris berührte ihren Arm und sie sah, daß er neben ihr ritt.

»Das kann keine Absicht gewesen sein, oder?« fragte sie langsam.

Kris dachte lange darüber nach. »Ich glaube nicht«, sagte er schließlich. »Niemand konnte wissen, in welcher Herberge wir absteigen würden, und sie konnten sich nicht darauf verlassen, Ziegenfuß zu finden. Sie haben geschworen, daß sie nur diese paar Stücke hatten und daß sie unter einem Haufen anderer eßbarer Pilze waren, die ein Junge ihnen an diesem Morgen verkauft hat. Ich ließ sie den Rest des Breis in den Schweinetrog schütten. Nein, ich glaube, es war nur ein dummer Zufall. Geht's wieder?«

»Ja.«

»Gut. Dann laß uns weiterreiten. Ich möchte dich so zeitig wie möglich in ein Bett bringen.«

Doch Talia bezweifelte, daß es ein Zufall gewesen war. Denn wegen der Nachrichtentürme hätte jemand wissen *können*, in welcher Herberge sie übernachten würden, und als Bauernkind wußte Talia, daß man manche Pilze sehr lange aufbewahren konnte, falls sie getrocknet waren ...

Kris beeilte sich, so gut es ging. Er hoffte, Talia lange vor Sonnenuntergang sicher in ein Bett legen zu können. Und er schaffte es. Was noch besser war: Sie waren in dieser Nacht die einzigen Reisenden in jener Herberge. Die Stille und Ruhe taten ihr gut. Kris wußte aus Erfahrung, daß es gegen Ziegenfußvergiftungen unglücklicherweise kein Heilmittel gab – nur die Zeit.

Es war ein Unglück. Er brauchte Talias Fähigkeiten auf dieser Reise dringend. Ohne ihre Gabe konnten sie sich nur mehr auf ihre Klugheit verlassen.

Nach einem langen Schlaf ging es ihr einigermaßen wieder gut, nur daß ihre Gabe jetzt völlig unzuverlässig war. Entweder war sie vollkommen blockiert oder so weit offen, daß Talia nicht sagen konnte, welche Gefühle von wem kamen.

Sie beeilten sich, um so schnell wie möglich die Herbergen zu erreichen und hofften, daß ihre Ausbildung, ihr Verstand und ihre Geschicklichkeit ausreichen würden, ihren Auftrag zu erfüllen.

Als Kris gegen Mittag anhielt, um sich nach Herbergen zu erkundigen, schienen die Menschen eigenartig schweigsam zu sein. Sie antworteten zwar auf Fragen, sagten ansonsten aber kein Wort. Und die Bewohner der Siedlung, die Talia und Kris schließlich erreichten, verhielten sich genauso. Sie gingen eilig ihren Geschäften nach und widmeten den beiden Fremden, die gekommen waren, nur versteckte Neugier.

Die Wache in jenem Turm, an dem sie an diesem Abend Bericht erstatteten, benahm sich kühl und seltsam schroff und gab ihnen den Rat, in Ilderhaven zu bleiben und ihre Pläne nicht zu ändern.

»Die in der Hauptstadt müssen wissen, wo ihr seid. Sie würden es übel nehmen, wenn sie euch nicht finden können, falls sie euch brauchen sollten«, sagte er und es klang, als ob ›übel‹ nicht das richtige Wort für die Reaktion auf eine nicht angekündigte Änderung ihrer Reiseroute wäre.

Kris und Talia tauschten einen kurzen, ernsten Blick, gaben aber keine Antwort.

In der Herberge angelangt, in der sich nur eine Handvoll Reisende aufhielt, suchten sich beide einen Gesprächspartner, aus dem sie vielleicht ein wenig mehr Informationen herausholen konnten.

Talia hatte eine schüchterne Priesterin angesprochen, die einem der Mondorden angehörte. Sie hoffte, auch ohne ihre Gabe etwas Nützliches erfahren zu können. Sie begannen ihre Unterhaltung mit ganz gewöhnlichen Themen: über die Schwierigkeiten, die Frauen bei langen Reisen hatten, über die Tatsache, daß sie von den zuständigen Männern oft herablassend behandelt wurden – so brachten die Herbergswirte immer zuerst den Männern das Essen, egal, ob die Frau vor ihnen eingetroffen war –, und ähnliche Kümmernisse. Ganz langsam kam Talia auf jene Dinge zu sprechen, die ihr heikel erschienen.

»Euer König – ich muß sagen, daß er ein guter Herrscher

zu sein scheint«, sagte Talia beiläufig, als sie auf Alessandar zu sprechen kamen. »Soviel ich sehe, geht es dem Volk ganz gut. Das sollte auch Eurem Tempel Wohlstand bringen.«

»O ja. Alessandar ist uns ein guter Herrscher. Es ging uns nie besser ...« Zögernd verstummte die Priesterin.

»Und er hat einen guten, starken Sohn, der ihm auf dem Thron folgen wird. Jedenfalls hat man mir das gesagt.«

»Ja. Ja, Ancar ist stark ... hat es in Valdemar viele Überschwemmungen gegeben? Bei uns war dieser Frühling ruhig.«

Hatte die Frau bei Ancars Erwähnung geschaudert?

»Überschwemmungen, ja. Herden und Felder wurden vernichtet. Flüsse haben ihren Lauf geändert. Die junge Elspeth hat die Königin gebeten, sie draußen im Land helfen zu lassen – aber das steht natürlich außer Frage, solange sie noch in der Ausbildung ist. Aber ich bezweifle nicht, daß sie die rechte Hand der Königin sein wird, wenn sie erst älter ist. Ganz sicher hat sich auch Ancar für seinen Vater um alles gekümmert?«

»Nein ... nein, eigentlich nicht. Die ... die Aufseher kümmern sich um alles, wißt Ihr. Und ... wir wollen Ancar eigentlich nicht sehen ... es ist nicht recht, wenn jemand von seinem Rang sich unter das gewöhnliche Volk mischt. Er hat seinen eigenen Hof, seit er volljährig wurde, wißt Ihr. Er hat andere ... Interessen.«

»Ach«, sagte Talia nur, und das Gespräch drehte sich wieder um andere Themen.

»Nicht sehr schlüssig«, sagte Talia nachdenklich, »aber es ist ein wenig seltsam.«

Kris nickte. Sie hatten mit ihrer Unterhaltung gewartet, bis sie sich wieder auf der Straße befanden.

»Ich hatte denselben Eindruck«, sagte er.

»Als ob zwar jetzt alles in Ordnung wäre, aber irgend etwas in der Zukunft versetzt die Menschen in Angst.«

»Verdammt sei dieser Ziegenfuß! Wenn wir doch nur eine

Ahnung hätten, wie tief das alles wirklich geht! Ob es mehr als nur die übliche Angst vor einem zu mächtigen König ist ... Götter, wir brauchen deine Gabe!«

Bedauernd sagte Talia: »Wir können uns immer noch nicht darauf verlassen.«

»Nun, dann müssen wir uns eben durchwursteln.« Er seufzte. »Das ist ja der Grund, warum man uns vorausgesandt hat, und wir müssen genauere Informationen bekommen. Auf der Grundlage so unklarer Nachrichten kann Selenay keine Entscheidungen treffen.«

»Ich weiß«, sagte Talia und biß sich auf die Lippen. »Das weiß ich auch.«

An diesem Abend sprach Talia mit einem ältlichen Beamten. Als sie das Gespräch auf den König lenkte, lobte der Mann Alessandar überschwenglich.

»Seht Euch nur diese Herbergen an – eine großartige Sache. Wirklich großartig! Ich kann mich erinnern, als ich noch ein junger Mann war und meine erste Anstellung als Steuereintreiber hatte – Sonnenherr, die Gasthäuser, in denen ich übernachten mußte! Voller Ungeziefer, schmutzig und so teuer, daß man sich gefragt hat, warum sie einem nicht gleich die Kehle durchgeschnitten haben und so an das Geld gekommen sind! Und Alessandar hat die meisten Räuber und Banditen getötet oder vertrieben, er und seine Armee! Karse wagt nicht einmal mehr, an eine Invasion zu denken. O ja, er ist ein großer König – aber er ist alt ...«

»Ganz sicher wird Ancar ...«

»Nun, es kommt, wie's kommen muß. Der Prinz besteht auf Protokoll und Rang. Er scheint nicht so großzügig zu sein wie sein Vater. Und dann gibt es Gerüchte ...«

»Ach?«

»Na ja, Ihr wißt schon, junge Dame. Gerüchte gibt es immer.«

Tatsächlich gab es Gerüchte, und Kris hatte den Verdacht, daß sie belauscht werden sollten. Deshalb gab er Talia ein Zeichen, nicht mehr mit ihm zu reden, bis sie am nächsten Tag ein offenes Stück der Straße erreichten, wo niemand in der Nähe war.

Sie erzählte ihm, was sie gehört und sich gedacht hatte.

»So hat Ancar also seinen eigenen kleinen Hof, ja?« sagte Kris nachdenklich. »Und seine eigenen Gefolgsleute. Ich kann nicht behaupten, daß mir das gefällt. Selbst wenn der Prinz unschuldig und anständig ist, so wird es wahrscheinlich doch Leute geben, die eine solche Situation ausnützen wollen.«

»Nach dem zu urteilen, was ich aus meinem Gesprächspartner herausbekommen habe, ist er weder unschuldig noch anständig«, erwiderte Talia. »Zugegeben, er kann auch von Natur aus kühl und unantastbar sein. Die Göttin weiß, er hat schon genug Kämpfe miterlebt, die ihn hart gemacht haben könnten.«

»Ach? Das ist mir neu. Sprich weiter!«

»Mit vierzehn nahm er an einer Reihe von Feldzügen teil, bei denen die Barbaren an der Nordgrenze des Landes vernichtet wurden. Das dauerte fast zwei Jahre. Mit siebzehn führte er die Armee gegen die letzte Invasionstruppe, die Karse zu schicken wagte – und vernichtete sie vollständig. Mit zwanzig stellte er selbst eine Truppe gegen die Straßenräuber auf, mit dem Ergebnis, daß fast jeder Baum von hier bis zur Hauptstadt in jenem Sommer einen Galgenvogel trug.«

»Das hört sich so an, als ob man ihn als Helden betrachten sollte.«

»Und nicht voller Furcht? Offensichtlich war es sein Benehmen, das sein Volk verängstigt hat. Er versucht gar nicht zu verbergen, daß ihm das Töten Spaß macht, und er ist vollkommen rücksichtslos. Er hat einige ›Straßenräuber‹ gehängt, nur weil der *leiseste* Verdacht bestand, und blieb mit einem Weinkelch in der Hand stehen, um zuzuschauen, wie sie starben.«

»Netter Junge. Scheint gut zu unserer Elspeth zu passen.«

»Sag das nicht einmal im Scherz!« zischte Talia ihn an. »Oder hat man dir nichts von seinem Umgang mit Frauen erzählt? Mir hat man gesagt, daß es nicht gut ist, seine Aufmerksamkeit zu erregen, und daß man ihm möglichst nicht unter die Augen kommen soll.«

»Vielleicht hat man mir sogar mehr erzählt als dir. Wenn ich alles glauben soll, dann wendet er Gewalt an und nimmt die um so lieber, je jünger sie sind – solange sie nur heiratsfähig und hübsch sind. Aber das habe ich nur zwischen den Zeilen gelesen. Niemand sagt ein offenes Wort darüber.«

*Sie haben auch nichts über die Zauberer gesagt, mit denen er sich umgibt*, warf Tantris unerwartet ein.

»Was?« erwiderte Kris überrascht.

*Ich habe in den Ställen die Ohren offengehalten. Die Herbergswirte haben den Stallburschen gedroht, sie Ancars Zauberern zu übergeben, wenn sie nicht schnell und gehorsam arbeiten.*

»Ach, das ist doch Altweibergeschwätz.«

*Nicht dann, wenn man solche Geschichten ›Stallburschen‹ erzählt, die alt genug sind, um eigene Familien zu haben. Und nicht dann, wenn diese Drohungen sie wirklich verängstigen.*

»Herr des Lichts, langsam sieht es böse für uns aus ...« Kris berichtete Talia, was Tantris gesagt hatte.

»Wir müssen jemanden finden, der bereit ist, mit uns zu sprechen«, erwiderte sie. »Wir können es nicht wagen, mit nichts als Gerüchten umzukehren. Selenay braucht Tatsachen – und wenn wir jetzt zurückkehren, provozieren wir wahrscheinlich einen diplomatischen Eklat.«

»Du hast recht«, antwortete Kris. »Und falls wir wirklich beobachtet werden, dann ... vielleicht erreichen wir die Grenze nicht mehr.«

»Glaubst du, das ist möglich? Glaubst du, er wagt das?«

»Ja. Er würde es tun, wenn die Gerüchte stimmen und genug auf dem Spiel steht, da bin ich ziemlich sicher. Und nur wenn wir an Ancar herankommen, können wir wirklich Klarheit gewinnen. Ich befürchte, jetzt hängt mehr als nur Elspeths Verlobung von uns ab.«

Talia erwiderte: »Ich habe geahnt, daß du *das* sagen wirst.«

Einen Tagesritt vor der Hauptstadt fanden sie endlich jemanden, der bereit war, über die ›Gerüchte‹ zu sprechen.

Als sie in die Stadt ritten, sah Talia die Wagen eines Händlers, die ihr bekannt vorkamen. Händlerwagen besaßen allesamt die gleiche Bauweise, aber die grelle Bemalung dieser Wagen war unverkennbar. Und Talia glaubte, sich an die fröhlichen blauen Katzen zu erinnern, die einander jagten.

Augenblicke später sah sie die schütteren schwarzen Haare auf dem Kopf des Eigentümers und konnte fast nicht an ihr Glück glauben. Dieser Händler – er hieß Evan – verdankte Talia sein Leben. Er war des Mordes beschuldigt worden, und sie hatte ihn gegen eine wütende Menschenmenge verteidigt und den wahren Schuldigen entlarvt. Weil sie Evan unter Wahrspruch befragt und seinen Geist berührt hatte, wußte sie, daß sie seinen Worten vertrauen konnte und daß er sie nicht verraten würde.

Sein Wagen stand in einer Reihe mit anderen im Hof des ›Krone und Kerze‹, einem Gasthaus, in dem vorwiegend Händler abstiegen.

Nachdem sie die Herberge erreicht und sich zum Abendessen begeben hatten, stieß Talia mit ihrem Fuß Kris' Zehen an. Sie mochten diese Art der Verständigung eigentlich nicht. Sie war unbeholfen und leicht zu bemerken, es sei denn, sie konnten die Füße verbergen. Aber die Herberge war beinahe leer, und sie hatten einen Tisch an der Rückwand des Raumes für sich allein; also war es in diesem Fall wahrscheinlich sicher.

*Paß auf*, signalisierte sie ihm.

Er nickte und hielt die Augen halb geschlossen, als würde er seinen eigenen Gedanken nachhängen.

»Ich habe heute einen alten Freund entdeckt«, sagte sie und klopfte: *Händler – Wahrspruch* – und wußte, Kris würde sich genau an jenes Ereignis erinnern, bei dem diese beiden Begriffe eine Rolle gespielt hatten.

»Wirklich? Ob er uns wohl ein Glas Wein spendiert?«

*Informationsquelle?* fragte sein klopfender Fuß.

»Oh, das glaube ich schon«, erwiderte sie fröhlich. *Ja.*

»Schön. Ich könnte einen guten Tropfen Wein gebrauchen. Dieses Zeug hier schmeckt mir gar nicht.« *Verläßlich?*

»Dann laß uns sehen, ob er uns einladen möchte.« *Ja. Eine Ehrenschuld.*

»Hm.« Mit einem Stückchen Brot schob er die Reste seines Eintopfs auf dem Teller herum. *Götter – deine Gabe?*

*Wieder da.*

*Dann tu's.*

Sie rief einen der Jungen, die in der Herberge herumlungerten, um sich eine Münze zu verdienen, zu ihrem Tisch und ließ ihn eine vorsichtig formulierte Botschaft zu Evan bringen. Er antwortete durch denselben Boten, bat Talia aber, ihn nicht im Wirtshaus, sondern in seinem Wagen zu treffen.

Er war nicht sehr überrascht, Kris bei ihr zu sehen. Er öffnete den Eingang am hinteren Ende des Wagens und lud die Herolde ein, den winzigen Wohnbereich zu betreten. Die drei quetschten sich in Sessel, die um einen kleinen Tisch standen. Evan schenkte Wein in drei Kelche und wartete.

Vorsichtig senkte Talia ihren Schirm und suchte in der näheren Umgebung des Wagens nach einem menschlichen Wesen, das sie hätte belauschen können. Nichts und niemand war da.

»Evan«, sagte sie leise, »Händler hören viele Dinge. Um es kurz zu machen, ich muß wissen, was Ihr über Ancar gehört habt. Ihr wißt, daß Ihr mir trauen könnt und ich verspreche Euch, daß niemand uns belauschen kann. Ich wüßte es sonst.«

Evan zögerte, aber nur einen Augenblick. »Ich ... habe so etwas erwartet. Würde ich Euch nicht so viel verdanken, Heroldin, dann ... Und Ihr habt recht, ein Händler hört wirklich viel. Ja, es gibt Gerüchte, schlimme Gerüchte über den jungen Ancar. Vor fünf oder sechs Jahren, als er volljährig wurde und seinen eigenen Hof bekam, begann er damit, einige ... unheimliche Gestalten um sich zu versammeln. Er nennt sie Gelehrte. Es ist auch manches Gute dabei herausgekommen, zum Beispiel die Nachrichtentürme, neue Wasserleitungen und anderes. Aber im letzten Jahr haben diese Gelehrten eher den Ruf von Zauberern und Hexern denn den von Wissenden bekommen.«

»Sagt man das nicht auch von den Herolden?« Kris lächelte beunruhigt.

»Aber ich habe nie jemanden sagen hören, daß Eure Zauberei nicht vom Licht stammt, junger Mann!« erwiderte Evan. »Und von Ancars Freunden habe ich nur dunkle Geschichten vernommen. Ich habe Gerüchte gehört, daß sie bei ihren Beschwörungen Blut vergießen.«

»Und? Stimmt das?« fragte Kris.

Evan zuckte die Schultern. »Das kann ich nicht sagen. Um ehrlich zu sein, ich habe dieses Gerücht an manchen Orten auch schon über die Anhänger des Einen gehört, und ihr aus Valdemar wißt, wie falsch *das* ist. Aber eines kann ich sicher sagen. Er hat im letzten Jahr herumzuhuren begonnen. Er nimmt sich jedes arme, junge Mädchen, das ihm gefällt, ob von hoher oder niedriger Geburt, und niemand wagt es, ihn aufzuhalten. Er behandelt die Mädchen so schlimm, daß sie Narben zurückbehalten. Aber das ist noch nicht alles. Zur Zeit sind überall im Land seine Männer anzutreffen – sie nennen sich ›Erkunder‹. Sie behaupten, Augen und Ohren des Herrschers zu sein, sich um alles zu kümmern so wie ihr beide – aber ich bezweifle, daß jemand außer Ancar die Nachrichten dieser Erkunder erhält, und ich bezweifle, daß der König von ihnen weiß.«

»Das gefällt mir nicht«, flüsterte Talia.

»Mir auch nicht. Ich bin schon oft von ihnen befragt worden, seit ich die Grenze überquert habe. Mit gefallen ihre Fragen ganz und gar nicht: Wer bei mir kauft. Wer viel Geld hat. Wer mir was erzählt hat. Wer sein Knie vor welchem Gott beugt – Ihr könnt mir glauben, der alte ›schlaue Evan‹ wurde ganz schnell zu Evan dem Ängstlichen, wenn die Erkunder in der Nähe waren.«

Sein Gesicht nahm den Ausdruck stumpfer Dummheit an. »Ja, mein Herr, nein, mein Herr, mit *mir* reden, mein Herr?« Er zeigte wieder sein gewöhnliches Gesicht. »Ich habe mich sogar von ihnen betrügen lassen, nur um sie zu überzeugen. Und das ist noch nicht alles. Von Leuten, denen ich vertrauen kann, habe ich gehört, daß Ancar seine eigene, private Armee aufgestellt hat, mindestens dreitausend Mann, und alle sind der Abschaum aus den Gefängnissen. Verbrecher, denen man das Leben unter den Bedingungen geschenkt hat, daß sie ihm dienen. Nun, ich bin wahrscheinlich fort, bevor ich herausfinde, was das alles zu bedeuten hat, aber mir tut jeder leid, der noch hier ist, wenn Ancar den Thron besteigt. O ja«, er schüttelte den Kopf, »ich bedaure sie.«

Mit ernsten Gesichtern ritten sie am nächsten Morgen aus der Herberge und blieben in einem kleinen Wäldchen gleich außerhalb der Stadt stehen, wo sie jeden sehen konnten, der die Straße entlangkam, selbst aber gute Deckung hatten.

»Das gefällt mir nicht«, sagte Talia. »Ich bin dafür, umzukehren und zur Grenze zu reiten. Allerdings könnte man das als Beleidigung betrachten.«

Sie wollte am liebsten davonlaufen; sie hatte mehr Angst als je zuvor, außer damals, als sie die Kontrolle über ihre Gabe verloren hatte. Sie hatte das Gefühl, in etwas hineinzugeraten, mit dem sie nicht fertigwerden konnte – aber genau deswegen hatte Selenay sie gesandt: alles aufzudekken, was Valdemar bedrohen konnte. Und Talia hatte leise Vorahnungen, daß die Spur vielleicht zu Orthallen zurückführen mochte.

»Ein Grund mehr, daß wir durchhalten sollten«, erwiderte Kris ernst. »Wir haben diese Gerüchte gehört; wir müssen genau wissen, wie groß die Gefahr ist, oder wir werden der Königin keinen brauchbaren Rat geben können. Wenn wir den Schwanz einziehen und davonrennen, werden wir gar nichts in Erfahrung bringen. Und wie ich schon gesagt habe, wenn wir jetzt fliehen, können sie auf den Gedanken kommen, wir haben etwas erfahren, und uns aufhalten, bevor wir die Grenze erreichen. Wenn wir bleiben, dann sollte es uns gelingen, uns den Weg freizuschwindeln.«

»Kris, das ist gefährlich. Wir spielen mit dem Feuer.«

»Ich weiß, daß es gefährlich ist, aber nicht gefährlicher als andere Missionen, die ich mit Dirk durchgeführt habe. Und wir müssen herausfinden, welche Langzeitpläne sie haben, und wenn es auch nur die kleinste Möglichkeit gibt!«

»Ich weiß, ich weiß.« Talia erschauerte. »Aber es gefällt mir nicht, Kris. Ich komme mir vor, als würde ich in ein verdunkeltes Zimmer gehen und wissen, daß ich in eine Schlangengrube gerate und jemand die Tür hinter mir verschließen wird.«

»Du bist die ranghöhere von uns beiden, kleiner Vogel. Machen wir weiter? Finden wir heraus, was gespielt wird und ob unser Königreich in Gefahr ist? Oder kehren wir mit dem, was wir jetzt wissen, zu Selenay zurück, als hätten wir Feuer unter den Fußsohlen? Wobei wir auch noch hoffen müssen, daß niemand uns aufhalten kann.«

»Was tun wir, wenn sie uns verfolgen?«

Kris seufzte. »Wir haben nicht viele Chancen. Wir müßten die Straße verlassen und uns irgendwie durch unbekanntes Gebiet schlagen. Wir müßten Tag und Nacht reiten. Oder wir schicken Rolan und Tantris mit Botschaften zurück, legen unsere auffälligen Uniformen ab, stehlen uns Gewänder und versuchen, zu Fuß zurückzukommen. Aber unser Akzent wird uns sofort verraten, und diese Erkunder haben bestimmt genaue Beschreibungen von uns. Ehrlich gesagt, wir haben mehr Chancen, wenn wir die Dummen spielen.«

»Könnte ich so tun, als ob ich wieder krank wäre?«

»Dann würde man damit rechnen, daß wir direkt in die Hauptstadt zu den Heilern des Königs reiten, und nicht zurück zur Grenze.«

Talia schloß die Augen und wog alle Möglichkeiten ab; dann biß sie sich auf die Lippe und stählte sich selbst für die Entscheidung, die sie treffen mußte.

»Wir machen weiter«, sagte sie unglücklich, »wir haben keine andere Wahl.«

Doch als sie am Ende ihrer sechstägigen Reise von Valdemars Grenzen am Rande der Hauptstadt auf ihre Eskorte trafen, da vermeinte Talia zu hören, wie die Falle sich hinter ihnen schloß.

Sie meldeten ihre Ankunft am Stadttor und wurden höflich gebeten zu warten. Nach ungefähr einer Stunde, die sie damit verbrachten, den Verkehr zu beobachten, der in die Stadt hinein und herausströmte, erklangen Fanfaren, und das gemeine Volk verschwand so schnell, als hätte man es weggezaubert.

Talia hatte eine offizielle Eskorte erwartet; daß sie von einer königlichen Prozession empfangen wurde, hätte sie niemals geglaubt. Aber genau diese tauchte im Stadttor auf.

Dutzende festlich gekleidete Adelige und ihre livrierte Dienerschaft, alle auf Zeltern bester Abstammung, ritten heran.

An der Spitze kam Prinz Ancar mit seinem Gefolge. Ihn hatte Talia nicht erwartet, und auch Kris' Gesicht zeigte für einen Augenblick Überraschung.

Ancar ritt durch ein Spalier seiner Höflinge und der Wachen auf sie zu. Es wirkte wie eingeübt und sollte beeindrucken. Talia *war* beeindruckt, aber sicher nicht so, wie Ancar es beabsichtigt hatte. Als sie ihn das erste Mal erblickte, fühlte Talia sich wie eine Katze, die plötzlich einer Viper gegenübersteht.

»Seid gegrüßt, von mir und meinem verehrten Vater«, sagte Ancar kühl und verbeugte sich leicht, stieg aber nicht ab. »Wir sind gekommen, um Selenays Gesandte zum Palast zu führen.«

Talia war sicher, daß dieses ›wir‹ Ancars Vater mit einschloß. Sie sah, daß sein Pferd mindestens zwei Handbreit höher war als die Gefährten, so daß Ancar sie überragte.

*Götter – er hat nichts dem Zufall überlassen ...*

Eigentlich gab es keinen Grund für die Feindseligkeit, die Talia spürte. Während sie Höflichkeiten austauschten, schien der Prinz sehr liebenswürdig zu sein. Er war von dunkler Schönheit, mit glatten, ebenmäßigen Zügen und einem gepflegten schwarzen Bart. Er sprach freundlich mit ihnen und erwies ihnen jede Ehre. Während er auf dem Weg in die Stadt und zum Palast neben ihnen ritt, redete er über ganz gewöhnliche Dinge: die zu erwartende Ernte, die Frühlingsüberschwemmungen in den beiden Königreichen, seinen Wunsch, daß die guten Beziehungen zwischen ihren Ländern bestehen blieben. Alles Themen, die zu erwarten gewesen waren, und alles in freundlichem Ton.

Aber Talia blieb mißtrauisch. Irgend etwas unbeschreiblich Böses war an dem Mann, etwas Kaltes und Berechnendes. Er war wie eine Schlange, die auf den richtigen Moment wartet, blitzschnell zuzustoßen.

Ancar widmete Talia nur sehr wenig Aufmerksamkeit. Sie ritt zwischen ihm und Kris, doch anscheinend war sie als Frau zu unscheinbar, als daß sie ihm gefiel. Ihr war es recht, wenn er nur Kris beachtete. Jetzt war nicht die Zeit für Skrupel. Sie beschloß, den Versuch zu machen und ihn zu ›lesen‹. Das war weder diplomatisch noch moralisch, aber es war ihr egal. Irgend etwas war unter dem glatten Äußeren dieses gepflegten Prinzen, und Talia wollte herausfinden, was es war.

Sie wurde durch einen so mächtigen Schirm aufgehalten, wie sie ihn noch nie zuvor berührt hatte. Er hatte keine Sprünge, keine Risse, die sie entdecken konnte, zumindest nicht bei ihrem vorsichtigen Versuch. Erschreckt warf sie Ancar heimlich Blicke zu. Er unterhielt sich weiter, als hätte er nichts bemerkt. Also war nicht *er* es, der diesen Schirm schuf. Wer dann?

Ihr fragender Blick wurde von einem unauffälligen Mann in Grau aufgefangen, der links neben dem Prinzen ritt. Er sah Talia mit Augen an, die wie kleine, braune, tote Kieselsteine waren. Er lächelte und nickte leicht. Talia erschauerte und blickte hastig zur Seite.

Wäre es nach Talia gegangen, die die Gegenwart des Prinzen kaum ertrug, hätten sie den Palast gar nicht schnell genug erreichen können. Als sie im Hof des Palasts eintrafen, stiegen alle aus den Sätteln. Dutzende Stallburschen in Livree erschienen, um die Pferde – und mit ihnen die Gefährten – wegzuführen. Die Begegnung mit dem Magier des Prinzen hatte sie erschreckt. Talia überprüfte rasch die Stallburschen, ob diese böse Absichten hegten.

*Den Göttern sei Dank ...*

Erleichtert stellte sie nur Bewunderung für die herrlichen Kreaturen und den ehrlichen Wunsch fest, es den Tieren bequem zu machen. Sie tastete nach ihrem Band mit Rolan und fing den Eindruck von Besorgnis auf. Doch in dem Durcheinander war nicht festzustellen, was Rolan Sorgen bereitete.

Kris wollte etwas sagen, doch der Prinz unterbrach ihn beim ersten Wort.

»Der Palast ist höchst bemerkenswert«, sagte Ancar, und seine Augen leuchteten in einer Art, die Talia nicht verstand und die ihr noch weniger gefiel. »Ihr müßt *alles* sehen.«

Was hätten sie tun sollen, außer zuzustimmen?

Und der Prinz schien fest entschlossen, ihnen jeden Winkel des Gebäudes zu zeigen, und führte sie selbst herum. Er hielt sich an Kris. Einer seiner vielen Gefolgsleute blieb bei Talia, als wollte er die beiden trennen. Sie konnten einander nicht einmal Zeichen geben – und Talia war erschöpft von der Anspannung, als die aufgezwungene Führung endlich vorüber war. Ihre Angst, die sie sorgfältig verbarg, ließ jeden Augenblick, den sie in Ancars Gegenwart verbringen mußte, doppelt so lang erscheinen. Sie sehnte sich nach ein paar ungestörten Minuten mit Kris. Es schien, als ob der Prinz absichtlich jedes Gespräch zwischen ihnen verhindern wollte, das er nicht mithören konnte, denn er ließ sie nicht von seiner Seite, bis es Zeit für das Staatsbankett war, mit dem sie empfangen werden sollten.

Endlich hatte man sie in ihr großzügiges Quartier gebracht.

Talia suchte nach Lauschern, fand aber keine. Konnte sie das überhaupt, wenn sie abgeschirmt waren?

Also war Vorsicht geboten.

»Herr des Lichts!« seufzte sie. »Ich hätte nicht gedacht, daß ich jemals so müde sein könnte ...«

Ein Handzeichen – *Falle? Lauscher?* Sie setzte sich auf ein Sofa und deutete einladend auf den Platz neben sich.

Kris ließ sich nieder und nahm ihre Hand. Drückte sie. *Deine Gabe?*

Sie drückte zurück. *Schirme!*

Seine Augenbrauen hoben sich überrascht. *Wer?*

»Hast du den seltsamen kleinen Mann an der Seite des Prinzen gesehen?« fragte sie. *Er.* »Ich frage mich, wer er wohl ist.«

*Hat Ancar geschirmt. Vielleicht auch andere.*

»Wer weiß? Vielleicht ist er ein Lehrer.« *Schwierigkeiten.*

»Hm. Ich brauche frische Luft.« *Ehrlich.*

Sie gingen zu dem offenen Fenster, eng umschlungen wie Verliebte.

»Kleiner Vogel«, flüsterte Kris, »es gibt noch ein Problem. Man sieht viel zu wenige Wachen.«

Talia kicherte und streichelte seinen Nacken. »Ich verstehe dich nicht«, murmelte sie.

Er lachte und küßte sie mit gespielter Leidenschaft. »Selenay wird von ihren Untertanen geliebt. Deshalb hat sie zu ihrer Sicherheit nur ganz wenige Wachen – und die sind für jedermann zu sehen. Alessandar wird genauso geachtet, daher würde ich ungefähr die gleiche Anzahl Wächter erwarten. Ich habe aber keine gesehen. Wenn man sie nicht sieht, müssen sie verborgen sein. Warum sollte er das tun? Und wenn man *einen* Mann versteckt, kann man auch ein Dutzend verstecken. Mir gefällt das nicht.«

»Kris, bitte«, flüsterte Talia besorgt, »ich habe meine Meinung geändert. Wir sollten fliehen. Sofort. Heute nacht.«

»Ja. Ich glaube, wir haben mehr Probleme am Hals, als wir bewältigen können.« Er führte sie zu dem Sofa zurück, wo sie mit ihren Tändeleien fortfuhren. »Nachdem ich den Magier gesehen habe und wie die Menschen auf Ancar reagieren, bezweifle ich nicht mehr, daß die Gerüchte wahr sind. Deswegen sollten wir heute nacht gehen – aber noch nicht gleich. Ich möchte zuerst wissen, was mit Alessandar los ist.« Er schwieg einen Augenblick, tief in Gedanken versunken, die Hände auf ihre Schultern gelegt, das Gesicht in ihren Haaren vergraben. »Ich glaube, wir sollten Ersatzleute zum Bankett schicken und ein bißchen spionieren, bevor wir aufbrechen.«

»Gut, aber das Spionieren übernehme ich. Ohne Schirm bemerke ich die Leute lange vor dir.«

»Kannst du einen Lauscher daran erkennen, daß er abgeschirmt ist?«

»Alleine nicht.«

»Ich verstehe. Komm ...«

Wenn sie ihre Gaben vereinten, Talias Empathie und Kris' ›Fernsicht‹, konnten sie die Umgebung auf ›Löcher‹ überprüfen. Verwirrt entdeckten sie, daß es *keine* Beobachter gab, auch keine abgeschirmten.

»Das verstehe ich nicht ...« Er unterbrach die Verbindung, beschämt. »Ich fühle mich wie ein Narr.«

»Nein.« Aufgeregt fuhr sie sich mit der Hand durchs Haar und lächelte ihn an. »Es ist besser, wenn wir übervorsichtig sind. Falls wir Ersatzleute zum Bankett schicken, wird man sie nicht erkennen?«

»Niemand aus der Begleitung des Prinzen wird am Bankett teilnehmen. Niemand dort hat uns je zuvor gesehen. Wenn wir zwei Diener verwenden, sollte es keine Schwierigkeiten geben. Niemand prägt sich die Gesichter von Dienstboten ein. Die beiden, die man uns zugewiesen hat, sind gut geeignet. Sie haben eine ähnliche Größe und ein ähnliches Aussehen. Unsere Uniformen werden ihnen gut genug passen. Ich lenke ihre Aufmerksamkeit auf mich, und du gehst in Tieftrance und übernimmst sie.«

Talia zitterte. Sie wollte es nicht tun – aber Kris konnte es nicht. Seine Gabe der ›Fernsicht‹ würde ihm nicht helfen, den beiden Dienstboten eine falsche Persönlichkeit einzupflanzen. Nur Talias Gabe der Empathie war stark genug. Üblicherweise hatten nur ›Geistsprecher‹ diese Fähigkeit.

Kris läutete nach den beiden Dienern, die man ihnen zugeteilt hatte. Wie er gesagt hatte, waren sie ihnen von Statur ähnlich genug, ihnen die Uniformen anzuziehen und keinen Verdacht zu erregen.

Die Dienstboten kamen und brachten das Gepäck mit. Kris wies sie an, die Uniformen auszupacken, und lenkte sie von Talia ab, die in Tieftrance ging.

*Vergebt mir,* dachte sie, ließ ihre Gabe frei und berührte den Geist der Diener – ganz sanft – *hier* – zuerst den Mann, dann die Frau.

Kris fing sie auf, als sie zu Boden sanken, und ließ sie auf das Bett gleiten.

Vorsichtig drang Talia in ihr Bewußtsein ein und versetzte sie in eine Art Dämmerzustand.

Für das, was nun kam, würde sie Hilfe brauchen ...

*Rolan?*

Sofort war er bei ihr, besorgt, aber zustimmend, als sie ihm den Plan erklärte, so gut es mit Bildern statt Worten möglich war.

Gemeinsam pflanzten sie falsche Persönlichkeiten und Erinnerungen in die beiden. Rolan konnte Dinge bewirken, die Talias Fähigkeiten überstiegen. Talia jedoch konnte die Diener *glauben* lassen, daß sie Fremde waren. Für die nächsten paar Stunden würden die beiden – wenn auch nur oberflächlich – Kris und Talia sein, bis sie nach dem Bankett in diese Räume zurückkehrten. Ihr Benehmen würde hölzern und steif sein, doch die Etikette, die bei solchen Anlässen üblich war, würde dies wohl verbergen.

Talia ließ Rolans Geist frei und löste sich aus der Trance. Sie fühlte sich steif, erschöpft und ein wenig schuldig.

»Hast du ...?« fragte Kris.

»Sie sind bereit«, erwiderte sie und bewegte den Kopf, um die Steifheit ihrer Muskeln zu vertreiben. Langsam stand sie auf. »Wir müssen sie anziehen.«

Sie zogen dem Paar die weißen Uniformen über. Es war in diesem Trancezustand leichter. Dann schnitt Talia ihnen die Haare, so wie Kris und sie selbst sie trugen, und schminkte sie geschickt. Schließlich war die Ähnlichkeit groß genug, um die beiden durch die Tore des Bankettsaals zu bringen.

»Gut.« Kris blickte Talia an, als sie ihren Doppelgängern auf die Füße halfen. »Ich gehe zu den Ställen. Ich werde eine Weile brauchen, um die Gefährten und ihre Ausrüstung zu finden, ohne daß ich entdeckt werde. Wenn ich es schaffe, dann sattle ich sie. Du mußt versuchen, uns am Stalltor zu treffen.«

»In Ordnung!« antwortete Talia aufgeregt. »Ich werde mich in den zweiten Stock auf die Musikergalerie schleichen. Dort sollte ich etwas mehr in Erfahrung bringen können. Mit ein wenig Glück kann ich einen von Ancars Spießgesellen ›lesen‹, und ganz sicher kann ich Alessandar überprüfen und herausfinden, ob er weiß, was sein Sohn vorhat. Ich werde mich beeilen.«

»Wenn das Schlimmste geschieht und du fliehen mußt, dann rufe Rolan an, und wir nehmen dich auf dem Hof in Empfang.« Sie erwiderte Kris' angespanntes Lächeln.

Talia nahm ihre Doppelgängerin am Arm, Kris den Mann. Sie führten sie bis zur Eingangstür ihres Quartiers; dann ließ Talia mit einem kleinen Schubs ihr Bewußtsein frei. Die junge Frau blinzelte und augenblicklich wurde sie von der eingepflanzten Persönlichkeit übernommen. Sie reichte dem jungen Mann die Hand. Er öffnete die Tür und führte sie zum Bankettsaal. Kris und Talia folgten ihnen so lange, bis sie sicher sein konnten, daß der Trick funktionierte, und trennten sich dann.

Dank der aufgezwungenen Führung durch den Prinzen kannten sie sich im Palast gut genug aus. Kris lief zu einer der Dienstbotentreppen, die zu den Ställen führte, während Talia auf die Galerie eilte, die hoch oben rund um den Bankettsaal lief.

Sie senkte ihren Schirm und duckte sich in den Schatten entlang des Korridors. Eine weitere Treppe für die Dienerschaft brachte sie in den zweiten Stock. Das geschäftige Treiben im Bankettsaal half ihr, sich zu verbergen. Die Diener hatten nur die Zeit gefunden, einige Kerzen im Labyrinth der Gänge zu entzünden. Talia sah niemanden, als sie auf die Wand zuging, welche die Rückseite der Galerie bildete.

Aber sie spürte die Anwesenheit vieler Männer, als sie auf der anderen Seite stehen blieb und sich in den Falten der Wandbehänge verbarg. Irgend etwas stimmte nicht! Erst viel später am Abend sollten die Spielleute hier oben Musik machen. Jetzt aber befanden sie sich hinter einem Wandschirm unten in der Halle.

Sie schloß die Augen und sandte ihren anderen Sinn vorsichtig in den Bereich jenseits der Mauer. Sie hoffte, daß einer der Männer aufgeregt genug war, daß sie ›lesen‹ konnte, was er sah, weil die Bilder von seinen Gefühlen getragen wurden.

Es war leicht – zu leicht. Die Bilder überschwemmten ihren Geist – sie wußte, wer und was sie waren und was sie beabsichtigten, und ihr Herz setzte vor Schreck beinahe aus.

In Abständen von drei Fuß standen auf der gesamten umlaufenden Galerie Armbrustschützen. Ihre Waffen waren gespannt, und jeder hatte einen Köcher voller Bolzen neben sich liegen. Sie waren keine Angehörigen von Alessandars Wachen noch Soldaten der Armee, sondern skrupellose Mörder, die Ancar selbst auserwählt hatte.

Der Prinz war ungeduldig und nicht länger bereit, auf den natürlichen Tod seines Vaters zu warten und dann den Thron zu besteigen. Er war ehrgeizig und nicht damit zufrieden, nur ein Königreich zu regieren. Hier, in diesem einen Raum, saßen alle, die seiner Herrschaft vielleicht Widerstand leisten würden, und auch die beiden Herolde, die ihre Königin vor seinen Absichten warnen konnten. Die Gelegenheit war viel zu verlockend, als daß Ancar sie hätte verstreichen lassen können. Sobald das Bankett begonnen hatte, würden die Tore versperrt werden – und alle, die sich Ancars Wünschen widersetzen mochten, würden sterben.

Mit Ausnahme der Herolde. Ancars Befehle, die *sie* betrafen, lauteten, sie auszuschalten, aber nicht zu töten. Aber das machte Talia nur noch mehr Angst.

Ancar mußte dieses Gemetzel seit Monaten geplant haben. Er hatte nur auf den richtigen Zeitpunkt gewartet. Die Vorwarnung von sechs Tagen, die er erhalten hatte, als die Herolde die Grenze überschritten, hatte ausgereicht, den Plan in die Tat umzusetzen.

Wenn das Abschlachten vorüber war, würde er mit seiner Armee zur Grenze ziehen, die Königin und ihre Begleitung überwältigen, soald sie die Grenze überschritten hatten, Elspeth gefangennehmen und sich zu Valdemars Herrscher aufschwingen.

Talia wünschte sich verzweifelt Kyrils Gabe des ›Geistsprechens‹; selbst aus dieser Entfernung hätte sie dann eine Warnung an die Herolde in der Nähe der Grenze senden können. Und sie hätte Kris ›rufen‹ und ihn warnen können. Aber so konnte sie nur nach Rolan rufen und hoffen, daß die schreckliche Angst, die sie empfand, ihn wissen lassen würde, was *sie* wußte – und er dies durch Tantris an Kris weitergab.

So leise und vorsichtig, wie sie gekommen war, glitt Talia wieder zur Treppe und eilte ins untere Stockwerk.

Der Gang dort war hell erleuchtet. Sie hatte Angst, ihn zu betreten – und noch mehr Angst, als sie die Anwesenheit von noch mehr Männern Ancars spürte, die hier mögliche Flüchtlinge abfangen sollten. Starr vor Schrecken klammerte sie sich an die Tür und versuchte, klar zu denken. Gab es noch einen Weg hinaus?

Plötzlich erinnerte sie sich an die kleineren Staatsräume für Empfänge und ähnliche Anlässe oben im zweiten Stock, die auf den Hof hinausgingen. Einige von ihnen hatten Balkone und Fenster oder Türen, die sich auf diese Balkone öffneten. Zum zweitenmal lief sie die Treppe hinauf, mit klopfendem Herzen; ihr empathischer Sinn war aufs äußerste beansprucht.

Sie bewegte sich entlang der Mauer, hinter den staubigen Wandbehängen, bis sie die Tür eines der kleinen Staatsräume erreichte. Glücklicherweise war er unbenutzt und nicht verschlossen; nicht einmal eine einzige Kerze erleuchtete sein Inneres. Sie kroch hinter dem Wandbehang hervor, ignorierte das Kitzeln des Staubs in ihren Augen und ihrer Nase und glitt in den Raum.

Nur das Licht der Fackeln und des Mondes fiel durch die Fenster, aber es reichte aus, um Talia das leere Zimmer mit dem polierten Holzfußboden zu zeigen. Sie lief an den Wänden entlang. Es war schade um die Zeit, aber sie wollte verhindern, daß man durch die offene Tür ihren Schatten vor den Fenstern sah.

Die Tür auf den Balkon war verschlossen, aber von innen. Talia erkannte es nach einer angsterfüllten Sekunde, als sie die Tür öffnen wollte. Der Riegel war verrostet, gab aber schließlich nach. Vorsichtig öffnete sie die Tür und trat auf den Balkon. Sie duckte sich, so daß sie hinter der Balustrade verborgen blieb. Ein schneller Blick hinunter in den Hof zeigte, daß niemand ihn bewachte. Talia kletterte über die Balustrade und wollte sich schon fallenlassen, als das Morden begann.

Weil ihre empathische Gabe so empfänglich war, brachte der Schock sie beinahe um. Sie fühlte das Sterben Dutzender Menschen in ihrem eigenen Fleisch; ihr Griff um das Geländer lockerte sich, und sie fiel hinunter auf das Pflaster. Schock, Angst und Schmerz vertrieben jeden anderen Gedanken aus ihrem Hirn; sie fiel und sie konnte nicht denken, konnte sich nicht bewegen, konnte nichts tun, außer *mitzufühlen* – den Schmerz, die Todesangst – und das verzweifelte Schuldgefühl von Alessandars Wachen, die sahen, wie der König von Dutzenden Armbrustbolzen an seinen Thron genagelt wurde, bevor sie selbst der Tod ereilte ...

Doch Alberich hatte vorhergesehen, daß ein solches Gemetzel geschehen mochte, und er hatte Talia gedrillt, bis einige ihrer Reaktionen zu Instinkten geworden waren. War ihr Geist unter dem Ansturm hilflos, ihr Körper war es nicht ...

Sie schnellte sich im Fallen herum, rollte sich zu einem

Ball zusammen, landete mit den Füßen voran auf dem Pflaster und verwandelte den Aufprall in eine Rollbewegung, die schmerzte und blaue Flecken verursachte, sie ansonsten aber unverletzt ließ.

Talias Gesicht verzerrte sich, als sie sich auf die Beine kämpfte und zum Eingang in die Ställe stolperte, während sie versuchte, sich abzuschirmen und den Schmerz auszuschließen. Zwischen jedem stolpernden Schritt schien eine Ewigkeit zu verstreichen, aber sie hatte noch nicht einmal ein halbes Dutzend zurückgelegt, als sie das Trommeln von Hufen auf Stein hörte und eine weiße Gestalt ihr entgegenkam.

Es war Rolan – ohne Sattel. Ihm auf den Fersen folgte Tantris, der Kris trug. Kris lehnte sich hinunter, soweit es ging; mit einer Hand hielt er sich an Tantris' Mähne fest, die andere streckte er Talia entgegen. Kris' Beine umklammerten den Körper des Gefährten so fest, daß seine Muskeln schmerzten. Als er an Talia vorbeiritt, sprang sie und packte ihn am Unterarm, und Kris zog sie vor sich in den Sattel. Tantris hatte etwas langsamer werden müssen, und Rolan gewann einen Vorsprung, aber sie hatten nicht angehalten und kostbare Sekunden verloren, und nur das war entscheidend.

Ein letztes Hindernis mußten sie allerdings noch überwinden – die schmale Passage zwischen dem inneren und dem äußeren Wall, die zum Fallgatter und dem äußeren Tor führte. Talia war es gelungen, sich abzuschirmen – nichts warnte sie davor, daß die Wälle bemannt waren.

Sie galoppierten in einen Hagel aus Pfeilen.

Sekunden später war alles vorüber. In Talias Schulter brannte ein Feuer – Tantris schrie in Todesangst, erbebte und krachte auf den Boden. Talia wurde abgeworfen und durch den Aufprall betäubt. Der Pfeil brach ab, und die Spitze bohrte sich tiefer in ihr Fleisch. Aber schlimmer als ihr Schmerz waren die Qualen, die Kris ertrug.

Rolan unterbrach seine Flucht – die Schützen hatten den

reiterlosen Gefährten durchgelassen. Ein einziger Gedanke nur bewegte Talia: einer *mußte* entkommen!

»Rolan – lauf!« rief sie mit Stimme, Herz und Geist.

Er zögerte nicht länger, sondern schoß durch das Tor, gerade als das Fallgatter fiel – so knapp, daß Talia die Angst und den Schmerz fühlen konnte, als das Gatter dem Gefährten ein paar Haare aus dem Schweif riß.

Kris lag verkrümmt neben Tantris' regungslosem Körper, so von Schmerzen zerrissen, daß er nicht einmal schreien konnte. Talia versuchte aufzustehen, stolperte und kroch zu ihm. Sie nahm seinen schmerzgequälten Körper in die Arme und dachte verzweifelt nach, wie sie ihm helfen konnte. So viele Pfeile hatten ihn getroffen, daß er wie eine Übungspuppe aus Stroh aussah – aber *diese* Puppe blutete. Er und Tantris hatten Talia vor den Pfeilen geschützt. Selbst im flakkernden Licht der Fackeln konnte sie sehen, daß seine weiße Uniform blutgetränkt war und daß die Flecken sich ausbreiteten, während sie ihn hielt. Blind suchte sie nach der Heilkraft, die Kerithwyn verwendet hatte. Talia wußte nicht, wie sie diese Kraft einsetzen mußte, doch Kris' Qualen trieben sie beinahe zum Wahnsinn. Sie spürte, wie sich Druck in ihrem Innern aufbaute, stieg und stieg bis zu einem Punkt, an dem sie nichts anderes mehr fühlte, nicht einmal den Schmerz in ihrer Schulter …

Dann, mit einem gewaltigen geistigen Ausbruch, löste sich die aufgestaute Kraft.

Talia schlug die Augen auf und begegnete Kris' Blick. Seine Augen waren ruhig und klar. Obwohl *sie* seinen Schmerz immer noch fühlte – Kris spürte ihn nicht mehr. Talias Kraft blockierte den Schmerz.

Doch Kris lag im Sterben, und sie wußten es beide.

Talia blickte sich um. Sie rechnete damit, Soldaten heranstürmen zu sehen.

»Nein.«

Kris' heiseres Flüstern verlangte ihre Aufmerksamkeit.

»Sie … das ist ein Labyrinth. Solange ich lebe, kommen sie nicht.«

Sie verstand. Seine Gabe hatte ihm gezeigt, daß die Soldaten viele Stiegen und Gänge überwinden mußten, bevor sie einen Ausgang erreichten. Doch sie hatte Kris auch gezeigt, wie wenig Zeit ihm noch blieb.

»Kris ...« Tränen erstickten ihre Worte.

»Nein, Liebste, kleiner Vogel. Weine um dich, nicht um mich.«

Der Kummer schien sie zu erdrücken.

»Ich fürchte den Tod nicht. Gern würde ich in die Freistatt gehen, wenn ich wüßte, daß mein Gefährte mich dort erwartet. Aber dich verlassen? Wie soll ich dich mit deiner Last verlassen ... und meiner dazu?« Er hustete, und in seinen Mundwinkeln war Blut. Irgendwie gelang es ihm, eine Hand zu heben und ihre Wange zu berühren. Sie nahm sie in die ihre und bedeckte sie mit Tränen.

»Es ist nicht gerecht, dich allein zu lassen, aber warne sie, Schwester meines Herzens. Warne sie ... irgendwie. Ich kann unsere Aufgabe nicht vollenden, also liegt es an dir.«

Sie nickte, konnte wegen der Tränen nicht sprechen.

»Ach, kleiner Vogel, ich liebe dich ...« Er wollte noch etwas sagen, aber wieder wurde er von Husten geschüttelt. Er blickte erneut auf, aber seine Augen nahmen Talia nicht mehr wahr; sie waren groß und glänzend, als ob sie irgend etwas Wundervolles schauten. »So ... strahlend! Tant...«

Für einen winzigen Augenblick fühlte Talia Freude. Freude und Ehrfurcht und eine seltsame Herrlichkeit, der nichts glich, was sie jemals zuvor verspürt hatte. Dann zitterte sein Körper noch einmal in ihren Armen, und das Licht und das Leben verschwanden aus seinen Augen. Er wurde in ihrer Umarmung schlaff – und dann war da nichts mehr außer der leeren Hülle.

Die Soldaten kamen und rissen Talia von ihm weg. Sie führten Talia fort, doch sie war von Kummer und Schreck so betäubt, daß sie sich nicht wehrte.

# Acht

Ihre Wachen waren nicht gerade sanft zu ihr.

Sie banden ihr die Hände auf den Rücken und schoben und traten sie durch unzählige, in Stein gehauene Gänge und eine steinerne Treppe hinunter. Wenn Talia stolperte, traten ihre Peiniger sie, bis sie aufstand. Wenn sie langsamer wurde, trieb man sie mit Schlägen vorwärts. Ein letzter Stoß warf sie in der Mitte eines leeren Raumes zu Boden. Dort wurde sie drei riesenhaften Männern übergeben, die eher Tieren denn Menschen glichen.

Die drei zogen sie nackt aus, ohne Rücksicht auf ihre verletzte Schulter zu nehmen, und durchsuchten sie grob. Dann vergewaltigten die Kerle sie, einer nach dem anderen, brutal und vollkommen gleichgültig. Talia war fast besinnungslos vor Angst und Schmerz, und es schien ihr nichts mehr auszumachen, was man ihr antat. Es war nur eine weitere Art der Folter. Sie konnte sich nicht einmal genügend konzentrieren, um ihre Gabe zur Selbstverteidigung einzusetzen. Und als sie sich ganz schwach wehrte, schlug der Kerl, der gerade auf ihr lag, ihren Kopf so hart auf den Steinboden, daß sie vor Schmerz schrie.

Als die Männer mit ihr fertig waren, zogen sie Talia an einem Arm auf die Beine und stießen sie in eine Gefängniszelle mit Steinmauern und einem Lehmfußboden. Die Reste ihrer blutverschmierten Kleidung warfen sie auch noch hinein. Es war die Kälte, die Talia schließlich dazu brachte, sich zu bewegen, eine Kälte, die sie frieren und unkontrolliert zittern ließ. In ihrer vom Pfeil durchbohrten Schulter flammte erneut der Schmerz auf. Sie erhob sich auf die Knie, kroch zu den Überresten ihrer Uniform und streifte sie über ihren geschundenen Körper.

Es überraschte sie nicht, daß niemand ihre Verletzung, die immer noch leicht blutete, behandelt hatte.

*Ich muß etwas tun,* dachte sie, obwohl die Kälte und der

Schmerz ihre Gedanken verwirrten, *ich muß die Pfeilspitze entfernen!*

Sie klammerte sich an diesen Gedanken. Sie glaubte sich daran zu erinnern, daß die Pfeile, welche die Wachen verwendet hatten, gewöhnliche Spitzen besaßen. Sie gab sich einen Ruck, packte den Stumpf des schlüpfrigen, blutdurchtränkten Schaftes, riß daran ...

...und verlor das Bewußtsein, als die Pfeilspitze zu Boden klirrte. Als Talia wieder zu sich gekommen war, verband sie die Wunde mit einem Streifen ihres zerrissenen Hemdes und hoffte, daß die Blutung aufhören würde.

*Selenay, Elspeth.* Sie mußte die Königin warnen ...

Sie hielt über den Punkt hinaus durch, an dem sie eigentlich hätte zusammenbrechen müssen. Sie mußte die anderen warnen! Deshalb mußte sie am Leben bleiben, auch wenn sie lieber sterben wollte. Sie zog sich in sich selbst zurück, zwang sich in Trance, ohne Rücksicht auf die Schmerzen in ihrem mißhandelten Körper. Du mußt es schaffen, jemanden an der Grenze zu erreichen!

Aber sie traf auf denselben Schirm, der den Prinzen vor ihrer Gabe geschützt hatte. Sie prallte dagegen wie ein Vogel an die Gitterstäbe seines Käfigs. So sehr sie es auch versuchte, ihr ›Geistruf‹ drang nicht durch. Weinend vor Schmerz und bitterer Enttäuschung gab sie auf und lag in der Dunkelheit auf dem Boden ohne Hoffnung.

Sie wußte nicht, wie lange sie so gelegen hatte, bis ein Geräusch sie aus einem Alptraum von Angst, Schmerz und überwältigendem Kummer befreite. Sie lauschte. Jemand flüsterte.

»Heroldin? Heroldin!« Die Stimme kam ihr irgendwie bekannt vor.

Das Flüstern kam aus einer kleinen Öffnung in der Decke.

Sie kroch auf Händen und Knien über den Lehmfußboden, weil ihre Beine zu sehr zitterten, als daß sie hätte gehen können. Sie hustete ein paarmal, bevor sie reden konnte.

»Ich ... bin hier.«

»Heroldin, ich bin's, Evan – Evan, der Händler von Westmark in Valdemar. Ihr habt gestern mit mir gesprochen.«

Als Talia vorsichtig mit ihrer Gabe tastete, fragte sie sich kurz, ob auch das eine Falle war.

*Götter, wenn es eine ist ... aber was habe ich schon zu verlieren? Herrin, bitte ...*

Sie wurde fast ohnmächtig vor Erleichterung, als ihre Gabe ihr bestätigte, daß es wirklich der Händler war.

»O Götter, Evan, Evan, die Herrin segne Euch ...« Sie schluckte hart. »Wo seid Ihr?«

»Außerhalb der Wälle, im trockenen Graben. Einige meiner Bekannten haben im Palast und bei der Wache gearbeitet und mir von diesen Belüftungslöchern erzählt. Ich kam nach Euch hier an, spät an diesem Abend. Ich trank mit einigen Wachposten ... dann hörten wir Schreie. Die Männer erzählten mir, was geschah und befahlen mir, den Mund zu halten, wenn ich am Leben bleiben möchte. Es sind keine schlechten Menschen, aber sie haben Angst, Heroldin, große Angst. Der Prinz macht kein Geheimnis mehr aus seinen bösen Magiern und seiner Armee, die nur ihm gehorcht.«

*Hätte ich Kris doch überstimmt! Dann würde er noch leben ...*

»Später haben sie mir erzählt, daß man Euch gefangengenommen hat. Ich ... konnte nicht von hier fortgehen, ohne zu versuchen, Euch zu helfen. Ich habe eine Wache bestochen, um zu erfahren, in welche Zelle man Euch gebracht hat. Heroldin ...« Er schien nach Worten zu suchen. »Heroldin, Euer Freund ist tot.«

»Ja, ich ... ich weiß.« Sie senkte den Kopf. Die Tränen rannen erneut, und Talia hielt sie nicht zurück.

Einen langen Augenblick war der Händler still. »Heroldin, Ihr habt mir das Leben gerettet. Ich stehe in Eurer Schuld. Kann ich Euch irgendwie helfen? Der Prinz will Euch am Leben lassen. Man hat mir gesagt, er hat Pläne mit Euch.«

»Könnt Ihr mir helfen, von hier zu fliehen?« Eine schwache Hoffnung regte sich – um gleich wieder zerstört zu werden.

»Nein, Heroldin«, sagte er traurig. »Dazu würde ich eine Armee brauchen. Ich würde es gerne allein versuchen – aber das würde Euch nicht helfen. Ihr wärt immer noch hier, und ich wäre sehr schnell tot.«

Ein halbes Dutzend Ideen huschten durch Talias Geist und eine blieb haften. »Verlaufen diese Löcher senkrecht? Könntet Ihr mir irgend etwas herunterlassen oder hinaufziehen?«

»Wenn es etwas Kleines ist, dann ja. Sogar sehr leicht. Mein Freund sagte mir, daß diese Stollen gerade und ohne Hindernisse verlaufen.«

»Könnt Ihr mir zwei Pfeile bringen? Seht zu, daß die Federn dicke Kiele haben, und ... und ...« Sie verstummte. »Und mindestens zehn Dram Argonel.«

»Haben sie Euch verletzt, Heroldin? Es gibt einfachere Mittel als Argonel, um den Schmerz zu stillen. Und so viel ...«

»Händler, widersprecht mir nicht. Ich habe meine Gründe. Es muß Argonel sein! Könnt Ihr es besorgen?«

»Innerhalb einer Stunde.«

Talia hörte das leise Geräusch, als er ging. Sie lehnte sich an die Wand und versuchte, jene schmerzstillenden Techniken einzusetzen, die man sie gelehrt hatte, um die Pein in ihrer Schulter und ihren verkrampften Lenden zu erleichtern. Sie wagte nicht zu hoffen, daß der Händler sein Versprechen halten würde, sondern versuchte ruhig und gefaßt zu sein. Es war immer noch dunkel, als sie ein Kratzen und die Stimme des Händlers hörte.

»Heroldin! Ich habe alles, was Ihr wolltet. Ich lasse es jetzt hinunter.«

Sie zog sich an der Wand hoch und griff mit ihrer gesunden Hand nach dem Bündel, das von der Decke baumelte. In ihrer verletzten Schulter tobte der Schmerz.

»In der Flasche sind vierzehn Dram. Sie ist voll.«

»Mögen der Herr des Lichts und die Gute Herrin Euch segnen ...« erwiderte Talia leidenschaftlich. Sie lockerte den Korken gerade genug, um den unverkennbaren, süßsauren Geruch des Argonel wahrzunehmen. Die Flasche war tatsächlich voll. »Laßt die Schnur hängen. Gleich müßt Ihr etwas hinaufziehen und mir einen letzten Gefallen erweisen, der Euch von Eurer Ehrenschuld befreien wird.«

»Befehlt, ich gehorche«, antwortete er voll Ernst.

Sie brach die Spitze des einen Pfeils ab, indem sie den Fuß darauf stellte. Tränen rannen ihr über die Wangen, als sie Kris' Muster in die Fiederung brach. Sie war dankbar, daß sie gelernt hatte, diese Aufgabe im Dunklen zu erfüllen. Schmerzlich erinnerte sie sich daran, wie Kris sie sein eigenes Muster gelehrt hatte. Der Pfeil ohne Spitze – der Code für einen toten Herold. Nun kam der wichtigere Teil – ihr Muster und der Code, der besagte, daß alles verloren war und kein Versuch zur Rettung unternommen werden konnte. Talia brach den zweiten Pfeil in zwei Teile. Sie riß die Überreste des Ärmels von ihrem Hemd, band die Pfeile damit zusammen und befestigte das Bündel an der Schnur.

»Händler, zieht es hoch.«

Es glitzerte einen Moment, dann war es verschwunden.

»Nun hört mir genau zu. Ich möchte, daß Ihr jetzt geht, vor Sonnenaufgang, bevor der Prinz die Stadt absperren läßt. Ihr müßt vor die Stadttore gelangen.«

»Am Nachttor ist eine Wache, die ich bestechen kann.«

»Gut. Kurz außer Sichtweite des Wachpostens auf der Hauptstraße, die am Siegestor beginnt, ist ein Schrein, der dem Gott der Reisenden gewidmet ist.«

»Ich kenne den Ort.«

»Mein Gefährte wird Euch dort finden.« Das einzige, das der verdammte Magier *nicht* blockieren konnte, war ihr Band mit Rolan! »Bindet das Bündel an seinem Hals fest. So, wie es ist. Dann könnt Ihr tun, was Ihr für richtig haltet. An Eurer Stelle würde ich versuchen, über die Grenze zu gelangen. Auf der valdemarischen Seite wärt Ihr in Sicherheit. Wißt, daß Ihr meine Dankbarkeit und meinen Segen habt!«

»Heroldin ... ein Pferd?«

Sie erinnerte sich, daß er Hardorner war und nichts über die Gefährten wissen konnte. »Er ist mehr als nur ein Pferd. Stellt ihn Euch als einen guten Geist vor. Er wird mit meiner Botschaft zu meinem Volk zurückkehren. Werdet Ihr es tun?«

Er war den Tränen nahe. »Kann ich denn nicht *mehr* tun?«

»Wenn Ihr tut, worum ich Euch gebeten habe, dann habt Ihr mehr getan, als ich zu hoffen wagte. Meine Dankbarkeit und mein Segen begleiten Euch. Geht jetzt, schnell.«

Er sagte nichts mehr. Talia hörte das Kratzen, als er ging.

Sie suchte nach ihrem Band mit Rolan. Es war zu tief in ihr, als daß der Magier es auch nur fühlen oder gar stören konnte. Obwohl Schmerz und Schwäche sie zu überwältigen drohten, blieb sie bei Bewußtsein, bis sie ganz genau wußte, daß Rolan das Bündel von dem Händler erhalten hatte.

Rolan brauchte keine Befehle um zu wissen, was er tun mußte. Ihre Verbindung wurde schwächer und schwächer, als Talia wegen des Blutverlustes und der Anstrengung nachließ und Rolan in schnellstem Tempo zur Grenze galoppierte, bis die Verbindung abriß, als Rolan den Rand ihres schnell nachlassenden Wahrnehmungsvermögens überschritt. Es war kurz vor Sonnenaufgang.

Zwei Dinge mußte sie noch tun, bevor sie sich ihrem Kummer überlassen durfte.

Zuerst die Flasche. Der Händler war wegen des Argonel zu Recht besorgt. Es war ein gefährliches Gift. Manchmal war schon die normale Dosis von vier Dram tödlich, doch die Heiler verwendeten es hin und wieder, um das Leiden jener zu beenden, die sie nicht zu retten vermochten. Es hatte den Vorteil, daß selbst bei der größten Überdosis keine Nebenwirkungen auftraten, wie dies bei anderen Drogen der Fall war – man glitt einfach in den Schlaf. Wenn vier Dram töten konnten, dann würden vierzehn auf jeden Fall reichen.

Talia benutzte die abgebrochene Pfeilspitze, um unter ihrem Bett – einem Haufen vermodernden Strohs – ein

Loch in den Boden zu kratzen, das tief genug für die Flasche war. Alessandar war kein Herrscher gewesen, der seine Kerker oft gebraucht hatte. Durch die Gnade der Götter bestand der Boden aus festgetretenem Lehm und nicht aus Stein. In einer Ecke befand sich ein Loch, das als Toilette diente.

Talia würde die Droge noch nicht verwenden – nicht, bis sie *wußte*, daß die Königin die Botschaft erhalten hatte. *Bald, Strahlende Herrin, laß es bald sein ...*

Dann kratzte sie ein zweites Loch und ein drittes und verbarg die abgebrochene Pfeilspitze und jene aus ihrer Schulter darin. Falls ihre Häscher zufällig die Flasche fanden, konnte sie sich mit einer der Pfeilspitzen die Pulsadern öffnen.

Ihre Schulter brannte wie Feuer und blutete wieder. Fahles, trübes Licht fiel durch den Luftschacht, als Talia endlich fertig war.

Sie legte sich auf das Stroh und überließ sich ihrer Trauer.

Tränen des Kummers und Schmerzes strömten ihr immer noch über die Wangen, als Blutverlust und Erschöpfung sie bewußtlos werden ließen.

Als sie wieder zu sich kam, erleuchtete ein einzelner Fleck Sonnenlicht den Boden und ließ den Rest der Zelle noch dunkler erscheinen. Sie blinzelte vor Schmerz und Verwirrung, als die Tür sich rasselnd öffnete.

Einer ihrer Wärter kam mit bösem Grinsen auf sie zu und öffnete im Gehen seine Hose. Eine Sekunde lang wollte sie schreien und zurückweichen, aber dann überkam sie kalter, tödlicher Zorn, und plötzlich ertrug sie es nicht mehr. Sie nahm all ihre Agonie zusammen, und die von Kris dazu (die unvermindert in ihrem Geist war), all ihren Verlust und ihren Haß und schleuderte sie in den ungeschützten Geist des Mannes, in einem blendenden Augenblick einer erzwungenen Verbindung.

Der Haß konnte sie nicht lange schützen – sie hielt nur einen kurzen Augenblick durch –, aber es reichte.

Er schrie lautlos und stürzte zur Tür, wobei er sich beinahe den Schädel einschlug, warf sie hinter sich zu und verriegelte sie. Talia hörte, wie er vor Angst stotterte. Sie sank zusammen und wußte, daß die Wächter sie nun nicht mehr belästigen würden, es sei denn, der Magier begleitete sie. Aber das war unwahrscheinlich. Der Magier war zu sehr damit beschäftigt, den Prinzen abzuschirmen und zu verhindern, daß Talia ›geistrief‹, als daß er für Dienstboten, die sich amüsieren wollten, Zeit erübrigt hätte.

Später am Tag schoben die Wächter eine Schüssel Wasser und einen Teller mit irgendeinem Brei in die Zelle. Talia rührte das Essen nicht an, trank aber das abgestandene, leicht faulig riechende Wasser gierig. Sie fühlte sich gleichzeitig kalt und heiß.

Vorsichtig berührte sie die Haut neben der Pfeilwunde. Sie war heiß, trocken und geschwollen. Sie bekam Wundfieber.

Solange sie noch in der Lage war, erleichterte sie sich über dem Loch in der Ecke. Sie zog die Wasserschüssel neben den Strohhaufen und lehnte sich gegen die Wand, für den Fall, daß man sie überraschen wollte. Als die Halluzinationen und Fieberträume begannen, war Talia vorbereitet.

Sie hatte scheußliche Visionen von dem Morden im Bankettsaal. Die Opfer zeigten ihr ihre tödlichen Wunden und fragten stumm, warum sie, Talia, sie nicht gewarnt hätte. Vergeblich erwiderte sie, nichts gewußt zu haben. Die Geister der Toten drangen auf sie ein, drückten verstümmelte Gliedmaßen und blutende Wunden in ihr Gesicht und erstickten sie fast ...

Ihre bestialischen Wächter lachten grell; es wurden mehr und mehr, und sie mißbrauchten Talia, mißbrauchten sie ...

Dann kam Kris.

Zuerst hielt sie ihn für ein Traumbild wie all die anderen. Doch sie irrte sich. Kris war stark und gesund, sogar glücklich – bis er Talia sah. Zu ihrer Verzweiflung begann er zu weinen und gab sich die Schuld an allem, was passiert war.

Sie versuchte tapfer zu sein. Doch als sie sich bewegte, hatte sie solche Schmerzen, daß ihr schwacher Versuch scheiterte. Kris schüttelte seinen Kummer ab und eilte an ihre Seite.

Irgendwie vertrieb er den Schmerz, sprach tröstende Worte und badete ihre glühendheiße Stirn mit kaltem Wasser. Wenn sie jammerte, weil jede Bewegung ihre Schulter schmerzen ließ, weinte er aus Zorn, daß er so hilflos war und zürnte mit sich, weil er sie alleingelassen hatte. Und als die schrecklichen Träume wiederkehrten, wehrte Kris sie ab.

Als Talia das nächste Mal zu sich kam, sah sie einen Stoffetzen von ihrem Hemd neben der Wasserschüssel. Er war noch feucht. Verwirrt dachte sie nach und gelangte zu der Erkenntnis, daß sie es selbst getan hatte, und daß der Traum nur ein Erklärung war.

Als die Fieberträume wieder begannen, hoffte sie nicht einmal darauf, Kris in ihren Halluzinationen noch einmal zu sehen.

Aber er kam wieder, bewahrte sie vor den grausamen Bildern und versuchte, ihr Mut zu machen.

Schließlich gab sie es auf, Hoffnung vorzutäuschen, und erzählte ihm von dem Argonel.

»Nein, kleiner Vogel«, sagte er und schüttelte den Kopf. »Deine Zeit ist noch nicht gekommen.«

»Aber ...«

»Vertrau mir. Vertrau mir, liebes Herz. Alles wird gut. Du mußt nur durchhalten ...« Sein Bild verblaßte, als sie erwachte.

Sie war verwirrt. Warum sollte ein Fiebertraum ihres eigenen Geistes sie zum Leben überreden, wenn sie doch nur Erlösung wollte?

Doch die meiste Zeit litt sie einfach und wartete sehnlichst auf ein Zeichen, daß ihre Botschaft Selenay erreicht hatte. Die Königin und ihr Gefolge sollten zwei Tage, nachdem sie und Kris den Palast betreten hatten, die Grenze erreichen. Sie würden Kris am dritten oder vierten Tag nach ihrer Ankunft erwarten – eine Woche, nachdem man Talia in den Kerker geworfen hatte. Mit Glück und der Hilfe der Göttin sollte Rolan sie zu diesem Zeitpunkt finden. Talia zählte im

Kopf die Tage. Rolan würde sechs bis zehn Tage schnellsten Galopps brauchen, um zur Königin zu kommen. Sechs Tage, wenn er die Straße benutzen konnte und zehn Tage, wenn er sich verbergen mußte.

Als Hulda am Ende des dritten Tages zum erstenmal erschien, hielt Talia sie zuerst für eine weitere Halluzination.

Wären da nicht ihre scharfen Gesichtszüge und die unverwechselbaren, seltsam grau-violetten Augen gewesen – Talia hätte sie nicht erkannt. Sie trug ein prächtiges Gewand aus burgunderrotem Samt, das einen tiefen, gewaltigen Ausschnitt hatte, und Juwelen an Hals, Händen und im Haar. Doch am erstaunlichsten war, daß sie nicht viel älter als Talia zu sein schien.

Sie stand und starrte in die Dunkelheit. Ihre Augen huschten hierhin und dorthin, und ein grausames Lächeln trat auf ihre Lippen, als sie Talia an der Wand lehnen sah. Mit seltsamen, gleitenden Schritten trat sie von der Mitte des Raumes zu Talia und stand über ihr. Ihre Augen funkelten vor hämischer Freude, und mit einem ihrer spitzen Schuhe versetzte sie Talia einen Tritt.

Talia keuchte vor Schmerz und zog sich in sich selbst zurück, doch das Herz klopfte ihr bis zum Hals, als sie erkannte, daß die Frau immer noch da stand. Es war keine Halluzination!

Als Talias Augen Schrecken und Erkennen zeigten, lächelte Hulda. »Du erinnerst dich an mich? Wie schön! Ich hatte nicht gehofft, daß du Elspeths geliebtes Kindermädchen noch kennst.«

Sie trat ein paar Schritte zurück und stand in kunstvoller Pose im Licht, das durch den Luftschacht fiel. »Und wie tief der mächtige Herold gefallen ist! Du wärst erfreut gewesen, wenn es *mir* so ergangen wäre, oder nicht? Aber mich fängt man nicht so leicht, kleiner Herold, nicht halb so leicht.«

»Was ... was bist du?« Die Worte entschlüpften Talia fast gegen ihren Willen.

»Ich? Außer einem Kindermädchen, meinst du?« Sie lachte. »Nun, du würdest mich wahrscheinlich eine Magierin nennen. Hast du geglaubt, die Magie der Herolde ist die einzige auf dieser Welt? O nein, kleiner Herold, dem ist ganz und gar nicht so.«

Wieder lachte sie und schwebte aus der Zelle. Rasselnd schloß sich hinter ihr die Tür.

Talia kämpfte um klare Gedanken. Gott und Göttin! Das bedeutete, daß viel, viel mehr auf dem Spiel stand, als sie auch nur im Traum gedacht hätte.

Hulda – sie sah so jung aus und behauptete, eine Magierin zu sein. Aber sie hatte nicht die Spur einer Gabe. Das wußte Talia ganz genau. Und da war noch der Magier, der den Prinzen bewachte und der sie nicht ›geistrufen‹ ließ – Götter, schützt Valdemar! Denn das alles bedeutete, daß die alte Magie, die *wahre* Magie, wieder in der Welt war, nicht nur die Geistesmagie der Herolde. Und sie war in den Händen von Valdemars Feinden ...

Und Hulda hatte ein ganz anderes Spiel gespielt, als alle geglaubt hatten, und viel länger. Es mußte so sein.

Aber zu welchem Zweck?

Hulda kam wieder, diesmal in der Nacht, und brachte eine Art Hexenlicht mit. Es war ein seltsamer, nebliger Ball, der rötlich flackerte und pulsierte. Er glitt hinter ihr durch die Tür, schwebte dann über ihrer Schulter und tauchte den Raum in ein unheimliches, rotes Glühen.

Diesmal war Talia mehr oder weniger vorbereitet auf Huldas Erscheinung. Sie fieberte nicht mehr so stark. Sie war benommen, doch ihre Gedanken waren klar. Sie hatte ihre Gefühle und ihre Hilflosigkeit verdrängt und hoffte auf ein wenig Glück, damit sie sich gegen ihre Peiniger wehren konnte.

Sie hatte erwartet, daß Hulda geschützt war, so wie der Prinz. Dennoch versuchte sie es und fand ihre Vermutung bestätigt. So verlagerte sie nur ihr Gewicht, damit sie sofort aufstehen konnte, falls es notwendig war.

Hulda lächelte spöttisch. Talia funkelte sie an.

»Du könntest aufstehen, um mich zu begrüßen«, spöttelte sie. »Nein? Nun, dann verlange ich es auch nicht. Du wirst bald willig genug nach der Pfeife meines kleinen Prinzen tanzen. Oder sollte ich König sagen? Wahrscheinlich. Bist du gar nicht neugierig, warum und wie ich hierher gekommen bin?«

»Ich habe das Gefühl, du sagst es mir sowieso, ob es mich interessiert oder nicht«, erwiderte Talia bitter.

»Auch noch frech! Aber du hast recht. Ach, ich habe jahrelang nach einem Kind von hoher Abstammung gesucht, das ich gerne annehmen würde. Dann könnte ich es lehren, was ich Ancar gelehrt habe. Als ich ihn gefunden hatte, wußte ich nach einem Jahr, daß *ein* Reich ihm niemals genügen würde. Nachdem ich ihm genug beigebracht hatte, daß er einige Zeit ohne mich auskommen konnte, wandte ich meine Aufmerksamkeit der Suche nach einer passenden Gefährtin zu. Die liebe Elspeth schien so vollkommen.« Sie seufzte theatralisch.

»Ach?«

»Du bist sehr begabt, kleine Heroldin! Mit einer einzigen Silbe vermagst du alles auszudrücken, was du denkst! Ja, die liebe Elspeth schien vollkommen – sie stammt von einer langen Reihe magisch begabter Menschen ab und hat einen wundervollen Vater! Er hat gegen seine Frau intrigiert! Köstlich!«

»Wenn du versuchst, mich davon zu überzeugen, daß Verrat vererblich ist, dann spar dir deinen Atem.«

Sie lachte. »Nun gut, dann mache ich es kurz. Ich wollte Elspeth richtig ausbilden und dann zu einer Allianz mit Ancar bringen. Wie du vielleicht erraten hast, habe ich mich als die ursprüngliche Hulda ausgegeben. Alles ging gut – bis du dich eingemischt hast.«

Der Blick, den sie Talia zuwarf, war voller Gift. »Glücklicherweise wurde ich gewarnt. Ich kehrte zu meinem lieben

Prinzen zurück, und als er alt genug war, entwickelten wir einen ausgezeichneten Plan.«

Sie begann ruhelos auf- und abzugehen. Der Saum ihrer Samtrobe schleifte im Schmutz, aber sie beachtete es nicht.

»Woran liegt es nur«, fragte Talia die Decke über ihrem Kopf, »daß Möchtegerntyrannen sich wie drittklassige Schauspieler in einem schlechten Theaterstück benehmen?«

Hulda schnellte herum und starrte sie an. Ihre Hände zuckten, als hätte sie sie liebend gern um Talias Hals gelegt. Talia richtete sich auf. Sie hoffte, Hulda würde sie angreifen. Zugegeben, sie war sehr schwach, aber es gab da ein paar Tricks, die Alberich sie gelehrt hatte ...

»Hast du nichts Besseres zu tun, als vor einer Gefangenen zu prahlen?« reizte sie Hulda weiter.

Huldas Gesicht wurde dunkel vor Zorn, doch zu Talias Enttäuschung beherrschte sie sich, richtete sich langsam auf und strich die Falten ihres Gewandes glatt.

»Du bist ein Teil des Plans, weißt du«, sagte sie plötzlich. »Ancar wollte euch beide am Leben lassen, aber einer wird genügen. Wir reiten alle zusammen zur Grenze und warten dort auf deine Königin. Sie wird dich mit uns sehen und beruhigt sein. Dann ...«

»Du glaubst doch nicht im Ernst, daß du mich dazu bringen kannst?«

»Du wirst keine andere Wahl haben. So wie der Diener meines Prinzen verhindern kann, daß du Nachrichten sendest, so kann ich dir die Kontrolle über deinen Körper entreißen – vor allem, weil es dir im Augenblick nicht sehr gut geht.«

»Du kannst es ja versuchen.«

»O nein, kleine Heroldin, ich hole mir soviel Hilfe, daß du keine Chance haben wirst. Ich werde es schaffen.«

Sie lachte und verließ die Zelle. Das Hexenlicht folgte ihr.

Wie Talia es gehofft hatte, öffnete sich am zehnten Tag ihrer Gefangenschaft die Tür zu ihrer Zelle, und Prinz Ancar und sein Magier standen vor ihr. Hulda begleitete ihn.

Talia überlegte, ob sie aufstehen sollte, aber sie hatte nicht die Kraft. Sie konnte ihre Besucher nur mit unverhohlener Verachtung anstarren.

»Meine Boten haben die Nachricht gesandt, daß die Königin von Valdemar an der Grenze umgekehrt ist«, sagte Ancar und blickte sie mit seinen Basiliskenaugen an. »Und jetzt berichten sie, daß die Königin ein Heer aufstellt. Irgendwie hast du sie gewarnt, Heroldin. Wie?«

Sie gab seine Blicke zurück. »Wenn ihr beide so übermächtig seid«, sagte sie verächtlich, »warum lest ihr dann nicht meine Gedanken?«

Sein Gesicht wurde rot vor Zorn. »*Verdammt* sollt ihr Herolde und eure Barrieren sein!« zischte er, bevor Hulda ihn aufhalten konnte.

Erstaunt sah Talia ihn an. *Strahlendste Herrin – sie können mich nicht ›lesen‹! Sie können Herolde nicht ›lesen‹ – kein Wunder, daß wir Hulda beinahe erwischt hätten …* Dieses Wissen war unbezahlbar – aber nutzlos. Es bedeutete nur, daß man ihr die Wahrheit nicht entreißen konnte und daß ihre Häscher nicht wußten, wann sie log.

Also gut. Erzähl ihnen eine ›Wahrheit‹, die sie niemals glauben werden. Elspeth hatte gesagt, daß Hulda nie daran geglaubt hatte, daß die Gefährten mehr als nur Pferde waren. Sie war überzeugt davon, daß die Herolde die Erwählten aussuchten, nicht die Gefährten.

»Mein Pferd«, sagte Talia nach einer langen Pause. »Mein Pferd ist entkommen und hat sie gewarnt.«

Ancar lächelte, und ihr Blut wurde zu Eiswasser. »Was für eine blühende Phantasie! Du hättest Bardin werden sollen. Aber das wird die Sache nur verzögern, weißt du. Ich habe jahrelang auf meine Ziele hingearbeitet, und ich kann eine kleine Verzögerung verkraften.« Er wandte sich Hulda zu und drückte einen Kuß auf ihre Wange. »Stimmt's, liebste Kinderfrau?«

»Gewiß, mein Prinz. Du warst ein großartiger Schüler.«

»Und der Schüler hat die Lehrerin übertroffen, oder?«

»In einigen Dingen, Lieber. Nicht in allem.«

»Vielleicht interessiert es dich, daß ich von deinem Streit mit der jungen Erbin weiß, kleine Heroldin. Anscheinend ist sie ganz niedergeschlagen und will dich unbedingt wiedersehen. Ein Jammer, daß es nicht möglich ist. Es wäre sehr unterhaltsam gewesen, das Treffen zu beobachten – wenn du unter der Kontrolle meiner Kinderfrau stehst.«

Talia wollte keine Reaktion zeigen, doch ihre Konzentration war so schwach, daß sie sich auf die Lippen biß.

»Sag ihr doch, wer unser Informant ist, mein Lieber«, flüsterte Hulda in Ancars Ohr.

»Niemand anderer als der vertrauenswürdige Lord Orthallen. Was denn, du bist gar nicht überrascht? Wie ärgerlich! Hulda hat ihn entdeckt, weißt du, und herausgefunden, daß er schon sehr lange und sehr geschickt daran arbeitet, die Autorität der Herolde und der Herrscherin zu untergraben.«

»Einige von uns haben es erraten.«

»Wirklich?« Hulda schmollte. »Ich bin enttäuscht. Aber habt ihr auch erraten warum? Ancar hat ihm den Thron versprochen. Orthallen will ihn schon lange. Er dachte, er hätte es geschafft, als er Selenays Vater während der Schlacht von einem gekauften Mörder töten ließ. Aber da waren Selenay und all diese Herolde, die darauf bestanden, ihre Königin zu beschützen. Orthallen beschloß, die Herolde zuerst auszuschalten. Ein Jammer, daß er so wenig Erfolg dabei gehabt hat. Er war überrascht, wie du seinen Fallen immer ausgewichen bist. Er wird noch erstaunter sein, wenn Ancar ihm statt des Throns den Tod gibt. Aber ich bin enttäuscht, daß du unseren schönen Plan durchschaut hast.«

»Meine arme Liebste – zwei Enttäuschungen an einem Tag.« Ancar wandte seinen kalten Blick wieder Talia zu. »Nun, nachdem du mir ein Vergnügen verweigert hast, kannst du dir selbst die Schuld geben, wenn ich dich nun für ein anderes Vergnügen verwende, oder? Vielleicht machst du damit die Enttäuschungen meiner lieben Kinderfrau wieder wett.«

»Aber seid vorsichtig mit dieser Schlampe, mein König«, warnte Hulda. »Euer Diener darf die Barriere nicht einen Augenblick vernachlässigen. Sie ist auch jetzt nicht ohne Waffen.«

Er lächelte wieder. »Keine Sorge, meine Liebe. Er kennt die Strafe, wenn er dabei versagt, sie in ihrem eigenen Kopf einzusperren. Sollte er schwach werden, mein Herz – dann gehört er dir.«

Hulda strahlte, und Ancar gab den riesenhaften Wachen, die hinter ihm standen, ein Zeichen.

Sie packten Talia, zogen sie auf die Füße und drehten ihr die Arme auf den Rücken. Sie verkrampfte sich, als die Wunde erneut aufbrach, aber sie biß sich auf die Lippe und litt schweigend.

»Auch noch starrköpfig! Wie unterhaltsam du sein wirst, Heroldin. Wie unterhaltsam!«

Er wandte sich um und ging mit dem Magier und Hulda aus der Zelle. Die Wachen folgten mit Talia durch einen langen Gang, der nach Moder und Schimmel roch und am Ende eine eiserne Tür hatte. Der Gestank nach Angst und Blut drang aus dem Raum dahinter.

Sie fesselten Talias Arme an den kalten Stein über ihrem Kopf. Der Schmerz in ihrer verwundeten Schulter war beinahe unerträglich.

»Ich halte mich für einen Künstler«, sagte Ancar zu ihr. »Es liegt eine große Kunst darin, jemandem den furchtbarsten Schmerz zuzufügen, ohne ihn für immer zu verkrüppeln oder zu töten.« Er nahm einen langen, dünnen Eisenstab aus dem Feuer und betrachtete nachdenklich die weißglühende Spitze. »Mit diesem Stab zum Beispiel kann man ganz faszinierende Dinge tun.«

Als läge es ein Jahrhundert zurück, erinnerte Talia sich an Alberich, der mit ein paar Studenten im letzten Jahr, zu denen sie damals gehört hatte, ein paar der unerfreulicheren Dinge besprach, die einem Herold begegnen konnten.

»Die Möglichkeit der Folter«, hatte Alberich an jenem längst vergangenen Nachmittag gesagt, »dürfen wir leider nicht ignorieren. Ganz egal, was die Geschichten auch besagen – jeder kann durch Schmerz zerbrochen werden. Es gibt geistige Übungen, die helfen können, aber gegenüber dem Schlimmsten, das ein Mensch sich ausdenken kann, sind auch sie nutzlos. Ich kann euch nur raten: Wenn ihr euch in dieser hoffnungslosen Lage befindet, dann lügt, lügt so oft und so einfallsreich, daß eure Peiniger nicht wissen können, wann ihr die Wahrheit sprecht. Denn der Zeitpunkt wird kommen, an dem ihr die Wahrheit sagt. Ihr werdet es nicht verhindern können. Aber dann, hoffe ich, habt ihr eure Peiniger so verwirrt, daß es nichts mehr ausmacht.«

Doch Ancar wollte keine Informationen. Die bekam er von Orthallen reichlich. Er wollte nur eins: Talia Schmerzen zufügen.

Der Prinz mußte jedoch feststellen, daß die ›faszinierenden Dinge‹ Talia keinen Laut entlockten.

Er ging zu komplizierteren Foltermethoden über, mit ausgefeilten Instrumenten. Er machte alles selbst. Seine langen Hände streichelten die blutgetränkten Fesseln und das grausame Metall, während er Talia ausführlich beschrieb, was jedes einzelne Gerät ihrem hilflosen Körper antun konnte.

Talia gab ihr Bestes, um abgeschirmt zu bleiben und sich hinter diese Barrieren gegen den Schmerz und die Welt außerhalb zurückzuziehen, doch als er mit seiner ›Unterhaltung‹ fortfuhr, brachen ihre Barrieren und ihr Schirm langsam zusammen. Überdeutlich nahm sie jede Gefühlsregung Ancars, Huldas und des namenlosen Magiers wahr. Die intensive sexuelle Lust, die ihre Pein Ancar bereitete, war schlimmer als eine Vergewaltigung. Aber sie war zu schwach, sich dagegen zu wehren. Huldas Freude war genauso pervers und genauso schwer zu ertragen.

Zweimal versuchte Talia, Ancar ihre Agonie fühlen zu lassen, doch der Magier schirmte ihn jedesmal ab. Er hatte an der Sache beinahe ebensoviel Freude wie Ancar und seine ›liebe Kinderfrau‹. Und solange Talia noch denken konnte, wünschte sie sich sehnsüchtig, ihre Peiniger angreifen zu können.

Doch nach einiger Zeit konnte sie nur noch schreien.

Als Ancar ihre Füße zertrümmerte, konnte sich nicht einmal mehr das.

Da Talia ihre Stimme verloren hatte, schleppten ihre Peiniger sie zurück in ihre Zelle, denn der Prinz empfand kein Vergnügen mehr, wenn sie auf seine ›Aufmerksamkeiten‹ nicht antworten konnte. Sie lag auf dem Stroh, unfähig, sich zu bewegen. Ancar stand triumphiernd über ihr.

»So, du mußt dich ausruhen, damit wir wieder mein Spiel spielen können«, sagte er grinsend. »Vielleicht werde ich dieses Spiels bald müde sein, vielleicht auch nicht. Aber das ist egal. Wenn ich deiner müde bin, finde ich immer noch eine Verwendung für dich. Zuerst werden meine Männer sich wieder mit dir vergnügen, denn ihnen macht es nichts aus, daß du nicht mehr so hübsch wie früher bist. Einige werden dein Aussehen genauso anregend finden wie *ich*, meine Liebe. Dann wirst du *meine* Botin sein. Was wird deine geliebte Königin tun, wenn sie ihren liebsten Herold ein Stück nach dem anderen zurückerhält?«

Er lachte und verließ mit Hulda die Zelle.

Talia brauchte ihre gesamte Willenskraft, aber sie blieb, wo sie war, bis es dunkel wurde, dunkel genug, daß niemand sehen konnte, was sie tat. Sie rollte sich auf eine Seite, stieß das Stroh weg und legte die Stelle frei, an der sie ihre kostbare Flasche Argonel vergraben hatte. Das Wissen, daß sie diese Flasche besaß, hatte sie den ganzen Tag lang durchhalten lassen und sie betete, daß niemand die Zelle durchsucht und die Flasche gefunden hatte.

Sie war noch da.

Talia klammerte sich an jede Bewegung, weil sie wußte, daß sie sonst nicht weitermachen konnte.

Ihre Finger waren so geschwollen, daß sie beinahe nutzlos waren, aber das hatte sie vorausgeahnt. Es gelang ihr, den lockeren Lehm mit den Seiten ihrer Hände so weit wegzukratzen, daß sie ihre Zähne um den Hals der Flasche legen und sie herausziehen konnte.

Die Anstrengung ließ sie beinahe das Bewußtsein verlieren. Lange Augenblicke lag sie keuchend und weinend vor Schmerz da und war unfähig, sich zu bewegen. Dann hielt sie die Flasche zwischen ihren zerschundenen Handgelenken und zog mit den Zähnen den Korken heraus.

Wieder lag sie lange Zeit still, weil sie einer Ohnmacht nahe war. Aber das wäre nur eine kurzfristige Flucht gewesen. Sie brauchte eine dauerhafte Lösung.

Sie spuckte den Korken aus, rollte sich auf die Seite, wobei ihr ganzer Körper vor Schmerz aufschrie, und ließ den gesamten Inhalt der Flasche in ihren Mund fließen. Das Argonel brannte den ganzen Weg durch ihren rauhen Hals hinunter in ihren Magen und lag dort wie geschmolzenes Blei. Es fühlte sich an, als versuchte die Droge, von innen ein Loch in Talias Leib zu fressen.

Sie weinte. Sie spürte eine Ewigkeit nichts als Schmerzen. Aber dann begann die Taubheit sich auszubreiten und schob den Schmerz vor sich her. Es ging immer schneller, und bald konnte sie nichts mehr spüren. Ihr Geist schien in warmem, dunklem Wasser zu schweben.

Eine Zeitlang gingen ihr ein paar verschwommene Gedanken durch den Kopf, Elspeth – sie hoffte, daß das Kind ihr wirklich vergeben hatte; sie hoffte, daß der nächste Herold der Königin die junge Erbin genauso lieben würde, wie sie es tat. Und Dirk. Wahrscheinlich war es besser, daß er *nicht* wußte, wie sehr sie ihn liebte. So würde ihm viel Kummer erspart bleiben. Oder nicht? Sie war glücklich, daß er und Kris sich vor ihrer Abreise versöhnt hatten. Es würde auch so schlimm genug für ihn werden, wenn er von Kris' Tod erfuhr.

Wenn sie ihnen nur alles hätte sagen können! Wenn sie wegen Orthallen nur ganz sicher gewesen wäre! *Er* war immer noch da, der verborgene Feind, der nur auf eine neue Gelegenheit wartete. Und Ancar – Herr über Magier und eine Armee von Mördern. Wenn sie nur Selenay irgendwie warnen könnte ...

Solange sie noch die Kraft und den Willen besaß, versuchte sie einen ›Geistruf‹, aber wieder wurde sie von der Barriere des Magiers zurückgeworfen.

Bis sie sich nur noch treiben lassen konnte ...

Es war seltsam. Die Barden hatten immer behauptet, daß man alle Antworten bekam, wenn man im Sterben lag. Aber für Talia gab es keine Antworten. Nur Fragen, unbeantwortete Fragen und unerledigte Aufgaben. Warum bekam sie keine Antworten? Man sollte doch meinen, daß man zumindest erfuhr, *warum* man sterben mußte.

Vielleicht war es nicht wichtig.

Der sterbende Kris hatte gesagt, es sei hell, und in allen Geschichten hieß es, daß die Freistatt ein leuchtender Ort sei. Aber es war nicht hell. Es war dunkel – überall Dunkelheit, kein einziger Lichtstrahl.

Und sie war so allein! Sie hätte selbst einen Fiebertraum willkommen geheißen.

Aber vielleicht war es besser so. In der Dunkelheit konnte dieser verfluchte Magier sie nicht finden und zurückbringen. Wenn sie weit genug fliehen konnte, würde er beim Versuch, sie zu finden, vielleicht selbst verlorengehen. Das war die Anstrengung wert – und die warme, betäubende Dunkelheit war beruhigend, wenn man die Einsamkeit nicht beachtete.

Vielleicht würde sie anderswo, wohin der Magier ihr nicht folgen konnte, die Freistatt finden ... und das Licht.

Sie ließ sich weiter und weiter in die Dunkelheit ziehen, die sich hinter ihr schloß, und selbst die letzten Gedanken entglitten ihr.

Und während sie immer tiefer ins Dunkel trieb, fragte sich der letzte Funke ihres Bewußtseins, warum sie immer noch kein Licht sehen konnte, nicht einmal am Ende.

# Neun

Als die Königin und ihr Gefolge sich schließlich auf den Weg machten, war Dirk ein Mitglied der Ehrengarde, trotz der lauten Proteste der Heiler und seiner Kameraden, daß er für diese Reise noch zu krank sei.

Er hatte geantwortet, daß man ihn brauchen würde. Und das stimmte. Der Unterricht am Collegium war beendet und alle Herolde, die für gewöhnlich dort unterrichteten, gehörten jetzt zur Leibwache. Nur jene, die zu alt oder zu krank für die Reise waren, blieben zu Hause. Dirk hatte auch behauptet, daß es ihm viel besser ginge, als sein Aussehen vermuten ließe (das war gelogen), und daß er sich während der langsamen Reise des langen Trosses besser erholen könnte als im Haus der Heilung, wo er sich doch nur Sorgen machen würde (was zumindest ein wenig der Wahrheit entsprach). Selenay stimmte seiner Bitte zu. Die Heiler hoben entsetzt die Hände und erklärten sie für verrückt und Dirk für den schlimmsten Patienten, den sie seit Keren gehabt hatten.

Dirk wußte sehr gut, daß Teren und Skif sich in aller Stille vorgenommen hatten, ihn im Auge zu behalten, weil sie seinen Behauptungen, es ginge ihm gut, nicht trauten. Es war ihm egal. Alles war ihm egal. Hauptsache, man ließ ihn nicht zurück. Sollten sie ihn ruhig bewachen.

Aber Dirk hatte recht, was die Reise betraf. Sie war nicht sehr anstrengend; es war ein ruhiger Ritt. Das Aufregendste war vermutlich das Treffen mit Talia oder Kris an der Grenze. Daß die Leibwache aus Herolden bestand, hatte traditionelle Gründe. Niemand erwartete Gefahren. Schließlich war Alessandar ein vertrauenswürdiger Verbündeter und ein Freund Valdemars. Selenay und Elspeth waren in Hardorn genausowenig in Gefahr wie in der Hauptstadt des eigenen Landes. Dirk war sicher, daß er sich in ihrer Begleitung so geborgen fühlen konnte wie in seinem Bett.

Doch es gab noch andere Gründe, daß Dirk unbedingt

mitkommen wollte – auch wenn er darüber zu niemandem sprach. Seine erzwungene Untätigkeit hatte ihm viel Zeit zum Nachdenken gelassen, und er hatte sich gefragt, ob er die Beziehung zwischen Kris und Talia nicht falsch betrachtet hatte. Kris hatte das Feld zwar nicht geräumt, aber seit ihrer Rückkehr hatte er nicht viel Zeit mit Talia verbracht. Statt dessen hatte er eine kurze Affäre mit Nessa gehabt und war dann zu seinen alten, halb mönchischen Gewohnheiten zurückgekehrt. Und auch Talia hatte Kris' Gegenwart nicht gesucht. Dirk wußte es ganz genau, denn er hatte sie ununterbrochen beobachtet. Und wenn er jetzt darüber nachdachte, erschienen ihm Kris' Lobeshymnen auf den Herold der Königin weniger als die eines Mannes, der seine Geliebte preist, sondern eher wie die eines Pferdehändlers, der einen unschlüssigen Kunden zu überzeugen versucht. Und derjenige, dessen Gesellschaft Talia gesucht *hatte*, war der einzige gewesen, der ihr ausgewichen war – er selbst.

Und dann war da noch jener seltsame Zwischenfall mit Keren: An dem Morgen, an dem Kris und Talia aufgebrochen waren, hatte Keren sich an den Heilern vorbeigedrängt und ihm, Dirk, einen Vortrag gehalten, an den er sich nicht mehr erinnern konnte, weil er im Fieber gelegen hatte. Es war zum Verrücktwerden, denn er hatte das sichere Gefühl, daß es wichtig gewesen war. Aber er brachte es nicht über sich, zu Keren zu gehen und sie zu fragen. Doch wenn seine schwachen Erinnerungen ihn nicht völlig trogen – was leider möglich war –, hatte Keren über den Lebensbund gesprochen, mehr als einmal. Und sie hatte ihm ziemlich ausführlich erklärt, was er für ein Trottel sei und wie elend Talia sich seinetwegen fühlen mußte.

Außerdem hatte er beängstigende Träume gehabt, deren Ursache nicht nur das Fieber sein konnte. Und er war wegen der Mission besorgt gewesen – von dem Augenblick an, als er gehört hatte, daß Talia und Kris abgereist waren. Wenn irgend etwas schiefging, wollte er es sofort wissen. Und er wollte an einem Ort sein, wo er etwas *tun* konnte, statt sich nur zu fragen, was geschehen sein mochte. Aber konnte er in seinem Zustand überhaupt etwas tun?

Denn in Wahrheit ging es ihm immer noch schlecht. Man hatte ihm einen Platz am Ende der Reisegesellschaft zugewiesen, vor den Gepäcktieren, um gemeinsam mit Skif Elspeths Leibwache zu bilden. Skifs Cymry hatte im Frühling gefohlt, und das Fohlen war gerade alt genug, einen so langsamen Ritt mitmachen zu können.

Elspeth war besorgt, und Dirk hatte das Gefühl, daß er und Skif die beste Gesellschaft für sie waren. Cymrys Fohlen und Skifs Art heiterten sie auf, und Dirk war nur zu gern bereit, über das eine Thema zu sprechen, das Elspeths Gedanken beherrschte und sie mit Gewissensbissen plagte – Talia.

Selenay hatte Talias Brief an Elspeth übergeben, nachdem die Erbin den Herold der Königin erfolglos gesucht und ihre Mutter schließlich gefragt hatte, was mit Talia geschehen war. Sie hatte sich betrübt an ihr Versprechen erinnert, das sie vor langen Jahren gegeben hatte, gleich nachdem Talia sie verlassen hatte. »Ich werde niemals böse auf dich sein«, hatte sie erklärt, »ganz egal, was du gesagt hast, bevor ich nicht darüber nachgedacht habe und zu dem Schluß gekommen bin, daß es falsch war.«

Und viel von dem, was Talia in dieser Nacht gesagt hatte, war zwar bitter, aber richtig gewesen. Elspeth hatte nur ihr eigenes Vergnügen und ihre eigenen Wünsche im Sinn gehabt und kein einziges Mal an die Folgen ihrer ›Affäre‹ gedacht.

Der Verrat ihres Beinahe-Liebhabers hatte geschmerzt, aber viel mehr hatte der Gedanke wehgetan, daß sie mit diesem gebrochenen Versprechen eine Freundin vertrieben hatte, die sie wirklich liebte. Talias Worte waren zwar häßlich, aber nicht unverdient gewesen – und Elspeth hatte Talia genauso heftig und böse geantwortet.

Eigentlich hatte sie selbst mit den Beschimpfungen begonnen. Und jetzt, da sie den Brief gelesen hatte, wünschte sie verzweifelt, sich zu entschuldigen, alles zu erklären und sich mit Talia auszusöhnen. Elspeths Bedauern war echt, und sie hatte das Verlangen, ständig darüber zu sprechen.

In Dirk fand Elspeth einen aufmerksamen Zuhörer. Und allmählich wurden ihre Schuldgefühle schwächer, weil sie mit Dirk darüber reden konnte.

Aber vergessen konnte sie den Streit nicht.

»Träumst du am hellen Tag, junge Dame?«

Die glatte, geschulte Stimme riß Elspeth aus tiefen Gedanken.

»Nein!« widersprach sie Lord Orthallen leicht verärgert. »Ich denke nach.«

Fragend hob er eine Augenbraue, doch Elspeth hatte nicht die Absicht, weitere Erklärungen zu liefern.

Er trieb seinen braunen Hengst ein wenig näher. Gwena spürte ihren unausgesprochenen Widerwillen und rückte ab.

»Ich muß zugeben, auch ich habe viel nachzudenken«, sagte er schnell, als wollte er ihr keine Gelegenheit geben, das Gespräch zu beenden. »Viele Überlegungen – und Sorgen ...«

*Verdammt soll er sein!* dachte sie. *Er ist so aalglatt, ich würde ihm so gern vertrauen! Aber was Alberich gesagt hat ...*

*Ich würde Alberich mein Leben anvertrauen,* sagte Gwena unerwartet in ihrem Geist, *aber dieser Schlange da nicht einmal meine alten Hufeisen!*

*Sei still, Liebes!* antwortete Elspeth. Der Zorn ihrer Gefährtin belustigte sie. *Er fängt mich nicht noch einmal!*

»Sorgen? Worüber, mein Lord?« fragte sie äußerlich ruhig.

»Über meinen Neffen«, erwiderte er. Sein Gesicht und seine echte Besorgnis machten Elspeth staunen. »Ich wünschte, Selenay hätte mich gefragt, bevor sie ihn ausgesandt hat. Er ist noch so jung.«

»Er ist schon sehr erfahren.«

»Aber nicht in Diplomatie.«

*Leuchtende Freistatt, Liebes, das klingt ja echt!*

*Ist es auch.* Gwena war genauso erstaunt. *Aber irgendwie macht es mir Angst. Was weiß er, das wir nicht wissen?*

»Es handelt sich um eine einfache Mission bei einem Verbündeten«, sagte Elspeth laut. »Was könnte da schon passieren?«

»Nichts, natürlich. Es sind nur dumme Ängste eines alten Mannes.« Er lachte, aber es klang gezwungen. »Ich bin eigentlich gekommen, weil ich sehen wollte, ob du dich nach den jungen Männern sehnst, die du am Hof zurückgelassen hast.«

»Die?« Sie kicherte scheinbar belustigt. »Die Herrin segne mich, mein Lord, aber ich kann gar nicht verstehen, was ich in ihnen gesehen habe. Ich habe noch nie im Leben eine so hirnlose Bande getroffen! Sie haben mich gelangweilt. Ich bin froh, daß ich ihnen entkommen bin. Aber jetzt sollte ich besser nach hinten reiten und mich darum kümmern, daß der arme Dirk nicht aus dem Sattel fällt. Lebt wohl!«

*Jetzt hast du's ihm aber gegeben, kleine Schwester!* sagte Gwena begeistert, während sie sich umwandte und nach hinten trabte. *Gut gemacht!*

»Dirk?« Elspeth und Gwena hielten an.

»Was ist denn, Kobold?« Dirk war eingedöst. Die Sonne war sanft und warm, Ahrodies Gang war glatt, und das leise Klingeln der Glöckchen und der Hufe war einschläfernd.

»Glaubst du, daß Talia uns an der Grenze erwarten wird?« fragte Elspeth sehnsüchtig und hoffnungsvoll. Dirk haßte es, sie zu enttäuschen, aber was sollte er tun.

Er seufzte. »Wahrscheinlich nicht, fürchte ich. Als Herold der Königin ist sie die Stellvertreterin deiner Mutter, also wird sie bei Alessandar bleiben.«

»Oh.« Elspeth wirkte enttäuscht, wollte das Gespräch aber fortsetzen. »Geht es dir gut? Du hustest ständig.« Sie warf ihm einen besorgten Seitenblick zu.

»Sag nicht, daß *du* mich auch noch bemuttern willst!« erwiderte Dirk. »Es ist schon schlimm genug mit diesen beiden Glucken da hinten.« Er nickte in Richtung Skif und Teren, die gerade außer Hörweite hinter ihnen ritten.

Die warme Mittagssonne, willkommen nach langen Wochen mit kaltem Regen, ließ ihre weiße Uniformen so strahlen, daß man sie nicht anschauen konnte, ohne zu blinzeln.

*Wie schafft der Mann es, so untadelig auszusehen, bei all dem Staub, den wir aufwirbeln?* fragte Dirk sich verwundert.

Elspeth kicherte. »Entschuldige. Es wird ein bißchen viel, oder? Jetzt weißt du, wie es mir geht! Zu Hause im Collegium war alles in Ordnung, aber jetzt kann ich nicht einmal in den Büschen verschwinden, um ... du weißt schon, ohne daß sich zwei Herolde auf mich stürzen!«

»Daran ist nur deine Mutter schuld, Kobold. Du bist ihr einziges Kind. Sie hätte mehr von deiner Sorte zur Welt bringen sollen, dann hättest du diese Probleme nicht.«

Elspeth kicherte noch lauter. »Ich wünschte, ein paar von den Höflingen könnten dich reden hören! Du sprichst über sie wie über eine Zuchtstute.«

»Wahrscheinlich würden sie mich wegen dieser Beleidigung zum Duell fordern. Aber deine Mutter würde mir vielleicht sogar zustimmen. Was tust du eigentlich für deinen Unterricht, jetzt, wo du keinen Schreibtischsessel wärmst?«

Dirk war selbst überrascht, daß Elspeths Antwort ihn wirklich interessierte. Langsam verging seine durch die Krankheit verursachte Schwäche, und seine alte Energie kehrte zurück. Ein großer Teil seiner Verzweiflung war ebenfalls verschwunden. Ob es daran lag, daß er sich mit Kris versöhnt hatte? Er wußte es nicht, aber es war eine erfreuliche Tatsache.

»Alberich hat Skif befohlen, mir das Messerwerfen beizubringen. Ich bin schon ganz gut darin. Schau!«

Ihre Hand schnellte zur Seite und nach vorn, und ein kleines Messer erschien wie durch Zauberei im dicken Ast eines

Baumes am Wegrand. Dirk hatte nicht einmal gesehen, wie es Elspeths Hand verlassen hatte.

»Nicht schlecht! Wirklich nicht schlecht.«

Elspeth trabte zur Seite, holte das Messer, reinigte die Klinge an ihrem Ärmel und kam zu Dirk zurück. »Alberich hat mir eine Ärmelscheide mit eingebauter Schleuder gegeben.« Sie schob den Ärmel hoch und zeigte sie stolz Dirk. »Genau wie Talias!«

»Daher hat Talia sie also! Das paßt zu Alberich. Wenn es eine Möglichkeit gibt, etwas zu verstecken, dann weiß er Bescheid.« Dirk grinste und erkannte überrascht, daß es schon lange her war, seit er gelächelt hatte. »Glaube nicht, ich hätte etwas dagegen. Ich bin froh, daß du einen verborgenen Stachel hast, Kobold.«

»Warum? Mutter war nicht allzu glücklich darüber, daß ich ›Attentätertricks‹ lerne, wie sie es genannt hat. Erst als ich gesagt habe, daß es ein Befehl Alberichs ist, hat sie nachgegeben.«

»Ich bin da ein wenig pragmatischer. Wenn du die Tricks eines Attentäters kennst, hast du ihm etwas voraus – und es gibt dich nur einmal, Kobold. Wir können es uns nicht leisten, dich zu verlieren.«

»Komisch. Skif hat genau das gleiche gesagt. Ich glaube, ich bin nicht mehr daran gewöhnt, mich wichtig zu nehmen.« Sie grinste, und Dirk dachte flüchtig an das hochnäsige Biest, das dieses reizende Kind einmal gewesen war, bevor Talia die Sache in die Hand genommen hatte.

»Ich hoffe, du lernst auch, daß du in einer gefährlichen Situation nicht mit dem Kopf, sondern mit deinen Reflexen reagieren sollst.«

Sie zog ein Gesicht. »Was du nicht sagst! Es ist noch gar nicht so lange her, daß Alberich, Skif und Jeri mich ständig überfallen haben, allein oder alle zusammen! Außerdem erwartet man von mir, daß ich mit den Herolden spreche. Anscheinend glauben sie, daß Können ansteckend ist!«

»Wie sprichst du über deine Vorgesetzten! Obwohl ich

zugeben muß, daß im Fall Skifs ›Ansteckung‹ wahrscheinlich das richtige Wort ist.«

»Habe ich da eben meinen Namen gehört?«

Skif trieb Cymry an ihre Seite.

»Ganz sicher, du verkleideter Tagedieb! Ich habe unsere unschuldige junge Erbin gerade vor deiner Gesellschaft gewarnt.«

»Meiner Gesellschaft!« Skif machte große unschuldige Augen. »Ich bin so anständig ...«

»Wie das, was man aus den Ställen schaufelt!«

»He, ich muß mir diese Beleidigungen nicht anhören!«

»Das stimmt!« kicherte Elspeth. »Du könntest wegreiten. Dann beleidigen wir dich hinter deinem Rücken, wie eben.«

Als ob er ihr zustimmen würde, fing ein mutiger Scharlachhäher über Skifs Kopf zu schimpfen an. Er hüpfte auf einem Ast herum, der über die Straße ragte und zwitscherte noch, nachdem Skif unter ihm durchgeritten war.

»Ich glaube, ihr seid in der Überzahl – ihr habt sogar die wilden Tiere auf eurer Seite! Zeit für einen strategischen Rückzug, wie Meister Alberich sagen würde.«

Er zügelte Cymry und ließ sich an seinen Platz neben Teren zurückfallen. Elspeth streckte ihm die Zunge heraus, und er schnitt ihr eine Grimasse. Es fiel Dirk schwer, ernst zu bleiben.

Aber einen Augenblick später änderte sich Elspeths Laune plötzlich. »Dirk? Kann ich dich etwas fragen?«

»Deswegen bin ich hier, Kobold. Unter anderem.«

»Was ist böse?«

Dirk verschluckte sich beinahe. Philosophische Fragen hatte er von Elspeth nicht erwartet. »Oh! Mit einfachen Fragen gibst du dich wohl nicht zufrieden, was?«

Er schwieg eine Weile. Ein rascher Seitenblick sagte ihm, daß er Elspeths Zuneigung gewonnen hatte, weil er ihre Frage ernst nahm. »Hast du jemals Gwena gefragt?« sagte er schließlich. »Wahrscheinlich hat sie mehr Ahnung als ich.«

»Das habe ich getan – aber sie hat mich nur angeschaut,

als wären mir plötzlich Hörner gewachsen, und gesagt, daß das Böse nun mal existiert.«

Dirk lachte, denn Ahrodie hatte ihm ganz ähnlich geantwortet. »Anscheinend können sie ein paar ganz bestimmte Dinge nicht verstehen, hm? Na gut, ich will's versuchen. Für mich ist das Böse die absolute Gier, eine Gier, die so allumfassend ist, daß sie nichts Schönes, Seltenes oder Kostbares sehen kann, ohne es besitzen zu wollen. Eine so große Gier, daß sie lieber alles zerstört, als es jemand anderem zu überlassen. Und eine so starke Gier, daß sie auch dann nicht gestillt ist, wenn sie diese Dinge besitzt – das Schöne, Seltene und Kostbare bedeutet ihr nichts. Sie will es nur *haben*.«

»Das heißt, das Gute ist das Gegenteil davon? Uneigennützigkeit vielleicht?«

Er runzelte die Stirn und suchte nach den richtigen Worten. »Ja, teilweise. Das Böse kann nicht erschaffen, es kann nur nachahmen, verstümmeln oder zerstören, weil es so sehr mit sich selbst beschäftigt ist. Daher wäre ›gut‹ eher die Selbst*losig*keit. Du weißt, was verschiedene religiöse Gruppen predigen – das absolut Gute, die Gottheit, kann man nur erreichen, wenn man sich selbst völlig vergißt. Was hat dich auf diese Frage gebracht?«

»Als Skif Meister Alberich erwähnt hat, da habe ich ... er ...« Sie zögerte und machte ein beschämtes Gesicht. Dirk gab sich alle Mühe, freundlich und verständnisvoll zu wirken und sie zu ermutigen, weiterzusprechen. »Du weißt, was zwischen Talia und mir geschehen ist. Ich war am nächsten Tag immer noch zornig auf sie und mindestens genauso böse auf mich selbst. Nun, während meiner Waffenübung ist das alles zum Ausbruch gekommen. Meister Alberich befahl mir, aufzuhören, und hat mit mir einen Spaziergang gemacht, weil ich mich beruhigen sollte. Weißt du, ich hätte nie gedacht, daß er so ... verständnisvoll sein könnte. Freundlich. Meistens ist er sehr hart.«

»Vielleicht, um seine Sanftheit zu verbergen«, erwiderte Dirk leise. Er kannte Alberich besser als jeder andere Herold, mit Ausnahme Elcarths und Jeris. Trotz der vielen

Zeit, die er draußen im Land verbracht hatte, war er dem Waffenmeister so nahe gekommen, wie es bei ihm nur möglich war. »Wäre er sanft zu uns, wäre das der schnellste Weg, daß wir draußen im Land den Tod finden. Deshalb ist er so hart. Er hofft, daß er härter ist als alles, was uns draußen begegnen wird. Aber das macht ihn nicht weniger menschlich oder zu einem schlechten Herold. Er ist *der* Lehrer am Collegium, dessen Unterricht Tod oder Leben für einen Herold bedeuten kann. Wenn er nur eine Sache ausläßt, ganz egal, aus welchem Grund, könnte einer seiner Schüler ein frühes Ende finden. Von keinem anderen Lehrer am Collegium kann man das behaupten. Wenn das nächste Mal die Totenglocke läutet, dann wird dir vielleicht auffallen, daß Alberich nirgendwo zu sehen ist. Ich weiß nicht, wohin er geht. Aber ich habe einmal beobachtet, als er weggegangen ist. Er sah aus, als würde er unter Todesqualen leiden. Er fühlt mehr, als wir alle ihm zugestehen wollen.«

»Ich glaube, das weiß ich jetzt auch. Na ja, jedenfalls hat er mit mir gesprochen. Du weißt ja, wie das ist, wenn er spricht. Man muß einfach zuhören. Irgendwie hat es dann damit geendet, daß ich ihm alles erzählt habe. Daß ich angefangen habe, mit Lord Orthallen zu reden, weil Talia immer so beschäftigt war. Und daß ich deswegen mit ein paar Leuten zusammengekommen bin. Der wilden Bande. Diesem Jungen. Lord Orthallen hat uns einander vorgestellt. Er hat mir gesagt, ich sollte mehr Zeit mit den anderen Leuten am Hof verbringen. So wie *er* das sagte, ergab es einen Sinn und die jungen Männer, die er mir vorstellte, waren so … aufmerksam. Einschmeichelnd. Mir gefiel ihre Aufmerksamkeit. Das habe ich auch Alberich gesagt. Und dann hat er etwas sehr Seltsames gesagt. Alberich, meine ich. Er sagte: ›Ich sage dir das in strengstem Vertrauen, von Herold zu Herold, denn ich glaube, ich müßte auf jeden meiner Schritte aufpassen, falls es ihm jemals zu Ohren kommen sollte. Lord Orthallen ist einer der drei wirklich bösen Menschen, die ich in meinem Leben getroffen habe. Er tut nichts ohne Hintergedanken, junge Dame, und es wäre klug von dir, wenn du immer daran denken würdest.‹«

Sie warf Dirk einen Seitenblick zu. Anscheinend wollte sie sehen, welche Wirkung ihre Worte auf ihn hatten.

Er bemühte sich nicht zu verbergen, daß sie ihn ziemlich ernüchtert hatte. Als sie Orthallens Name das erste Mal genannt hatte, schien der Tag plötzlich verdüstert zu sein. Und Alberichs Worte waren wie eine Erleuchtung.

»Ich weiß nicht, was ich sagen soll«, antwortete er schließlich. »Aber Alberich gibt nie ein vorschnelles Urteil ab, das wissen wir beide. Und ich bin nicht gerade ein Gefolgsmann Orthallens. Ich sage nur soviel: Kris und ich haben hauptsächlich deswegen gestritten, weil Orthallen auf Kris' Anwesenheit bestand, als ich angeklagt wurde, und weil er ihn dazu zwingen wollte, eine Entscheidung zwischen seinem Onkel und seinem Freund zu treffen. Ich kann mir nicht vorstellen, warum er das getan hat – aber erinnere dich, was ich über das Böse gesagt habe, daß es kein kostbares Ding sehen kann, ohne es entweder besitzen oder zerstören zu wollen. Und unsere Freundschaft ist eines der kostbarsten Dinge in meinem Leben.«

Elspeth ritt danach viele Meilen schweigend an seiner Seite, mit einem sehr nachdenklichen Gesicht.

Es war nur das erste von vielen ähnlichen Gesprächen, die sie führten. Sie entdeckten, daß sie vieles gemeinsam hatten, auch einen Hang zum Mystischen, der jeden, der sie nur oberflächlich kannte, überraschen würde.

»Nun?« fragte Elspeth zornig. »*Warum* greifen sie nicht ein? Ich mache einen Narren aus mir, und Gwena sagt nicht *ein* Wort!«

Dirk seufzte. »Kobold, ich weiß es nicht. Hast du sie jemals gefragt?«

Elspeth schnaubte. Wenn sie zornig war, hörte sie sich wie

ihre Gefährtin an. »Natürlich! Gleich nachdem ich mich wie ein Volltrottel benommen habe, habe ich sie gefragt, warum sie mir nicht verboten hat, mit diesem jungen Kerl auch nur zu reden.«

»Und was hat sie geantwortet?«

»Daß ich sehr gut wüßte, daß Gefährten nicht so handeln.«

»Das tun sie auch nicht. Es sei denn, ihre Erwählten kommen zu ihnen.« Auch Dirk war ein wenig beschämt, weil er Ahrodie bei seinem Streit mit Kris nicht um Rat gefragt hatte.

»Aber warum? Das ist nicht gerecht!« In Elspeths Alter, das wußte Dirk aus eigener Erfahrung, war Gerechtigkeit etwas sehr Wichtiges.

»Bist du sicher? Wäre es auf lange Sicht gesehen denn gerecht, wenn sie uns immer bevormunden würden, sobald wir eigene Entscheidungen treffen wollen?«

*Eine gute Antwort, Erwählter,* mischte Ahrodie sich ein, *auch wenn sie ein bißchen sehr einfach ist.*

*Wenn du eine bessere anzubieten hast …*

*Nein, nein!* erwiderte sie hastig. *Mach du nur weiter!*

»Du meinst, wir müssen selbst aus Erfahrung lernen?« fragte Elspeth, während Dirk sein Grinsen über Ahrodies hastige Antwort unterdrückte.

Elspeth dachte eine Weile darüber nach. Gwena und Ahrodie unterhielten sich inzwischen damit, ihren Schritt einander so anzugleichen, daß er nur mehr wie der eines Gefährten klang.

»Mischen sie sich denn nie ein?« fragte sie schließlich.

»Nie. Aber in einigen der ganz alten Chroniken …«

»Steht was?« bohrte Elspeth, als Dirks Schweigen zu lange anhielt.

»Ganz selten haben einige Gefährten eingegriffen. Aber nur, wenn die Situation hoffnungslos war, und nur dann, wenn es außer ihrer Hilfe keinen anderen Ausweg gab. Es waren immer haingeborene Gefährten, und zur Zeit gibt es nur einen: Rolan. Und sie haben *immer* freiwillig gehandelt. Deswegen fragen Herolde ihre Gefährten nicht danach.«

»Warum? Warum sollen wir sie nicht fragen?«

»Kobold ...« Er bemühte sich, mit Worten auszudrücken, was er bisher nur gefühlt hatte. »Welches Gesetz regiert dieses Königreich?«

Sie blickte ihn verwirrt an. »Versuchst du, das Thema zu wechseln?«

»Nein, das will ich nicht, glaub mir.«

»Das Gesetz lautet: ›Es gibt keinen einen wahren Weg.‹«

»Geh noch einen Schritt weiter. Warum ist es den Priestern durch Gesetze verboten, im Fall eines Krieges für Valdemars Sieg zu beten?«

»Ich ... ich weiß nicht.«

»Denk darüber nach.«

Sie blieb an seiner Seite und ritt neben ihm her, mit ausdruckslosem Gesicht und so sehr nach innen gekehrt, daß sie nicht einmal bemerkte, wie Skif wieder zu ihnen aufschloß.

Er ritt an Dirks andere Seite und sah die junge Erbin lange und neugierig an.

»Ist das nicht ein bißchen zu schwer für sie?« fragte er schließlich. »Ich habe selbst versucht, das zu begreifen, und es ist mir nicht gelungen.«

»Wäre sie nicht bereit für diese Frage«, erwiderte Dirk langsam, »hätte ich sie ihr nicht gestellt.«

»Gott und Göttin!« rief Skif und schüttelte verwundert den Kopf. »Ich geb's auf. Ihr seid euch *zu* ähnlich.«

Schließlich erreichte der Zug die Grenze. Selenay befahl, auf der valdemarischen Seite das Lager aufzuschlagen, denn der Außenposten der Wache war viel zu klein, um sie alle zu beherbergen. Die letzten Wagen des Gepäckzugs kamen erst kurz vor Einbruch der Nacht an. Die Königin war nicht sonderlich überrascht, daß keiner ihrer beiden Botschafter an der Grenze auf sie wartete. Doch als die nächsten beiden

Tage vergangen waren, wurde sie unruhig. Nach weiteren zwei Tagen ohne jedes Zeichen wurde aus der Unruhe Besorgnis.

»Kyril!« Selenay wandte ihren Blick nicht von der Straße, während sie mit dem Herold des Seneschalls sprach. »Ich habe das Gefühl, daß irgend etwas Schreckliches geschehen ist. Mache ich mir unnötige Sorgen?«

»Nein, Majestät.« Kyrils üblicherweise ruhige Stimme verriet Anspannung.

Scharf blickte Selenay ihn an. Auf Kyrils Stirn waren Sorgenfalten zu sehen. »Ich habe es mit ›Fernsprechen‹ versucht, aber ich kann sie nicht erreichen – und zumindest Kris besitzt die Gabe, meine Sendung zu empfangen. Er hat es in der Vergangenheit schon bewiesen. Ich weiß nicht, was ihnen zugestoßen ist, aber ich habe Angst um sie.«

Selenay zögerte nicht. »Das Lager soll weiter weg von der Grenze verlegt werden. Sofort. Eine halbe Meile die Straße hinunter liegt ein guter Platz, ein flacher Hügel, nur mit Gras bewachsen. Man kann ihn leicht verteidigen, sollte es notwendig werden.«

Kyril nickte. Ihre Vorsicht schien ihn nicht zu überraschen.

»Wenn das Lager sich in Bewegung gesetzt hat«, fuhr sie fort, »dann befehlt den hier stationierten Wachen, sich dort mit uns zu treffen. Ich möchte, daß die Grenzposten aufmerksam sind und die hardorner Seite der Handelsstraße überwachen.«

Ihr Gefährte Caryo folgte ihrem geistigen Ruf und trabte heran. Sie schwang sich auf seinen bloßen Rücken, ohne sich um Sattel oder Zügel zu kümmern. Während sie wegritt, suchte Kyril jenen Herold, der für das Lager verantwortlich war, um Selenays ersten Befehl auszuführen.

Das neue Lager war unbequemer, doch es konnte leicht verteidigt werden, wie Selenay gesagt hatte. Als die Männer der Wache kamen, befahl Selenay ihnen, zwischen dem Hauptlager und der Grenze ein kleines Notlager zu errichten. Sie ließ zudem Wachposten aufstellen. Auch die Gefährten begannen, in der näheren Umgebung des Lagers Stellung zu beziehen. Das war ihre Methode, beim Wachdienst zu helfen.

Elspeth verließ Dirk nur selten. Keiner der beiden sprach über seine Ängste – bis zum Ende des fünften Tages, den sie in wachsender Anspannung verbracht hatten.

»Dirk«, sagte Elspeth schließlich, nachdem Dirk sie dabei beobachtet hatte, wie sie eine Seite ihres Buches zehnmal las und immer noch kein Wort begriffen hatte, »glaubst du, ihnen ist etwas geschehen?«

Dirk nickte langsam. »Irgend etwas muß ihnen zugestoßen sein«, antwortete er ruhig. »Sonst hätten sie uns irgendwie verständigt. Es sieht Kris gar nicht ähnlich ...«

Er sah die Angst in ihren Augen und unterbrach sich.

»Sieh mal, Kobold, ich bin sicher, es geht ihnen gut. Kris und ich sind schon aus vielen verzweifelten Situationen entkommen, und Talia ist keine zartbesaitete Hofdame. Ganz sicher sind sie schon auf dem Weg zu uns.«

»Ich hoffe, du hast recht«, sagte Elspeth leise, aber Dirk wußte, daß sie seinen Worten nicht glaubte.

Er war selbst nicht sicher, ob er sie glauben sollte.

Der Morgen des sechsten Tages brach an. Selenay – und mit ihr alle anderen – warteten, wie Verurteilte auf das Fallen des Beils.

Am späten Nachmittag berichtete einer der Späher – ein Herold, der sowohl über die Gabe des ›Fernsehens‹ als auch des ›Geistsprechens‹ verfügte –, daß ein Gefährte sich schnell näherte. Das gesamte Lager war in wenigen Augenblicken auf den Beinen und säumte die Straßenränder. Selenay war eine der ersten. Sie strengte ihre Augen an, um etwas zu erkennen.

Sie stand mit Kyril und einigen ihrer engsten Vertrauten angespannt am äußersten Rand des Lagers. Zerstreut bemerkte Selenay, daß Dirk, Teren, Skif, Elspeth und Jeri ebenfalls eine eng zusammenstehende Gruppe gebildet hatten, gerade außer Hörweite der Königin. Keiner bewegte sich oder sprach. Die Sonne brannte erbarmungslos herab, aber niemand suchte den Schatten auf.

Die Angst ließ Dirks Mund trocken werden. Ein weiterer Späher lief heran und flüsterte der Königin etwas zu. Selenay wurde bleich. Elspeth umklammerte Dirks Arm, und die anderen bewegten sich unruhig.

Eine Staubwolke und das Trommeln von Hufen kündigten den Gefährten an. Sekunden später galoppierte Rolan in ihre Mitte. Rolan – alleine. Ohne Sattel, ohne Zaumzeug, abgemagert, staubbedeckt und vollkommen erschöpft, in einem Zustand, in dem bis jetzt nur wenige Menschen einen Gefährten gesehen hatten.

Er stolperte die letzten paar Schritte den Hügel hinauf, bis zur Königin, riß mit den Zähnen ein Bündel von seinem Hals und ließ es vor ihre Füßen fallen. Dann sank er vor Erschöpfung in sich zusammen und stand bewegungslos da. Seine Flanken bebten, und die Muskeln zitterten; sein Kopf berührte fast den Boden. Er hielt die Augen geschlossen und litt stumm.

Keren erholte sich als erste von ihrem Schreck. Sie rannte zu Rolan und warf ihm ihren Mantel über, weil sie keine Decke bei der Hand hatte. Dann führte sie ihn, der bei jedem Schritt zitterte, fort, um sich ausgiebig um ihn zu kümmern.

Selenay hob das schmutzige, fleckige Päckchen auf. Ihre Hände bebten so stark, daß sie es beinahe fallenließ. Sie riß die Knoten auf, die es zusammenhielten.

Zwei Pfeile fielen in das Gras zu ihren Füßen. Einer war ohne Spitze, der andere zerbrochen.

Ein entsetztes Stöhnen ging durch die Menge. Die Königin schien zu Eis erstarrt zu sein.

Kyril bückte sich, um die Pfeile aufzuheben. Elspeth wimmerte und wankte. Jeri stützte sie, gerade als Dirks ungläubiger Schrei die Stille durchdrang.

Selenay wurde aus ihrer Erstarrung gerissen und wandte sich um. Skif und Teren hielten Dirk fest, der verzweifelt versuchte, sich loszureißen.

»Verflucht sollt ihr sein! Laßt mich *los*!« rief er voller Schmerz, als Skif ihn von Ahrodie fernhielt. »Ich muß zu ihr! Ich muß ihr helfen!«

»Dirk. Mann, du weißt doch nicht einmal, ob ...« Teren erstickte beinahe an den Worten. »Ob sie überhaupt noch am Leben ist.«

»Sie muß am Leben sein! Ich wüßte es, wenn sie tot wäre. Sie *muß* noch leben!« Er kämpfte immer noch gegen ihren Griff, als sie Kyrils leise Worte hörten.

»Der Pfeil ohne Spitze trägt das Muster von Herold Kris«, sagte er. Die Qual in seiner Stimme strafte sein ausdrucksloses Gesicht lügen. »Der zerbrochene Pfeil gehört Herold Talia.«

»Seht ihr? Ich habe recht! Laßt mich gehen!«

Skif packte ihn am Kinn und zwang ihn, ihm in die Augen zu sehen, mit einer Kraft, die der Dirks nicht nachstand. Tränen rannen über Skifs Wangen, als er mit zitternder Stimme sagte: »Denk nach, Mann! Sie hat uns einen zerbrochenen Pfeil gesandt! Sie war so gut wie tot, als sie ihn uns geschickt hat, und sie muß es verdammt noch mal gewußt haben! Es gibt keine Möglichkeit, sie zu retten. Aber sie hat uns gewarnt, damit wir *uns* retten können. Möchtest du dich auch noch umbringen?«

Seine Worte durchdrangen Dirks hilflose Wut, und der wilde Ausdruck verschwand aus seinen Augen und wich Schmerz und Qual.

»Ihr Götter!« Die Kraft, die ihm der Zorn verliehen hatte, verließ ihn. Er sank auf die Knie, vergrub das Gesicht in den Händen und begann, heiser zu schluchzen.

In diesem Augenblick wünschte sich Selenay von ganzem Herzen, dasselbe tun zu dürfen. Aber diese Botschaft konnte nur eine Bedeutung haben: ein Freund war plötzlich zum Verräter geworden, und ihr Land war in Gefahr. Ihr Königreich und das Leben ihrer Untertanen standen auf dem Spiel, und sie hatte ihre Pflichten wie jeder andere Herold. Sie hatte keine Zeit für ihre Gefühle. Später, wenn alles getan worden war, würde sie trauern. Jetzt mußte sie handeln.

Sie verdrängte all ihre Gefühle. Die Wache mußte alarmiert werden, der Lord Marschall mußte gerufen werden ... Ihre Gedanken formten sich zu Plänen, und es wurde für den Augenblick leichter, den Kummer zu vergessen, dem sie gern nachgegeben hätte.

Forsch erteilte sie ihre Befehle und sandte einen Herold nach dem anderen zu seinem Gefährten, um ihre Nachrichten, Aufrufe und Warnungen zu verbreiten. Mit Kyril an ihrer Seite wandte sie sich auf dem Absatz um und eilte hastig in ihr Zelt. Jene, die Erfahrung im Krieg besaßen, folgten ihr, sowie jene, die vielleicht gebraucht wurden, um Nachrichten zu übermitteln. Die anderen begaben sich zu den Gepäckwagen, um die Waffen auszupacken, oder an den Fuß des Hügels, um die wenigen Männer der Wache zur Verteidigung der Königin zu organisieren.

Skif, Teren und Dirk blieben vergessen zurück.

Skif streckte eine Hand nach seinem Freund aus und zog sie wieder zurück. Dirk hatte sich zusammengerollt. Er kniete immer noch im Staub der Straße. Nur das Beben seiner Schultern zeigte, daß er weinte.

Lange standen Skif und Teren verunsichert an seiner Seite und wußten nicht, ob sie überhaupt etwas für ihn tun konnten. Schließlich sagte Teren leise: »Er wird jetzt nichts Dummes mehr versuchen. Warum lassen wir ihn nicht ein bißchen allein? Ahrodie ist die einzige, die ihn jetzt trösten kann.«

Skif nickte und biß sich auf die Lippe, um nicht selbst zu weinen. Sie zogen sich zurück, und Ahrodie kam zu Dirk und stand mit gesenktem Kopf neben ihm. Beinahe berührte sie seine Schulter.

In seinem eigenen Kummer verloren hörte Dirk nicht, wie jemand anderer herantrat – bis eine Hand ihn leicht streifte.

Langsam hob er den Kopf und blinzelte aus verquollenen, brennenden Augen. Es war Elspeth, die ihn berührt hatte. Der Kummer in ihren Augen war so groß wie der seine, und Tränen hatten in ihrem Gesicht Spuren hinterlassen. Es wurde dunkel. Die letzten Strahlen der Sonne färbten den Himmel am Horizont blutrot, und über ihnen erschienen die Sterne. Dirk erkannte, daß er seit Stunden hier gekauert hatte. Und während er Elspeth anstarrte, begann sich eine Idee in seinem Kopf zu formen.

»Elspeth«, sagte er heiser, »kennst du einen Platz, wo sich jetzt niemand aufhält? Wo es ruhig ist?«

»Mein Zelt und das Gebiet rundum«, sagte sie. Anscheinend hatte seine Frage ihren Kummer durchbrochen. »Es steht am Ende des Lagers, weit von Mutters Zelt. Dort ist jetzt niemand.«

»Kann ich es benutzen?«

»Natürlich. Aber warum? Hast du ... kannst du ... Dirk, hast du eine Idee? Du hast einen Plan, ja?«

»Kann sein. Vielleicht ... vielleicht kann ich sie ›holen‹. Aber ich brauche einen Ort, wo nichts und niemand meine Konzentration stört.«

Elspeths Gesicht zeigte Hoffnung – und Zweifel. »Aber es ist eine große Strecke.«

»Ich weiß. Das macht nichts. Die Entfernung ist nicht das Problem, es ist das Gewicht. Ich habe noch nie etwas so Großes ›geholt‹. Götter, nichts Lebendes, das nur annähernd so groß war.« Sein Gesicht verzog sich vor Schmerz. »Aber ich muß etwas versuchen – irgend etwas.«

»Aber Kris ...« Ihre Stimme brach. »Kris ist nicht hier, um für dich zu ›sehen‹!« sagte sie und kniete sich neben ihn. Seine Hoffnung zerbrach. »Aber ich kann ›sehen‹! Ich bin nicht ausgebildet, aber ich habe die Gabe. Sie wurde früh erweckt und ist immer stärker geworden, seit ich erwählt wurde. Ich weiß, daß ich eine größere Reichweite habe als alle, mit denen ich gesprochen habe. Wird es mit mir gehen?«

»Ja, Götter, ja!« Er umarmte sie. Gemeinsam standen sie auf und stolperten durch die Dämmerung zu ihrem Zelt.

Elspeth glitt in ihr Zelt und warf zwei Sitzpolster heraus. Dirk legte seine Hände ganz leicht auf Elspeths Handgelenke und beruhigte seinen Geist, so gut er konnte. Er führte sie in eine leichte Trance. Das letzte Licht erlosch, und die Sterne leuchteten heller, während die beiden die Welt um sich vergaßen. Elspeth schwieg sehr lange und Dirk befürchtete, daß ihre unausgebildete Gabe nicht ausreichte, trotz der starken Gefühle, die dahinter standen.

Dann wimmerte Elspeth plötzlich vor Angst und Schmerz, und ihre Hände krampften sich um Dirks Handgelenke. »Ich habe sie gefunden! Götter! Dirk, sie haben schreckliche Dinge mit ihr gemacht! Ich ... ich glaube, mir wird schlecht ...«

»Halte durch, Kobold! Laß mich nicht im Stich! Ich brauche dich! *Sie* braucht dich!«

Elspeth schluckte hörbar und machte weiter. Er folgte ihrem Geist an jenen Ort, fand sein Ziel, umklammerte es und zog mit aller Kraft.

Er konnte nicht feststellen, wie lange er gegen ihr Gewicht ankämpfte, aber plötzlich stieg eine Welle des Schmerzes in ihm hoch, und er wurde ohnmächtig.

Er war zusammengesunken, und Elspeth schüttelte ihn, so fest sie konnte.

»Du hast plötzlich aufgehört zu atmen!« sagte sie ängstlich. »Ich habe schon befürchtet, du bist tot! Oh, Götter, Dirk, wir ... wir schaffen es nicht.«

Betäubt schüttelte er den Kopf. »Ich hab's versucht. Die Göttin sei mein Zeuge, ich *hab's* versucht. Ich habe sie auch gefunden, aber ich kann sie nicht ›holen‹. Ich habe nicht die Kraft dazu.«

Elspeths heiße Tränen tropften auf seine Hand, und er beschloß, einen zweiten Versuch zu wagen. Er wollte lieber beim Versuch, Talia zurückzubringen, sterben, als mit dem Wissen leben, daß ihm der Mut für einen zweiten Versuch gefehlt hatte.

Aber bevor er noch etwas sagen konnte, wurde ihm die Sache aus der Hand genommen.

*Mensch!* sagte eine Stimme in seinem Geist. *Dirk – Herold!*

Die Stimme gehörte nicht Ahrodie, sie war männlich. Er sah auf, und die drei Gefährten standen vor ihm: Ahrodie, Elspeths Gwena und Rolan, der sie anführte. Sie waren herangekommen, ohne auch nur einen Laut von sich zu geben. Hinter ihnen, am Rand der Einfriedung, in der Elspeths Zelt stand, hatten sich weitere Gefährten versammelt – jeder Gefährte, der an diesem Zug teilgenommen hatte, sogar Cymrys Fohlen.

Rolan sah aus wie ein Geist, ganz hager, und er schien zu leuchten. Dirks Nackenhaare sträubten sich bei seinem Anblick. Er sah aus wie ein Geschöpf aus der Legende, nicht wie ein Wesen aus Fleisch und Blut.

*Du hast die Gabe und den Willen, sie einzusetzen. Sie hat die ›Sicht‹. Und wir haben die Kraft.*

»Ich ... äh ... willst du damit sagen, daß ihr ...«

*Daß wir sie retten können, wenn unsere Liebe und unser Mut stark genug sind. Aber sei gewarnt! Wenn es uns gelingt, wirst du einen hohen Preis dafür zahlen müssen. Du wirst große Schmerzen erleiden. Du könntest daran sterben.*

Wortlos blickte Dirk Elspeth an. Sie nickte, und er wußte, Rolan hatte auch zu ihr gesprochen.

Dirk schaute in Rolans leuchtende Augen – sie leuchteten *tatsächlich* in einem saphirblauen Licht, heller als der Schein der Sterne. »Wir zahlen jeden Preis«, sagte er und war sicher, daß Elspeth der gleichen Meinung war.

Sie standen auf und machten den drei Gefährten Platz. Sie standen im Kreis: Rolan, Elspeth, Gwena, Ahrodie und Dirk. Elspeth und Dirk faßten sich über Rolans Rücken an den Händen und legten den anderen Arm auf ihre Gefährten. So stellten sie den nötigen Kontakt zwischen allen fünf her.

Diesmal fand Elspeth ihr Ziel viel schneller.

»Ich habe sie«, sagte sie leise, als sie Talia wieder berührte, und schluchzte auf. »Dirk, ich glaube, sie stirbt!«

Noch einmal sandte Dirk seinen eigenen Geist den Weg entlang, den Elspeth ihm gezeigt hatte, packte Talia und zog.

Die Kraft eines weiteren Wesens fügte sich zu seiner, wuchs und wurde stärker. Dann noch eine und noch eine. Einen entsetzlichen, schmerzlichen Augenblick lang – oder war es eine Ewigkeit? – fühlte Dirk sich wie das straff gespannte Seil beim Tauziehen. Er wurde von zwei Kräften, die viel stärker waren als er selbst, hin und her gerissen. Nur seine eigene Sturheit ließ ihn weitermachen, während der Zug an seinem Geist immer stärker wurde. Er hielt durch, wurde weiter und weiter auseinandergezogen, dünner und dünner, zitterte wie eine zu straff gespannte Harfensaite kurz vor dem Zerreißen. All seine Kraft schien aus ihm herauszufließen, ihm schwanden die Sinne. Aber er machte weiter, mit nichts als seinem sturen Willen. Dann gab eine der beiden Kräfte nach – aber nicht die ihre. Zusammen zogen sie Talia zu sich, umschlossen sie und schützten sie vor weiterem Schaden.

Ihre vereinten Kräfte reichten gerade aus. Knapp, aber sie reichten.

In Selenays Zelt hielten Ratsmitglieder, Offiziere der Armee und der Wache sowie Herolde dichtgedrängt Kriegsrat. Kyril wies soeben auf Schwachstellen in ihrer Verteidigung hin, die einen Angriff geradezu herausforderten. Eine Karte lag auf dem Tisch. Plötzlich ließ ein entsetzter Schrei außerhalb der Zeltklappe alle erschrocken aufsehen.

Jemand schob die Zeltklappe und jene, die davor gestanden hatten, einfach aus dem Weg. Elspeth stolperte herein, wachsbleich und erschöpft, und stieß alle beiseite. Dirk, der noch schrecklicher aussah, folgte ihr. Als die im Zelt Versammelten sahen, was er in den Armen trug, schrien auch sie entsetzt auf, denn er hielt das mißhandelte, blutige Wrack eines menschlichen Körpers – und es hatte Talias Gesicht.

Niemand bewegte sich, außer Dirk und der jungen Erbin. Elspeth scheuchte die fünf Herolde, die auf Selenays Bett saßen, mit einer Handbewegung beiseite. Dirk ging geradewegs auf das Bett zu und legte Talia sanft darauf nieder. Ohne sich umzudrehen, packte er die älteste anwesende Heilerin mit einer blutverschmierten Hand und zog sie an Talias Seite. Dann richtete er sich übertrieben vorsichtig auf, ging zwei oder drei Schritte aus dem Weg und verlor das Bewußtsein. Wie ein gefällter Baum stürzte er zu Boden.

Als die erste Aufregung sich ein wenig gelegt hatte und Selenay sich umsah, entdeckte sie, daß es Elspeth genauso ergangen war – nur weniger dramatisch und stiller, in einer Ecke des Zelts.

Elspeth erholte sich schnell. Bissig bemerkte sie, es sei ein Glück für die geistige Gesundheit all jener, die sich nicht einmal vorstellen konnte, wie diese unglaubliche Rettung bewerkstelligt worden war.

Alle, die nicht damit beschäftigt waren, Talia zu versorgen, wandten ihre Aufmerksamkeit dem Mädchen zu. Kyril war am schlimmsten. Er bestand so oft darauf, daß sie ihm die kleinsten Einzelheiten schilderte, daß sie die Geschichte bald im Schlaf erzählen konnte. Endlich riß ihr bei seinen endlosen Fragen die Geduld, und sie sagte ihm voll beherrschtem Zorn, daß er seinen eigenen Gefährten fragen sollte, wenn er etwas wissen wollte. *Sie* würde sich jetzt darum kümmern, ob sie den Heilern mit Talia und Dirk zu helfen vermochte.

Die Heilerin Thesa war besorgt, weil Dirk sich nur langsam erholte. Er war am nächsten Tag immer noch ohne Bewußtsein, und es dauerte eine Weile, bis Thesa und die anderen Heiler feststellen konnten, daß er einen Rückfall der kaum überstandenen Lungenentzündung erlitten hatte, verbunden mit zu hoher geistiger Anstrengung. Sie hatte die Verantwortung für Dirk; ihr alter Freund Devan kümmerte sich um Talia. Aber sie teilten jedes bißchen Erfahrung, das sie besaßen. Unbeabsichtigt hatte Dirk die Flasche mit dem Argonel mitgebracht. Die Reste in dem Gefäß gaben Devan einen Hinweis, womit er es außer den schrecklichen Verletzungen noch zu tun hatte. Nach zwei Tagen gelangten sie zu dem Entschluß, daß sie unter den primitiven Bedingungen im Lager alles für ihre beiden Patienten getan hatten, was möglich war. Es war gefährlich, sie zu bewegen; noch gefährlicher war es, sie hier zu lassen. Jeden Augenblick konnte der Krieg beginnen, und sie brauchten dringend die erfahrenen Heiler aus dem Collegium.

Aber es gab weder genügend Zeit noch genügend Herolde, um Talia und Dirk in die Hauptstadt zurückzubringen. Nach einer hastigen Beratung beschlossen sie statt dessen, die beiden Kranken ein paar Meilen weit in eine steinerne Burg zu bringen, deren Besitzer sein Heim gern der Königin überließ, weil er sich und seine Familie dadurch aus der Gefahrenzone bringen konnte.

Die Königin hatte nach allen Heilern aus dem Collegium verlangt, die man dort entbehren konnte. Die kleine Burg glich einer Festung. Sie war leicht zu verteidigen, sollte es notwendig werden. Als die Heiler eintrafen, bezogen sie dort Unterkunft. Dann, als Dirks Befinden sich besserte, teilte Thesa sie zum Dienst ein. Sie wußte mit bitterer Sicherheit, daß sie bald sehr viele andere Kranke versorgen mußten, sollte es wirklich Krieg geben.

Elspeth verbrachte die meiste Zeit in der Burg. Ihre Mutter hatte sie darum gebeten – *gebeten*, nicht befohlen. Ein Zeichen dafür, daß sie ihrem Verstand vertraute und schweigend eingestand, daß Elspeth erwachsen wurde, und daß sie bei den Heilern und den Hofbeamten, die einer nach dem anderen eintrafen, bleiben sollte.

»Aber ...« hatte Elspeth erst protestieren wollen und dann den traurigen Ausdruck in den Augen ihrer Mutter gesehen. »Schon gut. Was soll ich tun?«

»Ich setze dich als Regentin ein«, erwiderte Selenay. »Das Königreich hört nicht zu existieren auf, nur weil wir hier warten. Du warst bei vielen Ratssitzungen dabei, Kätzchen, du weißt, was zu tun ist. Du kümmerst dich um die alltäglichen Belange des Königreiches, es sei denn, du *brauchst* eine Entscheidung von mir. Und noch etwas – falls das Schlimmste geschieht, kannst du mit dem Rat und den überlebenden Herolden in den Nordwesten fliehen. Der Wald der Tränen sollte euch Schutz bieten.«

»Aber was ist mit dir?« fragte Elspeth mit zugeschnürter Kehle.

»Elspeth, wenn es so schlimm steht, bist du die neue Königin.«

Darüber wollte Elspeth lieber gar nicht erst nachdenken. Sie hatte schon genug Sorgen. Talia war mehr tot als lebendig, und die Heiler waren offensichtlich ratlos und bestürzt über ihren Zustand, auch wenn sie Elspeth nicht verraten wollten, was sie verwirrte.

Sowohl an der Grenze als auch in den Krankenzimmern war eine Pattsituation eingetreten, und in beiden Fällen konnte Elspeth nichts tun. Die Lage gefiel ihr ganz und gar nicht, aber sie begriff, daß die Königin oft vor einer solchen Situation stand. Sie konnte nur noch beten.

Und das tat sie, so inbrünstig wie ihr Ahnherr, König Valdemar. Und sie hoffte, daß Inbrunst ausreichte, damit ihre Gebete erhört wurden.

# Zehn

Dirk kam zu sich, kurz nachdem man ihn der Obhut der Heiler übergeben hatte. Aber er war immer noch verwirrt und schwach und fieberte. Und der Energierückschlag, unter dem er litt, ließ ihn beinahe blind werden vor Kopfschmerzen. Keine noch so große Menge Kräutertee konte sie vertreiben. Sie mußten sein Zimmer völlig verdunkeln, bis der Schmerz nachließ. Die Heilerin Thesa sagte ihm immer wieder, daß kein Heiler jemand unter einem solchen Energierückschlag hatte leiden sehen und daß bisher auch noch niemand so etwas überlebt hatte.

Wieder befand er sich in einem kleinen Zimmer, aber diesmal lag es nicht im Haus der Heilung. Einige Tage lang konnte er nichts anderes tun, als essen und den Anordnungen der Heiler folgen. Selbst zum Protestieren war er zu schwach – ganz anders als bei seinem letzten Zusammentreffen mit den Heilern. Eine Zeitlang ließ er alles über sich ergehen, doch als er sich allmählich erholte, wurde er mißtrauisch und besorgt, zumal seine Fragen nach Talias Zustand nicht oder nur ausweichend beantwortet wurden.

Je länger man Dirk auswich, desto zorniger wurde er. Er befragte sogar Gwena, als seine Kopfschmerzen verschwunden waren. Gwena konnte ihm nicht helfen. Sie versuchte ihm zu sagen, worunter Talia litt, doch ihre Antworten waren verwirrend und beunruhigend. Es gelang ihr nicht, ihm mehr mitzuteilen, als daß den Herold der Königin etwas sehr Ernstes befallen hatte. Schließlich beschloß Dirk, die Sache selbst in die Hand zu nehmen.

Der kleine Robin war im Gefolge Lord Orthallens mitgekommen. Der Junge gehörte zu Orthallens Bediensteten, obwohl Orthallen es anscheinend vergessen hatte. Als der Befehl zum Packen und zur Reise an die Grenze gekommen war, war Robin einfach mit den Gepäckwagen mitgekommen und im Lager ganz allein gewesen. Er war verwirrt herumgewandert, bis irgend jemand ihn gesehen und erkannt hatte, daß ein so kleines Kind nichts auf dem vermutlichen Kriegsschauplatz verloren hatte. So wurde er Elspeths Gefolge zugeteilt und dann den Heilern als Hilfe überlassen. Sie ließen ihn kleine Besorgungen für Dirk erledigen, und sie glaubten, daß das Kind zum einen viel zu jung sei, um ihre Gespräche zu verstehen, und daß Dirk zum anderen ein so kleines Kind gar nicht erst befragen würde.

In beiden Fällen irrten sie sich.

Robin wußte ganz genau, was vor sich ging. Das war nicht überraschend; schließlich ging es um seine verehrte Talia. Er war krank vor Sorge und wünschte sich, mit einem Erwachsenen darüber sprechen zu können. Und Dirk war freundlich und sanft zu ihm. Doch Robin wußte nicht, daß der Herold so hungrig auf Neuigkeiten war, daß er selbst die Ratten in den Wänden befragt hätte, hätten sie antworten können.

Dirk wußte jedoch alles über Robin und seine Bewunderung für Talia. Wenn jemand wußte, wo sie war und wie es ihr ging, dann war das der Junge.

Dirk ließ sich Zeit. Bald hörten die Heiler auf, ihn in jedem wachen Augenblick zu beobachten. Schließlich ließen sie ihn sogar stundenlang allein. Er wartete, bis Robin ohne Begleitung sein Mittagessen brachte – allein, unbeobachtet und nur allzu bereit zum Reden – und befragte ihn.

»Robin!« Dirk wollte den Jungen auf keinen Fall ängstigen, und er sprach ganz sanft. »Ich brauche deine Hilfe. Die Heiler wollen meine Fragen nicht beantworten, und ich muß wissen, wie es Talia geht.«

Robin hatte die Hand schon auf der Türklinke, aber er wandte sich um. Als Dirk Talia erwähnte, wurde sein Gesicht traurig.

»Ich sage Euch, was ich weiß, Sir«, erwiderte er mit zitternder Stimme. »Aber sie ist sehr schwer verletzt, und sie lassen niemanden außer Heilern zu ihr.«

»Wo ist sie? Weißt du, wer sich um sie kümmert?«

Der Junge wußte nicht nur, wo sie war, sondern auch den Namen und Rang eines jeden Heilers, der mit ihr beschäftigt war – und die Liste ließ Dirks Herz zu Eis erstarren. Sie hatten sogar den alten Farnherdt aus seinem Ruhestand zurückgeholt, und Dirk hätte geschworen, daß kein Fall schlimm genug sein konnte, um ihn herbeizurufen.

»Robin, ich muß hier raus – und du mußt mir dabei helfen. Gut?« fragte er drängend.

Robin nickte mit großen Augen.

»Schau in den Gang. Sag mir, ob draußen jemand ist.«

Robin öffnete die Tür und steckte den Kopf hinaus. »Keiner da!« sagte er.

»Gut. Ich ziehe mich jetzt an und schleiche mich weg. Du bleibst draußen stehen, und wenn jemand kommt, dann klopf an die Tür.«

Robin schlüpfte hinaus, um Wache zu stehen, und Dirk zog seine Kleidung über. Er wartete noch einige Augenblicke und ging dann aus dem Zimmer. Er warf Robin einen verschwörerischen Blick zu. Dirk wollte jetzt endlich die Wahrheit wissen.

Devan war mit Talias Fall betraut. Er war nicht der Erfahrenste, aber er hatte die stärkste Gabe und die meisten Kenntnisse, was traumatische Fälle betraf. Er war auch der erste und beste Freund Talias unter den Heilern und hatte mit ihr in vielen Fällen, in denen Herolde betroffen waren, zusammengearbeitet. Oft war die Beziehung zwischen Heiler und Krankem wichtiger als die Erfahrung des Heilers. Hätte man Dirk gefragt, hätte auch er für Devan gestimmt.

Dirk wußte ungefähr, wo Devan um diese Zeit sein würde. Die meisten Burgen hatten denselben Bauplan. Devan würde im Kräuterzimmer sein, welches am Kräutergarten neben der Küche lag, und mit einer Hand eine geschwinde Mahlzeit zu sich nehmen, während er mit der anderen arbeitete. Dirk benutzte seine ganze Erfahrung als Herold, um auf seinem Weg zu dem kleinen Raum, aus dem alle möglichen angenehmen und weniger guten Gerüche der verschiedensten Heilpflanzen strömten, unentdeckt zu bleiben.

Er hörte, wie sich drinnen jemand bewegte, schlüpfte schnell und leise hinein, schloß die Tür hinter sich und lehnte sich mit dem Rücken dagegen. Devan, der mit dem Rücken zum Eingang stand, schien ihn nicht wahrzunehmen.

»Devan, ich möchte ein paar Antworten.«

»Ich habe dich schon erwartet«, sagte der Heiler ruhig, ohne sich von seiner Arbeit auf dem Tisch ablenken zu lassen. »Ich dachte mir, daß du mit den Nachrichten über Talia nicht zufrieden sein würdest. Aber ich bin nicht mit deinem Fall betraut. Und die Heilerin Thesa ist der Ansicht, daß man dich nicht aufregen darf.«

»Und? Wie geht es ihr denn?« fragte Dirk. Devan machte ein düsteres Gesicht, und Dirk sagte ängstlich: »Ist sie etwa ...«

»Nein, Herold!« unterbrach Devan ihn seufzend, verschloß die Flasche, die er gerade mit Flüssigkeit gefüllt hatte, und wandte sich ihm zu. »Noch stirbt sie nicht. Noch nicht, aber sie ist auch nicht am Leben.«

»Was soll das denn heißen?« Dirk wurde zornig. »Was heißt ›sie ist nicht am Leben‹?«

»Komm mit und sieh selbst.«

Der Heiler führte ihn in eine kleine Kammer im Lazarett. Diese Kammern wurden normalerweise für Kranke benutzt, die isoliert werden mußten. In dem Raum war nichts außer einem Tisch mit einer Kerze, einem Stuhl und dem Bett, auf dem Talia bewegungslos lag.

Dirk wurde die Kehle eng. Sie sah aus, als hätte man sie für eine Begräbnisfeier hergerichtet.

Ihr Gesicht war bleich und wächsern. Wenn man ganz genau hinsah, konnte man sehen, daß sie atmete, aber nur ganz schwach.

»Was hat sie denn?« Seine Stimme brach.

Devan zuckte hilflos mit den Schultern – aber er fühlte

sich schon viel weniger hilflos, nachdem Dirk endlich gekommen war. »Ich wünschte, wir wüßten es. Wahrscheinlich haben wir das Argonel früh genug neutralisiert – das heißt, die Schmerzen, die sie erlitten hat, haben das meiste davon neutralisiert. Aber wenn wir uns nicht um den Rest gekümmert hätten, dann wäre sie tot. Das Argonel erlaubt keine Fehler. Wir haben viel von dem verlorenen Blut ersetzt, und wir blockieren die Schmerzen der schweren Verwundungen. Wir haben alles getan, was wir können, aber sie wacht einfach nicht auf. Es ist, als ob wir es mit einem unbeseelten Körper zu tun hätten. Der Körper arbeitet, alle Reflexe funktionieren, sie atmet, das Herz schlägt, aber sie scheint ... scheint gar nicht ›da‹ zu sein. Wir haben nicht die leiseste Ahnung, was da vor sich geht. Einer der älteren Heiler meint, daß ihre Seele ›irgendwo hingegangen‹ ist, weil sie einem geistigen Zwang entkommen wollte. Ich halte das auch für möglich. Die Überlieferung behauptet, daß viele Magier Gaben besaßen, die den unseren gleichen, und sie für böse Zwecke eingesetzt haben. Vielleicht ist Talia während der Folter unter einen geistigen Zwang geraten. Vielleicht hat sie jetzt Angst, zurückzukehren, weil sie nicht weiß, daß sie sich in den Händen ihrer Freunde befindet. Wir wollten einfach alles versuchen; deshalb haben wir Herold Kyril um Hilfe gebeten. Er ist einen ganz Tag hier gesessen, hat ihre Hand gehalten und sie mit seinem Geist gerufen. Er hat sich bis an seine Grenzen angestrengt, so sehr, daß er zusammengebrochen ist. Es half nichts. Ehrlich gesagt, ich weiß nicht, was wir noch versuchen sollen ...« Er warf Dirk einen verstohlenen Blick zu. Devan hatte schon eine Idee, aber weil er Dirk gut kannte, wußte er, daß er ihn ganz vorsichtig heranführen mußte. »Aber ...«

»Aber was?«

»Wie du weißt, ist ihre Gabe die Empathie. Sie konnte nicht sehr gut ›geisthören‹ oder ›geistsprechen‹. Vielleicht hat Kyril sie deswegen nicht erreicht. Ich nehme an, daß jemand mit einer starken gefühlsmäßigen Bindung an sie wahrscheinlich mehr Erfolg hätte, wenn er sie ruft. Wir haben auch versucht, mit ihrem Gefährten zu sprechen, aber anscheinend hatte er nicht mehr Glück als Kyril – und wahrscheinlich aus den gleichen Gründen. Herold Kris hatte eine enge Beziehung zu ihr, aber …«

»Ja.«

»Und sonst will uns niemand anderer einfallen.«

Dirk schluckte hart, schloß die Augen und flüsterte: »Könnte … könnte ich es versuchen?«

Devan hätte trotz der ernsten Lage beinahe gelächelt. *Komm schon, Dirk,* dachte er und wünschte sich, die geistige Kraft eines Herolds mit der Gabe des ›Fernsprechens‹ zu besitzen. *Nimm schon den Köder. Ich weiß alles über euren Lebensbund. Keren hat es mir gesagt, in der Nacht, als du krank wurdest. Und wie du dich beim Anblick der Todespfeile benommen hast, und wie du Talia gerettet hast. Aber wenn du diesen Lebensbund nicht eingehst, dann könntest du genauso gut in den Sturm schreien, denn sie wird dich nicht hören.*

Er gab vor zu zweifeln. »Ich weiß nicht, Herold. Es müßte schon eine sehr starke Bindung sein.«

Die Antwort, um die er betete, wurde fast unhörbar geflüstert. »Ich liebe sie. Genügt das?«

Devan hätte vor Freude fast aufgeschrien. Jetzt, da Dirk die Existenz des Lebensbundes zugegeben hatte, konnte er vielleicht Erfolg haben. »Dann, um alles in der Welt, versuche es. Falls du mich brauchst, ich warte draußen.«

Dirk ließ sich in den Sessel neben dem Bett fallen und nahm Talias verbundene, fast leblose Hand in die seine. Er fühlte sich so hilflos, so allein … Wie, bei allen Göttern, rief man durch Gefühle? Und … bedeutete das nicht, jene Mauern um sein Herz zu zerstören, die er vor Jahren errichtet und nie wieder hatte niederreißen wollen?

Aber sie konnten nicht von Dauer sein. Er hatte ja bereits eingestanden, daß er Talia liebte. Jetzt war es außer für vollständige Hingabe zu spät. Außerdem, hatte er nicht sterben wollen bei dem Versuch, sie zu retten? War es denn ein größeres Opfer, diese Mauern zu zerstören? War das Leben denn noch etwas wert, wenn sie es nicht mit ihm teilen konnte?

Aber – wo sollte er sie finden?

Plötzlich richtete er sich kerzengerade auf. Er konnte nicht wissen, wie oder wo er sie suchen sollte, aber Rolan wußte es bestimmt.

Er klärte seinen Geist und rief nach Ahrodie.

Sofort war sie bei ihm. *Mein Erwählter?*

*Ich brauche deine und Rolans Hilfe!* sandte er.

*Denn du hast gesehen und verstanden? Glaubst du, wir können helfen, sie zurückzurufen? Rolan hat es versucht, aber er kann sie nicht erreichen, nicht allein. Mein Erwählter, mein Bruder, ich habe gehofft, du würdest verstehen und es versuchen!*

Dann war diese andere Stimme wieder in seinem Geist. *Dirk-Herold, sie ist ›fort‹ gegangen. Kannst du es ›sehen‹?*

Zu Dirks Erstaunen konnte er ›sehen‹, als Rolan machtvoll in seinen Geist projizierte: eine Art Dunkelheit und ein schwaches Flackern an ihrem Ende.

*Du mußt sie rufen. Wir geben dir Kraft und Halt. Du kannst dorthin gehen, wo wir nicht hingelangen können.*

Er atmete tief ein, schloß die Augen und ging in die tiefste Trance seines Lebens. Er versuchte, seine Liebe zu senden, rief mit seinem Herzen nach ihr, versuchte seine Sehnsucht nach ihr als Leuchtfeuer zu verwenden, um sie durch die Dunkelheit zurückzuführen. Und irgendwo ›hinter‹ ihm blieben Rolan und Ahrodie, als doppelte Verankerung in der wirklichen Welt.

Er wußte nicht, wie lange er nach ihr gerufen hatte. An dem Ort, wo er sich bewegte, gab es keine Zeit. Aber ganz sicher war die Kerze auf dem Tisch ein großes Stück heruntergebrannt, als eine schwache Bewegung ihrer Hand, die er hielt, seine Trance durchbrach und ihn die Augen öffnen ließ.

Er konnte *sehen*, wie ihre Wangen Farbe bekamen. Sie bewegte sich ein wenig, zuckte zusammen und stöhnte leise. Ihre freie Hand legte sich an ihre Schläfe; ihre Augen öffneten sich. Ihr Blick wurde klar, und sie erkannte ihn.

»Du … hast mich gerufen.«

Es war nur ein schwaches Wispern.

Er nickte. Freude und Zweifel schnürten ihm die Kehle zu.

»Wo bin ich … zu Hause? Aber wie …« Plötzlich kehrten Intelligenz und Drängen in ihre Augen zurück. Und Furcht, entsetzliche Furcht. »Orthallen – o mein Gott – Orthallen!«

Sie wollte sich aufrichten, wimmerte vor Schmerzen, aber die Dringlichkeit ihrer Erkenntnis trieb sie an.

»Devan!« Dirk sah, daß sie unbedingt etwas mitteilen mußte. Er kannte sie zu gut, als daß er sie daran gehindert hätte, wenn es so dringend war – und ihre Furcht in Zusammenhang mit *diesem* Namen konnte Schlimmeres bedeuten, als er sich vorzustellen vermochte. So stützte er sie statt dessen mit den Armen und rief um Hilfe. *»Devan!«*

Devan zertrümmerte beinahe die Tür, so sehr beeilte er sich, auf Dirks Ruf zu antworten. Betäubt starrte er Talia an. Sie wollte wissen, wer hier der Verantwortliche sei. Devan sah, daß sie nicht auf ihn hören würde, bis er ihr sagte, was sie wissen wollte, und gab nach.

»Elspeth … soll kommen«, sagte Talia tonlos, »und Kyril, der Seneschall … und Alberich. Sofort, Devan.« Sie wollte sich nicht beruhigen lassen.

Erst als er Boten zu den vieren geschickt hatte, gab sie seinem Drängen nach und lag still.

Dirk blieb im Zimmer und wünschte sich von ganzem Herzen, ihr einen Teil der Schmerzen abnehmen zu können, denn ihr Gesicht war verzerrt und bleich.

Die vier, nach denen Talia verlangt hatte, kamen kurz nacheinander. Die Verzweiflung auf ihrem Gesicht verriet, daß sie erwartet hatten, Talia im Sterben liegend oder gar schon tot vorzufinden. Ihre Freude, sie wach und bei Bewußtsein zu sehen, verwandelte sich schnell in Entsetzen, als sie zu ihnen sprach.

»Also hat von Anfang an Orthallen hinter allem gesteckt?« Alberichs Frage war mehr eine Feststellung. Er schien gar nicht so überrascht zu sein. »Ich würde nur zu gern wissen, wie er sich so lange abschirmen konnte. Aber das muß warten.«

Kyril und der Seneschall waren von Talias Eröffnungen jedoch erschüttert.

»Lord *Orthallen*?« murmelte der Seneschall vor sich hin. »Jeder andere vielleicht. Bei Adeligen ist Verrat immer eine Möglichkeit – aber doch nicht Orthallen! Er sitzt länger im Rat als ich! Elspeth, könnt Ihr das glauben?«

»Ich ... ich bin nicht sicher.« Sie sah zuerst Alberich und dann Dirk an.

»Es gibt eine einfache ... Möglichkeit zu beweisen ... daß ich mich nicht irre.« Talia lag ganz still, um Kraft zu sparen. Ihre Augen waren geschlossen und ihre Stimme schwach und heiser, aber zweifellos verstand sie jedes Wort im Raum. »Orthallen ... weiß ganz sicher ... wo ich war. Ruft ihn her ... aber laßt ihn nicht wissen ... daß ich mich ... genug erholt habe, um zu sprechen. Devan, du ... wirst jeden Schmerz ... blockieren. Und dann ... richtet mich irgendwie auf. Es muß so aussehen ... als ob ich vollkommen gesund wäre. Wenn er mich mit ... Elspeth sieht, dann ... wird uns seine Reaktion alles sagen ... was wir wissen müssen.«

»Da mache ich auf gar keinen Fall mit!« sagte Devan wütend. »Du bist nicht in der Verfassung, dich auch nur eine Handspanne weit zu bewegen, noch weniger ...«

»Du wirst. Du mußt.« Talias Stimme war ruhig und leise, ohne Zorn, aber voller Bestimmtheit. Devan gab nach, als sie die Augen öffnete und ihn ansah.

»Alter Freund, es muß sein!« fügte sie leise hinzu. »Mehr als meine Gesundheit steht auf dem Spiel!«

»Das könnte dich umbringen, weißt du das?« Voll Bitterkeit berührte er ihre Stirn, um die Schmerzblockaden anzubringen, die sie verlangt hatte. »Du zwingst mich dazu, jeden Heilereid zu verletzen, den ich geschworen habe!«

»Nein!« Dirk verstand das kleine, traurige Lächeln auf ihrem Gesicht nicht. »Ich weiß aus sicherer Quelle ... daß meine Zeit noch nicht gekommen ist.«

Die anderen protestierten, als Talia verlangte, daß nur sie und Elspeth Orthallen empfangen sollten.

Unter der Wirkung der Schmerzblockaden war sie in der Lage, völlig normal, wenn auch leise zu sprechen. »Es muß so sein. Wenn er euch sieht, gelingt es ihm vielleicht, seine Reaktion zu verbergen. Zumindest wird er durch eure Anwesenheit gewarnt. Zu uns beiden wird er ehrlich sein. Er betrachtet uns weder als geistige noch als körperliche Bedrohung, also wird er sich keine Mühe geben, sich zu beherrschen.«

Talia ließ sich überreden, den anderen zu gestatten, sich im angrenzenden Zimmer zu verbergen und durch die spaltweit geöffnete Verbindungstür zu beobachten, was geschah. Als alles vorbereitet war, wurde Orthallen gerufen.

Es schien eine Ewigkeit vergangen zu sein, als sie draußen seinen festen Schritt vernahmen, der dem tapsenden Lauf eines Pagen folgte.

Die Tür ging auf. Orthallen trat ein und wandte sich um, den Pagen zu entlassen. Dann schloß er die Tür hinter sich. Erst jetzt wandte er sich den beiden zu, die ihn erwarteten.

Talia hatte die Bühne gut vorbereitet. Man hatte sie aufgerichtet wie eine lebensgroße Puppe, aber sie ließ es so aussehen, als würde sie ganz normal im Bett sitzen. Sie war zwar schrecklich bleich, aber das schwache Licht der einzigen Kerze im Raum verhüllte ihre Gesichtsfarbe. Elspeth stand an ihrer rechten Seite. Das Zimmer war vollkommen dunkel, bis auf die Kerze, die ihre Gesichter beleuchtete. Die spaltweit geöffnete Tür hinter ihnen war nicht zu erkennen.

»Elspeth«, begann Orthallen, als er sich ihr zuwandte, »das ist doch sicher nicht der richtige Ort für ein Treffen ...« Dann erst sah er, wer außer der Erbin noch im Zimmer war.

Sein Gesicht verlor jede Farbe, und das herablassende Lächeln verschwand.

Seine Hände begannen zu zittern, sein Gesicht wurde grau. Seine Augen suchten den Raum ab, ob sich in den Schatten noch jemand verbarg.

»Ich habe Ancar gesehen, mein Lord, und auch Hulda ...« fing Talia an.

In diesem Augenblick tat der beherrschte Lord Orthallen, der das Wort immer dem Kampf vorgezogen hatte, was niemand von ihm erwartet hätte.

Er wurde zum Berserker.

Er riß den Zierdolch aus der Scheide an seinem Gürtel und stürzte auf Talia zu. In seinen Augen stand der Wahnsinn, und sein Gesicht war zu einer Grimasse der Angst verzerrt.

Für die Männer, die sich hinter der Tür verbargen, schien die Zeit stillzustehen. Sie stürmten herein, aber sie wußten, daß sie die beiden Frauen nicht mehr rechtzeitig erreichen konnten.

Doch bevor Orthallen sich weiter als einen einzigen Schritt bewegt hatte, schnellte Elspeths rechte Hand zur Seite und nach vorn.

Orthallen fiel bäuchlings auf Talias Bett. Ein seltsames Gurgeln drang aus seiner Kehle. Dann rutschte er auf den Boden.

Elspeth war bleich und zitterte, als sie ihn mit dem Fuß auf den Rücken drehte. Die vier Männer kamen an ihre Seite. Im Kerzenlicht, das auf Orthallens Brust fiel, funkelte ein winzig kleines Wurfmesser. Das Blut aus der Wunde färbte sein blaues Samtgewand schwarz. In einem Winkel seines Geistes dachte Dirk, daß es ein perfekter Wurf ins Herz gewesen war.

»Kraft meiner Autorität als Erbin«, sagte Elspeth mit leicht zitternder Stimme, »habe ich über diesen Mann das Urteil für seinen Hochverrat gefällt und es mit meiner eigenen Hand vollstreckt.«

Sie klammerte sich an den Bettpfosten, weil ihre zitternden Beine unter ihr nachzugeben drohten. Talia berührte mit ihrer verbundenen Hand ihren Arm, um sie zu trösten und zu stützen. Elspeths Augen schienen aus den Höhlen zu quellen. Als Devan die Tür zum Gang aufriß, sah sie ihn bittend an.

Mit verzerrter Stimme sagte sie: »Ich glaube, mir wird schlecht.«

Devan reagierte schnell genug, um ein Becken unter ihr Kinn zu halten, bevor sie den Inhalt ihres Magens von sich gab. Sie übergab sich und brach dann in hysterisches Weinen aus. Devan nahm sie bei der Hand und führte sie fort, damit sie sich säubern und in Ruhe ihren Gefühlen freien Lauf lassen konnte.

Kyril und Alberich nahmen schnell die Leiche auf und trugen sie hinaus. Der Seneschall folgte ihnen verwirrt und zitternd. Dirk blieb allein bei Talia zurück.

Bevor er irgend etwas sagen oder tun konnte, tauchte Devan für einen Augenblick wieder auf. Er entfernte die Polster, die Talia gestützt hatten, und befahl ihr, sich wieder hinzulegen. Kurz preßte er die Hand auf ihre Stirn und wandte sich dann an Dirk.

»Bleib bitte bei ihr. Ich habe die Blockaden entfernt, damit sie ihr nicht schaden, aber selbst wenn sie gesund wäre – diese Anstrengung war zuviel für sie. Bei ihrem Zustand kann ich nicht sagen, was geschehen wird. Es kann alles in Ordnung sein. Sie sieht nicht schlechter aus als zuvor. Aber wenn es schlimmer wird, wenn du befürchtest, daß sie einen Rückfall erleiden könnte, dann ruf nach mir. Ich bleibe in Hörweite, während ich mich um Elspeth kümmere.«

Dirk nickte.

Devan ging, und Dirk blickte Talia hilflos an. Er wollte ihr so viel sagen, wußte aber nicht, wie er beginnen sollte.

Die drängende Situation hatte Talia Kraft verliehen. Jetzt aber schien sie verwirrt und betäubt von den Schmerzen zu sein. Dirk konnte sehen, wie sie sich um klare Gedanken bemühte.

Schließlich schien sie ihn wahrzunehmen. »O Götter, Dirk, Kris ist tot. Sie haben ihn umgebracht – er hatte keine Chance. Ich konnte ihm nicht helfen, konnte ihn nicht retten. Und es ist meine Schuld – hätte ich ihm befohlen umzukehren, als wir erkannten, daß irgend etwas nicht stimmte, wäre er noch am Leben.«

Sie begann lautlos zu weinen. Tränen rannen langsam über ihre Wangen.

Dann begriff auch Dirk ...

»Göttin!« sagte er. »Kris – o nein, *Kris*!«

Er kniete neben ihr, ohne sie zu berühren. Seine Schultern bebten, während er schluchzte. Gemeinsam trauerten sie um ihren Freund.

Er wußte nicht, wie lange sie zusammen geweint hatten, aber seine Augen und seine Kehle schmerzten. Doch auch Kummer hat seine Grenzen. Schließlich gewann er die Beherrschung wieder, wischte vorsichtig ihre Tränen ab und setzte sich neben sie.

»Ich wußte, was mit ihm geschehen war«, sagte er endlich. »Rolan hat uns deine Botschaft gebracht.«

»Wie – wie bin ich hierher gekommen?«

»Ich habe dich ›geholt‹ ...« Er suchte nach den richtigen Worten. »Ich wollte sagen, ich mußte es tun. Ich konnte dich nicht dort lassen! Ich wußte nicht, ob ich es schaffe, aber ich mußte es versuchen! Elspeth, die Gefährten, wir haben dich alle zusammen ›geholt‹.«

»Das habt ihr getan? Das ... so etwas habe ich noch nie gehört. Das ist ja wie in einer alten Legende. Aber ich hatte mich in der Dunkelheit verirrt.« Sie schien in einem Schockzustand oder in halber Trance zu sein. »Ich konnte die Freistatt sehen, weißt du, ich konnte sie sehen. Aber sie ließen mich nicht hinein – irgend etwas hielt mich zurück.«

»Wer? Wer hielt dich zurück?«

»Die Liebe und die Pflicht ...« flüsterte sie, wie zu sich selbst.

»Was?« Er verstand überhaupt nichts mehr.

»Aber Kris hat gesagt ...« Ihre Stimme war fast nicht mehr zu verstehen.

Zuvor hatte er es nur befürchtet. Jetzt war er sicher. Sie hatte *Kris* geliebt, und er, Dirk hatte sie daran gehindert, sich wieder mit ihm zu vereinen. Er ließ den Kopf hängen, weil er die Verzweiflung auf ihrem Gesicht nicht sehen wollte.

»Dirk.« Ihre Stimme war stärker, nicht mehr so verwirrt. »*Du* warst es, der mich gerufen hat. Du hast mich vor Ancar gerettet und mich danach aus dem Dunkel geholt. Warum?«

Sie würde ihn dafür hassen, aber sie sollte die Wahrheit wissen. Vielleicht würde sie ihm eines Tages vergeben.

»Ich mußte es tun. Ich liebe dich«, sagte er hilflos und ohne Hoffnung. Er stand auf, um zu gehen. Seine Augen brannten wegen der Tränen, die er nicht zu vergießen wagte. Er warf ihr noch einen letzten Blick voller Sehnsucht zu.

Talia hörte die Worte, auf die sie nicht mehr gehofft hatte – und sah dann, wie ihre Hoffnung zur Tür hinausgehen wollte. Plötzlich ergab alles einen Sinn. Dirk dachte, daß es *Kris* war, den sie liebte!

Deswegen hatte er sich so verrückt benommen. Er wollte sie selbst, wollte aber nicht in Wettstreit mit Kris treten. Er mußte sich selbst gehaßt haben, weil er auf seinen besten Freund so zornig war. Kein Wunder, daß er in so einem Zustand gewesen war!

Und jetzt war Kris fort, und Dirk glaubte, sie wollte nichts mit ihm zu tun haben, weil er sie ständig an Kris erinnern würde, weil er nur die zweite Wahl war ...

Verflucht sollte er sein! So stur wie Dirk war, hatte es keinen Sinn, Erklärungen abzugeben. Er würde niemals glauben, was sie ihm sagte. Es würde Monate, wenn nicht Jahre dauern, um dieses Durcheinander zu klären.

Ihr Geist war übernatürlich klar. Verzweifelt suchte sie nach einem Ausweg aus ihrem Dilemma – und erinnerte sich plötzlich.

» … *wie bei einem ›Fernsprecher‹.*« Ylsas Worte standen klar und deutlich vor ihren Augen. »*Meistens beginnen sie mit dem Hören, nicht mit dem Sprechen. Jetzt kannst du nur fühlen, aber ich habe den Verdacht, daß du eines Tages lernen wirst, deine Gefühle so auszustrahlen, daß andere sie lesen können, sie teilen können. Das könnte ein sehr nützlicher Trick sein, vor allem dann, wenn du jemanden von deiner Ernsthaftigkeit überzeugen willst!*«

Ja, das hatte sie schon getan, ohne lange darüber nachzudenken. Es gab die erzwungene Verbindung einerseits und die sanfte Verbindung andererseits, die sie mit Kris und Rolan geteilt hatte. Und auch die einfacheren Aufgaben, wie Vertrauen und Sicherheit auszustrahlen … dies war nur ein weiterer Schritt …

Sie griff nach der Stärke und dem Willen, um ihm zu zeigen, was sie fühlte, aber sie mußte feststellen, daß sie zu schwach, zu erschöpft war. Nichts war ihr geblieben.

Sie weinte beinahe vor Zorn. Dann ließ Rolan sie seine Anwesenheit spüren, füllte sie mit seiner Liebe – und mehr …

Rolan – seine Kraft war da, wie immer, und wurde ihr großzügig angeboten.

Und jetzt wußte sie, was sie und wie sie es tun mußte.

»Warte!« keuchte sie. Und als Dirk sich halb zu ihr umwandte, projizierte sie alles, was sie fühlte, in seinen weit geöffneten Geist und sein Herz. All ihre Liebe, all ihre Sehnsucht nach ihm – sie zwang ihn, jene Wahrheit zu sehen, die Worte allein ihm niemals vermitteln konnten.

Devan hörte einen seltsamen, erstickten Schrei, der klang, als würde ein Mann auseinandergerissen. Er schnellte herum und lief zu Talias Zimmer, das Schlimmste befürchtend.

Für einen Augenblick blieb er an der Tür stehen, stählte sich gegen das, was er wahrscheinlich sehen würde, und öffnete sie langsam, mit Worten des Trostes auf der Zunge.

Zu seinem maßlosen Erstaunen war Talia nicht nur noch am Leben – sie hatte klare Augen, sie lächelte und schwankte zwischen Heiterkeit und Tränen. Und Dirk saß auf ihrem Bett und suchte nach einer Möglichkeit, sie zu umarmen, ohne ihr Schmerzen zu bereiten. Er bedeckte jede verwundete Stelle, die er erreichen konnte, mit Küssen und Tränen.

Halb betäubt schlüpfte Devan wieder hinaus und winkte einem Pagen in der Nähe. Zerstreut bemerkte er, daß er dieses Gesicht schon oft hier gesehen hatte, obwohl er sich nicht vorstellen konnte, warum das Kind hier soviel Zeit verbracht hatte. Als der Junge sah, wer ihn rief und aus welchem Zimmer er gekommen war, wurde er bleich.

*Es ist unglaublich,* dachte Devan verstört. *Gibt es denn irgend jemanden, der nicht krank vor Sorge um sie ist?*

»Ich muß einen Boten zur Königin senden. Möglichst einen Herold-Kurier, weil ein Herold wahrscheinlich in der Lage ist, sie schnell zu finden, ohne lange suchen zu müssen. Es ist dringend!«

Der Mund des Pagen bebte. »Die Heroldin, Sir«, sagte der Junge mit zitternder Stimme. »Ist sie … tot?«

»Herr des Lichts, nein!« Plötzlich fühlte Devan zum erstenmal seit Tagen das Bedürfnis zu lachen und erschreckte den Jungen mit einem breiten Grinsen. »Nein! Während du den Boten holst, kannst du die Nachricht verbreiten, daß die Heroldin der Königin noch unter uns weilt! Und es wird ihr bald sehr, sehr gut gehen!«

# Elf

Dirks Glücksgefühl konnte nicht allzu lange anhalten. Nur zu bald erinnerte er sich daran, daß wichtigere Dinge als sein persönliches Glück auf dem Spiel standen. Nur Talia wußte, was in Ancars Hauptstadt vor sich ging, wußte vielleicht, was sie zu erwarten hatten. Ganz sicher war Valdemar in Gefahr, und nur Talia konnte sagen, wie groß diese Gefahr war.

Dirk wurde ernst, und Talia bemerkte es sofort. »Orthallen ist nicht der einzige Feind«, sagte er langsam.

Ihre Augen wurden groß. »Nein … wie lange … war ich …«

»Seit wir dich ›geholt‹ haben? Laß mich nachdenken …« Er selbst war zwei Tage ohne Bewußtsein gewesen und hatte dann sechs Tage gebraucht, um sich von dem Energierückschlag zu erholen. »Ungefähr acht Tage.« Er erriet, was sie als nächstes fragen würde. »Wir befinden uns in der Burg Lord Faltherns, direkt an der Grenze.«

»Und Selenay?«

»Devan hat nach ihr geschickt. Du hast Schmerzen …«

»Ich habe keine Wahl, du weißt es.« Sie lächelte schwach. »Ich …«

Sie vergaß, was sie hatte sagen wollen, als die Königin mit strahlendem Gesicht in das Zimmer stürzte.

»Seht, Majestät.« Alberich folgte ihr auf den Fersen. »Ich habe Euch die reine Wahrheit berichtet.« Zu Dirks Erstaunen strahlte auch der ernste Waffenmeister über das ganze Gesicht.

»Talia, Talia …« Die Königin brach in Freudentränen aus. Sanft ergriff sie jene Hand Talias, die Dirk nicht für sich beanspruchte, und hielt sie ganz vorsichtig, damit sie ihrem Herold nicht noch mehr Schmerzen verursachte. Alberich stand neben ihr und strahlte, als sei dies alles allein sein Werk gewesen. In seinem ganzen Leben hatte Dirk den Waffenmeister noch nicht so herzlich lächeln gesehen.

»Selenay?«

Die Besorgnis in Talias Stimme durchdrang ihre Freude.

»Wir sind immer noch in Gefahr, nicht wahr?«

Talia nickte müde. Dirk ordnete ihr Bettzeug so, daß es sie am wenigsten schmerzte, und sie warf ihm einen Blick zu, der ihn vor Freude erröten ließ. »Ancar ... hat seine eigene Armee.«

»Und wird vielleicht angreifen?«

»Er wird *ganz sicher* angreifen. Er muß es jetzt tun. Er will Euch töten und Elspeth gefangennehmen.«

»Herr des Lichts!«

»Er wollte ... an die Grenze. Er muß mich ... inzwischen vermißt ... haben. Ich weiß nicht, was er tun wird ... aber er wird annehmen, daß ... ich lange genug gelebt ... habe ... um zu reden.«

»Das heißt, wir sind in ebenso großer Gefahr wie zuvor, vielleicht noch in größerer.« Selenay stand auf. Zornig reckte sie ihr Kinn. »Wir werden ihm einen harten Kampf liefern!«

»Magier. Er hat Magier. Die *alte* Magie. Sie hielten mich davon ab, ›geistzurufen‹ ... verhinderten, daß die Herolde ... von Kris' Tod ... erfuhren. Ich ... weiß nicht, was sie noch können. Weiß nur, daß sie uns blockieren können. Und Orthallen ... hat ihn gut informiert.«

»Orthallen?« Selenays Zorn verwandelte sich in Verwirrung. »Orthallen ... Bei der Göttin, ich kann es immer noch nicht glauben. Er war doch Kris' Onkel!«

»Er war unzufrieden, daß Ihr Kris gesandt habt, Selenay«, erinnerte Alberich sie. »Ich glaube, jetzt kennen wir den Grund. Und sein Kummer, als er die Todesnachricht hörte, war echt.«

»Aber vielleicht ein bißchen zu schnell vorüber«, erwiderte die Königin und biß sich auf die Lippen. »Obwohl er seine Gefühle niemals gern gezeigt hat.«

»Er hat Euren Vater getötet«, flüsterte Talia. Ihr fielen die Augen zu, weil das lange Sprechen sie erschöpft hatte. »Während der Schlacht ... er hat einen Attentäter gesandt.«

»Was?!« Selenay wurde bleich. »Das hätte ich nie gedacht! Ich habe diesem Mann vertraut!«

Dann herrschte Stille, die Stille vor dem Sturm.

»Dirk?« Talia öffnete ganz kurz die Augen und schloß sie schnell wieder, weil der Raum sich um sie zu drehen schien.

Er brauchte keinen anderen Hinweis als den betäubten Blick, mit dem sie ihn angeschaut hatte. Sanft berührte er ihre Wange und ging, um selbst nach Devan zu suchen.

Als er zurückkam, brachte er nicht nur Devan, sondern auch noch drei andere Heiler mit. Jetzt war das kleine Zimmer beinahe überfüllt. Kyril und Elspeth waren ebenfalls wieder da. Und der Seneschall war mit dem Lord Marschall gekommen. Kerzen waren gebracht und angezündet und an jeder Oberfläche befestigt worden, auf der sie halten mochten. Jetzt war das Zimmer hell erleuchtet, ein bißchen warm und stickig.

»Ich hasse es, dies von ihr und Euch verlangen zu müssen, Devan, aber uns bleibt keine andere Wahl.« Selenay machte ein schuldbewußtes Gesicht. »Können die Heiler sie lange genug wachhalten, damit sie uns sagen kann, was sie weiß?«

Dirk wollte protestieren, tat es aber doch nicht. Er wußte, was er an Talias Stelle getan hätte – jede Information, die er besaß, weitergeben, solange er noch atmen konnte. Warum sollte sie anders sein?

»Majestät.« Resigniert senkte Devan den Kopf. »Ich muß sagen, daß ich es nicht gutheißen kann und daß wir nicht zulassen werden, daß sie sich dabei umbringt.«

»Aber Ihr werdet es tun?«

»Wie Talia haben wir keine andere Wahl.« Die Heiler umgaben sie, berührten sie ganz leicht und gingen in Heiltrance. Sie seufzte; ihr schmerzverzerrtes Gesicht entspannte sich, und sie öffnete die Augen, die klar und wachsam schauten.

»Fragt. Schnell.«

»Ancar. Was haben wir von ihm zu erwarten?« Der Lord

Marschall sprach als erster. »Wie groß ist seine Privatarmee? Aus welchen Männern besteht sie?«

»Der Abschaum aus den Gefängnissen, ungefähr dreitausend Mann. Keine Söldner, soweit ich weiß. Aber sie sind sehr gut ausgebildet.«

»Was ist mit der regulären Armee? Wird er sie einsetzen?«

»Das glaube ich nicht. Er hat Alessandar ermordet. Er hat wahrscheinlich noch keine Macht über die Offiziere. Er muß jeden Widerstand zerschlagen, bevor er die Armee einsetzen kann. Muß die Offiziere durch seine eigenen Leute ersetzen.«

»Können wir mit Deserteuren rechnen?«

»Ja. Die gesamte Grenzwache könnte überlaufen, falls die Männer hören, was geschehen ist. Heißt sie willkommen, aber unterzieht sie dem Wahrspruch.«

»Wo war Ancars Privatarmee zuletzt?«

»In der Hauptstadt.«

»Weiß er, daß Ihr über die dreitausend Bescheid wißt?«

»Nein.« Ihre Augen leuchteten unnatürlich hell. »Er hat mir nie Fragen gestellt.«

»Was für ein Narr. Etwas zuviel Selbstvertrauen, was meint Ihr, Alberich?« Der Lord Marschall strich über seinen Bart. Seine schwarzen Brauen hatten sich nachdenklich zusammengezogen. »Zwölf bis vierzehn Tage schnellen Marsches könnten sie hierher bringen. Hat er Kavallerie?«

»Das glaube ich nicht. Es waren Verbrecher, die er angeworben hat. Aber sie sind dafür ausgebildet, zusammenzuarbeiten, seit mindestens drei Jahren. Und er hat Magier. Alte Magie, wahre Magie, wie in den alten Legenden. Wenn er glaubt, daß er auf Herolde treffen wird, wird er diese Magie einsetzen.«

»Wie gut sind die Magier?« fragte Kyril.

»Weiß nicht. Einer hat verhindert, daß ich ›geistsprach‹ oder Ancar ›lesen‹ konnte oder mich verteidigte. Er verhinderte auch, daß ihr Kris' Tod fühlen konntet, aber er konnte mich nicht von Rolan trennen. Götter, das ist wichtig! Sie können uns *blockieren*, aber sie können uns nicht ›lesen‹!

Ancar hat sich verraten ... hat etwas über ›verdammte Herolde und ihre Schirme‹ gesagt.«

»Das heißt, sie können ihre Magie nicht einsetzen, um unsere Pläne zu erfahren, vor allem nicht, wenn wir uns abschirmen?« fragte Kyril, Hoffnung in den Augen.

»Ich denke schon. Sie haben gar nicht versucht, mich zu ›lesen‹. Hulda ist auch Magierin. Sie hat Ancar geschult. Ich weiß nicht, wie gut sie ist. Das ist keine ›Geistmagie‹, ich habe keine Ahnung, wie sie funktioniert.«

»Orthallen«, sagte der Seneschall. »Wie lange versuchte er schon, die Königin zu stürzen?«

»Seit Jahrzehnten. Er ließ den König während der Schlacht ermorden.«

»Wer hat ihn unterstützt?«

»Damals niemand. Er wollte den Thron für sich und hat die Verwirrung während des Tedrel-Krieges ausgenützt.«

»Wann hat sich das geändert?«

»Als Hulda ihm ein Angebot gemacht hat. Er glaubte wohl, er könnte sie benutzen.«

»Aber das ist doch *Jahre* her!«

»Genau. Sie kam, um aus Elspeth eine passende Gefährtin für Ancar zu machen. Sie fand Orthallen und arbeitete mit ihm zusammen. Er hat sie auch rechtzeitig gewarnt, damals. Später hat Ancar ihm im Austausch für Nachrichten und Hilfe von innen den Thron angeboten.«

»Was ist mit den Magiern?« fragte Kyril besorgt.

»Ich kann darüber nicht viel sagen. Vom ›Geistblock‹ habe ich Euch erzählt. Der gleiche Magier hat Ancar abgeschirmt. Hulda hat sich vermutlich selbst geschützt. Sie sah aus, als wäre sie fündundzwanzig Jahre alt. Es könnte eine Illusion sein, aber das glaube ich nicht. Sie ist alt genug, um wirklich Ancars Kindermädchen gewesen zu sein – daher ist sie mindestens vierzig. Ich habe gesehen, wie sie ein Hexenlicht erzeugt hat ...« Talia entzog Dirk ihre Hand und löste ihr Kleid über der Schulter. Selenay und Elspeth entfuhr ein Keuchen, und der Seneschall unterdrückte einen Ausruf, als sie sahen, was da enthüllt wurde – ein Handabdruck, der wie mit einem glühenden Eisen ins Fleisch gebrannt war. »Das hat Hulda getan, als sie und Ancar mit mir – gespielt haben. Hat einfach ihre Hand daraufgelegt. Als wäre es so leicht wie das Atmen. Aber sie können noch Schlimmeres tun, viel Schlimmeres.«

Langsam erschöpften sich die Kräfte der vier Heiler. Selbst mit ihrer Hilfe sah Talia immer schwächer aus.

»Ich bin so müde …«, sagte sie und bettelte mit den Augen um Ruhe.

»Wir wissen jetzt genug.« Selenay blickte die anderen an, und sie nickten zur Bestätigung. »Wir können jetzt unsere Verteidigung planen. Ruhe dich aus, meine Tapfere.«

Sie führte die Versammelten hinaus. Einer nach dem anderen zogen sich die Heiler zurück, und Talia schien wie eine Blume zu verwelken. Devan packte Dirk an der Schulter, bevor dessen Angst zu groß werden konnte.

»Sie wird's überleben. Sie braucht nur Ruhe, um gesund zu werden«, sagte er müde. »Und die wird sie jetzt bekommen – und wenn ich vor diesem Zimmer Wachen aufstellen muß!«

Dirk nickte und trat wieder an Talias Seite. Mühsam öffnete sie die Augen.

»Liebe … dich …«, flüsterte sie.

»Meine Geliebte …«. Er kämpfte gegen die Tränen an und konnte für einen Augenblick nicht sprechen. »Ich muß dich jetzt für eine Weile verlassen. Devan sagt, du brauchst Ruhe. Aber sobald er mich läßt, komme ich wieder!«

»Laß es … bald sein …«

Er ging aus dem Zimmer. Sie sah ihm nach, bis sich die Tür schloß.

Alberich hatte es vorausgesehen. Als die Sonne aufging, herrschte sowohl im kleinen Lager an der Grenze als auch unter den Höflingen und Beamten der Burg heller Aufruhr. Jede Stunde trafen herzzerreißend kleine Einheiten der Wache ein. Mehr oder weniger verdrehte Berichte über die

Geschehnisse der letzten Nacht breiteten sich aus wie Öl aus einem zerbrochenen Krug und erhitzten die Gemüter. Talia schlief in einem erzwungenen Halbschlaf und bekam von der Verwirrung gnädigerweise nichts mit.

Mit der Wache war am leichtesten zu reden. Der Lord Marschall rief die Offiziere zusammen und erklärte ihnen mit Alberich als Zeugen, was genau in der letzten Nacht gesagt und getan worden war. Die Offiziere der Wache hatten zu Orthallen keine engen Beziehungen gehabt. Daher nahmen sie die Geschichte für bare Münze, obwohl sie über seinen Verrat entsetzt waren. Sie machten sich viel mehr Sorgen wegen der Armee, die Ancar gegen sie aufbieten würde, denn sie waren nicht mehr als tausend Mann gegen seine dreitausend. Die Drohung durch die Magier schoben sie einfach beiseite.

»Mein Lord«, sagte einer der älteren Offiziere, dessen Gesicht genauso vernarbt war wie Alberichs, »ich erbitte Eure Vergebung, aber gegen die Magier können wir *gar nichts* tun. Das überlassen wir jenen, die mit Magie umgehen können ...«

Sein Blick huschte zu Alberich. Der Waffenmeister nickte ihm unmerklich zu.

» ... wir haben mit den gewöhnlichen Gegnern schon genug zu tun.«

Und Ancars Armee war auf dem Weg. Das wußten Alberich und der Lord Marschall ganz genau. Zwei Herolde aus Selenays Leibwache, die schon öfter Aufträge in Hardorn erledigt hatten, waren mit der Gabe der ›Fernsicht‹ ausgestattet. Sie hatten während der Nacht ihren Blick über die Grenze schweifen lassen. Sie hatten Ancars Armee entdeckt, als sie für ein paar Stunden Rast gemacht hatten. Viel störender war, daß sie in der Morgendämmerung noch einmal ›geschaut‹ hatten – und nichts außer leerem Land gefunden hatten.

»Das heißt, daß mindestens ein Magier sie begleitet«, hatte Kyril geschlossen, als sich die Kommandierenden beim Frühstück berieten. »Und irgendwie verbirgt er die Armee vor unserer ›Fernsicht‹.« Weil sie wenigstens ein bißchen Kenntnis von ›alter‹ Magie und Magiern besaßen, waren Kyril und Alberich dem Lord Marschall gleichgestellt worden. Ihre Aufgabe bestand darin, die versammelten Herolde in den Kampf zu führen – entweder mit dem Schwert oder mit ihren Gaben. Eine der wichtigsten Aufgaben der Herolde war die Nachrichtenverbindung. Jeder Offizier würde die ganze Zeit einen ›Geistsprecher‹ bei sich haben, und Kyril würde bei Selenay bleiben, um bei der Koordinierung zu helfen. Auf diese Weise hatten sie den Tedrel-Krieg gewonnen. *Das* konnte ihnen keine andere Armee nachmachen.

»Wir wissen jetzt«, sagte der Lord Marschall, »daß sie auf dem Weg waren. Daher wissen wir auch, wie schnell sie vorwärtskommen und wie bald sie hier sein können. Wir wissen auch, daß diese Magier die Armee nicht irgendwie ›versetzt‹ haben, weil sie sonst nicht all die Pferde brauchen würden, die die Herolde ›gesehen‹ haben.«

»Mein Lord?« Einer der Offiziere war vor der offenen Zeltklappe erschienen und salutierte zackig. Er war kaum alt genug, um sich einen Bart wachsen zu lassen. Die Morgensonne vergoldete sein helles Haar, und es fiel ihm sichtlich schwer, ein Lächeln zu unterdrücken. »Die Rekruten, vor denen Ihr uns gewarnt habt, sind angekommen.«

»Rekruten?« sagte Kyril verwirrt. Alberich nickte.

Der Lord Marschall ließ ein kurzes Schnauben hören, das ein Lachen sein konnte. »Ihr werdet schon sehen, Herold. Bring sie hierher, Junge. Wir haben hier zwei Fachleute, die sie überprüfen können.«

»Alle, Sir?«

»Wie viele sind es denn?« Jetzt war auch der Lord Marschall überrascht.

»Über hundert, Sir.«

»Strahlende Herrin! Ja, bring sie alle. Irgendwie werden wir das schon schaffen.«

Als die drei Kommandierenden das Zelt verließen und ins helle Sonnenlicht traten, sahen sie eine kleine Staubwolke auf der Handelsstraße. Als sich jene näherten, die die Staubwolke verursachten, konnten Kyril und Alberich erkennen, daß die vordersten die schwarz-goldenen Uniformen von Alessandars Armee trugen.

Es schien, daß die gesamte Grenzwache mit ihren Offizieren, den Heilern und allen Angehörigen übergelaufen war, als die Nachricht von Alessandars Ermordung sie erreicht hatte.

Elspeth hatte die freudige Aufgabe, diese Tatsache den Räten mitzuteilen. Unter Valdemars zivilen Führern herrschte nicht solche Einmütigkeit wie unter den militärischen.

Lord Gartheser war vor Schreck und Empörung sprachlos. Der Barde Haron verhielt sich, als wäre er betäubt. Lady Kester und Lady Cathan, immer noch zornig, daß Orthallen sie beschuldigt hatte, mit den Sklavenhändlern gemeinsame Sache zu machen, waren zwar überrascht, aber gar nicht so unglücklich. Vater Aldon hatte sich in der kleinen Kapelle der Burg eingeschlossen, Lord Gildas hatte ihn begleitet. Die Heilerin Myrim gab sich nicht die geringste Mühe zu verbergen, daß Orthallens Verrat sie überhaupt nicht überrascht hatte. Sie verbarg auch nicht, daß sein Tod ihr eine bittere Befriedigung verschaffte. Aber man konnte ihr solche unfreundlichen Gedanken wohl vergeben, da sie zu den vier Heilern gehörte, die sich um Talias Verletzungen kümmerten.

Als dem gesamten Rat die nackten Tatsachen mitgeteilt worden waren, sprach Elspeth mit jedem der Räte unter vier Augen. Sie gab einfache Erklärungen ab über das, was vorgefallen war, wollte aber keine Fragen beantworten. Fragen, so sagte sie ihnen, müßten zurückgestellt werden, bis Talia sich soweit erholt hatte, um ihnen allen genauere Einzelheiten zu berichten.

Aber lange vorher traf Ancars Armee ein.

Alberich schöpfte Hoffnung. Die Anzahl von Valdemars Kämpfern war durch die Überläufer fast auf das Doppelte gestiegen. Der Lord Marschall tanzte beinahe vor Freude. Mit Ausnahme der Familienangehörigen war jeder der Männer und Frauen, die bei ihnen Schutz suchten, ein ausgebildeter Kämpfer oder Heiler, und sie alle brannten vor Zorn auf den Mörder ihres geliebten Königs.

Denn die wahre Geschichte hatte sich von der Hauptstadt nach Westen verbreitet – aus einer absolut unerwarteten Quelle, den Clanmitgliedern des Händlers Evan.

Evan hatte anscheinend Talias Warnung beherzigt und war geflohen. Und er hatte noch mehr getan. Er hatte auf seiner Flucht die Wahrheit unter den Mitgliedern seines Familienclans verbreitet. Und diese hatten sie weitererzählt. Nahe an der Hauptstadt waren die Menschen eingeschüchtert und verängstigt – zu sehr, um an Flucht auch nur zu denken. Aber näher an der Grenze, wo Ancars Hand noch nicht so schwer auf den Menschen lag und wo man Alessandar aus Liebe und Respekt gedient hatte, hatten sich Wut und Zorn breitgemacht.

Als zwei oder drei Offiziere sich fürs Überlaufen entschieden hatten, war ihnen beinahe die ganze in diesem Gebiet stationierte Truppe gefolgt.

Das hatte Ancar ganz sicher nicht voraussehen können, und er würde auch nichts davon erfahren. Eine kleine Gruppe von Freiwilligen war bei den Nachrichtentürmen zurückgeblieben und fuhr fort, Botschaften und Nachrichten zu senden. Alle waren falsch.

»Wenn Ancar durchgezogen ist, dann tauchen sie in den Dörfern unter«, sagte jener Hauptmann, welcher der Gastgeber Kris' und Talias gewesen war, zu Alberich. »Sie haben Zivilkleidung dabei. Wenn es möglich ist, werden sie sich uns anschließen. Aber die meisten von den Freiwilligen haben Familien, die sie nicht verlassen wollen.«

»Verständlich«, hatte Alberich erwidert. »Wenn wir diese Schlacht gewinnen, dann werden wir an jeder Stelle, an der man die Grenze überschreiten kann, Wachen aufstellen, um sie zu uns zu geleiten. Wenn nicht ...«

»Dann ist es verdammt egal, weil Ancar uns alle bekommt«, antwortete der Hauptmann grimmig.

Weil seine Streitkräfte sich verdoppelt hatten, bezweifelte der Lord Marschall das Ergebnis der Schlacht nicht mehr.

»Randon«, sagte Selenay besorgt, während sie auf ein Zeichen warteten, daß Ancar eingetroffen war, »ich weiß, es ist Eure Aufgabe, Zuversicht zu verbreiten, aber es steht immer noch drei gegen zwei ...«

Wie sie es jeden Tag getan hatten, standen sie auf der Spitze des höchsten Hügels der Umgebung. Ancars Magier konnten vielleicht die Bewegungen der Armee vor der ›Fernsicht‹ verbergen, aber gegen die Staubwolke, die bei ihrem Marsch aufgewirbelt wurde, waren sie wahrscheinlich machtlos – wie auch gegen aufgescheuchte Vögel und andere Anzeichen, die den Vorbeizug einer großen Menchenmenge verrieten. Von diesem Hügel aus konnte man viele Meilen nach Hardorn hineinschauen. Ausgebildete Wächter waren hier postiert worden. Dennoch verbrachten Selenay und der Lord Marschall jede freie Minute hier oben und blinzelten im grellen Sonnenlicht auf die Straße unter ihnen.

»Herrin! Für uns spricht mehr, als er auch nur erraten kann. Wir haben tausend ausgebildete Kämpfer, von denen er nichts wissen *kann*. Wir können das Schlachtfeld wählen. Und wir haben die Herolde, um sicherzustellen, daß es keine falschverstandenen Befehle und Nachrichten oder zu spät eintreffende Anordnungen gibt. Ich fürchte nur die Magier.« Zweifel schlich sich in die Augen und die Stimme des Lord Marschalls. »Wir wissen nicht, welche Fähigkeiten sie haben, wie viele es sind und wie wir ihnen begegnen sollen. Und sie *könnten* die Schlacht für Ancar gewinnen.«

»Und die Gaben der Herolde sind zumeist nicht für einen

Angriff geeignet«, sagte Selenay, die der Gedanke an die Magier entsetzte. »Wenn wenigstens noch *ein* Herold-Magier leben würde.«

»Meine Königin, bin ich vielleicht ein Ersatz?«

Erschreckt wirbelte Selenay herum. Während sie und Randon ganz vertieft in ihre Beobachtungen gewesen waren, waren zwei Herolde den Hügel heraufgekommen. Einer war Dirk, bleich, aber in besserer Verfassung, als er seit Wochen gewesen war.

Der andere – so voll Staub, daß seine weiße Uniform grau aussah und mit Linien der Erschöpfung im Gesicht, aber trotz seiner Müdigkeit selbstbewußt grinsend – war Griffon.

»Ich habe ihn hierher gebracht, sobald wir ihn aus dem Sattel geholt hatten, Majestät«, sagte Dirk. »Dieser Bengel ist vielleicht unsere Antwort auf die Magier. Erinnert Ihr Euch an seine Gabe? Er ist ein ›Feuerzünder‹, Majestät.«

»Zeigt mir nur, wer oder was in Flammen aufgehen soll«, fügte Griffon hinzu. »Ich verspreche Euch, daß ich es entzünden kann. Kyril hat bis jetzt nichts gefunden, das mir zu widerstehen vermag.«

»Das ist keine Angeberei, Majestät. Ich habe ihn ausgebildet, ich weiß, wozu er fähig ist. Er kann seine Gabe nur einsetzen, wenn er sein Ziel sieht, aber das sollte in diesem Fall ausreichen.«

»Aber ... du warst doch auf Rundreise im Norden!« sagte Selenay, wie betäubt von dieser plötzlichen Wende des Schicksals. »Wie hast du herausgefunden, daß wir in Gefahr schweben? Und wie konntest du auch noch rechtzeitig hier ankommen?«

»Das pure, dumme Glück der Herolde!« erwiderte Griffon. »Ich traf auf einen weiblichen Herold-Kurier, deren Gabe zufällig die Voraussicht ist. Sie überbrachte mir Nachrichten und wir ... äh ... verbrachten die Nacht miteinander. In dieser Nacht hatte sie eine machtvolle Vision. Sie warf mich aus dem Bett und scheuchte mich in den Sattel, noch während ich mich anzog. Dann übernahm sie meine

Rundreise, und ich ritt an die Grenze, so schnell Harevis mich zu tragen vermochte. Und da bin ich. Ich hoffe, ich kann Euch wirklich helfen.«

Die untergehende Sonne färbte die Wolken blutrot, als einer der Späher endlich berichtete, daß Ancars Armee sich näherte. Selenay betete, daß der blutrote Sonnenuntergang kein schlechtes Vorzeichen für ihre Streitkräfte bedeuten möge. Dann erteilten sie und der Lord Marschall die ersten Befehle für die zu erwartende Schlacht.

Der Lord Marschall hatte als Schlachtfeld einen flachen, unbewachsenen Hügel auf der valdemarischen Seite der Grenze gewählt. Dahinter und links von ihm war dichter Wald, rechts lagen offene Felder. Was Ancar nicht wissen konnte und was die Späher und Kämpfer, die sich im Wald verbergen sollten, auch geheimhalten wollten, war, daß der Wald hinter dem Hügel bei einem Dammbruch im Frühling vollkommen überflutet worden war. Das Wasser stand überall zwei oder drei Fuß hoch, und der leicht schwammige Untergrund hatte sich in einen Morast verwandelt.

Außer jener Vorhut verbargen sich noch andere Krieger in dem Wald links vom Schlachtfeld – jene tausend Kämpfer, die zu den Valdemarern übergelaufen waren. In Gruppen zu je hundert Mann, jede von einem ›Geistsprecher‹ begleitet, bezogen sie Stellungen weit hinter jener Linie, bis zu der man Ancars Späher vordringen lassen wollte.

Teren schlug nach einer weiteren Stechfliege und unterdrückte seinen Zorn. Sie lagen auf erhöhtem Grund und steckten daher nicht bis zu ihren Kehrseiten im Schlamm, doch die stechenden Insekten, die einige Morgen neuentstandene Marschen für ihre Brut zur Verfügung hatten, feierten ein Fest. Es war dunkel, die Luft war feucht, und es wurde kühl. Wythra gefiel es um nichts besser als Teren. Er hörte, wie seine Gefährtin rechts von ihm in der Dunkelheit ungeduldig schnaubte.

*Zwillingsschwester?* sandte er. *Wir sind in Stellung. Wie sieht es bei dir aus?*

*Wir auch.* Die Antwort hatte einen Unterton der Verzweiflung. *Aber alles ist voll Mücken.*

*Hier sind's Stechfliegen.*

*Dann geht's euch besser,* kam die Erwiderung. *Die Mücken kriechen in die Rüstungen, und man schlägt sich selbst grün und blau beim Versuch, die Biester zu erwischen.*

*Sie sind einfach überall ...* Das war Kerens Hengst Dantris. Er war wütend. Im Gegensatz zu den anderen Herolden konnten die Zwillinge nicht nur miteinander, sondern auch mit dem Gefährten des anderen ›geistsprechen‹. *Nicht einmal Fellis-Öl hilft!* beschwerte Dantris sich erzürnt.

*Sieht so aus, als würdet ihr durch die Natur mehr Verluste erleiden als durch den Feind.* Teren grinste trotz seiner unbequemen Lage.

*Ich hoffe, du behältst recht!* kam die ernste Antwort seiner Zwillingsschwester.

»Du mußt mir Augen und Ohren sein, Geliebter«, hatte Talia gebettelt. »Sie werden mich brauchen ...«

»Aber ...« hatte er protestieren wollen.

»Nimm Rolan. Du weißt, daß du dich mit ihm verbinden kannst. Und wenn sie mich brauchen ...«

Er seufzte. »Also gut. Ich verbinde mich mit Rolan, und er hält dich auf dem Laufenden. Götter, kannst du dich denn nicht für einen *Augenblick* ausruhen?«

»Kann ich das riskieren?«

Darauf hatte er keine Antwort. Also wartete er, in den Reihen hinter Selenay, mit den anderen auf die Morgendämmerung. Und er betete, daß Talia sich nicht selbst umbrachte. Dann wenn er sie verlieren sollte, jetzt, da er sie gefunden hatte ...

Als der Morgen dämmerte, standen Selenays Streitkräfte auf der Spitze des Hügels, den Rücken dem Wald zugewandt. An der linken Flanke, am Waldrand, stand eine größere Gruppe Herolde. Jeri war bei ihnen, in eine von Elspeths grauen Studentenuniformen gekleidet. Sie hofften, Ancar würde sie für Elspeth halten und diese Stellung angreifen. Elspeth selbst war in der Burg, bereit, sofort zu fliehen, falls das Glück sich gegen sie wandte. Sie hatte nur zögernd zugestimmt, aber erkannte die Notwendigkeit und wollte sichergehen, daß Talia nicht zurückgelassen wurde. In einem kurzen wachen Moment hatte Talia Elspeth ernst darum gebeten, sie nicht wieder in Ancars Hände fallen zu lassen, und genauso ernst hatte die junge Erbin Talia dies versprochen. Elspeth ahnte zwar, was Talia wirklich gemeint hatte – nämlich den Gnadenstoß – doch sie war fest entschlossen, Talia zu retten, selbst wenn es bedeutete, Talia tragen zu müssen!

Im bleichen Licht des Morgens sahen Selenays tausend Mann gegenüber Ancars dreitausend hoffnungslos unterlegen aus. Diese dreitausend Krieger waren schwerer gerüstet als die Wachen. Und so, wie sie den Befehlen ihrer Offiziere folgten, waren sie genauso gut ausgebildet. Ungefähr fünfhundert Mann waren zu Pferd. Also hatte Ancar Kavallerie. Doch diese Krieger waren nur mit Armbrüsten bewaffnet – in offener Schlacht praktisch nutzlos, sobald sie einmal abgefeuert waren, und von wesentlich geringerer Reichweite als die Langbogen.

Geduldig warteten Selenays Streitkräfte. Der Gegner würde angreifen müssen.

»Er ist ein guter Befehlshaber, das muß ich ihm lassen«, grollte der Lord Marschall, als eine Stunde später immer noch nichts geschehen war. »Er wägt seine Chancen ab. Augenblick, da tut sich irgendwas ...«

Aus den Reihen des Feindes trabte ein Reiter mit einer weißen Fahne heran. Er ritt bis zur Mitte des Schlachtfeldes und hielt.

Der Lord Marschall ritt ein paar Schritte vorwärts. Seine Rüstung klirrte. Er donnerte: »Sprecht, Mann!«

Der Reiter, ein leicht untersetzter Krieger in einer kostbaren Rüstung mit einem Helm, der eine seltsame Zier trug, errötete vor Zorn. »Königin Selenay! Eure Abgesandten haben König Alessandar ermordet, offensichtlich auf Euren Befehl. König Ancar hat wegen dieses grausamen Verbrechens Valdemar den Krieg erklärt. Wir sind Euch zahlenmäßig überlegen. Werdet Ihr Euch Ancars Gerechtigkeit ergeben?«

Selenay verzog das Gesicht. Zorniges Murren erklang in den Reihen der Krieger. »Ich habe mich schon gefragt, welche Geschichte er sich ausgedacht hat«, murmelte sie Kryril zu und rief dann laut: »Und was hätte ich von Ancars Gerechtigkeit zu erwarten?«

»Ihr müßt abdanken und Eure Tochter mit Ancar vermählen. Die Herolde von Valdemar müssen entlassen und für vogelfrei erklärt werden. Ancar wird gemeinsam mit Elspeth über Valdemar herrschen. Ihr werdet für den Rest Eures Lebens an einem Ort seiner Wahl eingekerkert.«

»Und dieses Leben dauert ungefähr noch zehn Minuten, wenn er mich einmal in Händen hat!« sagte Selenay so laut, daß der Gesandte es hören konnte. Dann stellte sie sich in den Steigbügeln auf, nahm den Helm ab und ließ ihr goldenes Haar in der Sonne aufleuchten. »Was sagt ihr, mein Volk? Soll ich mich ergeben?«

Das donnernde »Nein!«, welches ihrer Frage antwortete, ließ das Pferd des Gesandten scheuen.

»Und jetzt hört mich an!« Selenays Stimme war so klar und hell, daß jeder einzelne von Ancars Männern sie ohne Zweifel hören mußte. »Ancar hat seinen eigenen Vater und meinen Gesandten ermordet. Er hat böse Magier zu Gefährten und bringt Blutopfer dar. Eher würde ich Elspeth die Kehle durchschneiden, als daß ich sie fünf Minuten in seiner Gesellschaft verbringen lasse! Er sollte wegen seiner falschen Anschuldigungen die Rache der Götter fürchten! Und er wird nur dann über Valdemar herrschen, wenn auch der letzte Bürger meines Königreichs bei seiner Verteidigung gefallen ist!«

Der Gesandte drehte sein Pferd in Richtung der eigenen Reihen. Der Jubel, der Selenays Worte folgte, schien ihn vor sich her zu treiben wie ein Blatt im Wind.

»Jetzt gibt es kein Zurück«, sagte Selenay zu ihren Befehlshabern und rückte ihren Schwertgurt zurecht. Sie setzte den Helm wieder auf und streichelte den Nacken ihres Gefährten. »Jetzt werden wir sehen, ob unser Plan gelingt, selbst wenn es zwei gegen drei steht.«

»Und ob ein Feuerzünder Ancars Magiern gleichwertig ist«, fügte Kyril hinzu.

»Warum sitzen die einfach nur da?« Griffon war verwirrt. »Warum greifen sie nicht an?«

Er war weit hinter den ersten Linien, bei den Bogenschützen. Seine Gabe war viel zu kostbar, um ihn an vorderster Front einzusetzen, doch die erzwungene Untätigkeit machte ihn nervös.

Wie zur Antwort stieg Augenblicke später Nebel zwischen ihnen und Ancars Reitern auf. Er war von kränklicher gelber Farbe. Die leichte Brise, die über das Schlachtfeld wehte, konnte ihn nicht vertreiben. Plötzlich schien er sich zu winden und zu rollen; ein gespenstisches grünes Glühen ging von ihm aus. Leichter Schwefelgeruch lag in der Luft, und das ganze Schlachtfeld schien eine Bewegung zur Seite zu machen. Griffons Magen hob sich – und anstelle des Nebels stand eine Horde dämonischer Monster vor ihnen.

Sie waren mindestens sieben Fuß hoch, mit dunklen Löchern in den Fratzen, wo die Augen hätten sein müssen. Trübes rotes Feuer schien in den leeren Höhlen zu flackern. Sie hatten Reißzähne, und die ledrige, gelbe Haut, welche die Farbe ranziger Butter hatte, war offenbar einer Rüstung ebenbürtig. Jeder trug in einer Hand eine zweischneidige Axt, in der anderen ein Messer, fast so lang wie ein Schwert. Es waren fast hundert an der Zahl. Ängstliches Murmeln ertönte in Selenays Reihen. Ein paar Pfeile wurden auf die

Monster abgefeuert, aber jene, die trafen, prallten harmlos an der Lederhaut ab. Und als sie ihre zahnbewehrten Mäuler öffneten, als sie brüllten und sich in Bewegung setzten, wichen die Truppen unfreiwillig einige Schritte zurück.

Plötzlich blieb einer der Dämonen abrupt stehen, stieß ein Heulen aus, daß die Männer sich die Ohren zuhielten, und ging in Flammen auf.

Noch einmal heulte er und wirbelte im Kreis herum, ein wandelnder Scheiterhaufen. Diesmal jubelten Selenays Truppen, aber der Jubel erstarb schnell, denn die anderen Dämonen griffen plötzlich wieder an, ohne Rücksicht auf das Schicksal des brennenden Scheusals, das zu Boden gestürzt war.

Ein zweiter und ein dritter Dämon gingen in Flammen auf, doch sie kamen unaufhaltsam heran. Sie bewegten sich sehr langsam. Dennoch war abzusehen, wann sie Selenays Linien erreichen würden.

Dann war es soweit. Das Gemetzel, das die Bestien verursachten, war entsetzlich. Die Dämonen schwangen ihre schweren Äxte mit täuschender Langsamkeit und schnitten durch Rüstung und Fleisch, als bestünden sie aus Papier und geschmolzenem Käse. Es gab keine Abwehr gegen die furchtbaren Äxte. Männer gingen mit gespaltenem Schild und gespaltenem Schädel zu Boden. Es war unglaublich, aber die Kämpfer drängten nach vorn, um jene zu ersetzen, die gefallen waren. Doch ihre Tapferkeit war nutzlos. Die Äxte wurden wieder geschwungen, und die Krieger folgten ihren gefallenen Kameraden in den Tod oder erlitten schwerste Verletzungen. Die Wachen versuchten, einen schützenden Ring um Selenay und ihre Befehlshaber zu formen, aber die Dämonen bahnten sich unausweichlich einen Weg durch ihre Reihen. Überall war Blut; Männer schrien vor Schmerz oder Furcht; die Scheusale heulten, und über allem kreischten die Äxte, wenn sie auf Eisen trafen. Doch auch der Gestank brennenden Dämonenfleisches lag in der Luft.

Griffon, weit hinter den Linien, konzentrierte sich mit zusammengezogenen Brauen neuerlich auf einen der Dämonen. Als auch dieser in Flammen aufging, suchte er verzweifelt nach einem neuen Ziel. Es schien, als könnte nur er diese Ungeheuer töten – aber es waren so viele!

»Herold!« Er versuchte, die lästige Stimme an seinem Ohr nicht zu beachten, aber der Mann wollte nicht weichen. Griffon wandte sich voll Ungeduld um und sah, daß der Rat und Barde Hyron neben ihm stand. Hyron war ein guter Bogenschütze und ein gewaltiger Krieger in der Schlacht.

»Herold, die Legenden sagen, daß diese Monster von ihrem Meister abhängig sind. Wenn Ihr ihn tötet, dann verschwinden sie!«

»Und wenn die Legenden sich irren?«

»Dann schadet der Versuch auch nicht!« meinte der Barde. »Da, seht! Der Magier muß in jener Gruppe dort hinten bei der Fahne sein, links von der Mitte, hinter Ancars Linien.«

»Holt mir einen ›Fernseher‹!« Sofort lief Hyron davon.

Sekunden später kam er zurück, aber es dauerte zu lange für Griffon, der ohnmächtig zusehen mußte, wie die Dämonen einen weiteren Trupp abschlachteten.

»Warte, Grif!« Es war Griffons rothaariger Jahrgangskamerad Davan, der hinter dem Barden einherstolperte. Er hatte eine Hand an die Stirn gepreßt und versuchte, im Laufen zu ›sehen‹. »Ich habe ... verdammter Mist! Ich weiß, daß er da ist, aber sie blockieren mich! Verflucht sollt ihr sein, ihr Bastarde!«

Davan brach in die Knie, mit verzerrtem Gesicht, als er gegen die Blockade des Magiers ankämpfte.

»Mach schon, Davan!« Griffon schaute auf und schluckte Galle und Angst hinunter. Die Dämonen drangen immer weiter vor. Er konzentrierte sich und ließ den vordersten in Flammen aufgehen, aber ein anderer nahm dessen Platz ein.

Hyron erstarrte für einen Augenblick und rannte dann wieder davon. Griffon bemerkte es kaum. Er tat, was er konnte – aber es war bei weitem nicht genug.

Trommelnde Hufe und ein weißes Leuchten, das Griffon aus dem Augenwinkel sah, zeigten die Ankunft eines weiteren Herolds an. Hastig blickte Griffon sich um. Es war Dirk – aber nicht auf Ahrodie, sondern mit Rolan!

Dirk glitt vom blanken Rücken des Hengstes, packte Davan an der Schulter und schüttelte ihn. »Hör auf, kleiner Bruder, du schaffst es nicht!« schrie er, um den Lärm des Kampfes zu übertönen. »Ihr zwei – hört auf mich! Verbindet euch mit uns …«

Griffon zögerte keinen Augenblick. Er verband sich mit Dirk, wie er es während seiner Studentenzeit schon so oft getan hatte …

… und befand sich nicht in einer Verbindung aus vier, sondern *fünf* Geistern. Dirk war mit Rolan verbunden und dieser mit … Talia?

Ja, es *war* Talia.

Dirks Fähigkeiten beim ›Geistsprechen‹ waren begrenzt, aber die Verzweiflung verlieh ihm ungeahnte Kräfte. *Davan, folge ihr. Der Magier bezieht Kraft aus dem Sterben, aus Schmerz, aus Verzweiflung … Sie kann ihn aufspüren! Grif, folge Davan – ich ›halte‹ euch hier!*

Der Faden von Talias Sendung war schwach, aber unverwechselbar. Davan fing ihn und folgte ihm – und mit ihm Griffon.

*Ja! Ja, ich habe ihn! Ich ›sehe‹ ihn! Der mit dem himmelblauen Samtgewand – Grif, schlag zu – jetzt – durch mich!*

In Davans Gesicht sah Griffon das klare Bild eines ältlichen Mannes in einer Robe von lebhaft blauer Farbe, seitlich von jener Gruppe, die bei Ancars Standarte stand. Und das war alles, was er brauchte.

Voll Haß und Zorn, geboren aus dem Schrecken, seine Freunde abgeschlachtet zu sehen, *griff* er nach ihm …

… und wurde abgeblockt, so stark wie nie zuvor.

Er kämpfte gegen die Mauer, die ihn aufhielt, kämpfte mit jedem Funken Energie, den er besaß und den ihm der Zorn verlieh …

Er spürte, wie die Barriere eine winzige Spur nachgab, und bot noch mehr Kraft auf – woher er sie nahm, wußte er nicht, und es kümmerte ihn in diesem Augenblick auch nicht.

Ancars Reihen wurden von einer Explosion erschüttert.

Neben seiner Standarte schlugen Flammen in den Himmel ...

Und die Dämonen verschwanden.

Griffon verdrehte die Augen und brach zusammen; dann auch Davan. Hyron und Dirk fingen sie auf.

Als die dämonischen Krieger verschwanden, schrien Selenays Kämpfer vor Erleichterung.

Keine weitere magische Attacke folgte. Es schien nur ein Magier an der Schlacht beteiligt gewesen zu sein, und irgendwie hatten die Herolde ihn ausgeschaltet.

»Griffon und Davan haben den Magier gefunden und in Flammen aufgehen lassen!« sagte Kyril, als Selenay ihn fragend anblickte. »Beide sind zusammengebrochen. Griffon ist immer noch bewußtlos, aber es sieht nicht so aus, als ob wir ihn so bald wieder brauchen.«

Sie brauchten ihn tatsächlich nicht mehr, denn jetzt griffen Ancars reguläre Truppen an. Die Bogenschützen deckten sie mit Pfeilen ein, und viele fanden ihr Ziel. Ancars Armbrustschützen hatten ihre Bolzen schon lange verschossen – nutzlos – und griffen nun mit dem Schwert in der Hand an. Selenays Wachen standen fest, denn jetzt kam der erste Schritt ihres Schlachtplans.

Ancars und Selenays Truppen trafen unter dem Geklirre von Metall, Geschrei, Schlacht- und Schmerzrufen aufeinander. Die meisten Feinde konzentrierten sich in der Mitte, wo sich ihre Standarte befand. Selenay wartete und beachtete das Töten vor sich nicht, denn *sie* war der oberste Befehlshaber, nicht der Lord Marschall. Ihre Gabe der Voraussicht war schwach, aber unschätzbar wertvoll, denn auf dem Schlachtfeld war sie am stärksten. Sie würde Selenay zwar nicht verraten, *was* geschehen würde, aber weil es bereits einen Plan gab, würde sie ihr zeigen, *wann* der Moment gekommen war, den Plan auszuführen.

Sie wartete und lauschte auf diese drängende innere

Stimme. Dann … »Die linke Flanke soll angreifen!« rief sie Kyril zu.

Er konzentrierte sich und sandte. Im gleichen Augenblick setzten sich die Truppen an der linken Flanke in Richtung des Zentrums in Bewegung.

Wie sie gehofft hatte, befahl Ancar seine Kavallerie auf die linke Seite. Die Fußtruppen folgten. Er hoffte, ihre Linien an dieser Stelle einkreisen und vielleicht sogar die Erbin gefangennehmen zu können.

»Wenden!« befahl Selenay Kyril. Der Befehl wurde durch die Herolde in den einzelnen Gruppen weitergegeben, und die gesamte Streitmacht drehte sich so, daß die linke Flanke am Rand des Sumpfes zum Stehen kam, wo einige Männer aus Ancars Kavallerie gerade das fußhohe Wasser und den Schlamm entdeckten.

Wieder wartete Selenay einen Augenblick, bis Ancars gesamte Streitmacht zwischen ihren Linien und dem Wald stand.

Dann … »Jetzt, Kyril! Ruf sie herbei!«

Und aus dem Wald stürmten die Truppen, die sich die ganze Nacht dort verborgen hatten – frisch, zornig und blutdurstig, die Überläufer aus Alessandars Armee und die Herolde, die ihre Verbindung zum Befehlstand bildeten. Die Überläufer sahen ein wenig seltsam aus, denn sie hatten in der Nacht die Ärmel ihrer Uniformen abgetrennt, so daß man die Ärmel des weißen, gepolsterten Unterhemds sehen konnte. Niemand konnte sie auf dem Schlachtfeld jetzt noch mit Ancars Truppen verwechseln.

Gefangen zwischen den beiden Linien, vor sich den Sumpf, überkam selbst Ancars erfahrenste Veteranen die Panik.

Die Niederlage kam schnell und vollständig.

Griffon war der erste, der in der Burg eintraf, halb blind vor Reaktions-Kopfschmerzen. Er war gerade lange genug geblieben, um sicherzugehen, daß Selenay den Sieg davontrug. Dann war er in den Sattel seines Gefährten gestiegen und zu den Heilern geritten.

»Wir haben's geschafft! Wir haben's geschafft!« rief er Elspeth zu und stürzte einen Becher Kräutertee hinunter. Er schnitt eine Grimasse. »Die Überläufer aus Hardorn haben das Blatt gewendet. Jetzt jagen sie die Überlebenden von Ancars Armee wahrscheinlich gerade über die Grenze.«

»Was ist mit Ancar?«

»Er hat nie in den Kampf eingegriffen. Wahrscheinlich ist er entkommen. Und bevor du fragst – ich weiß nicht, ob Hulda bei ihm war, aber ich glaube es nicht. Was deine und Talias Gedanken mir verraten haben, läßt nur den Schluß zu, daß Hulda sich nicht dem geringsten Risiko aussetzen würde. Wahrscheinlich sitzt sie in aller Ruhe in der Hauptstadt und verstärkt den Griff ihres ›kleinen Lieblings‹.«

»Und was ist mit ...«

»Elspeth, mir fällt gleich der Kopf von den Schultern. Ich glaube, ich weiß jetzt, warum Lavan den Feuersturm auf sich selbst gelenkt hat. Es tut wahrscheinlich weniger weh. Ich werde für eine Weile ausfallen. Überbringe Talia meinen Dank. Ohne sie hätten wir es nicht geschafft. Und halte dich bereit. Jeden Moment können die ersten Verwundeten eintreffen. Die Heiler werden jede Hand brauchen, die helfen kann. Und viele Jungs werden gern mit ihren Taten prahlen, wenn die Erbin ihnen zuhört, während man sie zusammenflickt.«

Und genauso war es auch. Elspeth erfuhr aus erster Hand von den Folgen der Schlacht. In den nächsten paar Stunden wurde sie um einiges erwachsener. Nie wieder würde sie denken, daß Krieg etwas Ruhmreiches wäre.

Selenay blieb an der Grenze, als frische Truppen eintrafen, doch Elspeth, die Räte, die Verwundeten und die meisten

Herolde (unter ihnen Talia und Dirk) kehrten in die Hauptstadt zurück.

Kurz bevor die Räte abreisten, rief Selenay sie zusammen.

»Ich *muß* an der Grenze bleiben, sagte sie, vor Erschöpfung grau im Gesicht. »Elspeth übernimmt die Regentschaft und den Vorsitz im Rat, mit voller Stimmberechtigung.«

Lord Gartheser schien protestieren zu wollen, gab aber dann beleidigt nach. Jene Räte, die Orthallens Anhänger gewesen waren, waren zornig und unglücklich und wahrscheinlich Elspeths größtes Problem, mit Ausnahme des Barden Hyron.

»Ihr habt in dieser Sache keine Wahl, meine Räte!« sagte Selenay zu ihnen und starrte ganz besonders Gartheser an. »Im Krieg hat der Monarch das Recht, allein Befehle zu erteilen, wie ihr wißt. Und sollte es die geringsten Schwierigkeiten geben …«

Sie legte eine bedeutungsschwere Pause ein.

»Dann seid versichert, daß ich davon hören und entsprechend handeln werde.«

Als alle in der Hauptstadt eingetroffen waren, berief Elspeth den Rat ein. Sie kamen in Talias Quartier zusammen.

Die älteren Ratsmitglieder keuchten nicht wenig, als sie am Ende der steilen Treppe angekommen waren.

Talia ging es gar nicht gut. Sie war so weit genesen, daß sie ein, zwei Stunden ohne Schmerzmittel durchhielt, aber nicht länger. Sie lag, von Polstern gestützt, auf ihrem kleinen Sofa, das man unter das Fenster geschoben hatte. Überall trug sie Verbände, außer am Hals und im Gesicht. Ihre zertrümmerten Füße wurden von seltsamen, stiefelähnlichen Gebilden geschützt. Ihr Gesicht war fast so weiß wie die Uniform, die sie trug. Elspeth saß neben ihr und ließ sie nicht aus den Augen.

Lord Gartheser sprach als erster. »Was, zur Hölle, war denn los? Was soll der Unsinn, daß Orthallen ein Verräter gewesen sein soll? Ich …«

»Das ist kein Unsinn, mein Lord«, unterbrach Talia ihn leise. »Ich hörte es von seinen Mitverschwörern. Und seine Taten beweisen seine Schuld eindeutig!« Ruhig und ohne jede Übertreibung erzählte sie die ganze Geschichte von Kris' und ihren Erkundigungen über Ancar, vom Massaker im Bankettsaal, von Kris' Tod und ihrem Zusammentreffen mit Hulda und Ancar.

Als sie innehielt, offensichtlich erschöpft, übernahm Elspeth und berichtete, was Talia gesagt hatte, nachdem Dirk sie ›geholt‹ hatte, und über die Szene mit Orthallen.

Schweigend hörte Lord Gartheser zu. Sein Mund stand offen, und mit jeder Minute erbleichte er mehr.

»Ihr könnt gewiß verstehen, Räte«, schloß Elspeth ihren Bericht, »warum meine erste Tat als Regentin darin bestehen *muß*, festzustellen, wem die Loyalität jedes einzelnen von euch gilt, und zwar unter Wahrspruch. Kyril, wärt Ihr bereit, den Spruch über Eure Miträte zu sprechen? Ich habe nur eine einzige Frage. Wem gilt ihre Loyalität?«

»Natürlich, Elspeth«, erwiderte Kyril und nickte gehorsam. »Und Elcarth kann mich prüfen.«

»Aber ... ich ...« Gartheser war ins Schwitzen geraten.

»Habt Ihr Einwände, Gartheser?« fragte Lady Cathan zukkersüß.

»Ich ... äh ...«

»Wenn Ihr Euch dem Wahrspruch nicht unterziehen wollt, dann könntet Ihr doch zurücktreten ...«

Lord Gartheser blickte einen nach dem anderen an und hoffte auf Hilfe, aber sie kam nicht. »Ich ... Lady Elspeth, ich fürchte, ich bin schon zu alt für meine Stellung. Mit Eurer Erlaubnis würde ich gern zurücktreten.«

»Also gut, Gartheser«, sagte Elspeth ruhig. »Irgendwelche Einwände? Nein? Dann, mein Lord, mögt Ihr uns verlassen. Ich schlage vor, Ihr zieht Euch auf Eure Güter zurück und führt ein ruhiges, friedliches Leben, das Ihr so reichlich verdient habt. Wegen der Anspannung, unter der Ihr gestanden habt, wäre es wahrscheinlich unklug, Besucher zu empfangen.«

Sie beobachtete, wie Gartheser aufstand und zur Tür hinausstolperte. Nicht einmal Selenay hätte ein so gleichgültiges Gesicht wie ihre Tochter zeigen können.

»Kyril«, sagte sie, sobald der Lord draußen war, »Ihr könnt bei mir beginnen.«

»Und nach Elspeth möchte ich überprüft werden«, sagte der Barde Hyron mit beschämtem Gesicht. »Schließlich war ich einer von Orthallens größten Anhängern.«

»Wenn Ihr es wünscht. Kyril?«

Die Prüfung dauerte nur kurze Zeit. Es war nicht überraschend, daß alle sie bestanden.

»Als nächstes müssen wir zwei neue Ratsmitglieder ernennen. Den Sprecher für den Norden und jenen für den inneren Bezirk. Vorschläge?«

»Für den Innenbezirk würde ich Lord Jelthan vorschlagen«, sagte Lady Kester. »Er ist jung und hat ein paar gute Ideen.«

»Sonst jemand? Nein? Und der Norden?«

Niemand sprach, bis Talias Flüstern die Stille durchbrach. »Wenn niemand einen anderen Vorschlag hat, dann empfehle ich Bürgermeister Loschal aus Trevendale. Er ist sehr fähig. Er kennt die Probleme des Nordens aus erster Hand, er hat selbst keine eigenen Interessen und, soweit ich weiß, ist er alt genug, um Lord Jelthans Jugend aufzuwiegen.«

»Andere Vorschläge? Dann soll es so sein. Kyril, kümmert Euch darum, ja? Nun die nächste Sache, die ansteht. Ancar und Hardorn. Wir müssen die Wache wesentlich verstärken, das bedeutet Steuererhöhungen.«

»Warum? Wir haben sie doch schwer geschlagen!«

»Es gibt keinen Grund ...«

»Ihr fürchtet Euch vor Schatten ...«

»Eure Mutter hat Euch keine solche Anweisung erteilt, das weiß ich genau ...«

»Ruhe!« donnerte Kyril in den Lärm. Als sie ihn erschrokken anstarrten, fuhr er fort: »Herold Talia wünscht zu sprechen, und man kann sie über eurem Gebrabbel nicht verstehen.«

»Elspeth hat recht«, flüsterte Talia müde. »Ich kenne Ancar besser als irgendeiner von euch. Er wird uns immer wieder angreifen, bis einer der Anführer tot ist. Und ich sage euch, das Königreich schwebt jetzt in größerer Gefahr als vor der Schlacht! *Jetzt* weiß er, wozu wir fähig sind und was wir in kurzer Zeit auf die Beine stellen können. Wenn er das nächste Mal kommt, dann mit einer Streitmacht, die *er* für unüberwindlich halten wird. Wir müssen darauf vorbereitet sein.«

»Und das bedeutet eine verstärkte Wache und höhere Steuern, um bezahlen zu können.«

»Und eure Hilfe, Räte. Vor allem die Hilfe Eures Kreises, Barde Hyron!« fuhr Talia fort.

»Meines Kreises? Warum?«

»Weil, wie Ihr mit Griffon bewiesen habt, der Kreis der Barden die einzige Informationsquelle über alte Magie ist, über die wir verfügen.«

»Ganz sicher überschätzt Ihr diese Magier ...«, begann Lady Wyrist.

»Schaut her!« Talia zog Kleid und Verband von ihrer Schulter, um den Handabdruck zu zeigen, der immer noch deutlich zu sehen war. »Ich werde dieses Zeichen bis zum Tage meines Todes tragen müssen, und das war für Hulda nur ein *ganz einfacher Trick*!« Lady Wyrist wurde bleich und wandte das Gesicht ab. »Fragt die Witwen und die Kinder jener, die von den Dämonen getötet wurden, ob ich übertreibe! Ich sage euch, daß Ancar nur einen der minder fähigen Magier bei sich gehabt hat – er würde das Leben der besseren nicht in der Schlacht risieren. Und Hyron, Euer Kreis allein bewahrt die Erinnerung an das, womit wir rechnen müssen und wie wir uns dagegen verteidigen können. Wenn wir uns überhaupt verteidigen können.«

»Das können wir«, sagte Hyron nachdenklich. »In einigen der Chroniken aus der Zeit Vanyels, damals, als die Gaben langsam die Magie verdrängten, steht einiges darüber. Es kann gut sein, daß nur ihr Herolde und eure Gefährten uns gegen die Magier Ancars verteidigen könnt.«

»Das wäre eine wirklich gute Erklärung, warum es sie gibt«, sagte Lady Wyrist und zog ein Gesicht.

»Und wir brauchen Euch und Euren Kreis auch wegen Eurer ursprünglichen Aufgabe«, sagte Elspeth und lächelte ihn an. »Wenn wir nicht damit beginnen wollen, die Leute per Gesetz einzuziehen.«

»Wir sollten ihren Patriotismus ansprechen und erzählen, was geschehen ist und noch geschehen wird? Gut, Lady Elspeth. Der Kreis steht Euch wie immer zur Verfügung.«

»Und sorgt dafür, daß die Stimmung im Lande gut bleibt.«

»Immer zu Euren Diensten ...«

Elspeth warf Talia einen schnellen Blick zu. Sie lag in ihren Polstern, das Gesicht verzerrt und bleich. »Wenn es sonst nichts mehr zu besprechen gibt?«

»Nichts, das nicht warten könnte«, sagte Lord Gildas.

»Dann sollten wir die Sitzung beenden und die Heiler zu Talia lassen.«

Die Räte gingen hinaus, und Skif schlüpfte an ihnen vorbei ins Zimmer. Mit ihm kamen die Heiler Devan und Rynee.

»Kleine Schwester, Dirk wartet unten ...«, begann Skif.

Talia begann zu weinen. »Bitte, nicht jetzt ... ich bin so müde ...«

»Hör zu – *hör mir zu*!« Er nahm eine ihrer Hände und kniete sich neben das Sofa. »Ich weiß, was mit dir los ist, und ich verstehe es. Ich habe gesehen, wie du versuchst, nicht zurückzuzucken, wenn er dich berührt. Ich habe ihm eingeredet, nach Hause zu reisen und seinen Eltern von dir zu erzählen. Ich begleite ihn. Wenn wir zurückkommen, bist du wieder gesund. Ich weiß, daß es so sein wird! Jetzt nimm dich zusammen und verabschiede dich von ihm.«

Sie schauderte. Er wischte ihr die Tränen ab, und sie entspannte sich. »Hast du Rynee deswegen mitgebracht?«

Er grinste. »Du hast es erfaßt. Sie wird dir einen geistigen Schmerzblock geben, während ich Dirk holen gehe.«

Talia schaffte, was Skif von ihr verlangt hatte, und noch mehr. Doch als die beiden gingen, begann sie wieder zu weinen.

»Rynee, werde ich jemals wieder ... ganz ich selbst sein? Ich liebe Dirk, ich brauche ihn ... aber immer, wenn er mich berührt, sehe ich Ancar und Ancars Wachen ...«

»Psst, sei jetzt still.« Rynee beruhigte sie, als wäre Talia ein kleines Mädchen und nicht vier Jahre älter als die Heilerin.

»Zuerst war alles in Ordnung, aber seit der Schlacht wurde es immer ärger, wenn mich ein Mann berührte. Am schlimmsten war es, wenn *er* es war! Rynee, ich ertrag's nicht, ich ertrag's nicht!«

»Talia, liebste Freundin, sei ruhig. Es kommt alles in Ordnung, so wie Skif gesagt hat. Dein Inneres muß genauso heilen wie dein Äußeres, das ist alles. Schlaf jetzt.«

»Wird sie wieder gesund?« fragte Devan ernst, als Talia in Heiltrance fiel.

»Ja«, antwortete Rynee voll stiller Zuversicht. »Und sie wird selbst dafür sorgen. Du wirst schon sehen.«

»Ich bete, daß du recht behältst.«

»Ich *weiß*, daß ich recht habe.«

# Zwölf

Skif rannte die Treppe zum Turmzimmer hinauf, aber so leise, daß kaum jemand ihn hören konnte. Er war seit einigen Stunden aus dem Norden zurück und inzwischen schon sehr ungeduldig geworden. »Ihr könnt Talia noch nicht sehen«, hatte man ihm gesagt. »Jeden Morgen sind die Heiler bei ihr. Sie haben befohlen, daß niemand sie stören darf.« Na schön, aber das machte Skif nicht geduldiger, weil er sich um Talia sorgte.

Als er auf die halb geöffnete Tür am Ende der Treppe zuging, hörte er mehrere Stimmen. Er verbarg sich im Schatten und blinzelte um die Ecke. Von seinem Versteck aus konnte er den Raum gut sehen. Zwei Heiler befanden sich darin, leicht erkennbar an ihren grünen Roben. Zwischen ihnen saß jemand in der weißen Uniform der Herolde, zweifellos Talia.

Skif zuckte innerlich zusammen, denn ihr Gesicht war schmerzverzerrt und ihre Wangen naß von Tränen, obwohl sie nicht einmal ein leises Stöhnen von sich gab.

»Es ist genug!« sagte der Heiler zu ihrer Rechten, und Skif erkannte Devan. »Für heute ist es wahrhaftig genug.«

Talias Gesicht entspannte sich ein wenig, und die Frau an ihrer linken Seite warf ihr einen mitfühlenden Blick zu und gab ihr ein Taschentuch, um ihre Tränen zu trocknen.

»Du müßtest das alles eigentlich nicht ertragen«, sagte Devan ein wenig böse. »Wenn du zuließest, daß wir dich mit normaler Geschwindigkeit heilen, könnte es ganz ohne Schmerzen verlaufen.«

»Liebster Devan, ich habe nicht die Zeit dazu, und das weißt du genauso gut wie ich«, erwiderte Talia sanft.

»Dann solltest du uns zumindest mit Schmerzblockaden arbeiten lassen! Und ich begreife immer noch nicht, warum du angeblich nicht genügend Zeit hast!«

»Würdet ihr mit Schmerzblockaden arbeiten, könnte ich euch nicht dabei helfen – und wenn ich es nicht kann, dann kann Rolan es auch nicht. In diesem Fall würdet ihr sechs Leute für die Arbeit brauchen, die jetzt von einem bewältigt wird.« Ihre Stimme klang tatsächlich ein wenig belustigt.

»Da hat sie dich erwischt, Devan«, sagte die Heilerin Myrim, die Vertreterin der Heiler im Rat, und lächelte.

Er schnaubte empört. »Ihr Herolde! Ich weiß gar nicht, warum wir uns überhaupt mit euch abgeben! Wenn ihr euch nicht gerade umbringt, dann überredet ihr uns, euch ›schnellzuheilen‹, damit ihr so rasch wie möglich wieder hinauskommt und eure Gesundheit ruinieren könnt!«

»Nun, alter Freund, falls du dich erinnerst – als du mich das erste Mal gesehen hast, war ich deine Patientin. Damals war ich noch Studentin. Man hatte einen Anschlag auf mein Leben unternommen. Du hast doch nicht ernsthaft erwartet, daß ich mich nach einem so vielversprechenden Anfang ändern würde, oder?«

Voll Zuneigung streichelte der Heiler ihre Wange. »Es tut mir nur so weh, wenn ich dich leiden sehe, Liebes.«

Sie nahm seine Hand, hielt sie fest und lächelte ihn an. Dieses Lächeln verwandelte das recht hübsche Mädchen in eine schöne Frau, trotz der geschwollenen und rotgeränderten Augen. »Halte durch, alter Freund. Es dauert ja nur noch wenige Tage.« Sie lachte. »Ich kann dir nicht sagen, warum ich keine Zeit habe, denn ich weiß es selbst nicht genau. Ich weiß nur, daß es stimmt, so sicher, wie ich weiß, daß Rolans Augen blau sind. Außerdem, ich kenne dich. Ich bin ein folgsamer Patient, nicht so wie Keren und Dirk. Ich tue genau das, was man mir sagt. Du mußt dir schon was anderes einfallen lassen, wenn du unbedingt zornig sein willst.«

Myrim lachte, Devan auch. »Ach, Ihr kennt ihn viel zu gut«, sagte sie, stand auf und streckte sich. »Wir sehen uns morgen wieder.«

Sie verließen den Raum und gingen an Skif vorbei, ohne ihn zu bemerken.

Aber Talia fühlte, daß draußen jemand war. »Wer immer da draußen ist, er soll hereinkommen!« rief sie. »Auf der Stiege kann es nicht sehr bequem sein.«

Skif grinste und stieß die Tür ganz auf. Talia blickte ihn mit zur Seite geneigtem Kopf erwartungsvoll an. »Dich kann ich einfach nicht täuschen, stimmt's?« sagte Skif.

»Skif!« rief sie erfreut und streckte ihm beide Arme entgegen. »Ich habe dich nicht so bald zurückerwartet!«

»Ach, du kennst mich doch. Ein Stück Seife und eine zweite Uniform, und schon bin ich reisefertig.« Er umarmte sie vorsichtig und küßte sie auf die Stirn. Dann ließ er sich neben ihrem Sofa auf dem Boden nieder. »Und weil ich schon da bin – da kann Dirk wohl auch nicht mehr weit sein, he?«

»Das sollst *du* mir sagen!« Glücklich sah er, wie ihre Aguen aufleuchteten.

»Ja, er ist dicht hinter mir. Er wollte einen Tag länger bleiben, aber wie ich ihn kenne, hat er diesen Zeitverlust beim

Reiten wettgemacht. Es würde mich nicht überraschen, wenn er am Nachmittag eintrifft. Liebes Herz, ich bin froh, daß du ihn wiedersehen willst.«

Ihre Augen strahlten, und sie lächelte. »Ich konnte dich wohl auch nicht täuschen, oder?«

»Ganz und gar nicht. Deswegen kam ich auf die Idee, daß er seiner Familie selbst die Nachricht überbringen sollte. Ich konnte sehen, wie deine alte Angst vor Männern – und noch Schlimmeres – immer stärker wurde, jedesmal, wenn er dich berührt hat. Und wie du versucht hast, es zu verbergen, weil du ihn nicht verletzen wolltest.«

»Ach, Skif, womit habe ich dich verdient? Du hast recht. Es war schrecklich. Ich habe so sehr mit mir kämpfen müssen.«

»Liebes, ich habe in einem Grenzlandsektor gedient, erinnerst du dich? Und mein altes Zuhause lag in einer Gegend, die ziemlich übel ist. Du bist nicht die erste Frau, an der ich erkennen mußte, daß sie unter den Folgen einer Vergewaltigung leidet. Ich weiß, wie Frauen darauf reagieren. Ich nehme an, du ...«

»Es geht mir gut, besser als je zuvor. Und ich bin schon halb verrückt vor Sehnsucht.«

»Das sind die schönsten Neuigkeiten seit langem. Nun, willst du gar nicht wissen, wie alles gelaufen ist?«

»Die Neugier bringt mich um. Wie ich Dirk kenne, hat er seiner Familie gerade mal zwei Zeilen geschickt: ›Will heiraten – komme in einer Woche!‹ und keine einzige Erklärung.«

Skif lachte und gab zu, daß Dirk genau *das* geschrieben hatte, Wort für Wort. »Und das hat ganz schöne Aufregung verursacht, das kann ich dir sagen! Vor allem, weil so viel zusammengekommen ist. Aber ich sollte wohl alles der Reihe nach erzählen.«

Er setzte sich bequemer hin. »Ungefähr eine Woche nach unserer Abreise erreichten wir das Gut. Wir sind sehr schnell geritten. Dirk wollte auf der Reise nicht allzu viel Zeit vertrödeln. Tja, ich kann ihn verstehen. Als wir ankamen, warteten sie schon alle auf uns, denn die Kinder hatten nach uns Ausschau gehalten, seit Dirks Botschaft eingetroffen war. Heilige Sterne, was für Leute! Du wirst sie mögen, Schwester meines Herzens. Sie sind alle genauso verrückt wie er. Sie haben uns sofort getrennt. Die Jüngeren haben mich mit Speise und Trank versorgt, und sein Vater und seine Mutter haben ihn zu einer Familienbesprechung davongeschleppt. Sie haben sich wohl große Sorgen um ihn gemacht, vor allem, seit diese Schlampe Naril ihm so übel mitgespielt hat ...«

»Ich kenne die Geschichte. Ich kann verstehen, daß sie besorgt waren.«

»Vor allem hat er immer noch so hager und erschöpft ausgesehen. Die Leute ließen sich offenbar nicht so schnell überzeugen, daß wirklich alles in Ordnung ist, denn ich habe Dirk viele Stunden nicht gesehen, bis nach dem Abendessen und wir sind zu Mittag gekommen! Die armen Kinder wußten schon nicht mehr, womit sie mich ablenken sollten!« Skif lächelte boshaft. »Ich habe es ihnen wohl auch nicht leicht gemacht. Na ja, endlich tauchten sie wieder auf. Der Vater sah zufrieden aus, aber die Mutter hatte immer noch Zweifel.

Dirks Mutter ist eine wunderbare Frau, aber man sollte sie damit beauftragen, Zeugenbefragungen durchzuführen. Der Wahrspruch wäre dann vollkommen überflüssig! Als sie mich ausgequetscht hatte, wußte sie alles über dich. Wir waren fast die ganze Nacht auf und sprachen. Eine der schönsten Unterhaltungen, die ich je geführt habe. Dirks Mutter ist eine prächtige Frau, Talia.«

Talia seufzte, und Skif spürte ihre Erleichterung und ihre Dankbarkeit, als sie wortlos seine Hand drückte. »Ich kann dir gar nicht sagen, wie froh ich bin, daß du darauf bestanden hast, Dirk zu begleiten. Du bist uns beiden ein guter Freund.«

»Tja, da ist aber noch etwas. Keiner von ihnen wird zur Hochzeit kommen.«

»Was ist denn geschehen?« fragte sie besorgt.

»Dirks dritte Schwester hat Schwierigkeiten mit ihrer Schwangerschaft. Sie kann auf keinen Fall reisen, und ihre älteren Schwestern wollen sie nicht allein lassen. Und natürlich bleibt auch die Mutter bei ihr, zumal sie Heilerin ist. Und Dirks Vater hat so starke Gicht, daß er längere Fahrten mit dem Wagen nicht erträgt, vom Reiten gar nicht erst zu reden. Ich habe alles getan, um ihnen zu versichern, daß du weder beleidigt noch gekränkt sein würdest, wenn sie unter diesen Umständen nicht kommen.«

»Ich hätte es mir nie verziehen, wenn sie gekommen *wären*, und wenn es dann bei ihnen zu Hause ein Unheil gegeben hätte.«

»Siehst du, genau das habe ich ihnen auch gesagt. Am nächsten Tag waren wir alle gute Freunde, und sie behandelten mich wie ein Mitglied der Familie. Und dann kam die härteste Aufgabe, der ich mich jemals habe stellen müssen. Sie fragten mich nach Kris' Tod.«

Er schaute auf seine Hände, und seine Stimme war mit Tränen verschleiert. »Ich ... sie haben ihn geliebt, kleine Schwester. Er war für sie wie ein Sohn. Und ich habe noch nie jemandem vom Tod seines Sohnes berichten müssen.«

Er fühlte ihre Hand leicht auf seiner Schulter und schaute auf. Die Traurigkeit, die niemals ganz aus ihrem Gesicht verschwand, stand deutlich in ihren Augen zu lesen. Eine einzige Träne rann langsam über ihre Wange, und sie wischte sie nicht weg. Sanft trocknete er sie mit seinen Fingern.

»Ich vermisse ihn«, sagte sie. »Jeden Tag vermisse ich ihn. Hätte ich nicht gefühlt, was ich gefühlt habe, als er ... ging, es wäre unerträglich für mich. Wenigstens ... weiß ich, daß er glücklich sein muß. Ich habe diesen Trost. Sie haben nicht einmal das.«

»Auch aus diesem Grund war ich froh, daß ich Dirk dazu gebracht habe, nach Hause zu reiten«, erwiderte Skif leise. »Kris war etwas ganz Besonderes für ihn – mehr als nur ein Freund, mehr als jeder andere für ihn sein konnte, glaube ich.«

Er nahm Talias Hände in die seinen. Lange saßen sie schweigend da und betrauerten ihren Freund.

»Nun«, er hüstelte, »ich wünschte, all das könnte warten, bis du dich vollständig erholt hast.«

»Ich weiß. Mir wäre es auch lieber«, erwiderte Talia. »Aber sobald ich meine Füße wieder gebrauchen kann, muß ich meinen Dienst wieder antreten. Selenay hat mir gestern geschrieben, daß sie mich am liebsten sofort wieder im Dienst sehen wollte, wenn es mir nicht solche Schmerzen bereiten würde, sobald ich mich bewege.«

»Ja. Nun, man kann daran wohl nichts ändern. Hör zu ... ich muß dir einfach erzählen, wie seine Familie ist ...« Skif begann mit einer Reihe liebevoller Beschreibungen der verschiedenen Mitglieder von Dirks Familie und freute sich, als er sah, wie die Traurigkeit aus Talias Augen wich.

»Also, das war der letzte von ihnen«, schloß er seinen Bericht. Dann sah er einen Nähkorb und Wäsche neben dem Sofa – und kein einziges der Kleidungsstücke gehörte Talia. »Was ist denn das?« fragte er und hielt ein großes Unterhemd an beiden Ärmeln in die Höhe.

Talia wurde scharlachrot. »Ich kann nirgendwo hingehen, außer in mein Bett oder auf dieses Sofa. Ich mag nicht mehr lesen, ich kann nicht sehr lange Harfe spielen, weil es mir wehtut, und ich halte es nicht aus, wenn ich nichts zu tun habe. Also habe ich Elspeth gebeten, mir Dirks Kleidung zu bringen. Ich habe sie ausgebessert. Ich kann zwar nicht verhindern, daß er immer zerknittert aussieht, aber wenigstens muß er nicht wie ein Lumpensack herumlaufen.«

Bevor Skif etwas erwidern konnte, vergaß Talia ihren Besucher. Der vertraute Klang von Schritten, die – immer drei Stufen auf einmal nehmend – die Turmtreppe heraufkamen, ließ sie gespannt auf die geöffnete Tür starren.

Der Gang war unverwechselbar – es konnte nur Dirk sein. Skif sprang auf die Beine und ging aus dem Weg, bevor Dirk bei der Tür war, weil er ihre Begrüßung nicht stören wollte. Dirk strahlte, als er sah, daß sie mit sehnsüchtig ausgestreckten Armen auf ihn wartete. Und ein schneller Blick auf Talia zeigte Skif, daß sie ebenso glücklich war.

Mit ein paar Schritten durchquerte Dirk den Raum, sank vor ihr auf die Knie, nahm ihre Hände in die seinen und küßte sie sanft. Was bei jedem anderen ein hoffnungslos peinlicher Anblick gewesen wäre – bei ihnen schien es richtig und gut. Talia zog seine Hände an sich und legte ihre Wange darauf.

»War es sehr schlimm, Geliebte?« fragte Dirk so leise, daß Skif die Worte kaum verstand.

»Ich weiß es nicht. Während du fort warst, konnte ich nur daran denken, wie gern ich dich bei mir hätte. Und jetzt, wo du da bist, bin ich zu sehr damit beschäftigt, glücklich zu sein«, erwiderte sie neckisch.

Unwillkürlich verfiel Dirk in den Dialekt seiner Kindheit und sagte ganz sanft: »Dann muß ich einen Weg finden, dich so klein zu machen, daß ich dich immer in meiner Tasche tragen kann.«

Talia befreite eine ihrer Hände aus seinem Griff, legte sie leicht an seine Wange und antwortete in derselben Sprechweise: »Wärst du meiner Gesellschaft nicht bald müde, wenn du mich immer bei dir trägst?«

»Nicht, wenn ich dir damit Schmerzen ersparen kann. Ach, hüte dich wohl, kleiner Vogel«, murmelte er, »denn meine Seele liegt in deinen Händen. Ohne dich wäre ich nichts als eine leere, tote Hülle!«

Sein Ton war scherzhaft, aber das Licht in seinen Augen verriet, daß er die Wahrheit sprach.

»Mein Geliebter, dann sind wir für immer verloren«, flüsterte sie, »denn in Wahrheit ergeht es mir genauso. Du hast meine Seele für die deine erhalten.«

Ihre Freude war so stark, daß die Luft um die beiden herum zu leuchten schien.

Aber Skif mußte bald erkennen, daß man nur kurze Zeit ohne Luft leben kann. Andererseits konnte er es nicht ertragen, die beiden zu stören.

»Liebster«, sagte Talia lachend, »mein Bruder Skif versucht sich zu entscheiden, ob er uns stören oder aus Luftmangel zusammenbrechen soll ...«

Dirk grinste und wandte den Kopf so, daß er Skif aus dem Augenwinkel sehen konnte. »Du hast gedacht, ich hätte dich nicht bemerkt, was? Komm raus aus deiner Ecke und hör auf, so zu tun, als wärst du nicht da.«

Skif atmete erleichtert auf, nahm einen Sessel und zog ihn näher an das Sofa heran. Dirk entfernte die Polster in Talias Rücken und setzte sich hinter sie, so daß sie an seiner Schulter und an seiner Brust lehnte. Der schwache Schatten der Besorgnis war aus seinen Augen verschwunden und der Schmerz in Talias Gesicht ebenso.

Plötzlich waren wieder Schritte auf der Treppe zu hören. Elspeth platzte ins Zimmer, die Arme voll scharlachroter Seide.

»Talia, die Kleider sind fertig! Hat ...« Sie unterbrach sich bei Dirks Anblick und stieß einen Freudenschrei aus. Dann warf sie Skif das Kleid zu – der fing es vorsichtig auf – und sprang vor das Sofa. Sie packte Dirk an den Ohren und drückte ihm einen Kuß auf den Mund.

»He!« sagte er, als er wieder sprechen konnte. »Wenn ich bei meiner Heimkehr jedesmal so begrüßt werde, sollte ich wohl öfter fortgehen!«

»Ach, Pferdemist!« kicherte Elspeth und rettete dann ihr Kleid aus Skifs Händen. Auch er bekam einen Kuß. »Ich bin nur Talias wegen so froh, dich zu sehen. Sie war wie eine verwelkende Blume, seit du gegangen warst!«

»Elspeth!« beschwerte Talia sich.

»Und ich bin genauso froh, Skif zu sehen, denn er kann mir helfen. Oder hast du das noch nicht gehört, du Fassadenkletterer? Du kannst mir helfen, die Hochzeit vorzubereiten. Talia kann nicht, und Dirk war nicht da.«

»Und außerdem hat Dirk keine Ahnung, was man bei einer Hochzeit alles beachten muß«, sagte Dirk reumütig. »Würde mir jemand erzählen, ich müßte mich kopfüber von einem Ast hängen lassen, ich würde es wahrscheinlich glauben.«

»Oh – welch eine wunderbare Gelegenheit!« Elspeth grinste übermütig. »Vielleicht tue ich das sogar. Nein, lieber nicht. Talia könnte dir sagen, daß du mich verprügeln sollst.«

»Ich würde etwas viel Schlimmeres tun.« Talia blinzelte ihr zu. »Ich würde Alberich sagen, daß du deine Übungen vernachlässigst.«

»Du bist ein Biest, weißt du das? Darf man dich umarmen, Liebes?«

»Ja.«

Elspeth beugte sich über die beiden Herolde und umarmte Talia liebevoll. Dann zwickte sie Dirk grinsend in die Nase.

»Das wollte ich schon seit Ewigkeiten tun«, sagte sie, nahm ein Polster von dem Haufen, den Dirk vorhin beiseite gelegt hatte, und ließ sich zu Talias Füßen auf dem Boden nieder.

»Die Umarmung oder die Nase?« fragte Dirk.

»Beides, aber die Umarmung lieber.« Sie wandte sich an Skif. »Du kannst es nicht wissen, weil du nicht da warst, aber man wußte einfach nicht, wo man Talia berühren durfte. Armer Dirk! Er durfte nur ihre Fingerspitzen küssen, bevor er abreiste.«

»Ach, ein paar andere Stellen habe ich auch noch gefunden.« Dirk grinste, und Talia errötete wieder einmal. »Aber jetzt sag mir, welche wundervollen und großartigen Pläne für diese Katastrophe hast du abgewehrt, während ich nicht da war?«

»Es wird euch gefallen – und es ist auch ganz neu. Der Lord Marschall hielt es für eine großartige Idee, Talia auf eine blumengeschmückte Plattform zu setzen und sie von den Herolden des Königreiches vor den Priester tragen zu lassen. Ihr wißt schon, wie das Bildnis der Göttin bei den Mittsommerumzügen.«

»O nein!« Offensichtlich schwankte Talia zwischen Lachen und Verzweiflung.

»O doch! Und kurz nachdem ich ihn davon überzeugt

hatte, daß die arme Talia wahrscheinlich vor Scham tot umfallen würde, kam der Lord Patriarch hereingestürmt und wollte unbedingt wissen, warum die Zeremonie nicht im Hochtempel abgehalten wird!«

»Herr des Lichts!«

»Ich sagte ihm, daß die Gefährten schließlich nicht ganz unbeteiligt daran gewesen sind, Talia zu retten, und daher auch eingeladen seien. Da stimmte er mir zu, daß der Hochtempel vielleicht doch nicht der geeignete Ort für die Zeremonie wäre.«

»Ich sehe schon, wie Dantris sich aus reinem Übermut an den Lilien der Göttin zu schaffen macht«, murmelte Dirk.

»Dantris? Leuchtende Freistatt, Rolan und Ahrodie würden die Zeremonie wahrscheinlich vom Chorgestühl aus beobachten wollen und überall auf dem Hartholz ihre Hufabdrücke hinterlassen!« erwiderte Talia. »Und alles, was ich jemals wollte, war eine stille Zeremonie mit ein paar Freunden!«

»Dann hättest du nicht als Herold der Königin erwählt werden dürfen«, sagte Elspeth honigsüß. »Du bist eine Persönlichkeit von nationaler Bedeutung und darfst den Leuten ihren Spaß nicht nehmen.«

»Und ich nehme an, es ist zu spät, zurückzutreten.«

»Wovon? Von der Hochzeit oder von deinem Amt als Herold der Königin?« Dirk grinste.

»Rat mal.«

»Lieber nicht. Die Antwort könnte mir nicht gefallen.«

»Wißt ihr«, warf Elspeth ein, »da Skif schon mal hier ist, werde ich ihn mitnehmen und ihm erzählen, was ich bis jetzt vorbereitet habe. So wird uns wenigstens niemand unterbrechen.«

»Gute Idee«, meinte Dirk zustimmend.

Elspeth nahm ihr Kleid und zog Skif hinter sich her in das Schlafzimmer. Sie schloß die Tür.

»Hör mal, eigentlich brauche ich gar keine Hilfe bei den Vorbereitungen«, flüsterte Elspeth. »Aber laß uns so tun, als ob, ja? Und wir sollten uns viel Zeit lassen. Es hat schon einige Vorteile, die Erbin zu sein. Solange ich hier oben bin, kann wenigstens niemand anderer hereinplatzen, wie sie es immer tun, sobald die Heiler gegangen sind. Man sollte glauben, die Leute würden Talia wenigstens ein bißchen in Ruhe lassen! Aber dem Lord Marschall fällt ständig noch eine Frage zu Ancar und seiner Armee ein. Kyril und Hyron fragen ständig wegen Hulda. Nur die Götter wissen, welche Kräfte sie wirklich hat. Selbst Talias Freunde, die Göttin soll sie segnen, kommen ständig, um sich zu erkundigen, ob auch alles in Ordnung ist. Freistatt, ich bin genauso schlimm wie sie! Hier, wenn du schon da bist, dann kannst du mir helfen – ich möchte dieses Kleid vorzeigen.« Sie verbarg sich einen Augenblick hinter der Schranktür und tauchte in dem scharlachroten Kleid wieder auf. »Binde es am Rücken zu, ja? Und dann sind da noch immer wieder Notfälle, obwohl wir – den Göttern sei Dank! – keine wirklich schlimmen Fälle hatten, wie zum Beispiel die Trauer beim Tod eines Herolds.« Ihr Gesicht wurde ernst. »Außer der armen Nessa. Na ja, Talia hat das sehr schnell in Ordnung gebracht, als sie wieder in der Lage war.«

»Platzt denn Gott und die Welt hier herein?« fragte Skif.

»Das sage ich doch! Weißt du, ich glaube, daß niemand wirklich erkannt hat, für wie viele Menschen Talia eine große Rolle spielt – bis wir ohne sie auskommen mußten. Dieses Kleid, zum Beispiel. Hast du in deinem Leben jemals so einen Stoff gesehen?«

»Niemals.« Skif betrachtete das Kleid abschätzend. Seine Vergangenheit als Dieb ließ ihn den Wert erkennen. Es bestand aus scharlachroter Seide, Fäden aus reinem Gold waren hineingewoben. Es war ein unglaublich kostbarer Stoff.

»Ich auch nicht – und ich habe schon viele Kleider am Hof gesehen. Es kam mit einem Boten. Dirk hatte Wächter auf jenen Händler angesetzt, der Talia das Argonel und die Pfeile gebracht und dann ihre Botschaft an Rolan weitergegeben hat. Dirk hoffte, ihn zu finden, um ihm danken zu können und ihm zu sagen, daß Talia gerettet wurde. Nun, Evan kam gerade noch über die Grenze, bevor Ancar sie abgeriegelt hat. Er erhielt Dirks Nachricht und schickte das Kleid als Antwort. Er ließ uns sagen, daß bei seinem Volk die Braut immer Scharlachrot trägt, und daß er weiß, daß dies bei uns nicht der Fall ist. Aber trotzdem hofft er, daß sein kleines Geschenk irgendeinen Nutzen hat. Kleines Geschenk! Mutter sagte, das letzte Mal, als sie so einen Stoff gesehen hat, konnte man für den Gegenwert eine kleine Stadt kaufen!« Elspeth schloß die letzten Verschnürungen. »Talia dachte, es wäre ein passender Stoff für ihre Brautjungfer. Ich habe ihr nicht widersprochen! Mutter würde mir so etwas niemals kaufen, es sei denn, auf den Baumspitzen im Wald der Tränen wachsen plötzlich Diamanten!« Genüßlich bewegte sie sich. »Und dann war da noch dieses sehr seltsame Geschenk. Hat Talia dir jemals von der Frau in Berrybay erzählt, der sie geholfen hat? Jene, die man die Wetterhexe nennt?«

»Ein wenig.«

»Nun, eines Tages tauchte dieser alte Herold auf – er ist so alt, daß man annehmen sollte, er hätte sich längst zurückgezogen. Er kam mit einer Botschaft von dieser Wetterhexe – wann der richtige Tag für die Hochzeit sei! Du kennst das Wetter im Herbst. Und weil die Zeremonie im Freien stattfinden soll, haben wir uns ziemliche Sorgen wegen des Wetters gemacht. Talia sagte, Maeven habe sich noch nie geirrt. Deswegen haben wir die Hochzeit auf genau diesen Tag festgesetzt.«

Kurz preßte sie ihr Ohr an die Tür und kicherte. »Ich glaube, wir können jetzt wieder hinausgehen. Vor ein paar Minuten wäre es keine gute Idee gewesen! Na, dann komm.«

Soweit es Skif beurteilen konnte, hatten sich weder Talia noch Dirk bewegt. Aber Talias Haar war leicht zerzaust, und beide hatten einen träumerischen Ausdruck im Gesicht.

»Nun, was haltet ihr davon?« fragte Elspeth und drehte sich im Kreis.

»Es ist wundervoll«, sagte Talia begeistert. »Mit dir und Jeri neben mir wird kein Mensch mehr auf mich achten.«

»Elspeth und ich haben uns geeinigt, was die Vorbereitungen betrifft«, sagte Skif leichthin. »Das wird dir ein wenig mehr freie Zeit verschaffen, Dirk. Selbstverständlich nur dann, wenn es dir recht ist.«

»Natürlich ist es mir recht, und es ist auch sehr nett von euch beiden«, erwiderte Dirk überrascht. »Vor allem, weil ihr ganz genau wißt, daß ich eigentlich nichts zu tun habe, außer meine Zeit hier oben zu verbringen.«

»Deswegen tun wir es ja auch!« sagte Elspeth spöttisch.

»Es reicht, es reicht! Es ist also abgemacht«, lachte er, »und ich danke euch beiden ganz herzlich!«

»Wenn ich das nächste Mal etwas falsch mache, dann erinnere dich bitte daran!« Elspeth kicherte.

Sie neckte Dirk noch ein paar Minuten; dann fiel ein Schatten der Besorgnis über ihr Gesicht, als sie sah, daß Talia plötzlich eingeschlafen war. Das war in letzter Zeit öfter geschehen, manchmal mitten in einer Unterhaltung, und Elspeth hatte Angst, daß Talia sich nie mehr ganz erholen würde.

Doch Dirk und Skif tauschten belustigte Blicke, und Dirk machte es der schlafenden Heroldin ein wenig bequemer. Elspeth stieß einen Seufzer der Erleichterung aus. Wäre etwas nicht in Ordnung gewesen, hätte Dirk sich anders verhalten.

Dirk hatte Elspeths besorgten Blick gesehen.

»Es ist nicht von Bedeutung«, sagte er leise zu ihr, um Talia nicht zu wecken.

»Er hat recht – ehrlich!« versicherte Skif ihr. »Dirks Mutter hat uns gewarnt, daß es geschehen wird. Es ist eine Nebenwirkung der ›Schnellheilung‹. Es hat etwas mit der Kraft zu tun, die sie verbraucht, mit der Anstrengung. Dirks Mutter hat gesagt, es ist, als würde Talia zwanzig oder dreißig Meilen laufen, einen Fluß durchschwimmen, einen oder zwei Berge besteigen und dann noch drei Tage wach bleiben.«

»Mutter hat gemeint, es hätte mit ... Schadstoffen zu tun, jedenfalls hat sie es so genannt. Wenn man ›schnellheilt‹, entstehen viele Stoffe, mehr als der Körper ausscheiden kann, und der Kranke neigt dazu, ständig einzuschlafen. Wenn sie gesund ist, wird sie kaum noch zum Schlafen kommen.«

»Angeber!« neckte Skif ihn.

Dirk grinste und zuckte mit den Schultern. »Diese nutzlosen Dinge erfährt man eben, wenn man der Sohn einer Heilerin ist.«

Elspeth protestierte: »Nutzlos? Bei meiner Seele! Ich war sicher, daß etwas nicht stimmt, und daß niemand es mir sagen wollte! Niemand erklärt mir mehr *irgend etwas*!«

»Nun, Kobold«, gab Dirk zurück, »das kommt daher, weil du deine Nase immer in die Angelegenheiten fremder Leute steckst. Die Leute glauben, daß du ohnehin schon alles weißt!«

Offiziell war die Grenze geschlossen, aber jede Nacht kamen Flüchtlinge nach Valdemar, und jeder berichtete Schlimmeres. Selenay hatte die böse Ahnung, daß Ancar mit einer Streitmacht an der Grenze geblieben war. Sie behielt recht.

Diesmal kam der Angriff in der Nacht. Ein Sturm ging ihm voraus, von dem Selenay dachte, daß ein Magier ihn herbeigerufen hatte.

Auf den Wachposten an der Grenze fand ein Scheinangriff statt.

Aber Selenay hatte den ›Fernseher‹ Davan und den ›Vorausseher‹ Alberich bei sich und wußte es besser. Ancar wollte einige seiner verlorenen Soldaten zurückholen und gleichzeitig einige seiner eigenen Leute in Selenays neue Grenzwache schmuggeln. Um das zu erreichen, bediente er sich der *anderen* Talente seiner Armee aus Mördern und Dieben – oder dem, was von dieser Armee noch übriggeblieben war.

Doch die Gruppe schwarzgekleideter Spione, die versuchte, in das mit Palisaden umgebene Dorf einzudringen, in dem die Überläufer mit ihren Familien lebten, erlebte eine böse Überraschung.

Sie gelangten bis an den Fuß der Palisade und plötzlich ...

Licht! Blendendes Licht erschien über ihren Köpfen, fast so hell wie der Tag. Während sie sich krümmten und mit tränenden Augen nach oben starrten, erschienen vier weiß gekleidete Gestalten über ihnen, und aus dem Dunkel oben auf der Palisade erschienen Hunderte zornige, mit Bögen bewaffnete Männer und Frauen, die auf keinen Fall zu jenem Mann zurückkehren wollten, der sich jetzt ihr König nannte. An dünnen Drähten hingen brennende Bälle von den Bäumen und tauchten alles in grelles Licht.

»Ihr hättet anklopfen sollen!« rief Griffon von oben. »Wir hätten euch gern eingelassen.«

»Aber vielleicht ist das gar kein freundlicher Besuch ...« Alberich duckte sich, als einer der Angreifer voller Verzweiflung ein Messer nach ihm warf.

»Bei Gott, Alberich, Ihr könntet recht haben.« Davan wich einem zweiten Messer aus. »Majestät?«

»Holt sie euch!« befahl Selenay kurz und bündig.

Einige Feinde fielen ihnen lebend in die Hände. Was sie zu erzählen hatten, war sehr interessant. Noch viel interessanter aber waren das Gift und die Kräutertränke, die sie in den Brunnen des Dorfes hatten schütten wollen. Unter Wahrspruch befragt sagten sie aus, daß dieses Gift den Geist der Überläufer für Ancars Magie und Ancar selbst geöffnet hätte.

Das sagte schon viel über das, was Ancar im Augenblick vollbringen konnte. Doch was als nächstes auf der anderen Seite der Grenze geschah, sagte noch mehr.

Ancar befestigte die Grenze. Er schuf eine Zone, eine Meile breit, in der kein Bauernhof und keine Siedlung stehen durfte, und – verließ die Grenze dann. Und weder

›Fernsicht‹ noch ›Voraussicht‹ vermochten irgend etwas zu erkennen, das man als Vorbereitung auf einen Angriff hätte auslegen können.

Vorerst lag Ancars Messer nicht länger an Valdemars Kehle, und Selenay konnte nach Hause auf ihren Thron und zu Talias Hochzeit zurückkehren.

Die Wiese der Gefährten war der einzige Ort in der Nähe des Collegiums, der sämtliche Gäste aufnehmen konnte. Der Ort der Hochzeit mußte leicht erreichbar sein, denn Talias Füße waren immer noch nicht ausgeheilt. Die Heiler waren sicher, daß alle Knochen richtig lagen (nach vielen Sitzungen, in denen sie kleinste Stücke auf ihren Platz gerückt hatten), aber die Knochen hatten erst begonnen, wieder zusammenzuwachsen, und Talia durfte nicht das geringste Gewicht auf die Füße legen. Wo immer sie auch hin mußte – sie mußte getragen werden.

Die Heiler hatten beschlossen, ihre Füße nicht mit jener Art Gipsverband zu behandeln, die sie bei Kerens gebrochener Hüfte verwendet hatten. Hauptsächlich, weil sie die Heilung viel genauer beobachten mußten als damals bei Keren, aber auch, weil der Verband für Talias erschöpften und beanspruchten Körper eine viel zu schwere Bürde gewesen wäre. Statt dessen hatten die Heiler steife Halbstiefel aus Leim, Holz und gehärtetem Leder konstruiert, die mit Lammfell gefüttert waren. Sie bestanden aus zwei Hälften, die aneinandergebunden wurden und immer wieder abgenommen werden konnte. Talia war angesichts dieser Lösung sehr erleichtert gewesen.

»Kannst du dir vorstellen, wie es sein muß, mit diesen Gipsdingern zu baden?« hatte sie belustigt gefragt. »Oder wie ich sie während der Hochzeit hätte verbergen sollen? Und wer hätte Kraft genug, mich *und* den Gips zu schleppen?«

»Und was hätte Dirk bloß nach der Hochzeit mit den Dingern gemacht ...?« hatte Elspeth geneckt, nur um Talia erröten zu sehen.

Elspeth wartete in Talias Zimmer und beobachtete, wie Keren und Jeri die letzten Handgriffe an Talias Frisur und ihr Gesicht legten. Talia ist hübsch genug, um das Herz jeden Mannes zu brechen, dachte Elspeth bei sich. Sie war immer noch sehr mager und bleich nach ihrem Leidensweg, aber irgendwie ließ sie das noch schöner erstrahlen, so, als wäre ihr wahres Wesen herausdestilliert worden, oder als hätte man sie geschärft und geschliffen wie eine kostbare alte Waffe. Sie hatten sich mit Talias Kleid aus weißer und silberner Seide größte Mühe gegeben. Es war so geschnitten, daß es wunderbar fiel, wenn Talia getragen werden mußte, und es verdeckte die häßlichen Lederstiefel. Jeri hatte ihr Haar ganz schlicht frisiert, passend zum Stil des Kleides, und Talias einzige Schmuck waren frische Blüten.

»›Niemand wird mich beachten, wenn du und Jeri in meiner Nähe sind‹!« zitierte Elspeth leise Talias Worte für Keren. Ihre Augen blitzten. »Leuchtende Freistatt, neben ihr sehe ich aus wie ein halbflügger roter Reiher!«

»Ich hoffe, ihr Frauen seid endlich fertig«, sagte Dirk, als er das Zimmer betrat. Zum erstenmal in seinem Leben war er makellos und großartig gekleidet, in weißen Samt.

*»Dirk!«* Jeri lachte und schob sich zwischen ihn und Talia. »Die Tradition besagt, daß du deine Braut nicht sehen darfst, bis ihr vor dem Priester steht!«

»Zum Teufel mit der Tradition! Der einzige Grund, warum Skif sie trägt, ist meine Angst, entweder sie oder ihren Ring fallen zu lassen, wenn ich beides halte!«

»Ja, ja, schon gut. Du bist einfach zu stur, als daß man mit dir streiten könnte!« Sie trat beiseite, und die beiden schienen zu strahlen, als sie einander sahen.

»Zwei Stunden habe ich damit zugebracht ...«, murmelte Jeri gerührt vor sich hin, » ... und dann kommt *er*, gafft sie an – und ich hätte es genauso gut bleiben lassen können.«

Dirk hob sie vorsichtig auf und hielt sie in den Armen, als hätte sie kein Gewicht. »Bist du bereit, Liebling?« fragte er leise.

»Schon seit langem«, antwortete sie und wandte den Blick keine Sekunde von seinen Augen ab.

Die Wiese der Gefährten leuchtete in allen Farben, dem Grün der Heiler, dem Scharlachrot der Barden, dem Blau der Wache und den gedämpften Farben der Studentenuniformen. Dazwischen bewegten sich die kostbar gekleideten Hofleute mit ihren funkelnden Juwelen. Doch am stärksten leuchtete das Weiß der Herolde – nicht nur, weil mehr Herolde zur Hochzeit gekommen waren als selbst bei Elspeths Lehenszeremonie. Die Hälfte der weißen Gestalten in der Menge waren Gefährten, geschmückt mit Blumen und Bändern, die ihre Erwählten für sie ausgesucht hatten. Selbst Cymrys Fohlen trug eine Girlande, obwohl der kleine Hengst ständig versuchte, sie aufzuessen.

Die Zeremonie selbst war schlicht, auch wenn sie nicht sehr oft durchgeführt wurde. Die Hochzeit eines Paares im Lebensbund war eigentlich kein Versprechen, sondern eine Bestätigung. Trotz aller gutgemeinten Versuche hatten Skif und Elspeth es geschafft, Ritual und Pomp auf ein Mindestmaß zu beschränken.

Dirk trug seine Geliebte bis vor den Priester und reichte sie dann vorsichtig Skif, der so stolz und glücklich über diese Aufgabe war, daß er beinahe geplatzt wäre. Elspeth reichte Dirk Talias Ring, und er steckte ihn an den Finger. Skif und Elspeth bissen sich fest auf die Lippen, um keine Tränen zu vergießen, denn erstens steckte Talia Kris' Freundschaftsring an den Finger daneben, und zweitens war ihr Hochzeitsring immer noch viel zu groß für sie.

Dirk wiederholte seinen Eid mit leiser Stimme, aber man konnte ihn bis in die letzten Reihen der Zuschauer hören. Dann nahm Talia seinen Ring von Keren, steckte ihn auf seinen Ringfinger und sprach ihren Eid mit klarer, süßer Stimme.

Dirk nahm sie aus Skifs Armen, und die versammelten Herolde jubelten in diesem Augenblick laut.

Irgendwie schien es vollkommen zu passen.

Das verheiratete Paar saß auf einem hohen Stapel aus Polstern, die aus dem Collegium gebracht worden waren, damit Talia alles sehen konnte. Elcarth wartete, bis die meisten Gratulanten gegangen waren und Dirk und Talia allein zurückgelassen hatten. Dann kam er zu ihnen.

Er schüttelte bei ihrem Anblick den Kopf. »Ich hoffe, ihr beide wißt, daß eure Hochzeit eine ganze Generation von Barden beflügeln wird«, sagte er halb im Ernst, halb im Scherz. »Mir graut jetzt schon, wenn ich an all die furchtbaren Schöpfungen der Studenten denke, die wir über uns ergehen lassen müssen – und jeder voll ausgebildete Barde wird die feste Absicht haben, derjenige zu sein, der eine Ballade über euch schreibt, die selbst ›Sonne und Schatten‹ vergessen läßt.«

»Oh ihr Götter!« stöhnte Dirk. »Daran habe ich gar nicht gedacht. Glaubt Ihr, ich kann die Sache rückgängig machen?«

Talia blickte ihn nachdenklich an. »Wir könnten jetzt und hier einen entsetzlichen Streit beginnen.« Sie hob eine Weinflasche und schätzte ihr Gewicht. »Das würde eine ganz schöne Beule auf deinem Kopf hinterlassen – und erst all die roten Flecken auf dem weißen Samt!« Sie überlegte lange und seufzte. »Nein, das geht nicht. Ich könnte auch ein paar Tropfen abbekommen. Und wenn ich ihn bewußtlos schlage, wer trägt mich dann in mein Zimmer zurück?«

»Und wenn ich sie zurückgebe, wer wird dann heute Nacht bei mir schlafen?« fügte Dirk hinzu. Talia kicherte. »Es tut mir leid, Elcarth. Ihr werdet es wohl ertragen müssen. Können wir etwas für Euch tun?«

»Ja. Ich wollte euch wissen lassen, was der Kreis über Dirks zukünftige Aufgaben beschlossen hat.«

Talia versteifte sich, gab aber sonst kein Zeichen, daß sie Elcarths nächste Worte fürchtete.

»Erstens – ich trete als Dekan zurück. Ich werde als Historiker weiterarbeiten, aber beides zusammen wäre mehr, als ich bewältigen kann. Ich bin viel älter, als mein Aussehen vermuten läßt, und ich spüre langsam meine Jahre. Teren wird mich ersetzen. Dirk, du ersetzt Teren als Lehrer in der Grundausbildung der neuen Erwählten und wirst weiterhin die Schüler in ihren Gaben unterrichten.«

Talia war wie betäubt. Sie hatte erwartet, daß man ihm einen neuen Partner zuteilen oder ihn zumindest wieder in die Grenzgebiete senden würde. Sie hatte sich teilweise schon mit dem Gedanken abgefunden und sich gesagt, daß es besser war, ihn wenigstens gelegentlich für sich zu haben als gar nicht.

»Elcarth – das könnt Ihr doch nicht im Ernst meinen ...« Dirk protestierte. »Ich bin kein Gelehrter, das wißt Ihr! Wenn der Kreis uns einen Gefallen tun möchte, indem er uns bevorzugt behandelt ...«

»Dann wäre uns lieber, er würde das nicht tun!« beendete Talia den Satz für ihn.

»Meine lieben Kinder! Das ist *keine* bevorzugte Behandlung. Dirk, von dir wird man immer noch erwarten, daß du jene speziellen Aufträge übernimmst, die du bisher durchgeführt hast, keine Sorge. Das einzige, was du nicht mehr tun wirst, sind Rundreisen in gefährlichen Gebieten. Wir haben dich aus dem gleichen Grund für die Grundausbildung ausgesucht, aus dem damals Teren Werda ersetzt hat. Du kannst gut mit Kindern umgehen. Ihr beide könnt verwirrten und verängstigten Kindern ein Gefühl von Wärme und Sicherheit vermitteln und die sichere Gewißheit, daß sie an einem Ort sind, an den sie gehören, und wo sie Freunde haben. Dirk, du hast das immer wieder bewiesen, wenn du jemandes Gabe ausgebildet hast. Bei Griffon, zum Beispiel. Er hatte niemals das Gefühl, daß seine Gabe gefährlich oder beängstigend ist. Du hast ihm das Selbstvertrauen gegeben, und das war meisterhaft. Sieh dir das Ergebnis an! Er hat dir so sehr vertraut, daß er sich ohne Zögern mit dir verbunden hat und deinen Anweisungen blind gefolgt ist, und jetzt ist er der große Held der Schlacht gegen die Dämonen! Dieses Talent in einem Lehrer ist viel, viel seltener als bloße Gelehrsamkeit und genau das, was wir brauchen. Also, reden wir nicht mehr über bevorzugte Behandlung, ja?«

Dirk seufzte erleichtert und umarmte Talia fester. Sie dankte Elcarth mit ihrem leuchtenden Blick. Worte waren nicht nötig.

»Das ist noch nicht alles. Ihr werdet auch mit Kyril arbeiten. Talia, wenn ihre Zeit es gestattet, und du, Dirk, regelmäßiger. Das war das erste Mal, daß Gefährten gezielt die Fähigkeiten eines Herolds verstärkt haben. Es war der einzige Fall, von dem wir wissen, außer in Berichten in den alten Chroniken, die so verschleiert sind, daß wir Wahrheit und Legende nicht unterscheiden können. Wir müssen wissen, ob jeder Herold so etwas vermag, oder ob nur ihr beide und Elspeth diese Eigenschaft habt. Oder ob es mit euren Gefährten zusammenhängt. Bevor Kyril mit euch beiden fertig ist, werdet ihr euch wünschen, wieder draußen im Land Dienst zu tun!«

Sie lachten ein wenig gezwungen. Kyril kannte keine Nachsicht, wenn es um die Gaben der Herolde ging. Sie wußten, was er von ihnen erwarten würde.

»Und schließlich überbringe ich auch das Hochzeitsgeschenk des Kreises. Die nächsten beiden Wochen gehören euch beiden. Wir können so lange ohne euch auskommen. Talia muß natürlich immer noch mit den Heilern arbeiten, aber abgesehen davon – solltet ihr ein paarmal über Nacht verschwinden, wird niemand euch suchen. Du kannst zwar nicht gehen, Talia, aber ganz sicher kannst du reiten! Bitte, kümmere dich darum, daß alles mit den Heilern abgesprochen ist. Ich möchte Devan nicht auf dem Hals haben! Dieser Mann kann zu bösartig sein!«

Talia lachte und versprach es Elcarth. Dirks leuchtende Augen verrieten ihr, daß er schon ein paar Ideen hatte, wohin sie reiten konnten. Sie tauschten mit Elcarth noch ein paar Höflichkeiten aus; dann verließ der Historiker sie. Er war nicht länger Dekan – daran würden sie sich erst gewöhnen müssen.

Dirk schüttelte den Kopf. »Ich konnte mir nie vorstellen,

Lehrer zu sein«, sagte er leise. »Das war immer der Wunsch von ...«

Er brachte den Namen nicht über die Lippen.

»Das war immer Kris' Wunsch«, beendete sie seinen Satz und sah ihn an. »Du hast vermieden, über ihn zu sprechen, Liebster. Warum?«

»Aus Angst«, erwiderte er offen. »Aus Angst, dich zu verletzen, mich selbst zu verletzen. Ich ... ich weiß immer noch nicht genau, was ihr wirklich füreinander empfunden habt ...«

»Du hättest doch nur zu fragen brauchen!« sagte sie leise und zog ihn mit zarten geistigen Fingern in eine Verbindung.

Einen Augenblick später schaute er sie an und lächelte. »Und du hast einmal gesagt, daß Gefühle keine klare Sprache sprechen! *So* also war es.«

Sie nickte. »Nicht mehr und nicht weniger. Er hat versucht, es dir zu sagen, aber du wolltest ihm nicht zuhören.«

»Leider.« Er seufzte. »Götter, ich vermisse ihn ... ich vermisse ihn so sehr ...«

»Wir haben mehr als nur einen Freund verloren«, sagte sie, nach Worten suchend. »Ich glaube, wir haben einen Teil unserer selbst verloren.«

Er schwieg sehr lange. »Talia, was geschah nach seinem Tod? Du hast einige sehr seltsame Dinge gesagt, nachdem ich dich aus der Dunkelheit geholt hatte.«

Sie schüttelte leicht den Kopf. Ihre Brauen verzogen sich nachdenklich. »Liebster, ich bin nicht sicher. Alles ist verschwommen und verzerrt durch Schmerzen, Fieber und Drogenträume. Ich kann dir nur mit Sicherheit sagen, daß ich sterben *wollte*, und daß ich hätte sterben *sollen*, aber irgend etwas hat es nicht zugelassen.«

»Oder irgend jemand.«

»Oder irgend jemand«, stimmte sie zu. »Vielleicht war es Kris. Meine Erinnerung behauptet es jedenfalls.«

»Ich muß ihm für vieles danken, nicht nur dafür«, sagte er nachdenklich.

»Was meinst du damit?«

»Du hast von ihm gelernt, was Liebe ist, bevor diese Bestien dich verletzt haben.«

»Es hat geholfen«, sagte sie nach langem Nachdenken.

»Liebes, bist du wirklich bereit?« fragte er nach einer Pause. »Bist du sicher?«

Statt zu antworten küßte sie ihn, während die Verbindung zwischen ihnen noch bestand.

»Genießerin!« sagte er.

»Jetzt wieder«, stimmte sie zu und schnitt eine Grimasse. Dann wurde sie wieder ernst. »Ja, ich trage Narben, aber auch du hast welche. Die Wunden sind verheilt – ich bin nicht die einzige, die den Geist ›heilen‹ kann, weißt du, nur die einzige, die auch ein Herold ist. Rynee – sie ist gut, so gut wie ich. Außerdem will ich durch diese Geschehnisse nicht alles zerstören lassen, was wir haben. Und sie haben nur meinen Körper verletzt, nicht *mich*. Was mit dir geschehen ist, war viel schlimmer – Naril hat deiner Seele Gewalt angetan.«

»Auch das ist geheilt«, sagte er leise.

»Dann laß die Vergangenheit ruhen. Niemand kann sein Leben leben, ohne ein paar Narben davonzutragen.« Sie rückte näher zu ihm, als wieder jemand kam, um ihnen Glück zu wünschen.

Dann richtete sie sich plötzlich auf. »Götter!«

»Was ist?« fragte Dirk besorgt. Doch ihr Gesicht zeigte keine Zeichen von Schmerz. »Was ist los?«

»Damals, in meiner Assistenzzeit – diese Maeven Wetterhexe – sie hat etwas für mich ›vorausgesehen‹, und ich hatte nicht die geringste Ahnung, was es bedeuten konnte. *Jetzt* weiß ich es! Sie sagte, daß ich die Freistatt sehen würde, aber daß Liebe und Pflicht mich von ihr fernhalten würden ... und ...«

Sie stockte.

»Und?« drängte er sie sanft.

»Daß ... meiner größten Freude mein größter Kummer vorausgehen würde. O ihr Götter, hätte ich nur gewußt ... hätte ich nur *erraten*, was ...«

»Du konntest unmöglich wissen, was geschehen würde«, erwiderte Dirk so heftig, daß er sie aus ihrem Kummer riß. Sie starrte ihn an. »Niemand konnte das wissen. Gib dir nur ja nicht die Schuld für die Geschehnisse. Bei all den ›Voraussehern‹ unter den Herolden – wenn es eine Möglichkeit gegeben hätte, zu verhindern, was geschehen ist, glaubst du nicht, es wäre verhindert worden?«

Sie seufzte und entspannte sich wieder. »Du hast recht ...«, sagte sie langsam. »Du hast recht.«

Die Feier ging noch lange nach Einbruch der Nacht weiter, bis die Hochzeitsgäste sich langsam verabschiedeten. Einige begaben sich zu einem Fest, von dem Dirk und Talia *wußten*, daß die anderen Herolde es irgendwo feiern würden. Andere hatten ganz private Unterhaltungen im Sinn. Schließlich blieben Talia und Dirk allein zurück – was ihnen ganz und gar nicht unangenehm war.

Sie ruhte zufrieden an seiner Schulter. Er hatte die Arme um sie gelegt und sie beobachteten, wie über ihnen die Sterne zu strahlen begannen.

»Es wird kühl«, sagte sie schließlich.

»Ist dir kalt?«

»Ein wenig.«

»Nun«, kicherte er, »sie haben es uns sehr leicht gemacht, unauffällig zu verschwinden.«

»Ich bin sicher, das war Absicht. Der ganze Jubel war schon peinlich genug, ohne große Verabschiedung.«

»Es hätte schlimmer kommen können. Denk an die blumengeschmückte Plattform! Denk an die Gefährten im Hochtempel! Stell dir lebensgroße Abbildungen von uns aus Zucker vor!«

»Lieber nicht!« Sie lachte.

»Bereit zu gehen?«

»Ja«, sagte sie und legte ihm die Arme um den Hals, damit er sie hochheben konnte.

Er trug sie die Treppen zu ihren Zimmern hinauf, die jetzt

auch die seinen waren. Diesmal nahm er Stufe um Stufe und ließ sich Zeit, damit Talia keine Schmerzen spürte.

Überrascht schauten sie auf Elspeth, die auf der obersten Stufe saß.

»Was tust du denn hier, um Himmels willen?« fragte er.

»Ich bewache eure Schwelle, o Weisester unter der Sonne. Das war die Idee der Studenten. Wir haben uns seit dem Morgen abgewechselt, außer während der Zeremonie. Da haben wir die Treppe mit einer Falle versehen. Wir wollen niemanden verdächtigen, aber wir wollen sichergehen, daß niemand in die Zimmer konnte, um euch irgendeinen Streich zu spielen. Manche Leute haben sehr seltsame Vorstellungen, was lustig ist. Außerdem ist das unser Hochzeitsgeschenk gewesen.« Schnell lief sie die Stiegen hinunter, bevor die beiden sich bedanken konnten.

»Sie hat ein gutes Herz«, sagte Talia leise. »Sie wird eines Tages eine gute Königin sein.«

Dirk stieß die Tür mit dem Fuß auf, setzte Talia vorsichtig auf das Sofa, wandte sich um und verschloß die Tür von innen.

»Ich möchte auch niemanden verdächtigen«, sagte er mit funkelnden Augen, »aber etwas, was du mir vorhin gezeigt hast, läßt in mir den Wunsch aufkommen, daß wir wirklich ungestört bleiben.«

»Noch nicht!« sagte sie lächelnd. »Erst habe ich noch ein Brautgeschenk für dich.«

»Ein was?«

»Das ist einer der *angenehmen* Bräuche meines Volkes. Die Braut hat immer ein Geschenk für ihren Gemahl. Es steht dort drüben, auf dem Kamin.«

»Aber ...« Für einen Augenblick war er sprachlos. »Talia, das ist doch My Lady! Sie ist *deine* Harfe! Ich kann sie nicht annehmen!«

»Schau genau hin.«

Er tat es – und sah, daß verborgen im Schatten eine zweite Harfe stand. Er zog sie beide ins Licht und betrachtete sie genau.

»Ich kann nicht sagen, welche My Lady ist«, gestand er.

»Nun, ich schon. Aber ich habe My Lady ja auch seit Jahren. Ich kenne jede Linie ihrer Maserung. Aber niemand sonst könnte es. Sie sind Zwillinge, von derselben Hand gefertigt, aus dem gleichen Holz und zur gleichen Zeit. Nein …« Warnend hielt sie eine Hand in die Höhe. »Frag mich nicht, wieso und woher ich sie habe. Das ist mein Geheimnis. Aber du mußt mir dafür versprechen, mir das Harfenspiel so beizubringen, daß es My Lady gerecht wird.«

»Gern – wirklich gern. Wir können Duette spielen, so …«

»So wie du mit Kris gespielt hast. Liebster, jetzt ist die Zeit für ein letztes Geschenk gekommen …« Sie berührte seinen Geist und teilte mit ihm die unglaubliche Freude, die Kris bei dessen Tod gefühlt hatte.

»Götter, o Götter, das hilft … wie sehr mir das hilft!« brachte er schließlich heraus. »Jetzt habe ich nur noch einen Wunsch. Ich wäre gerne sicher, daß Kris weiß, wie es jetzt mit uns steht.«

Er hob sie vom Sofa und trug sie ins Schlafzimmer.

»Wenn ich mir etwas wünschen dürfte, dann das«, erwiderte sie und ließ ihre Wange auf dem Samt seiner Tunika ruhen. »Kris hat mir einmal gesagt, sein liebster Wunsch wäre es, die beiden Menschen, die er am meisten liebt, miteinander glücklich zu sehen …«

Sie hätte noch mehr gesagt, aber ein vertrauter Duft stieg ihr in die Nase, und sie keuchte.

»Was ist denn? Tut dir etwas weh?« fragte Dirk ängstlich.

»Dort … auf dem Bett …«

Auf der Decke lag in der Mitte ein Strauß jener kleinen Blumen, die man Mädchens Hoffnung nannte. Dirk setzte Talia behutsam aufs Bett, und nahm die Blumen mit zitternden Händen auf.

»Hast du sie hierher gelegt?« fragte sie mit bebender Stimme.

»Nein.«

»Und niemand kann seit dem Morgen in diesen Zimmern

gewesen sein ...« Mit gedämpfter Stimme fuhr sie fort: »Als Kris mir den Freundschaftsring gab, hatte er ihn um einen Mittsommerstrauß aus genau diesen Blumen gebunden. Ich hatte nie zuvor einen solchen Duft gerochen ... und Kris versprach mir, daß er für meinen Hochzeitsstrauß welche finden würde, und wenn er sie selbst züchten müßte ... aber hier habe ich noch nie welche gesehen ...«

»Da ist noch mehr, kleiner Vogel«, sagte Dirk, nahm die Blumen aus ihrer Hand und blickte sie mit verwunderten Augen an. »Diese Blume blüht nur eine Woche vor und nach Mittsommer! Wir haben Herbst. Man kann sie nicht in Gewächshäusern züchten, obwohl viele es schon versucht haben. Selbst eine einzige Blüte zu finden – erst gar so viele –, dazu bräuchte es ein Wunder.«

Sie sahen auf die Blumen und schauten dann einander an – und langsam begannen sie, zu lächeln. Es war ein Lächeln, das zum erstenmal seit vielen Wochen keine Traurigkeit in sich trug.

Dirk nahm sie in die Arme, mit den Blumen zwischen ihnen. »Unser Wunsch ist erfüllt worden. Sollen wir jetzt auch seinen erfüllen?«

Vorsichtig griff sie hinter sich und steckte die Blüten in eine Vase, die auf dem Nachttisch stand.

»Ja«, flüsterte sie, wandte sich wieder zu ihm und berührte seinen Geist, wie sie seine Lippen berührte. »Das sollten wir.«

ENDE

**Band 20 217**
**Mercedes Lackey**
**Talia – Die Hüterin**
**Deutsche Erstveröffentlichung**

Talia, dem einfachen Mädchen aus dem Königreich Valdemar, widerfährt ein seltsames Schicksal. Sie wird von Rolan, einem geheimnisvollen Pferdewesen, erwählt und damit zur Hüterin der Königin. Talia soll sich um die junge Prinzessin Elspeth kümmern, die allen Gefahren zum Trotz Thronfolgerin von Valdemar werden soll. Doch zuvor muß Talia durch das Reich ziehen, um ihre magischen Talente auszuprägen – und wenn ihr das nicht gelingt, ist die Prinzessin und mit ihr das ganze Königreich in höchster Gefahr.

MERCEDES LACKEY ist eine der wenigen Autorinnen, die in den letzten Jahren in den USA von sich reden gemacht haben. Ihre Chronik des Königreichs Valdemar, von der hiermit der zweite Band vorliegt, wurde sofort ein internationaler Fantasy-Bestseller.

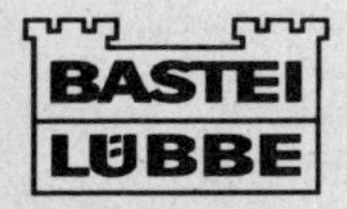


**Sie erhalten diesen Band im Buchhandel, bei Ihrem Zeitschriftenhändler sowie im Bahnhofsbuchhandel.**

Das große
Marion
Zimmer Bradley
Buch
Die schönsten Erzählungen
BASTEI LÜBBE

**Band 20 211**

**Das große Marion-Zimmer-Bradley-Buch**

Wie in ihren großen Romanen *Die Nebel von Avalon* und *Das Licht von Atlantis* erweist sich MARION ZIMMER BRADLEY auch in ihren Geschichten als eine faszinierende Erzählerin. In ihnen folgt sie den großen Themen ihres Werkes: das Recht jedes Menschen auf Liebe, gleich unter welchem Vorzeichen, und das Recht, sein Schicksal selbst in die Hand zu nehmen. Und ob diese Geschichten in ferner Zukunft oder in mythischer Vorzeit spielen, ob Zauberstäbe und magische Schwerter in ihrem Mittelpunkt stehen oder die übersinnlichen Kräfte von Seherinnen und Schamanen – eines haben sie alle gemeinsam: Ihr Ziel ist es, die verschütteten Dimensionen der menschlichen Psyche wieder ans Licht zu bringen.

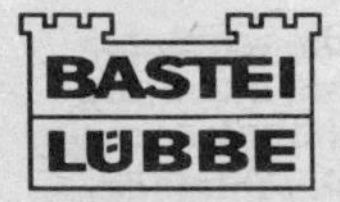


**Sie erhalten diesen Band im Buchhandel, bei Ihrem Zeitschriftenhändler sowie im Bahnhofsbuchhandel.**

**Band 20 193**

**Robert Silverberg**

**Briefe aus Atlantis**

**Deutsche Erstveröffentlichung**

Roy und Lara sind Zeitreisende, doch während Lara in ein dunkles, barbarisches Land gelangt, gerät Roy auf eine legendäre, phantastische Insel: Atlantis. Oder Athilan, wie der Prinz der Insel sein Reich selbst nennt. Denn Roy, der Mann aus der Zukunft, dringt in das Bewußtsein des Kronprinzen von Atlantis ein und erfährt dessen Ängste und Nöte. Anders als der Atlanter weiß Roy um das Schicksal der Insel – und er versucht, den Untergang des sagenumwobenen Inselreiches zu verhindern, indem er sich offenbart.

**Sie erhalten diesen Band im Buchhandel, bei Ihrem Zeitschriftenhändler sowie im Bahnhofsbuchhandel.**